Martin Krüger
Das Gesicht am Fenster

AF178667

Das Buch

Sie hörte Glas splittern und das Geräusch knackender Knochen, ein Stampfen, das näher kam. Sie schrie, schrie ... und wachte auf.

Ein Neuanfang nach einem traumatischen Erlebnis: Die Wissenschaftler Sophie und Colin Carter ziehen mit ihren beiden Kindern ins Schweizer Wallis. Als ihre Tochter Kate ein Kindermädchen braucht, finden sie in der älteren Agatha eine liebevolle und gebildete Nanny. Alles scheint perfekt.

Doch bald beschleicht Sophie das unheilvolle Gefühl, dass etwas nicht stimmt. Die Kinder ziehen sich zurück, nachts geschieht Unerklärliches und Colin scheint etwas zu verbergen ... Oder spielt Sophies Angst ihr einen grausamen Streich, die sie quält, seitdem sie einmal fast gestorben wäre?

Der Autor

Martin Krüger, Jahrgang 1986, studierte die dunkle Kunst der Juristerei in Frankfurt am Main. Heute lebt, arbeitet und schreibt er als freier Autor und Musiker in Süddeutschland und der Schweiz. Mit seinem Thriller »Gaben des Todes« gelang ihm 2016 der Sprung in die Top 10 der Kindle- und der BILD-Bestseller-Liste. Weitere Informationen zum Autor finden Sie unter www.kruegerthriller.de und www.facebook.com/kruegerthriller.

MARTIN KRÜGER

DAS GESICHT AM FENSTER

PSYCHOTHRILLER

Deutsche Erstveröffentlichung bei
Edition M, Amazon Media EU S.à r.l.
38, avenue John F. Kennedy, L-1855 Luxembourg
Mai 2020
Copyright © der deutschsprachigen Ausgabe 2020
By Martin Krüger

Umschlaggestaltung: bürosüd⁰ München, www.buerosued.de
Umschlagmotiv: © Brandi B/ Shutterstock; © Eky Studio/ Shutterstock;
© Lee Avison/ ArcAngel
Lektorat: Rotkel Textwerkstatt
Gedruckt durch:
Amazon Distribution GmbH, Amazonstraße 1, 04347 Leipzig /
Canon Deutschland Business Services GmbH, Ferdinand-Jühlke-Straße 7,
99095 Erfurt /
CPI books GmbH, Birkstraße 10, 25917 Leck

ISBN: 978-2-49670-309-2

www.edition-m-verlag.de

KAPITEL 1

Sophies Vater sagte zu ihr, ehe er starb: *Vergiss nie, du bist eine Wissenschaftlerin, Kleines. Du betrachtest die Welt mit besonderen Augen. Mit den Sophie-Augen. Und du bist so gut darin. Also lass dir nicht einreden …*

Weiter kam er damals nicht. Er starb, seine Hand in ihrer, vor elf Jahren. Sie weinte viele Tage, bis sie begriff, dass die Welt den Lebenden gehört, nicht den Toten, dass man nach vorne blicken musste. Also versuchte sie, jeden Tag ein Stückchen weiterzumachen. Ganz besonders nach jenem Tag, nach dem furchtbaren Tag vor drei Jahren.

Sophie Carter war fünfunddreißig Jahre alt, ziemlich gut in Form, dank der Kinder, die sie so auf Trab hielten, Mutter von einem Sohn, Oliver, und einer süßen Tochter, Kate, die gerade sechs geworden war. Ihr Mann Colin nannte sie manchmal Phine – in den Momenten, in denen sie beide allein waren, die Kids schliefen.

Sophie war studierte Physikerin, Expertin für all das Gefüge, das die Realität zusammenhielt, genau wie ihr Mann. Aber nichts davon hatte sie auf das vorbereitet, was in Kürze geschehen würde. Aber das war auch nicht möglich. Darauf konnte man sich nicht vorbereiten. Das konnte niemand.

»Ähm, Leute?«

Sophie Carter sah sich nach ihrem fünfzehnjährigen Sohn Oliver um. »Was denn, Großer?«

»Ich glaub, Kenobi muss mal.« Oliver deutete auf den großen Golden Retriever, der mit heraushängender rosafarbener Zunge im Kofferraum des Geländewagens saß und euphorisch zum Fenster hinaussah, als entdeckte er dort wunderbare Geheimnisse, die allein Golden Retrievern vorbehalten waren. Als Kenobi seinen Namen hörte, den Oliver für ihn ausgesucht hatte, drehte er den Kopf und ließ ein leises Brummeln hören.

»Wir sind gleich da.« Colin, der am Steuer des VW Touareg saß, deutete voraus. »Familie«, sagte er in bewusst feierlichem Ton, für den ihn Sophie gerne geknufft hätte, »seht ihr die Straße, die dort vorne zum See hinabführt? Da steht ein Haus. Das ist es, was Mama und ich uns vorletzten Monat angesehen haben. Unser *neues* Haus.« Dabei klang er so stolz – und ja, dachte Sophie, darauf durfte er auch stolz sein. Stolzer jedenfalls als auf den Geländewagen, den er ebenfalls vor Kurzem gekauft hatte und dessen Umweltbilanz einer gewissen Schwedin wohl nicht gefallen würde.

Kate sah mit großen Augen hinaus. »Dürfen Oli und ich da schwimmen gehen?«

»Wenn es wärmer ist, klar.« Sophie sah zu Colin hinüber. Colin lächelte und zwinkerte ihr zu. »Ich hab gehört, der See ist herrlich im Sommer und im Winter friert er zu. Schlittschuh laufen, Süße, ich wette, das kannst du noch nicht.«

Kate kicherte. »Schlitt… was?«

»Das Wort hat er gerade erfunden«, sagte Oliver in gelangweiltem Ton. Sein Haar, so dunkel wie das seines Vaters, fiel ihm in die Stirn, was ihn wie eine Version eines Boybandmitglieds aussehen ließ … eines, auf das die Mädels flogen. Sophie hatte so eine Ahnung, dass er in Kürze wirklich eine Menge Verehrerinnen haben würde.

»Gar nicht!«, gab Kate zurück.

»Nein, hat er nicht«, erwiderte Sophie, ehe Oliver antworten konnte. »Schlittschuh laufen, Prinzessin.« Als Oliver wegsah, verdrehte sie die Augen, und ihre Tochter kicherte noch lauter. »Und die beiden Jungs«, fuhr Sophie fort, »bemerken nicht mal, wenn du sie aufziehst.«

»Aufziehst?«, wiederholte Colin überrascht. »Wie das?«

»Was, denkst du, hat sich die kleine Ms Faustdickhinterdenohren auf den Wunschzettel zum Geburtstag geschrieben?«

»War ja klar«, kam es von Oliver. »Und sie bekommt es auch, wie ich euch kenne.«

»Dein Ton, Junge«, mahnte Colin. »Herrlicher Tag heute, neues Haus … da gibt es keinen Grund, missmutig zu sein.«

Sophie warf ihrem Sohn einen warnenden Blick zu.

»Es gibt viele Gründe für schlechte Laune«, gab Oliver zurück.

»Oli, bitte.« Sophie schloss die Augen. Die Sonnenstrahlen auf ihrer Haut wärmten sie, aber tief in ihrem Inneren war eine Kälte, die sie seit Jahren mit sich herumschleppte. Aber dieser Ort, das hatte Colin ihr versprochen, würde alle Wunden heilen. Sie glaubte ihm. Sie vertraute Colin so sehr. »Wir haben darüber gesprochen.«

»Ihr meint, *ihr* habt darüber gesprochen … wir hatten keine Wahl.«

»Ach, hör auf zu motzen«, sagte Kate und streckte ihrem Bruder die Zunge raus.

Sophie wusste, wieso Oliver so gereizt war – sie alle waren es, wenngleich aus unterschiedlichen Gründen. Der Umzug aus England in die Schweiz, in den kleinen Ort oben im Kanton Wallis, die Leitung des CERN, die lange gebraucht hatte, ihnen die endgültige Zusage für diese Außenstelle eines ihrer Forschungslabore zu übersenden. Und natürlich Colins Idee, mit dem Auto von der Insel herüberzufahren und sich dabei ganze zehn Tage Zeit zu lassen. Es war ein schöner Urlaub, doch je mehr er sich seinem Ende näherte, desto stärker wuchsen die Anspannung und der Wunsch, es endlich zu sehen.

Ihr neues Zuhause, das dort auf sie wartete, irgendwo am Ende der Straße, ihr Weg würde sie unweigerlich hinführen.

Jetzt gibt es kein Zurück mehr, dachte Sophie. Sie fühlte sich, als müsste sie weinen. *So ist das mit Entscheidungen – wenn man sie einmal trifft, wenn man nur einmal den Mut dazu gefunden hat, ist man am Ende manchmal über sich selbst erschrocken.*

Aber am Ende tun wir es doch nicht für uns. Sie warf Kate einen Blick zu. *Wir tun es für die, die nach uns kommen.*

»Wir sind da«, sagte Colin und klang, als erwartete er, dass sie gleich in einen regelrechten Begeisterungssturm ausbrachen – oder in das exakte Gegenteil.

Kate setzte sich in ihrem Kindersitz auf und selbst Oliver spähte hinaus, als Colin die letzte Kurve nahm und das Haus endlich in Sicht kam.

Sophie selbst hatte es nur einmal gesehen, während Colin mehrmals herübergeflogen war, um alle notwendigen Erledigungen zu machen und Verträge abzuschließen. Sophie kam aus Zürich und sprach ausgezeichnet Deutsch, Kate und Colin waren zweisprachig aufgewachsen. In der CERN-Außenstelle sprach man Englisch. *Die ersten paar Wochen, bis Kate eingeschult wird, bleibst du ohnehin zu Hause*, ging es Sophie durch den Kopf. *Weil es so gerade für die Kleine leichter ist, sich einzugewöhnen. Weil das Haus zwar da steht, aber eben noch kein Zuhause ist – das wird es erst werden, wenn wir uns hier eingelebt haben, mit allem, was wir mitbringen.*

Und in *ihrem* Fall waren es keine leichten Lasten.

»Ist es das?« Oliver klang überrascht.

»Das ist es«, erwiderte Colin stolz.

Das weiße mit dunklen Schindeln eingedeckte Haus war einstöckig mit einem ausgebauten Dach und einem geräumigen

Keller; groß genug, dass Colin ein Arbeitszimmer unterbringen konnte und Sophie in dem Schuppen neben dem Haus ihr Atelier. Sie liebte die Malerei, und alles, was sie dafür benötigte, würde ein Möbelwagen in den nächsten Tagen bringen.

Kunst und Wissenschaft gehen oft Hand in Hand, hatte ihr alter Professor zu ihr gesagt – und schon ein Blick hinaus, sei es in die Natur oder die Tiefe des Universums, sollte jedem, der in der Lage war, *genau* hinzusehen, zeigen, dass hier Künstler am Werk waren. Große Künstler.

Und seit diesem Tag vor drei Jahren findest du vor der Staffelei Ruhe, ist sie der Ort, an dem du dich sicher fühlst, wenn die ganze Welt wieder einmal auf dich einzustürzen scheint.

Hinter dem Haus reichten die ausladenden Kronen einiger großer Pappeln fast bis ans Haus heran. Dahinter fiel das Grundstück sanft zum See hin ab; nah am See stand ein kleines Bootshaus aus roten Brettern, am Steg schaukelte ein Ruderboot auf den Wellen.

»Das ist alles von uns?« Kate drückte ihre Nase an der Scheibe platt.

»Ja, Prinzessin. All das.«

Die Ländereien, die zum Haus gehörten und sich bis zu den Berghängen erstreckten, die den kleinen Ort wie eine Wand umschlossen, waren voller Wald – Blautannen, Fichten mit schwer herabhängenden Zapfen und Laubbäume, deren Blätter, gezahnt wie die der Weißbuche oder gekerbt wie die der knorrigen Steineichen, sich hier und da am Boden gesammelt hatten, bunte Farbtupfer auf dem saftig grünen Rasen. Selbst durch den kleinen Spalt am Fenster der Beifahrerseite hörte sie die Blätter rauschen. Das Licht der hoch stehenden Augustsonne fiel durch das Blätterwerk und malte ein Kunstwerk aus Schatten und Licht auf die Straße, die gepflasterte Einfahrt und die Hecken, die sie flankierten.

»Meine Güte, es ist wirklich herrlich«, sagte Sophie leise.

Colin holte tief Luft und nickte. *Er sieht erleichtert aus. Weil er auf deine Worte gewartet hat. Darauf, dass du seine Hoffnung bestätigst.*

»Kommen wir erst mal an.« Er parkte den Touareg vor der Garage. Für einen Moment wollte sich niemand rühren. *Lass den Motor wieder an*, ging es Sophie durch den Kopf, *lass uns einfach umkehren, zurückfahren, all das hier vergessen, diese fixe Idee, diesen verrückten Plan, der doch niemals funktionieren wird.*

Dann bellte Kenobi einmal laut und aufgeregt: Ein rotes Eichhörnchen flitzte über den Rasen, eine Nuss im Maul, kletterte den Stamm einer Pappel hinauf und verschwand.

»Wie süß«, rief Kate. »Darf ich nachschauen? Bitte?«

»Aber klar«, erwiderte Sophie mit einem strahlenden Lächeln. »Oli, hilfst du ihr? Aber geht nicht weit.«

Ihr Ältester stieg aus, ging um den Wagen herum und öffnete die Seitentür, die mit einer Kindersicherung versehen war. Dann löste er Kates Gurt, sodass sie aus ihrem Sitz aussteigen konnte.

Ihre kleine Tochter warf ihr einen Blick zu, als wollte sie fragen: *Ist es okay? Darf ich?*

Sophie nickte. *Wir können sie nicht in Watte packen. Nicht immer, nicht für alle Zeiten. Wir sind mit ihr hierhergekommen, damit es ihr besser geht. Sie ist ein Kind, ein junges Mädchen, das leben muss, wie es andere in ihrem Alter tun.*

Colin und sie sahen den beiden zu, wie sie in die Baumkrone schauten. Kate entdeckte das Eichhörnchen zuerst. Kenobi bellte wieder, als wollte er sagen: *Jetzt ist genug, ich will auch raus, der Rasen ist so herrlich grün, ich muss rennen und rennen und rennen, hinabjagen bis zum See.*

»Schaffen wir es?« Sophie warf Colin einen langen Blick zu, den er zärtlich erwiderte. Die strahlende Augustsonne ließ sein dichtes schokobraunes Haar schimmern. Ein paar graue Strähnen zogen sich hindurch, an den Schläfen. *Wir werden alt.*

»Schaffen wir das hier wirklich, hm?«, fragte sie ihn noch mal. Ihre Hand begann zu zittern. Das neue Haus, die vollkommen neue Umgebung, die Menschen, die neuen Jobs, Kates asthmatische Erkrankung, die ihr Leben in London zur Hölle gemacht hatte. Hier oben, auf knapp eintausend Metern Höhe, so sagten die Ärzte übereinstimmend, würden die Allergien sie weitaus weniger plagen: Die Pollenbelastung in der Luft, die Schadstoffe … all das war hier minimiert. Es gab eine Lungenklinik nicht weit entfernt. Als die CERN-Außenstelle ihnen zugesagt hatte, gab es deshalb für sie kein langes Zögern. Sie hatten sich beide gefühlt, als müssten sie es tun, als stünden die Sterne günstig, die Zeichen am Himmel, was auch immer … Schicksal, wenn es so etwas gab, vielleicht hatte es sie wirklich hierhergeführt.

»Phine«, erwiderte Colin zärtlich, streckte die Hand aus und legte sie sanft an ihre Wange. »Wir können hier neu anfangen. Es wird funktionieren. Ich verspreche dir, ich werde *alles* dafür tun, dass es klappt. So wie wir uns das vorstellen.«

Sophie umfasste seine große Hand mit ihrer kleineren. Sie schloss die Augen, für einen Moment nur, und atmete tief durch. »Und ich vertrau dir. Ich vertrau dir so sehr. Auch … auch wenn ich es manchmal nicht so zeigen kann, wie ich es gerne würde.«

»Du musst dich nicht erklären. Wir fangen neu an.« Colin warf einen Blick hinaus, wo Kate und Oliver dem Eichhörnchen zu einer anderen Pappel hinterherrannten.

»Neu. Ja.« Dieses Wort fühlte sich noch immer so fremd auf ihrer Zunge an. Als Colin Eve bei Kates Geburt verloren hatte – und mit der neugeborenen Kate und Oliver allein war, seine Ehefrau begraben musste –, da war er durch ein dunkles Tal gewandert, ohne einen Funken Licht am Ende zu sehen. Sie selbst war kaum mehr als eine Nebenfigur gewesen, damals. Es hatte gedauert, bis er ihr vertraut und auch nur mit dem

Gedanken gespielt hatte, dass seine Kinder jemanden brauchten, der ihnen das geben konnte, was Eve ihnen hätte geben können.

»Phinchen, woran denkst du?«

Sie schob diese Gedanken fort, weit fort. »Nichts.«

»Das stimmt nicht, das kann ich dir ansehen. Und an der hübschen, sommersprossigen Nase ablesen.«

»Ha«, machte Sophie trocken und erwiderte Colins Blick. Dort, am Rand seiner Augen, konnte sie diesen alten, verdrängten Schmerz erkennen.

Und jetzt war ihr Grab viele Hunderte Kilometer und Meilen entfernt. Aber er würde an sie denken, genau wie Oliver an sie denken würde … und wie Kate mit jedem Tag, den sie älter wurde, begriff, dass Sophie nicht ihre leibliche Mutter war.

»Lass uns ankommen«, sagte Colin leise. Er küsste sie, und dieser Kuss war warm und liebevoll und voll von einem Versprechen, das alle Worte übertraf – dass es wirklich gelingen konnte.

»Wir *werden* eine Familie. Wir sind eine Familie. Und Oli wird es verstehen. Er wird sich öffnen. Gib ihm einfach etwas Zeit.«

Ein Mann näherte sich von der anderen Straßenseite, Sophie sah seine Silhouette in den Fenstern neben der Eingangstür. Er kam aus dem Haus gegenüber. »Zeit um«, sagte sie und lächelte sarkastisch. »Jetzt ist eher die Zeit zum Aussteigen und Nachbarnbegrüßen.«

»Ich bin gleich hinter dir«, entgegnete Colin und zwinkerte ihr zu.

»Klar. Ich prügle mich für dich gerne mit …« Sophie öffnete die Beifahrertür und stieg aus. Zugleich verfiel Kenobi im Kofferraum in wildes Kläffen. Er starrte den Neuankömmling durch die Heckscheibe an und bellte, als wollte er direkt ein für alle Mal klarstellen, wer hier das Sagen hatte.

Der Mann, der an den Gartenzaun trat, war etwa siebzig. Eine Pfeife saß schräg in seinem Mund, er trug ein beigefarbenes Sakko, das nach Mottenkugeln roch. Unter seinem Arm klemmte ein Buch.

»So«, brummte er und legte offenbar so viel Verachtung in seine Stimme, wie es ihm nur möglich war. »So.«

»Sophie Carter«, sagte Sophie und streckte ihm die Hand hin. Er ignorierte sie. »Wir sind die neuen Nachbarn.«

»Ja, hab gehört, dass jemand die alte Villa gekauft hat.« Er schnaubte und die Pfeife zitterte. »Und das gefällt mir gar nicht. Sie sprechen einen komischen Akzent.«

Wie nett.

»Alles gut, Liebes?« Das war Colin, der an ihre Seite trat. Darüber, dass sie sich erst jetzt sicher fühlte, würde sie sich später ärgern – zugleich war sie froh, dass er neben ihr stand.

»Sie haben also Kinder«, sagte der Mann. Sophies Blick fiel auf das Anwesen auf der anderen Seite der Straße. Es lag weit zurückgesetzt hinter hohen, verwachsenen Hecken, die wirkten, als brüteten sie eine Krankheit aus. Das Dach war moosbewachsen, die Fassade konnte einen Anstrich vertragen. Eine Schaukel schwang rostig im Wind.

Der Mann sah verbittert aus.

Sophie warf Colin einen Blick zu und bemerkte, wie ein Schatten über sein Gesicht strich. »Ich mag diesen Ton nicht«, sagte er.

»Kinder sind laut und ungezogen. Ich brauche meine Ruhe.«

»Wir kennen noch nicht mal Ihren Namen«, warf Sophie ein. Kenobi bellte im Wagen noch immer vor sich hin, Kate kicherte irgendwo im Garten.

»Hans Forstner«, erwiderte der Mann. »Der Schriftsteller Hans Forstner. Ja, genau, *der.*«

Colin warf Sophie einen Blick zu. Ein Grinsen huschte über seinen Mund, flüchtig nur, doch sie wusste, dass er sich beherrschen musste, um nicht loszulachen. Forstner hatte seinen Namen mit einer solchen Ernsthaftigkeit ausgesprochen, mit einem solchen Pathos, als hätte er ihnen ein lang verschollenes Testament zu verkünden.

»Ach, der«, entgegnete Colin, was ihm einen scharfen Blick einbrachte. »Wir sind die Carters. Wir sind zu viert, und Kenobi ist unser Hund.«

»Kenobi also.« Forstner schüttelte den Kopf. »Und jetzt entschuldigen Sie mich. Ich nehme an, Sie müssen … erst mal für Ordnung sorgen.« Er machte einen Schritt zurück, die Pfeife in seinem Mundwinkel bebte bedenklich. »Wir sind hier eine sehr ruhige Straße, wissen Sie das? Alle hier schätzen die Stille, die Natur … und ich bin mir sicher, dass sich daran nichts ändert. Dass wir alle daran arbeiten, dass es auch so bleibt.«

Das klang kaum verhohlen bedrohlich. Sophie ertappte sich, wie sie nach Colins Hand griff, und er trat einen Schritt näher zu ihr.

Auf der Straße blieb Forstner stehen und drehte sich noch einmal um.

»Hey, Carters«, rief er. »Dieser Hund da im Auto …«

»Ja?« Aus Colins Stimme war jeglicher verspielte Unterton verschwunden.

»Ich will nicht einen Haufen auf der Straße sehen. Oder schlimmer noch – auf meinem Grundstück. Ich weiß nicht, wo ihr herkommt, aber Ausländer, die *wissen* das nicht. Wir haben hier ein Waffenrecht. Ich war in der Armee.«

»Was wollen Sie sagen, Mann?« Wie immer, wenn Colin sich aufregte, kam sein schottischer Akzent stärker durch.

»Colin, nicht«, flüsterte Sophie leise.

»Ich liebe meine Ruhe.« Hinter Forstner bremste ein Auto. Der Fahrer des Mercedes hupte und gestikulierte, aber Forstner rührte sich nicht. »Und meine Ruhe ist mir sehr, sehr heilig.«

Mit diesen Worten machte er endgültig kehrt und ging über die Straße zurück zu dem rostigen eisernen Tor seines Grundstücks, von dem grüne Farbe abblätterte.

»Was für ein Arschloch«, zischte Colin. Sophie spürte, wie sein ganzer Körper vor Wut zitterte. Die Hände hatte er zu Fäusten geballt.

»Das ist doch nur ein Spinner«, meinte sie leichthin. In ihrem Inneren aber hatte sich alles zusammengezogen – diese Art der Begrüßung hatte sie keinesfalls erwartet.

»Wie schön wäre die Welt ohne Nachbarn«, sagte Colin.

Dann begann Kate irgendwo hinter ihnen auf dem Rasen zu weinen.

KAPITEL 2

Sophie fuhr herum und sah die Kleine auf dem Rasen liegen. Colin und sie eilten hinüber. »Was ist los, Süße?«

»Sie ist gestolpert«, sagte Oliver, der danebenstand. »Mehr nicht. Ich hab ihr gesagt, sie soll aufpassen. Hier gibt es Maulwurfslöcher.«

Sophie warf ihm einen durchdringenden Blick zu. Kates Knie blutete ein wenig und der Saum ihres Kleides war grünfleckig vom Gras.

»Das ist gleich wieder gut«, tröstete Sophie und nahm Kate auf den Arm. »Wir kleben das Elsa-Pflaster drauf, ja?« Dann wandte sie sich an Colin. »Schließt du uns auf?«

»Sicher. Oli, hol bitte den Hund aus dem Wagen. An der Leine. Ich will nicht, dass er jetzt über das Gelände rennt.«

»Geht klar.«

Sophie folgte Colin zu der roten Haustür. Das Schloss knirschte ein wenig, als wollte es sich wehren. Aus dem Inneren kam ihnen ein Hauch abgestandener Luft entgegen. Licht schien durch die Oberlichter auf das Parkett. Das Haus war hell eingerichtet, die Wände waren cremefarben; sie hatten es voll möbliert gekauft, einzig einige Kleinigkeiten kamen mit dem

Transporter von der Insel – und natürlich ihre Habseligkeiten, Kleidungsstücke und einige persönliche Andenken.

Sophie nahm Kate an die Hand und ging mit ihr durch den Flur in das im Erdgeschoss gelegene Bad. Durch ein großes Panoramafenster war der See zu sehen. Vor dem Fenster stand ein Whirlpool, mit großen Fliesen verkleidet wie der Rest des Badezimmers – ein feines Muster war in die Fliesen eingeprägt, sanft geschwungene Linien, die sich durch den ganzen Raum zogen, beruhigend wirken sollten.

»Wir waschen das Blut ab, und dann«, Sophie öffnete den kleinen Arzneischrank, der in der Ecke hing, »kleben wir das Pflaster drauf.«

»Okay«, schniefte Kate, klang aber überhaupt nicht überzeugt.

»Mutige Prinzessin?«

»Mutige Prinzessin«, erwiderte Kate und kicherte ein bisschen. Sophie entdeckte eine kleine Schachtel mit Pflastern und eine Rolle Mullbinde, mehr lag nicht im Arzneischränkchen. Sie fragte sich, wer die Dinge hineingeräumt hatte. Der Hausverwalter?

Als sie sich umdrehte und in den großen Badezimmerspiegel blickte, stand jemand hinter ihr.

Sophie stieß einen Schrei aus – fuhr herum, die Hand zur Abwehr erhoben.

Aber da war niemand, der Raum war leer.

»Mama?«, hörte sie Kate zaghaft fragen.

Verflucht. Atmen, Sophie, atmen. Sie holte tief Luft. »Es ist nichts, Prinzessin.« Mit zitternder Hand öffnete sie einen anderen Schrank, in der Hoffnung, dort Handtücher zu finden.

»Alles gut hier drin?« Colin streckte den Kopf zur Tür herein.

»Mama hat sich erschreckt«, sagte Kate.

»Alles gut«, erwiderte sie etwas lahm. Sie sah Colin an, dass er es ihr nicht abnahm. Zum Glück ging er aber nicht weiter darauf ein. Er stellte eine große Tasche auf den Boden und sah zu Kates Knie. Blut tropfte auf die weißen Fliesen. »Handtücher, Mädels. Ich dachte, die könnt ihr sicher gebrauchen.«

Sophie benetzte ein Handtuch mit Wasser und entfernte Erde und Grasspuren von Kates Knie.

»Bist du sauer auf mich?«

»Nein, Kate. Natürlich nicht. Ich … ich dachte nur, ich hätte etwas vergessen. Aber das war nichts, Prinzessin. Überhaupt nichts.« Sie klebte das Pflaster auf. »So gut wie neu.«

»Ich hab dich lieb, Mama«, sagte Kate leise. Sie schmiegte sich an sie, und Sophie roch den Duft ihres Haares, streichelte sie. »Auch wenn du nicht meine Mama bist.«

»Gehst du und schaust nach Papa?«

»Klar.« Kate nickte. Sie rannte hinaus, ihre kleine Verletzung hatte sie schon fast wieder vergessen.

Auch wenn du nicht meine Mama bist. Als sich Sophie nach dem großen Spiegel umsah, sich am Waschbecken abstützte und das kupferrote Haar aus der Stirn strich, war es ihr, als bewegte sich eine der Gardinen vor dem Panoramafenster.

Sie blinzelte.

Niemand ist hier.

Alles, was du siehst, sind Erinnerungen.

An die Vergangenheit, an den Tag, an dem du um ein Haar gestorben wärst.

Jeder trägt seine Schatten mit sich, und dies sind deine – deine persönlichen Dämonen. Aber dieser Ort wird dich heilen. Du kannst es spüren. Es wird alles gut werden.

Sie wischte das Blut von den Fliesen, dann ging sie hinaus.

Als sie schon in der Tür einen letzten Blick in Richtung Panoramafenster warf, hingen die Gardinen dort vollkommen still.

Colin war dabei, die Koffer aus dem SUV zu laden, Oliver half ihm. »Bringen wir alles erst mal in den Flur. Dann zeig ich euch das Haus.«

Kate hatte sich mit Kenobi ins Gras neben der Einfahrt gesetzt, sie streichelte den großen Golden Retriever. Nachdenklich sah Sophie, wie Kenobi alles genau beobachtete. Vielleicht fragte er sich, was seine Menschen an diesen Ort geführt hatte. *Fühlst du dich genauso verloren wie ich? Oder bist du bereit, all das Neue zu akzeptieren, solange nur deine geliebte Familie bei dir sein kann?*

Sophie trug eine große Sporttasche ins Haus. Vom Flur führte eine Treppe hinauf, dahinter gingen mehrere weiß gestrichene Türen zu Küche, Wohnzimmer, Bad und in den kleinen Raum am Nordende des Hauses ab, wo Colin vielleicht sein Arbeitszimmer einrichten wollte; dahinter führte ein Durchgang auf die Veranda, die einen Blick auf den Bergsee bot. Im ersten Stock lagen die Schlafzimmer, ihres und die zwei für die Kinder, und ein zweites Bad. Eine schmale Stiege führte von hier zum Spitzboden, der ausgebaut und gedämmt war und sich als Spielzimmer für Kate anbot.

Sophie ging wieder hinaus, kraulte Kenobi, der versuchte, ihre und Kates Hand zu fangen, und dabei zufrieden brummte.

Colin hatte ihr erzählt, dass die große Straße, die sie von Visp heraufgekommen waren, um den See herumführte. Von ihr zweigten kleine Waldwege zu den verschiedenen Häusern am Seeufer ab. Einer zu ihrem und dem des unfreundlichen Nachbarn Forstner und ein weiterer zu dem Haus, das im Westen an ihr Grundstück grenzte. Eine ältere Frau lebte dort, hatte Colin erzählt, eine Witwe. Colin war ihr bei den Besichtigungen begegnet. Sie sei nett, lebe zurückgezogen, nur mit ihren Katzen.

Ob er wohl auch Forstner getroffen, ging ihr durch den Kopf, *und beschlossen hat, ihn lieber nicht zu erwähnen?*

Sonst gab es in der Nähe nur noch Sommer-Ferienhäuser, die im langen, schneereichen Winter nur notdürftig beheizt wurden, von dem zuständigen Verwalter, der dafür sorgte, dass die Rohre nicht einfroren und platzten. Der Kern des kleinen Ortes Steinberg, zu dem ihr Haus gehörte, lag einige Kilometer entfernt, sie waren vorhin hindurchgekommen. Er besaß einen Supermarkt, ein winziges Kino, eine katholische Kirche mitsamt Friedhof, ein paar kleine Läden, die von den Einheimischen betrieben wurden, eine Käserei, und etwas außerhalb lag der Hof eines Schafzüchters. Weiter oben in den Bergen, nah an der Passstraße, lag ein Bergwerk, das man schon lange stillgelegt und in ein Museum verwandelt hatte.

Das Wallis. Sophie blickte zwischen den Tannen und Lärchen hindurch, vom türkisblauen Wasser des Bergsees hinauf zu den schroffen, zerklüfteten Gebirgshängen und weiter hinauf zu den Gletschern, die weiß in der Sonne schimmerten.

Es war ruhig, friedlich … idyllisch.

Ein Ort, an dem man zur Ruhe kommen konnte.

Sie nahm den letzten Koffer aus dem Wagen und schloss die Heckklappe. Jetzt fühlte es sich so an, als seien sie zumindest mit einem Fuß durch die Tür – und wenn der schon mal dort war, dauerte es sicher nicht lange, bis sie vollkommen an diesem neuen Ort ankämen.

Gib immer acht, dachte sie an die Worte ihres Vaters, *wo dich deine Füße hintragen. Vielleicht kommst du schneller an, als dir lieb ist.*

»Hallo, schöne Frau«, sagte Colin, als sie mit dem Koffer das Haus betrat. Er sah ein wenig müde aus – aber auch zufrieden.

Die erste Hürde war genommen.

»Hier sind wir also«, sagte sie lächelnd.

»Willkommen zu Hause.«

KAPITEL 3

Der Lkw mit den Umzugskisten erreichte das Haus am nächsten Morgen – Sophie erwachte erst, als sie die Stimme ihres Mannes von draußen hörte. Sie blickte aus dem Fenster – *wir werden andere Vorhänge brauchen*, dachte sie, *diese hier passen ja überhaupt nicht* – und sah Colin in T-Shirt und kurzen Hosen drei Männern beim Ausladen helfen, der Flachbildfernseher, mehrere Kisten, deren Inhalt mit rotem Filzstift auf dem Karton notiert war, eine großformatige Leinwand mit dem Ölgemälde, das sie vor Kurzem begonnen hatte.

Oli schlief noch in seinem Zimmer, Kate lag zusammengerollt neben ihr auf der Seite, und auch Kenobi hatte sich auf das Bett gelegt. Er klopfte mit dem Schwanz auf die Decke.

»Schlaft weiter«, sagte sie lächelnd.

Dann warf sie einen Blick auf die Uhr. 8.27 Uhr.

Sie stapelte einige belegte Brote auf ein Tablett – Colin hatte gestern Abend zum Glück noch einige Lebensmittel eingekauft – und stellte eine große Kanne Kaffee und mehrere Tassen daneben. Dann nahm sie es und ging hinaus, wo sich die Männer gerade mit der großen Couch abmühten, von der sie sich nicht hatten trennen können. Ein wertvolles Stück, das Colin bei einer Auktion erstanden hatte.

»Wenn die Herren vielleicht eine Pause machen wollen und eine Stärkung brauchen«, sagte sie mit leicht spöttischem Unterton. Und natürlich brauchten sie die Stärkung – das Tablett war im Handumdrehen leer.

Nachdem der Lkw geleert war und die Transporteure wieder abgefahren waren, betrachtete Sophie das Chaos in Flur und Wohnzimmer, all die Kisten, das Papier und die Polstermaterialien …

»Wir werden eine größere Mülltonne brauchen«, sagte Colin grinsend.

»Oder ein größeres Wohnzimmer.« Sophie sah ihn an, und sie beide mussten lachen. Sophie küsste ihn zärtlich. Gestern Abend waren sie beide todmüde in die Federn gefallen, direkt nachdem sie Kate ins Bett gebracht hatte und Kenobi an einer der Pappeln unten beim See sein Bein gehoben hatte.

»Und, erzählst du mir jetzt«, fragte Colin, »was du gestern hattest?«

»Was hatte ich denn?«

»Kate sagte, du hättest dich erschreckt.«

Kurz überlegte sie, Colin einfach zu sagen, Kate hätte eine lebhafte Fantasie, mehr nicht, doch dann entschied sie sich dagegen. »Ich dachte … ich hätte *ihn* gesehen.«

Sophie spürte, wie sich Colin anspannte. Er schob sie eine Armlänge von sich und musterte sie ernst. »Jetzt? Hier?«

»Es ist nur der Stress«, erwiderte sie, »mehr nicht.«

»Ab übermorgen, wenn ich im Labor anfange, werde ich nicht mehr den ganzen Tag hier sein.«

Sie nickte. »Wir kommen schon zurecht.«

»Der Händler kommt später, und wenn alles funktioniert, hat er den Wagen dabei.«

»Wir müssen das nicht noch mal besprechen. Das klappt, Großer. Vertrau mir.«

»Ich mache mir aber Sorgen.«

»Wie immer also«, sagte sie. Sie küsste ihn, seine Nähe war tröstlich. »Aber das war nur eine Erinnerung. Mehr nicht. Wir kriegen das hin. Es ist ja nur eine Teilzeitstelle im Labor und sie beginnt erst übernächste Woche … Ich kümmere mich vorher darum, dass die beiden zur Schule kommen. Dass sie sich zurechtfinden. Ich hoffe, dass es einfach für sie wird.«

»Für Kate, ja. Für Oli … weniger.«

Sophie blickte zu den herumstehenden Kisten. Wie Trümmer nach einer Schlacht. »Insgeheim gibt er mir die Schuld«, murmelte sie. »Für das hier, für …«

»Schsch«, machte Colin und streichelte ihren Rücken. »Gib ihm etwas Zeit.«

»Und wenn die Zeit es nicht besser macht? Sondern nur noch schlimmer? Manchmal werde ich das Gefühl nicht los, dass er mich hasst. Ich bin nicht seine Mutter, in seinen Augen habe ich ihm nichts zu sagen, ich bin an ihrer Stelle, wo ich nicht hingehöre …«

»Das will ich nicht hören. Ganz sicher nicht. Nicht von ihm und …« Er zögerte.

»Und von mir auch nicht?«

»Du machst dir zu viele Gedanken. Oliver kommt zurecht. Das muss er, weil ich nicht akzeptiere, dass er dich so behandelt. Er wird darüber hinwegkommen … wie ich auch. Und Kate wird es auch verstehen, wenn sie größer ist.« Er sah ihr in die Augen und sein Gesicht wurde weich, sanft und liebevoll. Damals, als sie und Colin sich Tag für Tag bei der Arbeit gesehen und sie noch nicht gewusst hatten, was Eve bevorstand, da hatte er noch viel glücklicher ausgesehen. So zufrieden mit sich, seinem ganzen Leben. Wie ein Mann aussah, wenn er endlich angekommen war, nach vielen Jahren der Suche.

Aber das Schicksal war manchmal brutal, und manchmal schlug es dort zu, wo man es am wenigsten erwartete.

»Du bist das Beste«, fuhr er fort und riss sie aus ihren Gedanken, »was mir hätte passieren können. Ich verdanke und schulde dir so viel.«

»Du schuldest mir gar nichts«, erwiderte sie leise. »Sag das nicht.«

»Du hast mir einen Sinn zurückgegeben, in einer Zeit, wo ich kaum mehr einen Sinn gesehen habe. Und Kate und Oli werden es verstehen. Sie werden sehen, was ich in dir gesehen habe. Sie werden dich ebenso lieben.«

»Aber nicht wie Eve. Oli wird das niemals tun.«

»Oli …« Colin hielt inne. Er drehte den Kopf zur Tür. Auch Sophie hatte draußen im Flur die Treppenstufen knarren gehört.

»Oli?«, rief er laut. »Bist du das?«

Sie gingen hinaus. Es war nicht Oli, es war Kate, die mit ihrem großen Teddy, den sie Mr Snuggles nannte, auf der Treppe stand, den Stoffbären eng an sich gepresst.

Sophie bemerkte schneller als Colin, dass etwas nicht stimmte. »Hey, Schätzchen, was ist denn? Hast du geweint?«

Sie nickte zaghaft.

Sophie ging vor ihr auf die Knie und wischte ihr die Tränen von den Wangen. »War es ein schlimmer Traum?«

Kate zögerte, klammerte sich an ihren Teddy, dann nickte sie.

»Magst du uns erzählen, was dir Angst gemacht hat?«, fragte Sophie.

Kate schüttelte den Kopf. »Weiß nicht mehr«, sagte sie kaum hörbar.

»Mr Snuggles«, sagte Colin und strich Kate und dann dem Teddy über den Kopf, »ist ein großer Ritter des Königs. Und er bewacht seine Prinzessin.«

Kate schniefte und nickte.

»Aber die Prinzessin ist ebenso mutig«, ergänzte Sophie, »und tapfer wie Mr Snuggles.«

»Das ist sie«, sagte Kate und strahlte wieder. »Klar!«

»Mr Snuggles und Kate, das tollste Team der Welt!«

Alle drei mussten lachen, und Kate hatte ihren Albtraum so schnell wieder vergessen, wie er gekommen war.

Später am Tag fuhren sie in den Ort, kauften Lebensmittel und Futter für Kenobi. Colin entdeckte einen kleinen Eisstand, der exakt zwei Sorten Milcheis anbot – Schokolade und Vanille –, und kaufte vier Eistüten, mit denen sie am Ufer der Reuß spazierten, ein türkisblaues Band aus Gletscherwasser, das weiß über Felsbrocken hinwegschäumte.

Sophie musterte die alten Gebäude, vor vielen Jahren hatten die Grandhotels das Städtchen sicher prachtvoll geschmückt, damals, als der alpine Tourismus hier oben noch blühte – heute waren sie heruntergekommen, kaum mehr Schatten ihrer selbst. »Zu verkaufen« stand auf einigen Schildern; an anderen Stellen wurde gebaut, die alten Gerippe wurden abgerissen.

»Vieles ist im Umbruch«, sagte Colin, als er ihren Blick bemerkte. Sie stiegen wieder ins Auto ein und fuhren los. »Aber der Ort wird sich zum Besseren wandeln.«

Sophie, die Planungsprospekte der Investoren gelesen hatte, die auch hier in vielen Geschäften auslagen, war sich nicht ganz so sicher, ob es wirklich dazu kommen würde.

Ein paar Minuten später parkten sie vor dem großen, kastenförmigen Komplex der internationalen Schule und Colin zeigte Oliver die Bushaltestelle.

»Aber für den Anfang«, fügte er hinzu, »wird Sophie euch fahren. Dich, Oli, und dich, Kate, ohnehin.«

»Muss das sein? Es sind nur fünfzehn Minuten oder so.«

»Zwanzig, mit dem Bus. Fünfunddreißig, wenn du einen verpasst.«

»Ich kann auch laufen.«

»Nein. Fahrrad, das ist eine Idee«, sagte Sophie.

»Wirklich?« Oliver warf ihr einen überraschten Blick zu. »Und ich dachte, du willst mich weiter fleißig in Watte packen.«

»Was? Ich will dich …«

»War nur ein Witz. Das wär super.« Oliver wirkte zum ersten Mal fröhlich, seit sie in Steinberg angekommen waren. Die Sonne ließ seine blasse Haut leuchten, doch die Ringe unter seinen durchdringend grünen Augen verliehen ihm nach wie vor ein müdes, etwas kränkliches Aussehen.

Er schläft zu wenig, hatte Sophie schon häufig zu Colin gesagt. *Er macht sich Sorgen, etwas beschäftigt ihn – und wir wissen doch genau, was das ist.*

Auch das geht vorbei, hatte Colin gemeint – aber Sophie war sich da nicht ganz sicher.

»Das mit dem Fahrrad sehen wir später«, bestimmte Colin. »Zuerst fahrt ihr mit Sophie, und damit hat es sich.«

»Ich bin fünfzehn, Dad. Es sieht vollkommen albern aus, wenn ich mit dem Auto gebracht werde.«

»Wir kriegen das schon hin«, beschwichtigte Sophie. »Ich bin doch cool genug, oder?«

Ein flüchtiges Grinsen huschte über Olivers Lippen. »Hm, ja … weiß nicht.«

»Ich bin sooo aufgeregt«, piepste Kate. »Das ist so toll!«

Ihr Haar schimmerte in der Sonne, es war so goldblond wie das ihrer Mutter Eve.

»Kannst es wohl kaum erwarten«, sagte Oliver und klang gelangweilt. »Aber ich sag dir: Die Schule ist nichts Besonderes. Nur eine Abfolge von langweiligen und langweiligen Tagen.«

»Dein Bruder macht nur Witze«, hielt Sophie dagegen. »Du wirst merken –«

»Oli ist doof.« Kate kicherte. Ein Schatten schien Olivers Gesicht zu verdunkeln. Er kickte einen kleinen Stein über den Parkplatz.

»Also dann?« Colin straffte sich, während sie über den Pausenhof auf das Gebäude zugingen. »Gehen wir.«

Die Tür der Schule öffnete sich wie ein Schlund, der die Neuankömmlinge verschlucken wollte. Sophie blickte den mit dunklem Klinker verkleideten Bau hinauf. Unter dem spitz zulaufenden Dach hing eine Uhr mit golden schimmernden Zeigern, die Eingangstür flankierten zwei Löwen, steinerne Wächter mit strengen Blicken. »Wir werden erwartet«, sagte Colin und wandte sich zu seiner Familie um.

»Und wer erwartet uns bitte?«, fragte Oliver.

»Arthur Bergman. Der Schulleiter.«

Bergman hieß sie in seinem Büro willkommen, einem großen, über und über mit Büchern vollgestopften Raum weit oben in der Schule. Schon als Sophie mit den Kindern und Colin durch die langen Gänge lief, hatte sie sich seltsam nostalgisch gefühlt. Ihr war, als hallten die Stimmen der Kinder durch die Luft, während Kreidestaub im Licht schimmerte, das schräg durch die hohen Sprossenfenster in die Korridore fiel. Hier und da hing eine vergessene Jacke an einem Haken und aus mancher offen stehenden Klassenzimmertür erklangen leise Stimmen.

Das war ein anderer Ort als die Schule in London. Aber vielleicht ein besserer. Die Jungs in Olivers Klasse waren nicht gerade nett gewesen und hatten es ihm keineswegs leicht gemacht.

Arthur Bergman war ein kleiner Mann, der seine geringe Größe jedoch durch seine Ausstrahlung wettmachte. Sophie hatte selten jemanden erlebt, der von der ersten Minute an dermaßen charismatisch wirkte.

Hinter einem schlanken Brillengestell aus Edelstahl musterten sie dunkelblaue Augen. Bergman trug einen anthrazitfarbenen Anzug ohne die kleinste Falte. Seine Hände waren gepflegt, in einem dunklen Regal hinter ihm standen Abhandlungen über Physik und schulische Didaktik.

»Familie Carter«, begrüßte er sie, reichte Sophie und Kate die Hand, danach Oliver und Colin. »Es ist mir eine Freude.«

»Ganz unsererseits«, sagte Colin. Sophie hörte, wie er sich bemühte, auch nur den kleinsten Hauch eines Akzents in seiner Stimme zu unterdrücken.

»Wie haben Sie hergefunden? War die Ankunft angenehm? Es ist herrlich derzeit, wir können uns glücklich schätzen, dass der Sommer einen solch goldenen und wunderschönen Ausklang findet.«

Nach einigem Small Talk wandte sich Bergman Oliver und Kate zu. »Ihr seid mit Sicherheit aufgeregt, und auch das ist ganz normal. Ein neuer Wohnort, eine neue Umgebung, diese Schule. Aber ihr werdet sehen, wir alle hier sind furchtbar nett.«

Kate musste kichern. »Ich bin so, so aufgeregt«, rief sie.

»Zu Recht, Kate Carter. Zu Recht.«

Ein Sonnenstrahl fiel durch das hohe Sprossenfenster und beschien die Bronzebüste des Gründers der Schule, der sie von dem Bücherregal hinter Bergman durchdringend musterte, als wollte er sagen: *Willkommen. Willkommen in diesen Hallen, die schon so viele junge Köpfe gesehen haben. Der Weg, den diese beschritten haben, steht euch offen ... was ihr daraus macht, liegt nun ganz in eurer Hand.*

Am Abend brachte Sophie Kate zu Bett, küsste sie und strich ihr über das goldblonde Haar. »Schlafenszeit, kleine Prinzessin.«

»Ich mag noch nicht schlafen«, maulte Kate und nahm Sophies Hand. »Ich bin so aufgeregt.«

»Wir sind übermorgen alle gemeinsam mit dir dort. Oli, Papa, Kenobi und ich. Und die süße Schultüte, Kleines. Mit allen Süßigkeiten. Für die weißen«, sie kitzelte Kate und die Kleine kicherte, »Mäusezähne!«

»Ich hab dich sehr lieb, Mama.« Als Sophie das Buch vom Nachttisch nahm, aus dem sie oder Colin gerade vorlasen, kuschelte sich Kate an ihren großen braunen Teddy Mr Snuggles und sah erwartungsvoll zu ihr auf.

»Und ich«, erwiderte Sophie, »liebe dich noch viel, viel mehr, meine Kleine.« Sie schlug das Buch auf, suchte nach dem Lesezeichen und begann. In der Geschichte erlebte ein Mädchen ein Abenteuer an der Seite seiner besten Freunde – das Buch war kindgerecht und in heiterem Ton geschrieben, Kate musste immer wieder kichern.

»Wenn ich groß bin«, sagte sie nach einer Weile, »will ich auch Wissenschaftlerin werden. Physikerin!«

»Das kannst du. Aber eins nach dem anderen. Du weißt ja ...«

»Ja. Schule. Das dauert alles noch lange.«

»Nicht lange, Süße. Nicht wirklich lange.«

»Wie bald ist Weihnachten, Mama?«

Sophie musste lächeln. Die Kleine war so süß, wie sie dort im Bett lag und sie anstrahlte, die Decke fast bis unter ihre Nasenspitze hochgezogen. »Bis Weihnachten ist es auch nicht mehr lange. Vier Monate und wenige Tage.«

»Also noch schrecklich lange«, seufzte Kate.

Sophie beugte sich vor und küsste die Kleine. »Schlaf jetzt. Bis morgen, Süße.« Sie schaltete die Nachttischlampe aus und legte das Buch daneben. Nur noch ein paar Seiten bis zum Ende. Kate wünschte sich, dass die Geschichte nie zu Ende gehen würde, aber diesen Wunsch konnte sie nicht erfüllen.

Sie würden ein neues Buch finden müssen, das Kate ebenso gernhatte. Zum Glück gab es einen winzigen Buchladen in Steinberg.

Auf Zehenspitzen schlich Sophie hinaus. In der Küche fand sie Colin. Er saß im Licht der einzigen Lampe, die direkt über dem Tisch angebracht war. Ringsum in der Dunkelheit türmten sich die Kisten, die noch ausgepackt werden mussten, Reste ihres alten Lebens.

Sophie zog sich einen Stuhl heran und setzte sich neben ihn. Colin hatte den Kopf in die Hände gestützt und sah sie mit übermüdeten Augen an. »Das ist es also«, sagte er. »Steinberg. Und wir vier ...«

Sophie nahm seine Hand in ihre. Sie war kalt, als wäre er lange draußen gewesen in der frischen, klaren Nachtluft – vielleicht um den Kopf freizukriegen. »Und? Was meinst du?«

»Was mein ich zu was?«

»Zu alldem. Zu ... Bergman, der Schule ... zu Steinberg.«

»Ja«, erwiderte Colin und klang so müde, wie er aussah – und wie sie sich gerade fühlte. »Die Zeit wird's zeigen, oder?«

»War noch was mit Oli?«

»Tja, solange es keinen Jack Ulther an dieser neuen Schule gibt, sollte alles okay sein.«

»Das wird er nicht los, oder?«

»Wie sollte er auch? Wenn dich ein Gleichaltriger aus der Parallelklasse regelrecht bedroht ... das ist nicht mehr wie früher. Die Kids von heute sind anders.«

»Aber er ist von der Schule geflogen.« Sophie erinnerte sich an diese Zeit vor zwei Jahren, als der dreizehnjährige Jack Ulther Oli aufgelauert hatte, um ihn zu verprügeln. Oli hatte zurückgeschlagen. Von der Schule verwiesen worden war Jack Ulther jedoch wegen eines Ereignisses nur wenige Wochen später. Und dieses Ereignis hatte ein gewöhnliches kriminelles Maß weit überstiegen.

»Wir hatten diese Diskussion schon.« Colin zog seine Hand zurück. Sophie spürte, wie er sich verschließen wollte.

»Hey«, sagte sie leise, »mach das bitte nicht.«

»Was machen?«

»Das, was du gerade tust. Dich von mir zurückziehen.«

»Tut mir leid, Sophie. Es ist gerade etwas viel.«

»Ja. Ich weiß. Aber es gibt keinen Jack Ulther hier. Es ist ein Neubeginn. Wir haben alle Altlasten zurückgelassen.«

Colin sah sie an, in seinen dunklen Augen schimmerte im blassen Licht der Küchenlampe eine drängende Frage. »Haben wir das?«, fragte er nachdenklich. »Haben wir das wirklich?«

»Wenn du mich meinst«, erwiderte sie, »ja. So gut ich das kann.«

Colins Lächeln wurde weich. »Entschuldige.«

»Kein Grund dafür.« Sophie beugte sich vor und küsste ihn. Er schmeckte nach dem Bier, das er zu der aus dem Ort mitgebrachten Pizza getrunken hatte, und roch nach einem langen Tag.

»Gehen wir schlafen?«

»Klingt gut.«

»Schlafen oder ... schlafen?« Sophie lachte kehlig und leise, als sie seinen Hals küsste. Dann spürte sie, wie jemand ihr Bein anstupste – Kenobi hatte sie in der Küche gefunden.

»Was machst du denn hier?« Sophie kraulte dem Retriever das dichte goldene Fell. »Solltest du nicht bei Kate schlafen, wie immer? Oder mal zur Abwechslung bei Oli?«

Kenobi ließ ein leises Winseln hören. »Er muss noch mal raus«, sagte Colin. »Also gut, dann –«

»Nein, Großer. Ich nehm ihn kurz mit. Geh duschen. Ich komme gleich nach.«

Sophie küsste ihn noch einmal und zwinkerte ihm zu, dann ging sie mit Kenobi zur Haustür. Die Nachtluft war erfüllt von leisen Geräuschen – der Wind wisperte durch das Gras und die

Blätter der Pappeln, der Himmel über ihr wirkte wie ein großer dunkler Edelstein voller funkelnder Einschlüsse. Blasse Wolken zogen schnell mit dem Wind, ehe sie sich in der Ferne an den schroffen Gebirgshängen stauten.

Sophie lauschte, während Kenobi zu einer Pappel trottete und das Bein hob. In den Hecken, die ihr Grundstück von dem der Nachbarin abgrenzten, raschelte es. Sie spähte hinüber. Das Gebäude im Westen war etwa so groß wie ihr neues Haus und hatte ebenfalls eine Veranda mit Blick auf den See. Ein stabiler Holzzaun trennte die Grundstücke voneinander. Kenobi schnüffelte am Zaun, dann begann er zu graben, mit den Vorderpfoten wühlte er sich tief in die weiche Erde. Sophie ging hinüber. »Hör auf, du Riesennase«, befahl sie. »Du weißt doch ganz genau, dass du nicht buddeln sollst.«

Kenobi blickte mit heraushängender Zunge zu ihr auf, als wollte er lachen – vielleicht über sie, weil sie sich so viele Sorgen machte?

Sophie sah durch die Lücken im Holzzaun hinüber zum Nachbargrundstück und erschrak. Dort stand jemand! Eine Silhouette, reglos auf dem Rasen.

Das Mondlicht spiegelte sich in einem Augenpaar.

Sophie trat einen Schritt zurück.

Wer war das? Die Witwe, die das Nachbargrundstück bewohnte, sollte doch erst nächste Woche aus dem Urlaub zurückkehren, zumindest hatte Colin das berichtet.

Die Gestalt bewegte sich, hob einen Arm und –

Und winkte.

»Haben Sie keine Angst«, sagte eine weibliche Stimme, »ich wollte Sie nicht erschrecken.«

Sophie holte tief Luft. Kenobi hatte die Fremde auch bemerkt, doch er knurrte nicht. Stattdessen steckte er die Nase wieder in sein Loch am Zaun und machte Anstalten weiterzugraben. »Hör auf«, sagte Sophie scharf.

»Es sind die Maulwürfe«, meinte die Frau. Sie kam näher, und Sophie bemerkte, dass sie schwerfällig ging – sie stützte sich auf einen Gehstock. In ihrem Garten flammten einige Lampen auf und erhellten die Pappeln und den Rasen. Nun konnte Sophie ihr Gegenüber deutlich erkennen: Die Frau war klein und hatte ihr schlohweißes Haar zu einem Zopf gebunden. Sie war vielleicht sechzig, aber ihr Blick gehörte einer viel jüngeren Frau – nur die Willenskraft, die dort leuchtete, zeugte von vielen Jahren Lebenserfahrung.

»Irda Mattner«, stellte sie sich vor. »Und noch einmal, entschuldigen Sie mein Auftreten. Ich wollte Sie nicht erschrecken.« Mit einem leisen Seufzer ging sie in die Knie und betrachtete Kenobi durch die Holzstäbe des Zaunes hindurch. »Darf ich ihn streicheln?«

»Klar. Er ist lieb. Und doof. Er würde jedem Einbrecher voller Freude hinterherlaufen, um mit ihm zu spielen.«

Kenobi brummte, als Irda sein Fell kraulte. »Ich liebe Hunde. Hatte zwei Dackel. Die ruhen jetzt unten am See im Schatten einer Pappel, und seitdem …«, sie zögerte, »… hab ich mich einfach nicht aufraffen können. Mein Mann ist fast zeitgleich mit ihnen gegangen, als hätten sie es nicht ertragen, ohne ihn zu sein. Und ich … ich weiß auch nicht, ob ich es ertrage.«

»Sophie Carter.« Sie schüttelten einander die Hände durch den Holzzaun hindurch. Irdas Händedruck war kräftig – sie konnte die Schwielen an ihrer Hand fühlen.

»Das war also Ihr Mann. Der große Dunkelhaarige, der mit dem Verwalter ein paar Mal nebenan war.« Irda musterte sie prüfend. »Und jetzt haben Sie sich also entschieden.«

Sophie nickte. »Wir sind eingezogen. Das bedeutet, jetzt sind wir wohl Nachbarn.«

»Willkommen in Steinberg«, sagte Irda. »Es ist ein schönes Fleckchen. Würde ich nicht hier wohnen – hätte nicht ein gewisser Dummkopf, den ich später als meinen Mann bezeichnet habe, diesen Ort entdeckt –, ich würde dieses schöne Fleckchen noch immer suchen. Vielleicht auch finden. Ja, es ist schön. Es ist still. Vielleicht auch manchmal zu still.« Als sie dies sagte, wirkte sie traurig – und allein.

»Sind Sie ganz allein am See?«

»Ganz allein.« Irda lächelte matt. »Wir haben hier nie viele Gäste, und mit dem Schriftsteller da drüben, mit dem habe ich nichts zu schaffen. Auch wenn es schade ist, aber er bleibt lieber für sich. Gott weiß, was er den ganzen Tag da drin treibt.«

»Schreiben?«

Sie schnaubte. »Nein, das denke ich nicht.« Mehr wollte sie zu dem Thema offenbar nicht sagen, und Sophie fand es keinesfalls angemessen, sie auszuhorchen.

»Es ist herrlich zu dieser Uhrzeit«, sagte Irda. »Die Luft schmeckt nach den Höhen. Sie schmeckt wie ein altes Versprechen. Ich rede manchmal noch mit ihm …«, ihre Augen wanderten hinauf zum Himmel, der so dunkel war wie ein polierter Obsidian, die Sterne strahlten wie Edelsteine herunter, »… auch wenn ich natürlich weiß, dass er nicht mehr da ist. Aber vielleicht kann er mich noch hören, das red ich mir zumindest ein.« Ihr Blick richtete sich wieder auf sie, das Mondlicht schimmerte in ihren Augen. »Und Sie? Was treibt Sie hier hinaus? Ich habe gesehen, Sie haben einiges mitgebracht.«

Mitgebracht. Die Art, wie Irda dieses Wort aussprach, verwunderte sie. »Meinen Mann, meine Kinder«, antwortete sie. »Aber hier draußen bin ich nur wegen ihm.« Sie deutete auf Kenobi, der im Gras lag und zum See hinabblickte, aufmerksam, mit gespitzten Ohren, als warteten dort unten Geheimnisse, um die er sich kümmern musste. »Bleib«, sagte sie zu ihm.

»Ich habe selbst einen Sohn.« Irda räusperte sich. »Er ist jetzt erwachsen und fortgezogen, und die Alten bleiben zurück. Wenn er mich nicht manchmal besuchen käme, wäre ich jetzt wirklich ganz allein.«

Etwas an diesen Worten berührte Sophie zutiefst. *Sie ist völlig einsam.*

»Vielleicht sind Sie ja jetzt nicht mehr ganz so allein«, meinte sie.

»Das ist lieb von Ihnen, Frau Carter. Aber Sie werden Ihre Zeit ganz für sich brauchen und nicht für eine alte Frau.«

Dazu schwieg Sophie. Sie wandte sich zum Gehen. »Gute Nacht.«

»Gute Nacht«, erwiderte Irda, »gute Nacht und … willkommen.«

Als Sophie mit Kenobi am Haus ankam, drehte sie sich noch einmal um und blickte zurück über den dunklen Rasen und an den Pappeln vorbei, die wie nächtliche Wächter um das Haus standen. Sie war sich sicher, dass Irda Mattner noch immer auf der anderen Seite des Zaunes in ihrem Garten stand und über den dunklen See hinwegblickte.

TEIL EINS
DER SCHAUERMANN

KAPITEL 1

Eine Woche später mähte Sophie den Rasen mit einem fahrbaren Ungetüm, das Colin in Steinberg besorgt hatte. Es lärmte und spuckte eine grüne Wolke aus zerkleinertem Gras hinter sich aus, aber nach einer halben Stunde war Sophie froh, dass sie das gewaltige Gelände bis hinab zum See nicht zu Fuß mähen und die Maschine vor sich herschieben musste. Kate saß mit Kenobi im Schatten einer Pappel, die Augustsonne malte Flecken aus Licht und Schatten auf das saftig grüne Gras. Der Golden Retriever musterte den Aufsitzmäher misstrauisch, als wollte er sagen: *Komm mir ja nicht zu nahe, du seltsames Ding.*

Irda Mattner war nebenan damit beschäftigt, das hartnäckige Wurzelwerk eines alten, abgestorbenen Busches zu entfernen. Sophie sah immer mal wieder hinüber und ihr wurde klar, dass die Frau wirklich gut zupacken konnte, für schwere Arbeit war sie sich keineswegs zu schade.

»Die Arbeit macht sich nicht von allein«, rief sie ihr zu, »vor allem jetzt, wenn alle anderen nicht mehr da sind.«

Sophie winkte zurück, dann fuhr sie mit dem Mäher bis zum See hinab, am Bootshäuschen vorbei. Dort hielt sie an und stellte den Motor aus – nach dem Lärm fühlte sich die Stille herrlich an. Ein Vogel zwitscherte in einer Baumkrone.

Sie war nun eine ganze Woche hier, Colin arbeitete bereits in der CERN-Außenstelle, Oliver und Kate hatten die ersten Schultage hinter sich – und trotzdem hatte noch niemand von ihnen die Zeit gefunden, einen Blick in das Bootshäuschen zu werfen.

Sie ging zum Haus zurück. Die Schlüssel zum Häuschen lagen im Flur in einer alten, aus Eichenholz getischlerten Kommode, auf der neben dem Telefon ein paar Post-its lagen. An der Wand hatten sie einen Kalender angebracht – wichtige Telefonnummern standen dort, die der Schule, die des Tierarztes aus dem Ort, die Durchwahl zum Labor, daneben hingen die Stundenpläne von Oli und Kate.

Sie fuhr mit dem Finger den Plan entlang – noch eineinhalb Stunden, dann würde Oli zurückkommen. Der Bus hielt ganz in der Nähe, und die letzten Tage hatten Kate, deren Unterricht früher endete, Kenobi und sie ihn abgeholt.

Er gewöhnt sich ein. Es wird schon.

Und Kate? Die ist vollkommen begeistert.

»Mama?«, hörte sie die Kleine draußen rufen, dicht gefolgt von Kenobis tiefem Bellen. »Die Nachbarin ist am Tor.«

Sophie eilte hinaus. Tatsächlich, Irda Mattner stand vor dem Tor. Sie hatte ein großes Tablett dabei, auf dem ein Kuchen und eine Thermoskanne standen.

»Ich dachte mir, Sie hätten vielleicht Lust auf eine kleine Pause und ein Picknick.« Irda hatte sich eine der Sonnenblumen an das Hemd gesteckt, die hinter dem Haus zuhauf wuchsen.

Sophie sah sich nach Kate und Kenobi um, die in einiger Entfernung stehen geblieben waren. Dann plötzlich tauchte eine alte Erinnerung in ihren Gedanken auf, jäh wie ein Blitz in der Nacht: eine dunkle Unterführung – eine regnerische

Nacht in London, über ihrem Kopf ratterte eine Bahn auf den Schienen, ihre Absätze klackerten über den Asphalt.

Sie spürte den Verfolger in ihrem Nacken, ihr war, als könnte sie seinen Atem fühlen, er war so dicht hinter ihr, dass sich die feinen Härchen auf ihrer Haut aufrichteten.

Und eines wusste sie außerdem – er kam immer näher.

Und sie war ganz allein.

»Frau Carter?«

Die Stimme von Irda Mattner riss sie aus ihren Gedanken. Sophie blinzelte. *Verflucht, lass diese Gedanken los. Es ist vorbei. Du hast lange genug einer schrecklichen Vergangenheit nachgehangen.* »Klar. Gerne. Kommen Sie rein.« Sophie griff nach dem Tor und öffnete es. Als Irda Mattner an ihr vorbeiging, roch sie ihr Parfüm – ein Hauch von Rosen – und bemerkte, wie die Frau ein wenig humpelte, das linke Bein nachzog. Und noch etwas bemerkte sie: Ihr dunkelbraunes Haar war gefärbt.

»Ein herrlicher Sommer«, sagte die Nachbarin und blickte über den Rasen zum See hinab. »Aber da kommt ein Wetterumschwung.«

»Wir haben es im Radio gehört«, erwiderte Sophie.

»So? Ich nicht. Mir sagt das mein Knie.« Sie klopfte auf ihr linkes Bein.

»Das tut mir leid.«

Irda Mattner lächelte. »Das muss es nicht. Es war ein Unfall – und ein Kunstfehler. Ein Arzt, der halb betrunken zur OP kommt, hat man so was schon gehört?«

Sophie nickte nur betroffen. Aus der Thermoskanne duftete es nach Pfefferminztee. »Marmorkuchen«, sagte Mattner. »Für gewöhnlich backe ich nicht mehr, aber jetzt, wo wieder Kinder in der Nähe sind …«

»Das ist wirklich lieb.« Sophie warf ihr einen langen Blick zu. *Natürlich*, überlegte sie, *du könntest sie fragen. Es bietet sich an, aber …*

41

»Ihr Mann arbeitet, nicht wahr?« Irda Mattner folgte ihr durch den Garten, nahm ein Messer vom Tablett, schnitt den Kuchen und probierte.

»Das ist richtig. In der Außenstelle des CERN.«

»In diesem Labor, das die dort oben vor ein paar Jahren gebaut haben?« Mattner klang erstaunt. »Ich hab mich immer schon gefragt, was die da so treiben.«

»Ein Labor«, erwiderte sie, »genau. Aber ich denke, es wäre etwas kompliziert …«

»Schon gut, schon gut«, winkte Mattner ab. »Ich verstehe davon ohnehin nichts.«

»Ich habe Physik in Cambridge studiert. Genau wie Colin. Wir sind uns einige Jahre später begegnet. Und jetzt … jetzt arbeitet er da oben. Experimentalphysik.«

»Das klingt interessant.« Mattners Blick fiel auf Kate und Kenobi, und sie runzelte die Stirn. »Wer passt auf die Kinder auf, wenn Sie auch arbeiten?«

»Sie haben recht, ich werde ab nächster Woche jemanden brauchen, der sich um Kate und Oliver kümmert. Und um den Hund. Er jault den ganzen Tag über, wenn man ihn allein lässt.«

Und damit wären wir wieder beim Thema. Das ich in der letzten Woche – und in den Monaten davor – wieder und wieder mit Colin diskutiert habe.

»Ich will Ihnen ja nicht reinreden«, sagte Mattner, »aber vielleicht wäre es doch besser, wenn Sie …«

»Wenn ich länger zu Hause bliebe?«, warf Sophie ein. »Wie kommen Sie darauf? Ich kann das nicht so einfach verschieben.«

Mattner sah sich nach Kate um, die ein ganzes Stück entfernt neben Kenobi im Schatten lag und ein Bild malte. Die Kleine zog eine Schnute, als wäre sie nicht zufrieden mit ihrem Werk.

»Vielleicht wäre es für die Kleine besser. Mädchen in diesem Alter sind manchmal etwas … schwierig. Zumindest in einer Situation wie dieser, mit dem Umzug, der neuen Schule. Verstehen Sie, was ich sagen will? Ich will mich keineswegs einmischen, aber ich sehe die Kleine häufig im Garten und ...«

Sie beendete ihren Satz nicht.

Und was?

»Wir werden sehen«, sagte Sophie knapp und versuchte, ihren Ärger runterzuschlucken.

»Ich bin allein, Frau Carter. Und mein Sohn ... ich wünschte, ich wäre früher mehr für ihn da gewesen. Das war ich aber nicht. Wir haben gearbeitet, sind Dingen hinterhergelaufen, die am Ende unerreichbar waren.«

»Ach ja?« Sophie entdeckte eine Regung in den Augen der älteren Frau, als sich ihre Pupillen kaum merklich erweiterten ... vielleicht Angst. Vor dem Tod möglicherweise oder eher davor, allein zu sein.

»Und was ist es bei Ihnen, Frau Carter? Was beunruhigt Sie so sehr?«

Sophie spürte, wie sie sich anspannte, verkrampfte, wie sich alte Erinnerungen mit ihrer Verärgerung über diese Worte vermischten. Die dunkle Unterführung, die Bahn, die auf den Schienen über ihr rumpelte. Die Schritte. »Das ... Es ist nichts.«

»Mama?« Kate kam herübergerannt, ihr Bild presste sie an sich wie einen großen Schatz.

»Bist du fertig?«

»Fast. Magst du es anschauen?«

»Darf ich denn?«

Kate nickte. Sie drehte das Bild so, dass Sophie – und auch Irda Mattner – es sehen konnte. Es war ihr neues Haus, der See dahinter war eindeutig zu erkennen, und davor, einander an den Händen haltend, vier Strichfiguren – zwei größer, zwei kleiner – und ein ziemlich eckig gezeichneter Hund daneben.

»Wie schön.«

»Sogar sehr süß«, sagte Mattner. »Du bist eine richtige kleine Prinzessin.«

Kate lächelte und wurde sogar ein bisschen rot. »Darf ich mit Ken zum See?«, fragte sie. Seit einiger Zeit nannte sie Kenobi nur noch Ken, vielleicht auch, um Oli zu ärgern.

»Darfst du. Aber nicht ins Wasser.«

Kate rannte los. »Komm, Ken!«

»Sie ist lieb«, sagte Mattner und blickte den beiden hinterher.

»Sie ist nicht meine Tochter«, erwiderte Sophie. *Wieso sagst du das?*

»Wie bitte?«

»Colins Frau, ihre Mutter Eve … sie ist tot.«

»Oh, das – das war mir nicht bewusst.«

Sophie schüttelte den Kopf. »Ein paar Jahre ist das her.«

Mattner öffnete den Mund, schloss ihn dann jedoch wieder, ohne etwas zu sagen. Das Sonnenlicht funkelte auf ihren dunkelbraunen Haaren. »Der Tod kommt manchmal so unerwartet. So grausam. Man kann es kaum begreifen.«

»Kann man nicht, das stimmt. Tun Sie mir einen Gefallen und sprechen Sie Colin nicht darauf an?«

»Natürlich.« Mattner runzelte die Stirn. »Sie lieben Ihren Mann doch, nicht wahr?«

»Wie bitte?«

»Mein Mann und ich«, sagte sie, »das war mehr eine Zweckehe als Liebe. Vielleicht hat sich Liebe im Lauf der Zeit entwickelt. Weil unser Sohn uns zusammengehalten hat. Aber so ist das eben. Und jetzt, heute, da vermisse ich ihn so sehr.« Sie wischte sich über die Augen. »Vielleicht wüsste ich jemanden, der Ihnen helfen kann. Als unser Sohn in Olivers Alter war, hatte er ein wirklich tolles Kindermädchen.« Sie blickte zum See hinab, in Erinnerungen verfangen. »Wenn ich mich nicht irre, lebt sie noch hier … vielleicht habe ich ihre Nummer noch. Ich muss nachsehen.«

»Können Sie mir mehr über die Frau erzählen?«

»Agatha war einfach wunderbar. Perfekt, so lieb und zuverlässig, wie es ein Kindermädchen nur sein kann. Und sie war früher Krankenschwester, das sollte ich wohl hinzufügen.«

Sophie hörte Kenobi bellen und wandte sich um. Kenobi stand neben Kate am Seeufer – ein Schwan flog tief über dem Wasser, schwang seine breiten Flügel und stieß einen lauten Ruf aus.

Kenobi bellte. Offenbar war er kurz davor, sich in den See zu stürzen.

»Moment, ich muss da …«

»Nur zu, Sophie«, erwiderte Irda Mattner sofort. »Gehen Sie. Ich mache mich dann wohl auf den Rückweg und …«

Mehr hörte Sophie nicht, sie eilte den zum See hin abfallenden Rasen hinab. Kenobi stürzte sich ins Wasser. Der Schwan flog davon, weit auf den See hinaus. »Kenobi!«, rief sie. »Hierher! Sofort!«

Der Golden Retriever gehorchte, er machte im Wasser kehrt und paddelte mit verdutztem Gesichtsausdruck zurück. Am Ufer schüttelte er sich wild.

»Nicht den Vögeln nachjagen«, ermahnte sie ihn. »Das weißt du doch.«

»Hast du den großen Schwan gesehen, Mama?« Kate sah ganz fasziniert aus. »Der war so …«

»Ich weiß, Kleine. Aber denk dran, Schwäne können sich auch verteidigen, mit ihren Schnäbeln. Sie können zubeißen.«

Kate sah zu ihr hoch, als würde sie Sophies Ermahnung für Spaß halten, nickte dann jedoch. »Schau mal, Mama. Die Frau von drüben ist gegangen.«

Sophie wandte sich um und sah, wie Irda das Tor schloss. Sie hatte das Tablett mit Kuchen und Thermoskanne im Schatten der Pappel stehen lassen.

»Darf ich ein Stück Kuchen haben, Mama?«

»Aber klar. Eins für dich, eins für mich.«

»Und eins für Ken. Aber keins für Oli!« Kate hüpfte vor ihr her, ihr hellblondes Haar flatterte im Wind.

Vom See her riefen erneut die Schwäne.

Dieses Mal klangen sie zornig.

KAPITEL 2

Sonnenstrahlen fielen durch das Fenster, direkt auf das kupferfarbene Haar des Mädchens, das in der Reihe vor Oliver saß. Claire hieß sie, und Oliver hatte schon in diesen ersten Tagen in der neuen Klasse begriffen, dass sie am liebsten für sich war. Doch dieses Gefühl, das sich in seinem Magen ausbreitete, wenn sie ihn ansah, und wie sie seine Hand berührt hatte, als er ihren Kugelschreiber vom Boden aufgehoben und ihr zurückgegeben hatte – das fühlte sich warm und zugleich ziemlich seltsam an.

Heute war irgendwas los. Oli konnte es spüren, und er ahnte, dass es dem Rest der Klasse ebenso ging – es lag nicht nur daran, dass Frau Heinemann, die Klassenlehrerin, sie mit einem besorgten Gesichtsausdruck vor gut fünfzehn Minuten allein gelassen hatte. Seitdem erfüllte Getuschel die Luft und Oli war nicht der Einzige, der ein wenig zusammenzuckte, als die Tür des Klassenraums mit einem kräftigen Schwung aufgestoßen wurde. Vor Frau Heinemann trat ein Polizist in Uniform ein und schaute mit wichtiger Miene in die Gesichter der Klasse. »Ruhe bitte«, bat Frau Heinemann und blickte den Polizisten mit einer Mischung aus Unsicherheit und Sorge an. »Leutnant Urs Berger hier will einige Worte an euch richten.«

Oli ahnte bereits, um was es ging. Den ganzen Morgen redete niemand auf dem Schulhof über etwas anderes.

Und nun fragte er sich, ob es sein Vater und Sophie auch schon wussten.

Wie würden sie reagieren? Vor allem – wie würde Sophie reagieren? *Irgendwie fällt es mir immer noch schwer, sie als neue Mutter anzusehen.*

»Hallo, Klasse«, sagte der Polizist vorne, »ich bin sicher, einige von euch haben bereits gehört, dass ein Junge verschwunden ist. Ich bin von der Kriminalpolizei und muss euch allen einige Hinweise mit auf den Weg geben. Ich erwarte von euch, dass ihr zuhört und vor allem die Warnungen berücksichtigt.«

Das Rascheln im Raum verstummte, plötzlich waren alle voller Aufmerksamkeit – auch das lag an den Gerüchten.

Der Polizist blickte jeden Einzelnen von ihnen an. »Peter Lottner, fünfzehn Jahre alt, er geht in eure Parallelklasse. Viele von euch werden ihn kennen. Vor etwa vier Tagen wurde er auf dem Weg zur Schule gesehen. Seitdem hat niemand mehr von ihm gehört. Seit Tagen sind die Suchtrupps fast ununterbrochen auf den Beinen, aber alles, was sie von Peter finden konnten, ist ein roter Sportschuh von Adidas gut fünfhundert Meter von seinem Haus entfernt, der zweite fehlt. Ich bin hier, um euch um zwei Dinge zu bitten: Erstens, wenn jemand von euch etwas gesehen hat, dann sagt es nicht euren Klassenkameraden im Geheimen, sagt es *uns*. Und zweitens: Ich möchte, dass, solange wir nicht wissen, was passiert ist, niemand von euch – und ich wiederhole: niemand«, er betonte das Wort mit einer polizeilichen Schwere, die Oli einen Schauer über den Rücken trieb, »allein an Orte in dieser Stadt geht, an denen er nichts zu suchen hat. Ihr kommt zur Schule, steigt in den Bus und fahrt auf demselben Weg zurück nach Hause. Das ist wichtig. Habt ihr mich alle verstanden?«

Etwa zehn Hände schossen gleichzeitig in die Luft und wildes Getuschel setzte ein. Olivers Blick fiel auf den blonden Hinterkopf von Charles Lepinski, der zwei Reihen vor ihm saß. Charles' Vater war ein reicher Bauunternehmer, Charles würde ein großes Vermögen erben, das hatte er ihm bereits mehrfach genussvoll erzählt, vermutlich war er deshalb im Unterricht häufig demonstrativ unaufmerksam – nun jedoch verfolgte er jedes Wort des Polizisten.

Eine weitere Hand schoss nach oben. Es war die von Claire.

»Vielleicht hat ihn der Schauermann geholt?«, platzte sie heraus. »Ich habe gehört, der ... der entführt Kinder. Wie in dieser Legende. Er holt sie sich und dann ... dann werden sie nie wieder gefunden. Und wenn, sind sie alle tot und ihre Gesichter ...«

»Claire«, ging Frau Heinemann sofort dazwischen. »Ich denke, wir sollten bei den Tatsachen bleiben und nicht irgendwelche Gruselgeschichten verbreiten.«

»Aber –«

Der Polizist starrte sie an. Erst jetzt bemerkte Oliver, dass seine Uniform gar nicht so sauber war, wie es auf den ersten Blick wirkte, seine Hosen waren schmutzig. *Ist das Erde, Schlamm oder – vielleicht sogar Blut? Hat er bei einer Suche im Wald etwas gefunden?*

»Ich weiß nicht, was du gehört haben willst, junge Frau, aber diese Geschichte ist nur eine alte Legende. Mehr nicht.« Er räusperte sich. »Womöglich besteht die Möglichkeit«, sagte er umständlich, »dass Peter Lottner Opfer eines Gewaltverbrechens wurde. Wir können nichts ausschließen. Gebt acht, und sagt es euren Eltern … die werden zudem von meinen Kollegen informiert. Wir werden Peter finden. Und wir werden dafür sorgen, dass dergleichen nicht wieder geschieht.«

Oli schnappte auf, was seine Klassenkameraden einander zutuschelten: »Vielleicht ist er ja nur von zu Hause abgehauen.«

»Aber das passt doch gar nicht zu ihm«, wandte ein Mädchen ein.

»Der Schauermann?«, zischte jemand.

»Davon hab ich meine Großeltern mal reden hören.«

Der Polizist hob die Hand, um sich in dem vor lauter geflüsterten Unterhaltungen wie ein Bienenstock summenden Klassenraum verständlich zu machen.

»Ich bitte euch: Geht nicht leichtfertig an die Sache heran, bis wir Entwarnung geben. Nehmt es ernst. Ein Junge ist verschwunden, und … ich weiß, es klingt hart, aber es hätte jeden hier treffen können. Jeden.«

Dabei sah er aus, als würde er nicht die Wahrheit sagen.

Nach der Schule schlenderte Oli über den Pausenhof. Der Wind hatte dicke graue Wolken vor die schroffen Berghänge getrieben, wo sie sich jetzt zusammenballten. Er drehte sich um. Ihm war es, als läge ein Schatten über dem alten Schulgebäude. Hinter den Fenstern war kein Licht.

Das alles war echt aufregend.

Endlich geschieht mal was. Wir sind gerade hier angekommen, und ein Junge verschwindet. Wie spannend ist das denn? Wie in einem Thriller.

Oli sah den weiß-roten Polizeiwagen am Schulhof vorbeifahren. Der Polizist schien zu telefonieren – und trotzdem sah er zu ihm herüber. Oliver erschrak.

Was will der denn? Will er aufpassen, dass ja auch jeder schön artig zum Bus läuft?

Ich geh ja schon.

Als er sich umdrehte, wäre er beinah mit Stefan zusammengestoßen, dem kleinen, blassen Jungen, der meistens ganz vorne saß, weil er ein kleiner Klugscheißer war.

Das sagte zumindest Charles über ihn, und allein deshalb wollte er jetzt mit diesem seltsamen Jungen sprechen, der einen ganzen Kopf kleiner war als er.

»Hey, Stefan«, sagte er.

»Oliver.« Die Antwort war ebenso kühl wie sein Nicken. Oli wusste, dass Stefans Mutter alleinerziehend war und die öffentliche Bibliothek der Kleinstadt leitete. Stefan war eine Leseratte, die mit der Nase häufiger in Büchern hing als irgendwo sonst im Leben.

»Ich würde meine Nase lieber zwischen Claires Titten stecken«, hatte Charles geprahlt, »als in diese dummen Geschichten, die Stefan immer liest.«

Schon nach einem Tag hatten Charles und seine kleine Gang aus zwei Freunden, die ihm überallhin folgten, beschlossen, dass Oliver ganz bestimmt nicht cool genug war, um zu ihnen zu gehören.

Sie haben mir als Neuling einen ganzen Tag gegeben. Diese kleinen Pisser.

»Was sagst du zu dem ganzen Kram, den der Polizist erzählt hat?«, fragte er Stefan.

Stefan musterte ihn kühl, als wollte er abschätzen, was von dem Neuen zu halten war. »Ich weiß nicht, was ich davon halten soll. Was Claire da gesagt hat …«

»Ja?« Oliver hatte Claires Worte natürlich behalten: Der Schauermann, das klang unheimlich – aber zugleich wie etwas, das sich zu entdecken lohnte, das ein Kribbeln verursachte.

»Ich habe mal was über diesen Schauermann gelesen.« Stefan grinste. »In einem Buch, du weißt schon.«

Oli musste unfreiwillig lachen. »Na ja, was ist an Büchern denn mies? Nur weil der bescheuerte Charlie sie nicht mag, heißt das nicht …«

»Du nennst ihn nicht wirklich Charlie?«

»Wieso nicht?«

»Weil ihm das gar nicht gefallen wird. Er *hasst* es.«

»Das ist mir ziemlich egal.«

Stefan blinzelte. »Was ist mit dir los? Du kommst hier an, ein Neuer, und versuchst als Erstes, dich mit dem anzulegen, der hier das Sagen hat? Das ist entweder mutig oder ziemlich dumm, weil er dir das Leben ganz schön zur Hölle machen kann.«

»Er hat nicht das Sagen. Das ist doch alles nur Pose.« *Und mit allem anderen kenne ich mich aus.*

»*Das* könnte jetzt auch aus einem Buch kommen«, kommentierte Stefan trocken.

»Was ist das jetzt mit diesem Schauermann?«, hakte Oli nach. Sie gingen Seite an Seite über den Hof auf die Bushaltestelle zu – der Fünfzehn-Uhr-Bus war längst abgefahren, aber in zehn Minuten würde der nächste kommen.

»Eine Legende. Ziemlich gruselig. Aus den Büchern, von denen …«, er zögerte, »meine Mutter nicht will, dass ich sie lese. Ein Mörder, ein Mann, der schon lange in der Gegend sein Unwesen treiben soll – aber nicht nur hier, manche munkeln, er käme irgendwo aus dem Norden, aus Deutschland. Und Claire weiß bestimmt mehr darüber, sonst hätte sie den Bullen nicht auf diese Art gefragt.«

»Hm«, machte Oliver. »Erzähl mir mehr über diesen Schauermann.«

»Jetzt? Nee.« Stefan schüttelte den Kopf. Auf sein blasses Gesicht trat ein listiges Grinsen. »Außerdem weiß ich das alles nicht mehr so genau. Müsste ich noch mal nachlesen. Wieso interessiert dich das so?«

»Hm, ich weiß nicht. Wieso nicht? Wenn die Polizei doch nur zum Schluss kommt, dass Peter einfach von zu Hause weggelaufen ist … und wenn es nicht so ist … dann liegt es an uns.«

Der Bus kam, wie ein großes grünes Ungetüm schob er sich über die Straße, schwerfällig und laut schnaufend – und Stefan und er waren immer noch gut fünfzig Meter von der Haltestelle entfernt.

»Okay, ich glaub, wir sollten jetzt laufen«, sagte Oli.

Stefan lachte.

Dann rannten sie zum Bus.

KAPITEL 3

Sophie hörte, wie der VW Touareg in die Straße einbog. Der Motor war unüberhörbar. Wie Colin ihr erzählt hatte, war dieses Geräusch das Einzige, was Kate als Baby beim Einschlafen geholfen hatte – also hatte er Kate in ihrer Babytrage in den Wagen gesetzt und war mit ihr durch die Stadt gefahren. Sophie winkte ihm durch das Küchenfenster zu, stellte die Gasflamme am Herd etwas niedriger und kam ihm entgegen.

»Du siehst geschafft aus«, sagte sie. Der Himmel über ihnen hatte sich verdunkelt. Es sah aus, als würde es Regen geben. Noch hatte sie das Wetter hier oben zwar nicht ganz verstanden, eines aber war ihr schnell klar geworden: Es konnte sehr schnell umschlagen. Colin trug den Anzug, den dunkelblauen Einreiher, in dem er ihr so gefiel. Sophie küsste ihn zärtlich, umarmte ihn lange.

»Wer ist da gerade mit dem Rad weggefahren?«, fragte Colin.

»Das war Johanna, eine junge Frau aus dem Ort. Zweiundzwanzig, bleibt noch drei Monate hier, dann geht sie nach Zürich, um zu studieren. Sie ist superlieb, aber für diese kurze Zeit lohnt sich das nicht, finde ich. Du weißt, wie traurig

Kate ist, wenn sie jemanden gehen lassen muss, und ich bin mir sicher, die zwei hätten sich super verstanden.« Sophie seufzte.

Colin schob sie ein Stück weg. »Also gibt es hier wirklich niemanden, der auf die Kinder aufpassen kann?«

»Ich bin wählerisch, genau«, gab sie bissig zurück. »Vielleicht darf ich dich mal dran erinnern, dass wir erst eine Woche hier sind. Und dass die meisten, bei denen ich anfrage, von vornherein ablehnen, weil …«

»Weil was?«

»Tja, vielleicht weil wir Auswärtige sind. Es gibt hier wohl Familien, bei denen die Kinder einfach allein zu Hause sind. Kann man sich das vorstellen?«

Colin musste lachen, aber es klang erschöpft. »Kannst du dir das bei Oli vorstellen? Ich nicht, er würde den ganzen Ort auf den Kopf stellen. Und was nun?«

»Unsere Nachbarin Irda hat mir jemanden empfohlen. Agatha Dorothy, eine ehemalige Krankenschwester aus England.« Sie küsste Colin abermals. »Ich werde mit der Frau sprechen. Jetzt … jetzt gibt es Brathähnchen. Und Tomatensuppe. Hab gekocht, ganz die brave Hausfrau.« Sie streckte ihm die Zunge raus.

»Phinchen, soll ich dir was verraten? Ich brauche dich. Ich brauch dich hier, aber ich brauch dich auch im Labor.«

»Ich weiß, Großer. Ich weiß.«

»Das weißt du?« Colin lächelte schief. Als eine Windböe das erste Laub über die gepflasterte Einfahrt blies und aus der Ferne ein leises Donnergrollen heranwehte, lief Sophie ein wohliger Schauer über den Rücken. Ihr war, als wäre sie zum ersten Mal wirklich an diesem Ort angekommen.

Hinter ihnen ging die Tür. Oliver streckte den Kopf heraus. »Sophie? Das Hühnchen verbrennt gleich. Und dann muss ich euch was erzählen. Es ist wichtig.«

Es war halb elf, und die Nacht schlug ihre Krallen in den Tag, jagte ihn fort, aus dem Garten hinter dem Haus, aus der Einfahrt, der Straße. Oliver blickte aus dem Fenster seines Zimmers auf den See. In der Dunkelheit waren die Schwäne auf dem spiegelglatten Wasser nur noch als dunkle Schemen zu erkennen.

Irgendetwas an diesem Anblick verursachte ihm eine Gänsehaut. Ihm gingen die Worte des Polizisten – und die von Stefan – nicht mehr aus dem Kopf. *Der Schauermann.*

Autoscheinwerfer bogen in die Einfahrt, er sah das Licht über den Rasen streichen. Das musste der Polizist sein. Sein Vater hatte ihn natürlich sofort angerufen, kaum dass er ihm von dem verschwundenen Schüler erzählt und die Karte des Polizisten überreicht hatte.

Auch Sophie hatte die Neuigkeit genau so aufgenommen, wie er es sich ausgemalt hatte – ziemlich überrascht und einen Hauch schockiert.

»Morgen, nach dem Unterricht«, hatte er Stefan versprochen, »da sehen wir uns diese Sache mal näher an.«

War das richtig? Ganz sicher nicht. »Geht sofort nach Hause, Kinder«, *hatte der Polizist gesagt. Aber fühlt es sich aufregend an? Ganz sicher.*

Außerdem wollte er ja nur mal nachlesen, was genau es mit dem Schauermann auf sich hatte. Er hatte zwar im Internet gesucht, aber nur etwas über Hafenarbeiter gefunden – ein Schauermann war in der Sprache der Seeleute jemand, der in einem Seehafen die Ladung der Schiffe löschte, also die Waren entlud.

Oli öffnete die Tür seines Zimmers und schlich auf Zehenspitzen zur Treppe. Von unten drangen die Stimmen des Polizisten und seines Vaters herauf.

Dann hörte er Sophie fragen: »Glauben Sie nicht, dass es vielleicht nur ein, ich sag mal, harmloses Verschwinden ist?

Vielleicht ist er nur weggelaufen, und verstehen Sie mich nicht falsch, auch das ist schlimm, aber … vielleicht ist es ja gar kein Verbrechen?«

»Wir prüfen alle Möglichkeiten«, hörte er den Polizisten erwidern. »Aber ich fürchte, dass wir es unter diesen Umständen mit einer Gewalttat zu tun haben.«

»Und wie kommen Sie darauf?«, fragte Colin.

Oli spürte eine sanfte Berührung an seinem Arm und drehte sich um. Kate stand in ihrem Schlafanzug und mit Mr Snuggles unter dem Arm neben ihm.

»Solltest du nicht schon längst schlafen?«, flüsterte er.

»Hab schlecht geträumt«, erwiderte sie ebenso leise.

»Was denn?«

Kate schüttelte den Kopf. »Wer ist das da unten?«

»Erwachsenengespräche.« Oliver spitzte die Ohren, doch unten hatte jemand die Tür geschlossen – oder vielleicht waren sie auch von der Küche ins Wohnzimmer gegangen, das weiter von der Treppe entfernt lag. Auf jeden Fall konnte er sie nicht mehr verstehen.

»Oli, liest du mir was vor?« Kate zupfte an seinem T-Shirt. »Mir ist langweilig.«

»Geh lieber wieder schlafen.«

»Ich kann aber nicht schlafen. Nur wenn du mir was vorliest.«

Er blickte zu ihr und seufzte. »Also gut. Aber nur ganz kurz.«

Kate strahlte. »Oder ganz lang. Bis ich wieder eingeschlafen bin.«

Kate schlief zehn Minuten später. Als er von ihrem Zimmer in seines eilte, sah er gerade noch, wie der Polizeiwagen aus der Einfahrt auf die Straße bog und verschwand – die Rücklichter rot wie die Augen eines unheimlichen Tieres, das durch einen finsteren Tunnel kroch.

»Mist!«, schimpfte er leise.

Da klopfte es an seiner Zimmertür.

»Oli?« Sein Vater streckte den Kopf herein. »Du schläfst noch nicht, wie ich sehe.«

»Nein, kann noch nicht.«

»Ist es wegen dem, was du heute erfahren hast?« Sein Vater kam herein. Auf seinem Gesicht, das ihm immer so jugendlich vorkam, standen tiefe Sorgenfalten. »Wegen des verschwundenen Jungen?«

»Ach … ich finde das nicht so schlimm.«

»Nicht schlimm? Da ist ein Junge verschwunden, in deinem Alter. Sophie und ich machen uns große Sorgen um eure Sicherheit.«

Oli deutete zum Fenster. »Ich hab gesehen, dass die Polizei da war.«

»Nur gesehen?« Ein schmales Lächeln huschte über die Lippen seines Vaters. »Schon gut. Ich weiß, dass man von oben ganz gut hören kann, was in der Küche gesprochen wird. Hab ich schon bemerkt.«

Oliver spürte, wie er rot wurde. »Hab nur zufällig mitbekommen, dass er hier war.«

»Oli.« Sein Vater wurde ganz ernst. »Du musst mir versprechen, dass du genau das tust, was der Leutnant sagte. Keine Ausflüge. Du steigst in den Bus, der dich zur Schule bringt. Und nach der Schule in den Bus zurück nach Hause. Oder besser noch, Sophie bringt dich zur Schule wie Kate.«

»Sie muss mich nicht fahren«, erwiderte Oli. *Bloß das nicht.*

»Ja, aber ich kenne dich. Du findest das nicht gefährlich, sondern ziemlich spannend.«

»Quatsch. Ich mach genau das … Bus fahren, Schule … und dann wieder zurück.«

»Und das versprichst du mir?«

Oli nickte. »Ja.«

Aber sein Vater wirkte nicht überzeugt. Er trat ans Fenster und spähte in die Dunkelheit hinaus. Von draußen war kaum was zu hören. Die Straße vor dem Haus war schon tagsüber kaum befahren, am Abend und in der Nacht kam noch seltener ein Auto vorbei. Die Stille der Wälder, das leise Schwappen der Wellen, hin und wieder der Wind, mehr war da nicht.

Oliver sah, wie sich die Fäuste seines Vaters anspannten.

»Es ist gefährlich. Wir … wir müssen zusammenhalten. Gerade jetzt. Deine Mutter hätte das so gewollt.«

»Mama hat nichts hiervon gewollt«, erwiderte Oliver. Die Worte trafen seinen Vater, das sah er genau, ein trauriger Ausdruck trat auf sein Gesicht. Sofort fühlte er sich schuldig. »Tut mir leid. Ich wollte nicht …«

»Nein. Du hast recht. Sie wollte nichts hiervon, das stimmt. Sie wollte auch nicht sterben. Denn sonst wäre alles anders gekommen.«

»Ich wollte das nicht sagen. Manchmal … manchmal sage ich Sachen, die mir einfach rausrutschen.« Ein Eisblock drohte sich in seiner Kehle festzusetzen, er kämpfte gegen ihn an. »Es ist nur so … ich vermisse sie. So sehr.«

»Ich weiß, Oli. Ich weiß das sehr gut.« Colin umarmte ihn. So standen sie da, während sich Wolken vor die Sterne schoben und sich tiefe Dunkelheit über das Haus legte, den Garten, den See und schließlich ganz Steinberg.

Und irgendwo in dieser Stadt war ein Junge, kaum älter als Oliver, eingesperrt – und durch ein kleines, vergittertes Kellerfenster sah er die Nacht, die Sterne, vor die sich dichte, tief hängende Regenwolken schoben.

Dann war selbst dieses ferne Licht fort.

KAPITEL 4

»Ein Smart.«

Sophie betrachtete das Auto, das der Händler vorbeigebracht hatte. »Ein smarter Smart«, erwiderte Colin. »Und hier sind die Schlüssel.«

Die geplante kurze Probefahrt wurde schließlich zu einer längeren. Der Wagen fuhr sich gut – trotzdem fragte sich Sophie, wie zuverlässig er wohl im Winter wäre, wenn die Straßen verschneit waren.

»Damit kommt er zurecht«, hatte der Verkäufer versichert. »Sie werden sehen, in dem Kleinen steckt mehr, als es den Anschein hat.«

Ihr Weg führte sie zu Olivers und Kates Schule – und von dort weiter durch die Kleinstadt, bis ans andere Ende, wo ein altes Hotel aus den Dreißigerjahren vor sich hinzudämmern schien – auf dem Platz davor verkündete ein großes und offenbar bereits vor langer Zeit aufgestelltes Schild umfangreiche Umbauarbeiten, von denen aber nichts zu bemerken war.

Und dann läutete Sophies Handy. Sie hielt am Straßenrand. Im Schatten des alten Hotels und der Nachmittagssonne nahm sie den Anruf entgegen.

»Sophie Carter.«

»Oh, Frau Carter«, sagte eine warme Frauenstimme, »Sie haben mich angerufen? Ich hoffe, ich störe nicht.«

»Frau … Mrs Dorothy?«, korrigierte sie sich. In der Stimme der Anruferin lag nur der Hauch eines Akzents und doch verriet er ihre Herkunft aus dem Süden Englands.

»Die bin ich. Wie kann ich Ihnen helfen?«, flötete die Anruferin.

»Oh, das … das ist eine Überraschung. Eine positive, meine ich.« *Was redest du da?* »Ich bin Sophie Carter. Und …« Sie zögerte. *Wie formulierst du das Ganze nun am besten, ohne zu verzweifelt zu klingen? Oder solltest du einfach ehrlich sein?*

»Ich könnte Ihre Hilfe gebrauchen. Sie wurden mir empfohlen.«

Sophie sah den alten VW Käfer in die Einfahrt biegen. Der Motor brummte wie eine emsige Biene, der Wagen hatte eine hübsche cremefarbene Lackierung und war gepflegt. Ihm entstieg eine ältere Dame, die aussah, als wäre sie den Fünfzigerjahren entsprungen – geblümte Bluse, knielanger Rock, Handtasche und eine graue Dauerwellenfrisur. »Mrs Dorothy?«

»Frau Carter.« Der Händedruck war sanft, aber nicht schwach oder gar unangenehm. Sophie musterte Mrs Dorothy: Sie wirkte wie eine resolute Haushälterin oder Nanny aus einem vergangenen Jahrzehnt. Für einen Moment erinnerte sie Sophie an das Kindermädchen Mrs Doubtfire aus dem gleichnamigen Film, allerdings war Mrs Dorothy eindeutig kein Mann in einer Verkleidung.

»Lassen Sie sich bitte nicht von meinem Erscheinungsbild in eine längst vergangene Zeit entführen«, fuhr Mrs Dorothy fort. »Es ist nur so, dass ich eine gewisse Wertschätzung hege für die schönen Dinge, die schönen und die *alten* Dinge. Ordnung beginnt mit dem Äußeren, und wer wäre ich, würde ich nicht darauf achten, gerade an einem schönen Tag wie diesem, bei einem wichtigen Vorstellungsgespräch?«

»Ich beurteile Menschen nicht nach ihrem Äußeren«, erwiderte Sophie.

»Wissen Sie, manches Mal kann das aber doch recht hilfreich sein, Frau Carter. Mein verstorbener Mann sagte, er würde einem Fremden mit zerrissenen Hosen eher ein Geldstück in die Hand drücken als einem Mann, dessen Hände aussehen, als hätte er noch keinen Tag gearbeitet. Nun, mein guter Fred hatte manchmal etwas eigene Ansichten.« Sie öffnete die Handtasche, entnahm ihr eine anthrazitfarbene Mappe und reichte sie Sophie. Ihre Fingernägel waren sehr gepflegt.

»Meine Referenzen, liebe Frau Carter. Lassen Sie sich Zeit, behalten Sie die Dokumente gerne. Aber Sie werden feststellen, dass alles seine Richtigkeit hat.«

»Meine Nachbarin sagte mir, Sie hätten vor Jahrzehnten ihren Sohn unterrichtet.«

Mrs Dorothys Augen – blau wie ein wolkenloser Himmel im Winter – wanderten in Richtung des Nachbargrundstücks. Sie nickte. »Oh ja, ich kann mich noch sehr gut erinnern. Lukas Mattner. Er war ein sehr lieber Junge. Fleißig, gelehrig, aufmerksam. Natürlich hat auch er sich seine kleinen Späße erlaubt, aber die habe ich ihm schnell ausgetrieben.« Als hätte sie Sophies Gesichtsausdruck bemerkt, fügte sie sanft hinzu: »Es ist keineswegs so, dass ich nicht für einen kleinen Scherz zu haben bin. Aber mit der Jugend ist es doch so – manchmal muss man sie etwas dazu antreiben, sich selbst zu formen, wenn Sie verstehen, was ich meine.«

»Sie sprechen fünf Fremdsprachen«, sagte Sophie, nachdem sie einen Blick in die Unterlagen geworfen hatte. Ihr Lebenslauf war, wie Mrs Dorothy gesagt hatte, tadellos – die Arbeit als Krankenschwester, später ein Sprachenstudium an renommierten Universitäten, zahlreiche Jahre in den verschiedensten, stets gehobenen Haushalten als Kindermädchen. Aus den Zeugnissen ging nur das Allerbeste hervor, die Familien lobten sie stets in den höchsten Tönen. Ein Bild zeigte sie in jüngeren Jahren – eine Schönheit mit langem rotem Haar, die sittsam in die Kamera lächelte.

»Ja, die Schönheit der jungen Jahre. Zeit verstreicht, und sie ändert uns, zumindest darin sind wir alle gleich.« Mrs Dorothy lächelte, und zumindest dieses Lächeln unterschied sich gar nicht so sehr von dem ihres jüngeren Ichs auf dem Bild.

»Ich versuche, meine Fältchen zu übersehen«, erwiderte Sophie. »Also, das klingt alles sehr überzeugend, Mrs Dorothy, vielleicht erzählen Sie mir noch etwas über sich, wenn Sie möchten. Sie leben also nach all den Jahren im Ausland – Deutschland, England, Dänemark – hier in Steinberg?«

»Mein verstorbener Mann stammte von hier oben. Es hat ihn zurückgezogen, und der Liebe wegen bin ich ihm gefolgt. Wir hatten viele schöne Jahre, aber alles geht zu Ende.« Sie senkte den Kopf. »Entschuldigen Sie bitte. Ich sollte Ihnen nicht auf diese Weise gegenübertreten. Wissen Sie, es ist ein schönes Fleckchen Erde.«

»Das hat meine neue Nachbarin auch schon gesagt.« Sophie blätterte noch etwas in der Mappe, schloss sie dann und blickte auf. Die ältere Frau hatte ein Kräuterbonbon aus ihrer Handtasche genommen.

»Entschuldigen Sie«, sagte sie mit einem verlegenen Lächeln, als gehörte sich nicht, was sie gerade tat, »aber ich leide in den letzten Tagen an einer gewissen Heiserkeit, Frau Carter.« Sie steckte sich das Bonbon zwischen die perfekten Zähne – definitiv von einem teuren Zahnarzt gemacht, schoss es Sophie durch den Kopf.

»Möchten Sie auch eins? Die sind wirklich …« Sie unterbrach sich und sah an Sophie vorbei. Ein strahlendes Lächeln trat auf ihre Lippen. »Oh, sind sie das?«

Sophie drehte sich um. Colin kam mit Kate und Oliver aus dem Haus, Kenobi sprang ihnen voraus. Er hatte Mrs Dorothy als Erster erreicht. Sie streichelte ihn, und er knurrte nicht einmal, stattdessen sprang er um sie herum und schnappte spielerisch nach ihrer Hand.

»Kenobi, Sitz«, sagte Colin lachend. Der Retriever gehorchte. Sophie tauschte einen Blick mit Colin. Kate und Oliver standen wie Orgelpfeifen neben ihm und musterten Agatha Dorothy neugierig.

»Ihr müsst Oliver und die kleine Katie sein«, sagte Mrs Dorothy freundlich. »Und natürlich Herr Carter.«

»Höchstpersönlich.« Colin schüttelte ihre Hand. »Ja, das sind Oliver und Kate. Katie nennen wir sie eigentlich nur selten.«

»Verzeihung«, erwiderte Mrs Dorothy. »Zwei wirklich hübsche Kinder mit so hübschen Namen.«

»Aus welchem Jahrhundert sind Sie denn gefallen?«, fragte Oliver und verschränkte die Arme. Kate kicherte leise. Mrs Dorothy schien der Kommentar nicht im Geringsten zu stören.

»Aus dem letzten, junger Mann. Aber Alter ist keineswegs ein Garant für Weisheit, ebenso wenig wie die Jugend es für –«

»Er hat es nicht so gemeint«, sagte Sophie schnell und warf Oliver einen warnenden Blick zu. »Aber er ist in der Pubertät und legt sich neuerdings gerne mit allen und jedem an.«

»Danke, Sophie. Vielen Dank.« Oliver verdrehte die Augen.

Colin warf einen kurzen Blick in die Mappe, die ihm Sophie in die Hand drückte, schien sie aber nicht wirklich zu lesen. »Also, mir gefällt das alles sehr, sehr gut«, sagte er fröhlich.

Was ist denn mit dir heute los? Du siehst ja aus, als wolltest du in einem Wettbewerb gegen die Sonne gewinnen.

»Oh, aber eine solch wichtige Entscheidung können Sie alle nicht sofort treffen«, entgegnete Mrs Dorothy. »Und das erwarte ich natürlich auch keineswegs. Lassen Sie sich Zeit.«

»Ich würde vorschlagen, Sie kommen einfach mal vorbei. Dann sehen wir weiter«, sagte Colin und Sophie nickte zustimmend.

»Ja. Gute Idee.«

»Kenobi mag dich«, sagte Kate, »also mag ich dich auch.«

»Das ist sehr lieb von dir, kleine Prinzessin.«

»Siehst du, Mama?« Kate strahlte sie an. »Sie nennt mich so wie du.«

»Wunderbar«, warf Oliver sarkastisch ein. »Ich kann es kaum erwarten. Bedeutet das jetzt, ich muss meine Hausaufgaben machen und hab danach noch etwas Zeit für Handarbeit? Darf ich Socken stricken?«

»Nicht nur Socken«, erwiderte Mrs Dorothy, »ich kann dir alles Mögliche beibringen. Aber nein, junger Mann – du bist alt genug. Du bekommst deine Freiheiten.«

»Und ich könnte ein Paar neue Socken gebrauchen«, sagte Colin und lächelte Oliver an. »Mach nicht so ein Gesicht. Ich brauche deine Mutter im Labor. Ihr zwei kommt schon ein paar Stunden ohne uns und mit Mrs Dorothy zurecht.«

Oliver nickte, sah aber nicht so aus, als würde er diese Entscheidung einfach so hinnehmen.

»Das große Gebäude neben dem Haus«, fragte Mrs Dorothy interessiert, »was ist das?«

Sophie drehte sich um. »Der Schuppen dort? Ach, eigentlich nichts. Nur mein Atelier. Ich male.«

»Oh, wie fantastisch. Haben Sie …« Dorothy lächelte zurückhaltend. »Nein, verzeihen Sie. Das zu verlangen steht mir nicht zu.«

»Gehen wir doch mal rein«, sagte Colin, den Mrs Dorothys Auftreten sehr zu erheitern schien. »Dann zeigen wir Ihnen alles.«

»Aber sehr gerne.« Als Colin ihr die Mappe zurückgeben wollte, lehnte sie höflich ab. »Oh nein. Die behalten Sie bitte. Ich möchte mich Ihnen keineswegs aufdrängen. Denken Sie nach, treffen Sie Ihre Entscheidung in Ruhe.«

Sie gingen zum Haus. Sophie entdeckte Irda Mattner im Garten nebenan. Sie streute Dünger in das Blumenbeet, das an den Holzzaun grenzte. Sophie winkte ihr und Mattner winkte zurück. Ihre Hände waren voller Erde.

So kam Mrs Dorothy in ihr Haus am See – und in die Mitte ihrer Familie.

KAPITEL 5

Die nächsten Wochen waren nahezu perfekt – Sophie fand nur wenig Grund, die neue Nanny zu kritisieren. Sie war unbestreitbar streng, aber das hatte Vorteile: Oliver erledigte seine Hausaufgaben mehr und mehr ohne Widerworte. Mrs Dorothy sprach mit ihm Spanisch, was er in der Schule als dritte Fremdsprache lernte – neben Englisch, Deutsch und Spanisch beherrschte sie Italienisch, Russisch und Portugiesisch, wie ihre Mappe verriet –, und erstaunlicherweise ließ sich Oliver darauf ein. Und während sich der August in den September verwandelte und der Hochsommer allmählich in einen goldenen Spätsommer überging, wuchs ihnen allen Mrs Agatha Dorothy ans Herz.

Oli hatte ein paar Probleme in Mathe – und während sie selbst ihm umständlich das recht einfache Prinzip erklärt hatte, erwies sich die neue Nanny als eine geborene Lehrerin. Sie bastelte mit Kate Männchen aus Kastanien, die sie alle gemeinsam in den Wäldern gesammelt hatten. Kenobi war einem Eichhörnchen hinterhergerannt, und während ihr Hund um den Baum herumtobte, schimpfte der freche rote Bursche von einem unerreichbaren Ast in der Baumkrone auf ihn herab.

»Ihr solltet ihn nicht so jagen lassen«, meinte Mrs Dorothy. »Diese Wälder sind voller Wildtiere, die er stören könnte.«

Colin rief den Retriever daraufhin zurück. Sophie sah ihm an, dass ihm diese versteckte Ermahnung gar nicht gefiel.

»Sie hat natürlich recht«, hatte er später am Abend gesagt, als alles still war, die Kinder schliefen und sie neben Colin in ihrem großen Bett lag. Er las in einer wissenschaftlichen Fachzeitschrift, die Lampe auf dem Nachttisch erhellte den dunklen Raum mit ihrem buttergelben Licht, durch das bodentiefe Fenster konnten sie auf den See blicken, wo sich der Vollmond auf dem stillen schwarzen Wasser spiegelte. »Wir sollten dem Hund nicht so viel durchgehen lassen. Auch wenn er Kates Liebling ist. Oder gerade deswegen.«

»Weil unsere neue Nanny das sagt?«

»Nein, natürlich nicht. Aber Kate wäre ihm fast hinterhergerannt und den halben Berg runtergefallen, wenn ich sie nicht zurückgehalten hätte.«

»Das stimmt. Aber dafür brauche ich nicht den weisen Ratschlag unserer Mrs Dorothy.«

Sophie sah zu Colin, doch er erwiderte ihren Blick nicht. »Magst du sie etwa nicht?«, fragte er stattdessen. »Ist es das, was ich hier heraushöre?«

»Ich mag sie. Aber sie sollte wissen, wo ihre Grenzen liegen.«

»Sie ist eine alte Frau, Sophie. Sie ist lieb, und die Kinder haben sie ebenfalls gern. Und sie ist eine tolle Lehrerin.«

»Du bewunderst sie, so klingt das.«

»Darf ich das etwa nicht?«

»Doch. Darfst du.« Sophie dachte an einen Moment vor einigen Tagen, als Agatha gleich an Kates Seite gewesen war, mit dem Asthmaspray in der Hand. Da war etwas in Colins Augen gewesen, etwas wie eine winzige Anklage, so als wollte er sagen: *Wieso hält sie das Spray bereit und du nicht, Sophie?*

Jetzt schlich sich ein warmes Lächeln auf Colins Lippen. »Ich weiß, sie ist nicht das, was die Kinder brauchen. Jedenfalls nicht auf Dauer.« Er legte die Zeitschrift zur Seite. »Ich kenne eine, die ich um nichts in der Welt hergeben würde. Meine beste Laborkollegin. Meine beste Freundin. Mein Ein und Alles. Dich, Schatz.«

»Aber die Kinder mögen sie so sehr.«

»Ja. Natürlich tun sie das.« Er zögerte, blickte in die Dunkelheit, die den See draußen zu verschlucken schien. Der Mond war hinter einem dichten Band aus Regenwolken verschwunden. »Weißt du, ich glaube, Oli versucht gerade, Detektiv zu spielen.«

»Wie meinst du das? Seit der Polizist hier war, ist doch nichts weiter geschehen.«

»Aber dieser verschwundene Junge ist auch nicht wiederaufgetaucht. Oli hat mir von etwas erzählt, was ihn beschäftigt.«

»Was denn?«

»Von einer Sache, die er in der Schule erfahren hat. Einer Legende. Vom Schauermann. Einem verbitterten Kindesentführer, einem Mörder, einer Schreckensgestalt.«

Das nächste Wochenende brach an und das helle Licht des frühen Samstagmorgens ließ die schroffen Berggipfel ringsum rotgolden glühen. Man hatte Peter noch immer nicht gefunden und diese Tatsache hing über Steinberg wie eine bedrohliche Gewitterwolke. Die Bibliothek lag inmitten der Stadt, der Bus fuhr nur wenige Hundert Meter entfernt an der Haltestelle ab. Schwieriger, als zur Bibliothek zu kommen, war es, seinen Vater und Sophie von dem Ausflug zu überzeugen – aber die

Ausrede, dass er mit Stefan etwas für ein Schulprojekt recherchieren sollte, überzeugte sie.

»Da bist du ja«, begrüßte ihn Stefan. Er wartete auf einer Bank vor der Bibliothek, die eckige Brille auf der Nase, neben ihm ein Rucksack.

»Was ist da drin?« Oliver deutete auf den Rucksack.

»Was zu essen und zu trinken und … eine Kamera.«

»Eine Kamera?« Oliver hob die Brauen. »Wozu das denn? Hast du kein Handy?«

»Doch, aber bei dem ist die Kamera kaputt und eh ziemlich mies. Es geht einfach schneller, als die Seiten zu kopieren. Wir sollten darauf achten, dass meine Mutter mich nicht erwischt.«

»Wieso? Kriegst du sonst Haue, Kleiner?«

»Du kannst mich mal, Carter.« Stefan zeigte ihm den Mittelfinger und grinste.

»Also gut, gehen wir.«

»Oli –« Stefan packte seinen Arm und deutete auf die andere Straßenseite. »Guck mal.«

Oliver sah sich um. Zwischen den geparkten Autos tauchte ein Mädchen mit einem unübersehbaren Rotschopf auf – Claire. Sie überquerte die Straße und betrat die Bibliothek, ohne dass sie Oli und Stefan bemerkte.

»Was macht die denn hier?«, flüsterte Stefan.

»Na was wohl«, erwiderte Oliver. »Sie hat auch noch nicht aufgegeben. Sie ist weiter an der Sache dran – wie wir.«

»Wie kommst du darauf?«

Oliver sah ihn ernst an. »Ich hab mich umgehört. Dieser Peter, der verschwunden ist, der wohnte gerade mal zwei Häuser von ihr entfernt.«

Stefan blickte erstaunt drein. »Hm, das erklärt einiges. Meinst du, die beiden kannten sich?«

»Mit Sicherheit. Wie man hört, waren sie sogar befreundet.«

»Mal 'ne andere Frage: Woher weißt du, wo sie wohnt?«

Oli grinste. »Einfach so.«

»*Na klar.* Einfach so.«

»Los jetzt.« Gerade als Oliver die Tür zur Bibliothek aufziehen wollte, hörte er Sirenen kreischen.

»Fuck, sieh dir das an!« Stefan zeigte auf eine Kolonne von vier Polizeifahrzeugen. Sie schossen an ihnen vorbei – mit Blaulicht und laut plärrendem Martinshorn.

»Wohin die wohl wollen?«

»Wohin wohl?«, erwiderte Oli. »Das können wir uns doch denken.«

»Meinst du wirklich? Alter, das wäre … das wäre übelst krass. Wenn die den gefunden haben …«

»Stellt sich nur die Frage, ob lebend oder … tot.« Oli hörte, wie düster das klang, aber zugleich war da wieder dieses Kribbeln, das sich überhaupt nicht schlecht anfühlte – eher wie eine Vorahnung von aufregenden Dingen, die noch kommen würden.

Er erinnerte sich an die Worte des Polizisten und an die seines Vaters. »Du hältst dich da raus«, hatten sie gesagt. *Mach ich ja auch*, dachte er. *Es sei denn …*

Im Inneren der Bibliothek war es so still, dass man die Schritte der wenigen Besucher und ihre leisen Unterhaltungen hören konnte – wie fernes Säuseln, das sich auf geheimnisvolle Weise mit dem Rascheln von Bücherseiten vermischte und einem Husten oder Räuspern hier und da.

Eine Bibliothekarin saß am Eingang und musterte sie aufmerksam. Als sie Stefan erkannte, schien sie sich ein wenig zu entspannen und nickte ihm zu.

»Hier lang«, sagte Stefan leise und schob Oliver in einen der langen Gänge mit meterhohen Bücherregalen zu beiden Seiten. »Jetzt gehen wir in die Abteilung für Regionales, wo es ein paar Bücher über die hiesige Zeitgeschichte gibt.«

Oliver grinste. »Wie spannend!«

»Wart's ab.«

»Ich hab mal gegoogelt.«

»Ach was.«

»Ein Schauermann ist ein alter Begriff für einen Hafenarbeiter. Ein Tagelöhner, der Schiffe entlud.«

»Ja, und hier sind wir Hunderte von Kilometern vom nächsten Hafen entfernt.«

»Ja, aber …«

»Nichts aber. Warte mal.« Stefan hielt ihn zurück. Sie hörten eine leise Stimme. Sie klang besorgt – sogar ein wenig verängstigt. »Das ist doch –«

Sie spähten vorsichtig um die nächste Regalreihe herum. Niemand war in der Nähe, niemand außer ihnen und, ein paar Meter entfernt, Claire Neumann, die mit ihrem Smartphone telefonierte. Sie hatte ihnen den Rücken zugewandt. Ihr langes kupferfarbenes Haar trug sie zu einem unordentlichen Dutt zusammengebunden, am Boden stand ihre Tasche – und in den Regalreihen in ihrer Nähe klafften ein paar Lücken.

»Das ist ja wirklich schön für dich«, zischte sie, »aber ich bin keine zehn mehr, hörst du? Du kannst mir nicht –« Sie verstummte, lauschte offenbar. »Ja, ist sie aber nicht!«, schrie sie dann, nahm das Handy vom Ohr, drückte drauf und warf es mit zitternden Händen in die Tasche. Betreten sah Oliver, wie ihr ein paar Tränen über die Wangen liefen – wobei sie eher zornig als traurig wirkte. Bei ihrem Anblick spürte er eine angenehme Wärme in der Magengegend, es fühlte sich an, als würden dort Schmetterlinge umherfliegen.

Plötzlich drehte sie sich um und sah in ihre Richtung, als hätte sie geahnt, dass Stefan und er sie beobachteten – weiblicher Instinkt, ging es Oli durch den Kopf.

Ihre Augen weiteten sich, als sie erkannte, wen sie da vor sich hatte. »Was wollt *ihr* denn hier?«

Oliver spürte, wie ihm das Blut in die Wangen schoss und er rot wurde. »Ich … äh …« Er räusperte sich. »Wir wollten was nachsehen.«

Claire griff nach ihrer Tasche. »Na dann. Viel Spaß.«

»Fehlen hier vielleicht ein paar Bücher?«, fragte Stefan, als sie Claire erreicht hatten. Er beäugte interessiert die Lücken in den Regalen.

Claire zog eilig den Reißverschluss ihrer Tasche zu und verschränkte die Arme.

»Hey, Claire«, sagte Oli und gab sich Mühe, so freundlich zu schauen wie gerade möglich, obwohl ihn diese abwehrende Haltung ziemlich verunsicherte und seinen Puls beschleunigte.

»Hey, Oli.« Sie lächelte ein wenig verlegen. »Ziemlich komisch, euch hier zu sehen. Samstags … und ausgerechnet in dieser Abteilung. Ich hätte euch eher bei den Comics erwartet.«

»Comics? Ich kann schon ein wenig mehr als nur Bilder anschauen. Nein, wir recherchieren«, sagte Stefan und klang ziemlich stolz.

»Ach?« Claire nickte. »Okay, ihr zwei, tut mir leid, aber ich muss los.«

»Was hast du da in der Tasche?«, fragte Stefan, während Oliver ihm einen Blick zuwarf und stumm fragte: *Was zur Hölle tust du da?*

»In meiner Tasche?« Claire schenkte ihnen ein strahlendes Lächeln, das Olis Knie weich werden ließ. »Gar nichts«, trällerte sie.

»Peter Lottner«, sagte Oliver.

Seine Worte schienen sie zu überraschen. Claire runzelte die Stirn, dann strich sie sich eine widerspenstige Haarsträhne hinters Ohr. »Ja, und?«, fragte sie, in ihrer Stimme schwang Verunsicherung mit.

»Wir haben vorhin eine ganze Kolonne von Polizeiautos gesehen, die in Richtung Norden gefahren sind.« Oliver zuckte mit den Schultern. »Wohin könnten die wohl wollen?«

Claire wurde blass und presste die Tasche an sich. »Was willst du damit sagen?«

»Komm schon, wir vermuten doch beide, dass die Bullen irgendwas vor uns verbergen.«

»Du kanntest ihn, oder?« Stefan blickte die Regale hinauf, als wollte er die Bücher zählen oder vielmehr die Lücken – dann sah er zu ihr. »Und ich hab da so eine Ahnung, dass du nicht so ganz zufällig hier bist. Hier in dieser Abteilung, meine ich.«

Claire bewahrte eine undurchschaubare Miene. »Ach ja? Weiß nicht, was du meinst.«

Oliver schüttelte den Kopf. »Der Schauermann, hm?«

Claire starrte ihn an. Er erkannte dort, tief in ihren Augen, eine Traurigkeit, die er nicht erwartet hatte. Sie seufzte. »Mann, Jungs, ihr nervt. Aber gut: Er wohnt nur zwei Häuser weiter. Und … ja, ich kenne Peter schon ziemlich lange. Er ist mein bester Freund. Jetzt ist er verschwunden. Was, glaubt ihr, mache ich da wohl? Nur herumsitzen und Däumchen drehen, während die bei der Polizei nichts unternehmen, oder besser gesagt, während sie es zwar versuchen, aber doch nichts finden können?«

»Aber sie suchen doch.«

»Sie suchen, aber nicht …« Claire biss sich auf die Unterlippe. »Aber nicht wirklich dort, wo sie suchen sollten.«

»Was? Was meinst du mit nicht wirklich dort?«

74

»In dieser Stadt stimmt was nicht, schon seit Langem. Und niemand bemerkt es, niemand will es wissen, niemand will es glauben. Begreift ihr das nicht? Nein, natürlich tut ihr das nicht.«

»Langsam, langsam«, sagte Stefan. »Glaubst du etwa, Peter wurde entführt? Oder ermordet? Er könnte auch einfach nur von zu Hause abgehauen sein, auch wenn die Polizei nicht mehr davon ausgeht.«

»Bestimmt nicht. Ihm muss etwas Schlimmes zugestoßen sein. Er wäre nie von zu Hause weggelaufen. Das könnt ihr mir glauben. Er …« Sie verstummte und schüttelte den Kopf. »Weglaufen kann ich mir bei ihm einfach nicht vorstellen. Er liebt seine Eltern und hätte ihnen das nie angetan. Das weiß ich besser als die meisten anderen.«

»Wie bitte?«, fragte Oliver.

»Egal«, antwortete sie kurz angebunden, ohne ihm in die Augen zu sehen. »Die Sache ist doch die: Er ist entführt worden, aber niemand kann irgendwelche Spuren finden. Diese Tatsache und …« Sie warf einen Blick über ihre Schulter, als wollte sie sichergehen, dass sie allein in diesem Teil der Bibliothek waren. »Er hat mir am Abend vor seinem Verschwinden etwas erzählt, ein Geheimnis. Er hat etwas rausgefunden. Darum glaube ich, dass an seinem Verschwinden viel mehr dran ist. Er ist nicht nur verschwunden, die Polizei hat recht, jemand muss ihm etwas angetan haben. Und ich … ich muss einfach versuchen, ihn zu finden. Das bin ich ihm schuldig.«

»Also hast du ein paar Bücher eingesteckt?« Stefan klang, als bemühte er sich, freundlich zu sein, und dennoch hörte es sich wie ein Vorwurf an.

»Ein paar, ja.« Claire seufzte. »Kommt schon, lasst mich einfach gehen.«

»Ich hab eine andere Idee. Wir helfen dir.« Oliver trat zu ihr.

»Seit du diesen Polizisten gefragt hast … ich meine, du musst zugeben, es *war* offensichtlich, dass du dich für die Sache interessierst.«

»Mist«, erwiderte sie. »Gleich so aufzufallen war nicht geplant.« Sie lachte, was in Olivers Ohren ziemlich schön klang. Dann sah sie von einem zu anderen. »Ich verstehe. Und deshalb seid ihr zwei hier. Weil ihr etwas nachlesen wollt, stimmt's?«

»Stimmt genau«, erwiderte Stefan. »Aber wie ich das so sehe, sind die wichtigen Bücher gerade zufällig vollzählig verschwunden.«

»Genau. Vollkommen zufällig.« Claire schüttelte den Kopf und lachte abermals. »Ihr seid ja superschlau. Das habt ihr ganz allein kombiniert?«

»Claire«, sagte Oli, »ich meine das ernst. Wir könnten dir helfen.«

»Hm«, machte sie. »Und wieso solltet ihr das tun?«

Oliver sah sie ernst an. Er dachte daran, wie unruhig er sich fühlte, seit sie in Steinberg angekommen waren. Er dachte an die Schwäne auf dem See. An den seltsamen alten Mann, der auf der anderen Seite der Straße wohnte – Hans Forstner, den Schriftsteller, den er manchmal, wenn er nicht schlafen konnte und nach unten in die Küche ging, durch das Fenster dabei beobachten konnte, wie er drüben in seinem Haus auf und ab ging. Manchmal stand er auch mitten in der Nacht in seinem verwilderten Garten wie eine Vogelscheuche, während der Wind an seinem Mantel zerrte.

Er machte ihm Angst.

»Ich brauche das«, hatte Forstner erklärt, als sein Vater ihn darauf angesprochen hatte, »für meine Inspiration.«

Aber es war nicht nur er, der Angst hatte – Oliver spürte auch, dass etwas an diesem Ort seiner Stiefmutter Angst machte. Sophie war unausgeglichen, wirkte manches Mal gereizt, und das obwohl sie wieder im Labor arbeiten konnte, zusammen mit seinem Vater.

Oliver wusste, dass etwas mit Sophie geschehen war, über das weder sein Vater noch sie mit ihm sprechen wollten.

Na gut. Aber dann regt euch gefälligst nicht auf, wenn ich auf meine eigene Art dieses Geheimnis herausfinden werde.

Dieses – und all die anderen.

Du bist lange genug weggelaufen. Du bist kein Kind mehr.

»Weil ich dir glaube«, sagte er zu Claire. »Weil ich denke, dass du recht hast.«

KAPITEL 6

Sophie schloss die Augen.

Sie spürte, wie ihre Hände zu zittern begannen, der Teller, den sie gerade noch gehalten hatte, fiel zu Boden und zerbrach mit lautem Klirren.

Jäh waren die Erinnerungen ihr vor Augen getreten: die Unterführung, der Regen, die Schienen, die über ihr sangen und vibrierten, ehe der Schnellzug kam, und ihre Schuhe auf dem regennassen Asphalt.

Lauf schneller.

»Mama?«

Sie zuckte zusammen und fuhr herum. Kate stand mit ihrem Teddy in der Tür. »Oh, Prinzessin, ich … ich hatte nur einen Tagtraum.«

»Oli ist gerade zurückgekommen. Er hat mich aufgeweckt.«

Sophie sah sich um, konnte den Fünfzehnjährigen jedoch nirgends entdecken. »Und wo ist er?«

»In seinem Zimmer. Was machst du da?«

Plötzlich bemerkte Sophie, wie verbrannt es roch. Hastig schnappte sie sich einen Topflappen, öffnete den Backofen und zog die Kuchenform heraus. Gerade noch rechtzeitig, der Marmorkuchen war schon fast zu dunkel gebacken. »Gibst du mir mal den Puderzucker aus dem Schrank?«

Kate brachte ihn ihr. »Mrs Dorothy sagt, der Nachbar hat jetzt einen Hund.« Ihre kleine Tochter zog eine Schnute. »Hab ihn vorhin gesehen, glaub ich.«

Forstner, einen Hund? Das klingt unwahrscheinlich. »Bist du sicher?«

Kate schüttelte den Kopf. »Nee. Aber ein Hund hat gebellt. Auf der anderen Straßenseite.«

»Wo ist Kenobi?«

»Auf der Couch. Er rennt beim Schlafen.«

»Oli ist also zurück, ja?«

Kate nickte. »Oben. In seinem Zimmer. Ich wollte zu ihm rein, aber er hat mich weggeschickt.«

»Ich werd mal nach ihm sehen.« Sophie streute den Puderzucker über den Marmorkuchen und stellte ihn auf den Tisch.

»Krieg ich ein Stück, Mama?«

»Jetzt sofort? Ein bisschen musst du noch warten.«

»Och. Ich sag dir auch ein Geheimnis.« Kate kicherte und drehte sich im Kreis. »Oli hat nämlich was versteckt, aber ich hab's gesehen.«

»Kate, du weißt doch, was ich dazu gesagt habe. Wenn du irgendwas Wichtiges weißt, dann musst du es uns sagen – Papa oder mir.«

Kate nickte, sie war plötzlich wieder sehr ernst, so ernst, wie es ein sechsjähriges Mädchen eben sein konnte. »Ich glaube, es ist ein Buch. Er hat es versteckt.«

Es war schwer zu erkennen, ob Kate sich gerade eine kleine Geschichte ausdachte – das tat sie in letzter Zeit gerne – oder ob Oli wirklich etwas vor ihnen verheimlichte.

Ein Blitz erhellte die Küche – Kate zuckte zusammen. »Oh nein«, sagte sie, »das mag ich gar nicht.«

Im Flur schepperte etwas, als hätte jemand einen schweren Gegenstand umgestoßen. Sophie zuckte heftig zusammen.

Für einen Moment war sie wieder in der Unterführung, sah die Graffiti an den schmutzigen Wänden so deutlich, als wäre sie dort, roch den Regen und den Müll, der aus den Tonnen herausquoll, und hörte, wie das Wasser in die Gullys hinabgurgelte …

Lauf schneller.

Oder er kommt.

Er wird dich holen.

Nein, schrie sie in Gedanken, panisch wie ein Tier im Licht eines herannahenden Lastzugs, *das kann er nicht. Er ist tot!*

Na und?, hörte sie eine andere Stimme. *Wen hat das schon jemals gekümmert?*

Sophie hörte sich schreien, dann spürte sie, wie sie gepackt und herumgewirbelt wurde – sie starrte in ein Gesicht, das über und über tätowiert war, eine schreiende Fratze.

»Sophie!« Jemand berührte ihr Gesicht. Sie wollte fliehen, wollte vor ihm wegkrabbeln, doch es gelang ihr nicht, sie konnte sich nicht bewegen. Die Stimme rief noch einmal: »Sophie!«

Sie starrte schwer atmend in Colins Gesicht. Er beugte sich über sie. Sie lag auf dem Boden, spürte die feinen Linien des Parketts unter ihren Händen.

»W-was …«

Wieder blitzte es, der Donner folgte nur wenige Sekunden später.

»Was ist passiert?« Ihr Kopf dröhnte, die Schmerzen schienen sich direkt durch ihre Schädelknochen fressen zu wollen. *Gerade eben warst du doch … und jetzt …*

»Du hast um Hilfe gerufen, Kleines.«

Sie sah zu Colin, hörte seine Worte, ohne sie zu begreifen.

»Hast du den ...«, Sophie wischte sich über die Wange, dann griff sie nach seiner Hand und ließ sich aufhelfen, »... den Marmorkuchen aus dem Ofen geholt?«

»Das hast du doch schon getan. Er ist ... verbrannt.« Er klang seltsam enttäuscht, als er das sagte.

Als sich Sophie umsah, entdeckte sie Kate in der Tür. Die Kleine sah sie mit großen Augen an. »Süße«, sagte Colin, »magst du nicht noch ein bisschen an deinem Bild weitermalen? Mama und ich müssen kurz was besprechen.«

Kate nickte stumm. Sie wirkte ungläubig und vollkommen verunsichert, Sophie wollte sie so gerne in den Arm nehmen, aber Colin schüttelte sachte den Kopf.

»Hast du mit Oli gesprochen? Kate meinte, er hätte –«

»Ich war oben bei ihm, als ich dich hier unten rufen hörte. Du musst dich an die Vergangenheit erinnert haben. Das Gewitter, und dann fiel kurz das Licht aus und das muss eine Art Flashback bei dir ausgelöst haben.«

»Ich war dort«, sagte Sophie und spürte, wie ihr Tränen über die Wangen liefen. »Verflucht, Colin, ich war plötzlich wieder dort. Es war doch alles gut, die ganze Zeit war es gut, aber jetzt ...« Sie packte seinen Arm, hielt sich fest. »Wieso kommt das Ganze ausgerechnet jetzt wieder zurück?«

»Es kommt nicht wieder, Sophie. Das war nur ein Zufall, das Licht, das Gewitter ... mehr nicht.«

»Das klingt nicht überzeugend. Für mich klingt das *überhaupt* nicht überzeugend. Ich hab ihn gesehen, so, wie du jetzt vor mir stehst. Trevor Boyle. Dieses Schwein.«

»Aber er ist tot.«

Sophie legte den Kopf an Colins Schulter, er nahm sie fest in die Arme. »Was dieser Polizist erzählt hat ... dass hier ein Junge verschwunden ist ...«

Sophie hob den Kopf. »Ja?«

»Ich glaube, Oli weiß etwas darüber.«

»Weißt du das oder ist das nur eine Vermutung?«

»Er zieht sich so gerne zurück, das weißt du doch. Wenn wir ihm vorwerfen, er würde heimlich Detektiv spielen, wird er uns das übel nehmen.«

Sophie seufzte. »Aber wenn er wirklich denkt, er könnte auf eigene Faust etwas herausfinden, und es stößt ihm etwas zu – das können wir nicht verantworten.«

»Ich rede noch mal mit ihm. Wir müssen ihm aber auch etwas mehr Vertrauen schenken.«

»Er ist fünfzehn, Colin. Wie warst du mit fünfzehn?« Sophie rang sich ein Lächeln ab, doch steckte ihr das gerade Erlebte noch viel zu tief in den Knochen, als dass sie sich wirklich konzentrieren konnte. *Dieser jähe Flashback, wie es Colin genannt hat … so unglaublich real … du hast wirklich geglaubt, du wärst wieder dort, an diesem Abend, in dieser Unterführung, wo dein Leben eine solch abrupte, brutale Wendung genommen hat.*

»Sophie? Kommst du zurecht? Oder hältst du es für besser, wenn du … Dr. Morris anrufst?«

Dr. Christin Morris war ihre Psychologin, die sie nach dem *Ereignis* betreut hatte.

»Vielleicht«, erwiderte sie. »Aber ich will erst darüber nachdenken.«

»Natürlich«, entgegnete Colin. In diesem Moment erschien Mrs Dorothy hinter ihnen, im adretten Kostüm wie stets. Doch als Sophie sah, was die ältere Frau in den Händen trug, blieb ihr Mund offen stehen. Es war ein Kuchen, eine prachtvolle Torte mit glänzendem Schokoguss. Und sie sah das flüchtige Lächeln, das über Colins Mund huschte, als er die Torte sah.

»Oh, hier sind Sie beide«, flötete Mrs Dorothy. »Ich dachte, ich bringe Ihnen das hier vorbei, nur eine Kleinigkeit, weil

Sie doch so viel zu tun haben, Frau Carter, ich habe ihn nämlich selbst gebacken ...« Sie stellte die Torte ab und entdeckte dabei den verbrannten Marmorkuchen, der Sophie in diesem Moment armselig vorkam. *Nicht mal backen kannst du.*

»Ein Kuchen, wie schön. Aber, oh, er ist ganz verbrannt.« Mrs Dorothy musterte Sophie, aber diese konnte den Gesichtsausdruck, dieses Funkeln in den Augen der Nanny, nicht deuten. »Wie schade ... Aber das kann jedem mal passieren.«

In der folgenden Nacht träumte Sophie wieder von der Unterführung. Als sie schweißgebadet hochschreckte, fiel das Licht des Vollmonds durch die Jalousie auf ihr Bett. Einen Moment lang betrachtete sie Colins Gesicht und lauschte seinem leisen Atem.

Er sah so friedlich aus. Ganz anders als in den Tagen nach Kates Geburt. Fünf Wochen später war er zurück ins Labor gekommen. Sie hatte ihm angesehen, dass er durch die Hölle gegangen war. Eves Tod hatte sich mit Sorgenfalten in seinem Gesicht abgezeichnet, mit einem Ausdruck in seinen Augen, den sie nie wieder loswurden. Es waren jetzt die Augen eines Menschen, der großes Leid erblickt hatte. Die Augen eines Kriegsrückkehrers, nur dass Eve diese Schlacht an seiner Stelle erlebt – und sie verloren hatte.

Auf Zehenspitzen stand Sophie auf und schlich durch das kühle, stille Schlafzimmer zum Fenster. Der Mond beschien den Rasen, die spiegelglatte Oberfläche des Sees. Und was war das? Im See schien eine Frau zu stehen. Neben ihr trieb ein Leichentuch, das man in einem Krankenhaus über ihr ausgebreitet hatte. Das Wasser reichte ihr bis zu den Knien und das silberne Mondlicht fiel auf ihre blonden Haare. Ihre Haut war bleich, als wäre sie schon tot ... mehr als nur ein paar Tage. Die Frau drehte den Kopf – sie lächelte, aber es war kein freundliches Lächeln, nein, es war höhnisch, bösartig, in ihren Augen glomm ein Licht, als hätte sich der Teufel in ihrem Schädel eingenistet. *Du wirst nie die Mutter dieser Kinder werden*, schien sie ihr zuzurufen.

Ein saurer Geschmack stieg Sophie in die Kehle. Sie blinzelte und spähte erneut hinab – da war niemand im See, nur der Wind strich darüber und trieb das Wasser in sanften Wellen ans Ufer.

»Verflucht«, flüsterte sie. »Verflucht noch eins.«

Barfuß ging sie hinaus, sah zuerst leise in Kates, dann in Olivers Zimmer, dann stieg sie die Treppe hinunter und betrat Colins Arbeitszimmer, wo sich die Fachbücher in den Regalen bis unter die Decke stapelten. Sie schaute aus dem Fenster in Richtung See. *Vielleicht war es nur ein Strauch, den du von oben verwechselt hast. Der Schatten einer Pappel im Mondlicht.*

Aber nicht Eve.

In ein Regal zwischen die Bücher hatte Sophie das einzige Objekt gestellt, das ihr Vater ihr hinterlassen hatte. Ein Kästchen.

Du hast besondere Augen, Kleines. Du betrachtest die Welt ...

Was hatte er ihr mit diesen letzten Worten vor seinem Tod nur sagen wollen? Wollte er ihr damit etwas mitgeben, um das Rätsel des Kästchens lösen zu können? Oder bedeuteten sie etwas ganz anderes, was sie einfach immer noch nicht verstand? Ein Rätsel, das sich sein verwinkelter Physikerverstand ausgedacht hatte?

In das Kästchen waren drei Einstellräder eingelassen – alles war aus Holz geschnitzt. Auf den Einstellrädern waren die Buchstaben des griechischen Alphabets eingeprägt – dreimal A bis Z. Die Buchstaben ließen sich kombinieren, daneben war eine kleine elfenbeinfarbene Taste, die man drücken konnte.

Wenn man das Kästchen bewegte, hörte man in seinem Inneren eine Flüssigkeit leise hin und her schwappen.

Die Botschaft war unmissverständlich: *Drück den Knopf, wenn du die Lösung kennst.* Aber die Flüssigkeit sagte auch: *Du hast nur einen einzigen Versuch.* Was immer sich dort im Inneren befand, es würde sicher zerstört, wenn jemand versuchte, das Kästchen mit Gewalt zu öffnen.

Also hat er es dir hinterlassen, weil du es öffnen, weil du das Rätsel lösen sollst. Wie er es immer mit dir spielte, als du noch klein warst. Seine Rätsel, die kleinen spielerischen Aufgaben, die er immer wieder gestellt hatte.

»Es ist doch nur ein schlichtes Holzkästchen«, hatten viele gesagt, denen sie das Objekt gezeigt hatte. »Wirf es weg. Gib es auf. Es ist eine Erinnerung. In seinen letzten Monaten war er nicht mehr der Mann, an den du dich erinnern solltest.«

Ein wenig Wahrheit lag in diesen Worten, das konnte sie kaum bestreiten. Ihr Vater hatte an Demenz gelitten. Aus dem liebevollen Menschen, an den sie sich so gerne erinnerte, hatte die Krankheit in den letzten zwei Jahren einen verwirrten, oft auch verängstigten Fremden gemacht. Und doch – in seiner letzten Stunde war er so klar gewesen, wie sie ihn lange nicht mehr erlebt hatte. Damals hatte er ihr auch das Rätsel gestellt, und gerade weil niemand herausfinden konnte, wo er das Kästchen herbekommen hatte, wollte sie sich nicht von ihm trennen.

Er hat es dir gegeben, dir allein.

Gedankenverloren und in Erinnerungen versunken griff sie nach dem Kästchen und drehte an den Einstellrädchen.

Hatte ihr Vater ein Geheimnis vor ihr verborgen? Eines, von dem er erwartet hatte, dass sie es herausfinden, dass sie es lösen konnte?

Ein dünnes Lächeln schlich sich auf Sophies Lippen. Ganz sicher hatte er das. Carl Sanderson hatte Hunderte von Geheimnissen gehabt. Sie musste an jenen Tag denken, als sie sein Grab auf dem Friedhof von London besucht hatte – ein grauer, verregneter Tag im Herbst, nur einige Monate nachdem sie erfahren hatte, dass Colin Carter, der brillante Wissenschaftler, seine Frau Eve bei der Geburt ihres zweiten Kindes verloren hatte, und nur wenige Wochen nachdem Colin das erste Mal nach dem Unglück wieder im Labor aufgetaucht war.

»Ist es überhaupt richtig? Ich meine«, hatte sie damals leise gefragt, und es war ihr, als hörte ihr Vater zu, wie er ihr früher immer zugehört hatte, »ist es angemessen? Es ist seine Entscheidung, aber … ist es nicht zu früh?«

Natürlich hatte sie keine Antwort erhalten, nur ihre eigenen Gedanken konnte sie an diesem Tag neu sortieren.

Colin und sie hatten ein paar Monate später zueinandergefunden. Doch Eve, das wusste Sophie natürlich, nahm für immer einen besonderen Platz in seinem Herzen ein.

Oliver hatte lange gebraucht, bis er Sophie akzeptiert hatte – und manchmal fragte sie sich, ob er sie nicht auch heute noch ablehnte.

Sophie legte die Hand auf die kühle Fensterscheibe. Draußen fegte eine Windböe in die Pappeln und ließ sie hin und her schwanken – tanzende Geister im Mondlicht.

Sie hörte Schritte.

Sophie fuhr herum. Ihr Herz schlug heftig, und ihr Körper fühlte sich an wie elektrisiert, bereit zur Flucht oder zum Kampf. Was immer dort war, wenn es Oliver oder Kate bedrohte, würde sie sich ihm entgegenstellen.

Die Schritte kamen die Treppe runter. Sie waren nicht leise genug, um zu der kleinen, leichten Kate zu gehören, also –

Vorsichtig spähte sie hinaus, öffnete die Tür des Arbeitszimmers einen Spaltbreit und blickte in den dunklen Flur.

Es war Oliver. Er wandte ihr den Rücken zu und ging schnurstracks in die Küche. Auf Zehenspitzen folgte sie ihm – öffnete die Tür gerade weit genug, um hinaus in den Flur zu schlüpfen, die Tür knarrte leise. Sophie bemühte sich, ihren Atem, der immer schneller ging, zu kontrollieren.

Oliver stand im Mondlicht in der Küche, goss sich Wasser in ein Glas und trank. Sophie räusperte sich. Oliver fuhr herum. Im Mondlicht sah sie sein blasses Gesicht – übermüdet wirkte er und erschrocken.

»Entschuldige«, sagte sie leise. »Ich wollte nicht –«

»Was war denn vorhin los?« Oli klang vorwurfsvoll, ja anklagend. So hatte sie ihn noch nie gehört.

»Was meinst du?«

»Die Sache hier in der Küche. Du hast um Hilfe gerufen. Dad war gerade oben bei mir. Du hast Kate einen riesigen Schreck eingejagt.«

Er klang wirklich verändert, so viel erwachsener.

»Du weißt doch, Oli. Eine schlechte Erinnerung. Ein Flashback hat mich zurückversetzt in eine schlimme … Situation.«

»Wenn Dad mir nicht erzählt hätte, was dir damals fast zugestoßen wäre, würde ich wahrscheinlich immer noch herumrätseln.«

»Ich rede nicht besonders gerne darüber, das weißt du doch.«

»Du bist irre.«

Sophie zuckte zusammen. Seine Worte klangen kalt, völlig emotionslos. »Was sagst du da?«

»Du hast nicht alle Tassen im Schrank.«

»Junger Mann, ich denke, du entschuldigst dich jetzt besser, oder —«

»Oder was?« Nun erkannte sie, dass Olivers Mund zitterte und Tränen über seine Wangen rannen. Er wandte sich von ihr ab, griff nach etwas. »Weißt du, ich bin mir sicher, dass Dad ohne dich nicht entschieden hätte, dass wir hierherziehen. Und wenn Mama noch leben würde …«

»Oli, hör auf damit!«

»Du bist hier nicht willkommen!«

»Oli!«

Er fuhr herum und warf das Wasserglas nach ihr. »Ich wünschte«, schrie er, »du wärst an ihrer Stelle gestorben!«

»Oli!« Sie wollte ihn festhalten, doch er stürmte an ihr vorbei, ihre Finger griffen ins Leere. Im Küchenfenster hinter ihm, durch das sie nun hinaus in den Garten blicken konnte, sah sie plötzlich ein Gesicht. Ein Mann starrte zu ihr herein.

Sophie schrie.

Bleich wie eine Wasserleiche war er, die Augen schwarz wie fauliges Moor. Der Mann öffnete den Mund, zwischen den Lippen bewegte sich etwas, kroch auf sie zu. Sie machte einen hastigen Schritt zurück, ein fürchterlicher Schmerz durchzuckte sie. Eine Scherbe des zersprungenen Wasserglases hatte sich in ihre Fußsohle gebohrt.

Sophie drehte sich um und rannte.

Auf der Treppe lief sie in Oliver hinein. Er versperrte ihr den Weg. »Es ist der Schauermann«, sagte er mit tonloser, mechanischer Stimme. »Er ist hier.«

Sie hörte Glas splittern und ein Geräusch von knackenden Knochen, ein Stampfen, das näher kam. Sie schrie, schrie …

… und wachte auf.

Dieses Mal war Colin wach, er hatte die Nachttischlampe eingeschaltet und sah besorgt aus – seine Hand lag auf ihrer Schulter.

»Sophie«, sagte er, »du hattest einen Albtraum.«

Ihr Blick ging zum Schlafzimmerfenster. Der Mond schien, hatte sich kaum bewegt. Sie tastete nach ihren Füßen, aber da war nichts, kein Blut, kein Schmerz. »Ich habe was wirklich Mieses geträumt«, flüsterte sie. »Aber es war nur ein Traum.«

Colin nickte langsam. »Willst du mir davon erzählen?«

Sophie holte tief Luft. »Weiß nicht«, erwiderte sie. »Es … war seltsam.« Nervös griff sie nach der Mineralwasserflasche, die auf dem Nachttisch stand, schraubte sie auf und nahm einen Schluck. »Ich denke, wir müssen …«, sie zögerte, »und jetzt mach dich bitte nicht über mich lustig, wir müssen ganz dringend noch mal über diesen Schauermann reden.«

Kapitel 7

Am Nachmittag des folgenden Dienstags fielen die letzten beiden Stunden aus, und ohne dass sich Oliver, Claire und Stefan groß absprechen mussten, trafen sie sich auf dem Schulhof, als hätte sie irgendeine unsichtbare Kraft zusammengeführt, ihnen einen Schubs gegeben und gesagt: *Macht schon, sucht weiter nach dem verschwundenen Jungen.*

Claire sah heute besonders hübsch aus, ihr kupferfarbenes Haar hatte sie mit einem Band zusammengebunden. Zwar hatte er in der Bibliothek ja bereits versprochen, ihr zu helfen, aber es war doch noch mal etwas anderes, es nun auch wirklich zu tun, es *anzugehen*. Das fühlte sich an, als hätte er eine unsichtbare Grenze überschritten – vielleicht die, die ihm sein Vater und Sophie errichtet hatten.

»Und was machen wir jetzt?«, fragte Stefan. Er schob die Brille die Nase hoch und wirkte nervös und begeistert zugleich. »Ich meine, wo gehen wir hin?«

»Wenn ihr zwei mir wirklich helfen wollt«, sagte Claire, »dann solltet ihr noch ein paar Dinge wissen. Ich bin euch etwas voraus. Und ja, tut mir leid, dass ich auf eure Fragen, mit denen ihr mich ständig genervt habt, immer so ausweichend reagiert habe.«

»Voraus?«, fragte Oli, unsicher, was sie damit meinte.

»Was die Sache mit Peter angeht. Ich hab euch ja erzählt, dass er mein Nachbar ist. Mein bester Freund, seit ich denken kann. Ich weiß, ihm muss was passiert sein. Etwas Furchtbares. Und …«, sie warf Oliver und Stefan einen traurigen Blick zu, »ich kann mir auch vorstellen, was es ist.«

»Und was?«, fragte Oliver, obwohl er glaubte, die Antwort bereits zu kennen.

»Der Schauermann hat ihn geholt.«

Der Name allein jagte ihm einen Schauer über den Rücken. Stefan schob schon wieder die Brille hoch. »Wer ist der Schauermann? Ein Hafenarbeiter?«

Claire schüttelte den Kopf. »Nicht hier«, erwiderte sie. »Gehen wir. Ich kenne einen Ort, wo wir ungestört nachdenken und miteinander reden können. Habt ihr eure Fahrräder dabei?«

»Klar.«

»Dann fahren wir.«

Sie folgten ihr zu den Fahrradständern der Schule, wo Oliver sein grünes Mountainbike angeschlossen hatte – Stefan fuhr ein leichtes blaues Rad, Claire ein rotes mit dünnen Reifen, fast wie ein Rennrad. »Folgt mir einfach«, sagte sie. »Wenn ihr könnt.«

Stefan lachte, als sie den Hügel dicht hinter der Schule hinabsausten, und auch Oliver genoss den Fahrtwind auf seiner Haut und dieses unbeschreibliche Gefühl, wenigstens für einen Moment frei zu sein.

Es war großartig.

Nach mehreren Hundert Metern erreichten sie den östlichen Ortsrand, wo ältere Holzhäuser standen, deren Bretter und Dielen verwittert und von Moos bewachsen waren. Hier bogen sie auf einen schmalen Pfad ein, der dicht am Waldrand entlangführte. Im Schatten von riesigen Tannen war es kühl und dunkel, die Luft roch würzig nach den großen Tannenzapfen, die überall unter den tief hängenden Ästen auf dem weichen Boden lagen.

Eine kleine Hütte stand dicht am Waldrand – eine rote Tür, zwei Fenster mit ordentlichen Vorhängen. »Das Häuschen gehört meinem ... Vater.« Claire schob einen schweren Schlüssel in das Schloss. Sie holte tief Luft, ehe sie als Erste über die Türschwelle trat.

Es roch, als hätte diese Hütte schon seit geraumer Zeit niemand mehr betreten. Eine Zeitung lag auf einer Kommode nahe der Tür, sie zeigte ein Datum von vor vier Jahren.

»Claire ... weiß dein Vater, dass wir hier sind? Oder deine Mutter?«

Stefan warf ihm einen warnenden Blick zu, doch zu spät, er konnte die Worte ja nicht zurücknehmen.

»Oli«, erwiderte sie, »meine echte Mutter ... hab ich nie kennengelernt. Ebenso wenig meinen leiblichen Vater. Das Häuschen hier gehört meinen Adoptiveltern. Ich bin Waise, wusstest du das nicht? Ich wurde adoptiert.«

Sie musterte ihn, als erwartete sie einen Kommentar, der sie noch mehr verletzte.

»Das ... oh Mann, das wusste ich wirklich nicht.«

»Tja, jetzt weißt du es.« Claire schüttelte den Kopf. »Ich will nicht darüber reden.«

»Claire –«

»Nein«, sagte sie energisch. »Ich sagte *Nein*.« Sie trat zu dem Tisch im hinteren Raum der Hütte, wo die tief hängenden Tannenzweige fast eines der Fenster berührten und wie tastende Finger über die Wände strichen, und nahm einen kleinen Ordner. »Setzt euch hin und hört mir einfach erst mal zu. Das hier hat er mir gegeben, kurz bevor er verschwunden ist.«

»Peter?«, fragte Stefan.

»Nein, der Weihnachtsmann«, gab sie schnippisch zurück. »Natürlich Peter. Das hier, das ist eine Art …«, sie zögerte, »Forschungsergebnis. Eine Sammlung von Abnormalitäten. Mein Gott, ich mach mir solche Sorgen um ihn. Er ist irgendwo da draußen und er … ich bin mir sicher, dass er Angst hat, aber auch versucht durchzuhalten, zu kämpfen …«

»Das bedeutet?«, hakte Oli nach. So ernst hatte er Claire noch nie zuvor erlebt. Der Ton ihrer Stimme alarmierte ihn, kerzengerade saß er am Tisch und erwartete fast, dass jemand an die Tür klopfte.

»Es bedeutet, dass er glaubte, etwas herausgefunden zu haben … eine Art dunkles Geheimnis. Hier im Ort, in der Gegend geht schon seit langer Zeit etwas vor sich, ohne dass es jemand bemerkt.«

Stefan hustete. Dann rückte er die Brille zurecht, nahm sie ab, wischte die Gläser und wirkte bei alldem viel älter, als er war. »Was denn genau?«

»Menschen verschwinden.«

»Menschen? Kinder?«

»Hauptsächlich Kinder, ja«, bestätigte Claire. »Es hat vor etwa achtzehn Jahren angefangen. Greta Wolfsen, ein zwölfjähriges Mädchen, stürzte damals in eine Schlucht und konnte nie geborgen werden. Das ist die offizielle Version, aber laut Peter könnte an der Sache wesentlich mehr dran sein. Könnte sein, dass man versucht hat, etwas zu vertuschen.«

»Ihr Verschwinden?«

»Genau. Wenn es denn überhaupt ein Unfall war. Vielleicht ist ihr dasselbe zugestoßen wie jetzt Peter. Weil Peter auf der richtigen Spur war, versteht ihr?« Claire warf einen Blick zum Fenster. Die Tannenzweige bewegten sich sanft im Wind wie die Flügel eines segelnden Vogels, ganz langsam. »Der Schauermann ist eine Legende. In diesem Tal, an diesem Ort ... ein Seemann, der sein Bein verloren hatte, das hat Peter mir erzählt. Peter mochte die Geschichten über ihn, und irgendwie mochte er es auch, sie weiterzuerzählen. Er will Schriftsteller werden, wenn er älter ist.«

»Also ist das nur eine Geschichte, die er sich ausgedacht hat?«, fragte Oli.

Claire sah ihn lange an, dann schüttelte sie den Kopf. »Nein. Der Seemann hieß Heinrich Frey und es gab ihn wirklich. Hört zu: Frey fuhr siebzehn Jahre lang zur See, fuhr mit Handelsschiffen von Südamerika bis Hamburg, von Rotterdam bis Schanghai. Matrose, Bootsmann, all die Jahre über. 1957 war es zu Ende, ganz plötzlich. Eines Nachts löste sich während eines Sturmes mitten auf dem Atlantik eine Befestigungskette und eines der massiven Kettenglieder zertrümmerte sein Knie ... Frey hatte furchtbare Schmerzen, und dann – nachdem das Schiff einen Hafen in Brasilien erreicht hatte – entschieden die Ärzte an Land, sein Bein zu amputieren.«

Oliver warf Stefan einen Blick zu. »Amputieren also«, sagte er leise. »Aua.«

»Und dann bekam er ein Holzbein.«

»Wie jeder gute Seemann, was?«, warf Stefan ein und grinste. »Bist du dir sicher, dass Peter sich diese Geschichte wirklich nicht aus den Fingern gesaugt hat? Ich kann mir nämlich gut vorstellen, worauf das Ganze hinausläuft.«

»Mit dem neuen Bein«, fuhr Claire unbeirrt fort, »konnte er nicht mehr auf dem Schiff arbeiten. Nur noch an Land, im Hafen in Rotterdam. Als Schauermann, als Hafenarbeiter, der die Schiffe zu entladen hat. Und aus dem einst lebensfrohen Mann wurde ein verbitterter. Er begann zu trinken und mit jedem Jahr, in dem er sich voller Schmerzen durch die Tage quälen musste, wurde sein Zustand miserabler. Bis er dann eines Tages nicht mehr zur Arbeit erschien, weil er den Anblick nicht mehr ertragen konnte – die See, so nah vor ihm und doch unerreichbar.«

»Ist er verschwunden?«, fragte Stefan. »Oder sogar …«

»Nachdem er eine Woche nicht mehr zur Arbeit gekommen war, ging der Vorarbeiter des Hafens zu seiner Wohnung – ein winziges Ein-Zimmer-Apartment in einem grauen Wohnblock. Dort fanden sie ihn, erhängt an einem Haken, den er eigens dafür in die Decke geschlagen hatte. Selbstmord. Ohne Abschiedsbrief.«

Oliver runzelte die Stirn. »Ich verstehe nicht ganz.«

»Was das mit den Ereignissen hier zu tun hat? Warte ab, dazu komme ich gleich.« Claire deutete auf den Schrank hinter ihm. »Schau mal kurz da rein, da müssten ein paar Gläser stehen.«

Oliver öffnete eine Schranktür, mit dem lauten Knarren lange ungenutzter Scharniere schwang sie auf. »Ja, Gläser«, sagte er. »Eindeutig. Und eindeutig ziemlich dreckig und verstaubt.«

»Ich hab Wasser dabei«, sagte Claire und öffnete ihren Rucksack. »Und Orangensaft. Hinter dem Haus fließt ein kleiner Bach, da können wir die Gläser sauber waschen.«

»Das erledige ich«, sagte Stefan, sprang auf und nahm drei Gläser aus dem Schrank. Bevor er hinausging, drehte er sich noch mal um. »Aber nicht rumknutschen, ja, ihr Süßen?«

Claire musste lachen – und das klang wie das himmlischste Geräusch, das er seit langer, langer Zeit gehört hatte. Mit einem Mal verspürte er überhaupt nicht mehr das Verlangen, diesen Ort und diese Schule hinter sich zu lassen. »Er ist gar nicht so, wie ich erwartet habe«, sagte Claire und sah Stefan durchs Fenster hinterher. Einen Moment lang spiegelte sich das

Sonnenlicht noch auf den Gläsern, dann verschwand er zwischen den Tannen.

»Also, was ist denn nun mit dem Schauermann?«

»Warten wir, bis Stefan zurück ist, ja?«

»Hm. Okay.« Oliver räusperte sich. »Ich wollte vorhin nicht sagen … wegen deiner Mutter …«

»Jetzt schau dir das an – du tust es schon wieder. Du fängst schon wieder damit an.«

»Ich …«

Claire schüttelte den Kopf, doch ein schmales Lächeln huschte über ihre Lippen. »Lass es einfach gut sein. Ich will nicht darüber sprechen.«

Oliver nickte. Diese Ansage war eindeutig. Claire blätterte konzentriert durch die Mappe, während das Licht der Spätsommersonne golden und rot durch das Fenster hereinfiel. Eine kleine Falte entstand auf ihrer Stirn, als sie innehielt und las, ganz nebenbei schob sie sich eine Haarsträhne hinter das Ohr.

Wahrscheinlich ahnt sie nicht mal, wie ähnlich wir uns sind, was diese Sache angeht. Wahrscheinlich weiß sie nicht, was mit meiner richtigen Mutter geschehen ist.

Natürlich weiß sie das nicht. Woher auch?

»Ich suche nach dem nautischen Stern, hat Peter gesagt«, meinte Claire plötzlich. »Das war das Zeichen, das …« Sie verstummte, als jemand an die Tür der Hütte klopfte. Oliver und sie zuckten gleichzeitig zusammen und tauschten einen Blick.

»Ist er das? Der Schauermann?«

Claire schüttelte ernst den Kopf. »Das ist nicht lustig.«

»Nein, wirklich nicht. Tut mir leid.« Oli ging zur Tür und öffnete.

Stefan hatte die Gläser gespült, und sein T-Shirt war nass, als hätte er es auch gleich in den Bach getaucht. »Dieser

96

verfluchte Wald«, schimpfte er leise. »Die Erde da drüben ist total aufgeweicht. Ich wär gerade beinah ins Wasser gefallen. Der erste Bootsmann meldet sich zurück vom geheimnisvollen Spülmanöver. Ich verkünde: Gläser allesamt sauber.« Stefan klang wie ein äußerst diensteifriger Soldat, aber zugleich wirkte er auch eindeutig froh darüber, dass er nicht allein hier im Wald war.

Und wenn du ehrlich bist, dann bist du selbst auch ziemlich froh, die beiden gefunden zu haben, dachte Oliver.

»Danke«, sagte Claire. Sie hatte neben die Getränkeflaschen eine Schachtel mit Keksen gestellt – billigen Keksen, welche von der Sorte, die Sophie nie mögen würde –, zugleich hatte sie das Tischtuch ausgeschüttelt und so versucht, den Tisch ein wenig hübsch wirken zu lassen.

»Also«, sagte Stefan, »das ist dann wohl das erste Treffen des Geheimbunds.«

»Geheimbund?«, fragte Claire.

»Aber sicher. Es braucht die besten Ermittler, um hinter dieses Geheimnis zu kommen – und sie müssen *verschwiegen* sein.« Er klang seltsam feierlich, als er das sagte.

»Das ist kein Scherz, Stefan«, meinte Claire. »Wenn ihr das nicht ernst nehmt, dann werde ich allein weitersuchen. Ich werd ihn allein finden.«

»Wirst du nicht«, sagte Oliver, »wir helfen dir. Aber irgendwie hat er recht – wir sollten das hier ganz sicher niemanden wissen lassen. Unsere Eltern schon gar nicht.«

»Meine Mutter würde durchdrehen. Das würde Hausarrest bis zu den nächsten Sommerferien bedeuten. Und mein Vater … wahrscheinlich wäre er einfach nur enttäuscht, aber das wär noch schlimmer.« Stefan sah unglücklich aus.

»Und ich«, sagte Oli, »wurde schon ermahnt. Nimm den Bus hin, nimm den Bus zurück von der Schule. Keine Abstecher.

Okay, das war vor einem Monat, und jetzt, da nichts weiter geschehen ist, sehen sie es vielleicht nicht mehr ganz so eng, aber ich will lieber auf Nummer sicher gehen. Ganz bestimmt verrate ich nichts. Mein Dad hat vor Kurzem ein wenig herumgeschnüffelt, aber ich konnte ihn abwimmeln.«

»Also gut«, sagte Claire. »Sollen wir …«, sie wurde ein wenig rot, »… irgendwas schwören?«

»Gar keine schlechte Idee«, erwiderte Oliver. »Vielleicht –«

»Oh, scheiße, seht ihr das?«, rief Stefan dazwischen. Er zeigte zum Fenster hinaus, zwischen die Tannen. Die drei Jugendlichen erkannte Oliver sofort.

Charles und seine beiden engsten Freunde, die zwei Jahre älter waren und beide gerade eine Ausbildung machten – was genau, wusste er nicht, aber er wusste, dass sie ebenso gemein waren wie ihr Anführer. Charles schien ihre Gesellschaft zu genießen, aber sehr wahrscheinlich genoss er vor allem, dass er sie herumkommandieren konnte – und sie zu dritt ein effektives Team waren.

Der reiche Charles, der in seinem Leben keinen Tag würde arbeiten müssen, und die beiden Typen, die es genossen, von ihm zu profitieren, von dem Geld und mehr noch von seinem verschlagenen Verstand.

»Der kleine Charlie also«, sagte Stefan, während sie zusahen, wie die drei zwischen den Bäumen verschwanden und sich Richtung Norden entfernten.

»Wenn er dich bemerkt hätte, würdest du ganz sicher nicht so reden. Das tut nämlich niemand, der ihn wirklich kennt.« Claires Augen nahmen denselben harten Glanz an wie vorhin, als es um ihre Mutter ging.

»Kennst du ihn gut?«, fragte Oliver.

»Besser als ihr beide jedenfalls. Er … er wollte mal, dass ich mit ihm ausgehe. Und dabei ist er nicht mal wirklich freundlich zu mir. Eher das Gegenteil.« Claire sah zum Fenster hinüber.

»Aber das kann er sich in die Haare schmieren. Und genau das hab ich ihm auch gesagt. Was er nicht besonders nett fand. Aber das gehört nicht hierher.«

Sie rieb sich die Hüfte, als hätte sie dort eine alte Verletzung – oder auch nur die Erinnerung daran.

»Er ist nicht nur fies«, sagte sie. »Du findest es zwar lustig, Stefan, aber wir müssen mit denen vorsichtig umgehen. Begreifst du? Die sind ganz sicher nicht deine Freunde.«

»Das ist ja wohl klar«, erwiderte Stefan. »Das weiß ich doch.«

»Weißt du, wenn sie das hier finden würden«, fuhr Claire fort und deutete auf die Mappe, »dann würde es ihnen wahrscheinlich großen Spaß bereiten, es einfach zu verbrennen. Nur um Chaos anzurichten.«

»Aber das wird nicht geschehen«, sagte Oliver. »Sie werden es nicht finden, und ganz sicher werden sie nicht erfahren, was wir vorhaben.«

»Was meint ihr?«, fragte Stefan. »Sollen wir denen hinterher? Mal schauen, was sie so machen? Ich meine, ist es nicht verdächtig, dass die sich hier rumtreiben?«

Claire schüttelte den Kopf. »Nicht jetzt.« Dann streckte sie die Hand aus und legte sie auf den Tisch. »Also los. Sagt es.«

»Wir werden es herausfinden. Wir werden Peter finden. Wir werden dir helfen.« Oliver legte seine Hand auf ihre, Stefan legte seine zuoberst.

»Was immer hier Unheimliches vor sich geht … ja, wir müssen etwas dagegen unternehmen«, sagte er feierlich. »Aber ich will auch, dass wir uns noch etwas versprechen: Was immer wir herausfinden – wir müssen überlegt an das Ganze herangehen. Keine unnötigen Risiken.«

»Klingt jetzt, als wärst du schon hundert oder so«, witzelte Oliver.

»Aber er hat recht. Wir werden uns nicht in Gefahr bringen. Wir finden raus, was mit Peter geschehen ist. Das schulde ich ihm. Aber ich werde nicht zulassen, dass ihr zwei euch in etwas stürzt, was ihr später bereut. Also wird es eine Grenze geben«, sagte Claire.

»Wir sind fünfzehn, Claire. Natürlich gibt es die«, erwiderte Oliver ernst. »Aber wenn niemand etwas unternimmt, dann kann es sein, dass er ... na ja, stirbt. Du weißt doch, was ich meine: Man wird uns erst glauben, wenn wir mit handfesten Beweisen auftauchen. Also müssen wir so oder so tun, was nötig ist. So ist es doch.«

»Wir werden sehen. Versprecht mir einfach, dass ihr möglichst vorsichtig seid, okay?«

Oliver sah ihr in die grünen Augen, in diesem Moment hätte er ihr wahrscheinlich fast alles versprochen. »Ja. Versprochen.«

Stefan nickte. »Klar. Dieser Typ beging also Selbstmord. Einfach so, zack und aus. Verständlich. Ich würde auch nicht mit einem Holzbein herumlaufen wollen.«

»Ja. Das war 1967. Aber was dann kam, brachte all das, was Peter herausgefunden hat, erst ins Rollen. Wisst ihr, die Polizei wäre bald wieder verschwunden und hätte den Tod von Frey zu den Akten gelegt, wenn sie nicht in seiner winzigen Wohnung auf ein Detail gestoßen wäre ... ein Symbol.« Claire drehte die Mappe herum, sodass sie die Zeichnung auf der Seite deutlich erkennen konnten. Ein nautischer Stern, fünfzackig, mit dunkler Kugelschreibertinte gemalt. »Das war Peter. Er hat herausgefunden, dass die verschwundenen Kinder, so ein Zufall, genau in der Nähe von den Orten starben, die der Schauermann in seiner Zeit als Matrose angelaufen ist, und immer dort tot aufgefunden wurden, wo man eine Zeichnung dieses nautischen Sternes entdecken konnte. Immer war sie da, wie eine Signatur, die der Täter zurückgelassen hat. Hier, seht euch diese alten Zeitungsberichte an.«

»Wow«, sagte Stefan ehrfurchtsvoll. »Jetzt klingst du, als wärst du Clarice Starling oder so.«

»Wer?«, fragte Oliver, aber Claire winkte ab.

»Ist so ein Film«, erklärte sie. »Nein, hör zu: Peter hat das alles sauber dokumentiert, diese ganzen Killergeschichten haben ihn nämlich ziemlich fasziniert – ich finde sie eher ganz schön gruselig. Die Ermittlungen haben jedenfalls immer mehr Spuren zutage gefördert, die Frey mit diesen Morden in Verbindung bringen.«

»Aber Frey ist tot.«

»Stimmt«, sagte Claire. »Und damit hätte die Mordserie enden müssen. Das dachten auch die Ermittler damals. Aber so war es nicht. Drei Jahre später tauchte dieser nautische Stern wieder auf. Bei einem jungen Mädchen in Hamburg, so brutal ermordet, dass es Wochen dauerte, um es überhaupt zu identifizieren. Seitdem … seitdem sagt man, sein Geist gehe um und töte noch immer …«

Oliver schluckte laut, Stefan räusperte sich. »Aber wie kann das sein?«, fragte er dann. »Hat ihn jemand nachgeahmt? Oder …«, er klang, als wagte er es kaum, die Worte laut auszusprechen, »… war der Schauermann doch nicht tot?«

»Ein Geist? So ein Quatsch.« Oliver schüttelte den Kopf.

»Ich weiß es nicht«, erwiderte Claire leise. Sie rieb sich die Arme, als würde sie frösteln. »Aber ich weiß, dass Peter Angst hatte.«

»Wieso? Wovor?« Oliver warf Stefan einen beunruhigten Blick zu.

»Es war in den Bergen«, sagte Claire. »Er war wandern, und zwar allein, das hat er manchmal getan. Und dort hat er ihn gesehen. Den nautischen Stern, in die Rinde einer Tanne geschnitzt, unten in der Schlucht, wo man die Tote gefunden hat. Der Schauermann ist dort gewesen, davon war er überzeugt.«

»Meine Güte«, sagte Stefan und klang wirklich erschrocken. »Das kann aber auch Zufall sein, oder? Vielleicht hat jemand das Zeichen einfach zum Spaß in die Rinde geritzt.«

»Peter hat sich schon seit einiger Zeit für Serienmörder interessiert, er hat mir jede Menge darüber erzählt. Das war so ein unheimliches Hobby von ihm … und er hat irgendwie eins und eins zusammengezählt.«

»Aber dieser Frey ist ja tot, er kann kein Zeichen hinterlassen«, stellte Oliver fest.

»Peter hat versucht herauszufinden, ob es einen Nachahmer gab. Oder ob der Schauermann auf irgendeine Weise überlebt haben könnte, weil man vielleicht die Leiche verwechselt hat, der Tote, dieser Selbstmörder, also gar nicht Frey war, sondern jemand, mit dem Frey die Polizei täuschen wollte. Vielleicht wollte er sich mit den Morden rächen.«

»Rächen? Wofür?«, fragte Stefan.

»Ist doch klar«, antwortete Oliver an Claires Stelle. »An der Gesellschaft. Weil niemand ihm geholfen hat, als er so schwer verletzt wurde, weil man ihn behandelte wie eine Ratte. Darum hat er ihnen die Kinder genommen.«

Claire nickte. Oliver spürte, wie warm ihm in der Magengegend wurde, als sie ihm ein Lächeln schenkte. »Rache an der Gesellschaft … weil sie sein Bein so verpfuscht haben und ihm auch später nicht halfen. Weil sie ihn einfach beiseitegeschoben haben, als er Hilfe gebraucht hätte. Weil er wie ein Tier vor sich hin vegetieren musste … und weil sich alle von ihm abwendeten. Er hatte ohnehin kaum Freunde, aber nachdem er das Bein verlor, niemanden mehr.«

»Aber er hatte doch seine Arbeit«, wandte Stefan ein, »immerhin. Im Hafen und … und außerdem passt das nicht. Wieso hat er laut Peter gemordet, als er noch gesund war, bevor er das Bein verloren hat?«

»Weiß ich nicht. Vielleicht war da schon immer was tief in ihm, das ihn dazu getrieben hat. Aber hast du eine Ahnung, wie hart diese Arbeit zu der Zeit war?«, fragte Claire. »Das kannst du nicht mit heute vergleichen.«

Oliver nickte. »Klar. Kann man nicht. Also hat er Leute ermordet, weil er einfach bösartig war?«

»Nicht einfach Leute – ihre Kinder. Vielleicht, um ihnen ihre Zukunft zu nehmen, vielleicht, weil er selbst keine Zukunft mehr für sich gesehen hat. Er war geschickt darin, wie die Polizei später herausfand, sich vor den Augen der Öffentlichkeit zu verbergen. Ein Krüppel, wie man ihn damals nannte ... ein Mann, dem niemand besonders viel Beachtung schenkte.«

»Wie viele Morde?«

»Mehr als zehn ließen sich ihm zuordnen.«

»Das war alles vor seinem Selbstmord?«

»Genau. Aber dann ging es eben weiter.«

»Ich kann mir denken, wieso.« Stefan klang angespannt. Er umklammerte das Glas und rückte immer wieder seine Brille zurecht. »Es gibt ja nur eine Erklärung, wenn er nicht wirklich seinen Tod inszeniert hat – und so unfähig, so etwas zu übersehen, war die Polizei ganz sicher nicht ...«

»Und die wäre?«, fragte Oliver.

»Vielleicht hat er jemanden in die Welt gesetzt«, sagte Stefan und grinste düster. »Einen Sohn. Und der war genauso verrückt wie der Vater, und schon haben wir eine kleine, hübsche Familie aus irren Mördern«, witzelte er, doch sein Grinsen verschwand, als Claire wortlos nickte.

»Ja, so war es. Peter hat Hinweise gefunden, die darauf hindeuten, dass der Schauermann tatsächlich einen Sohn hatte, und dieser Sohn war wohl das Ergebnis einer Verbindung mit einer Hafenprostituierten. Er hat ihn ihr weggenommen und unbemerkt aufgezogen.«

»Wie kann das sein?«

»Das ist über sechzig Jahre her. Da war vieles möglich«, erwiderte Claire.

»Und dieser Sohn ... der wäre heute wie alt?«, fragte Stefan und lachte. »Nein, sagt es nicht. Wir haben es hier also mit einem siebzigjährigen Killer zu tun? Oder vielleicht eher noch älter?«

»Ja. Genau das hat Peter geglaubt. Und ... ich bin mir sicher, dass er in den letzten Tagen vor seinem Verschwinden noch mehr herausgefunden hat.«

»Was?«

»Habt ihr mal darüber nachgedacht, was ein Mann tun könnte, der die See zu hassen beginnt, weil sie ihm alles genommen hat? Vielleicht ist er – oder wahrscheinlicher sein Nachkomme – nicht dort geblieben. Könntet ihr euch vorstellen, dass es den Sohn womöglich so weit wie möglich vom Meer fortgeführt hat?«

Oliver starrte Claire an. »Und wo ist so weit wie möglich? Genau. In den Bergen. Ergibt irgendwie Sinn, aber gibt es dafür auch Beweise?«

»Na ja, das Zeichen, das Peter gefunden hat. Und die Tatsache, dass Peter jetzt verschwunden ist und wahrscheinlich getötet wurde. Weil er ihm auf der Spur war.«

»Dem Nachkommen?«

Claire nickte.

»Den es zufällig hierher verschlagen hat?«

»Genau. Denkt an die Zwölfjährige, die in die Schlucht gestürzt ist. Vielleicht war sie eines der späteren Opfer seines Sohnes, wie Peter schon vermutet hat.«

Oliver blickte zum Fenster hinaus. Die Schatten zwischen den Tannen und dem dornenbesetzten Gestrüpp, durch das Charles und seine Freunde gestapft waren, waren nun größer, länger und irgendwie dichter. Bei dem Gedanken, dass jemand in dieser kleinen Stadt wohnte, der etwas wirklich

Widerwärtiges, Böses im Sinn hatte, lief ihm ein Schauer über den Rücken.

»Und warum genau gehen wir mit diesen Infos eigentlich nicht zur Polizei?«, fragte Stefan.

»Berechtigte Frage«, sagte Oliver.

Claire schüttelte den Kopf. »Weil sie uns ohnehin nicht glauben. Wie bei dem Polizisten in der Schule. Und weil wir nicht wissen, wer der Sohn vom Schauermann ist. Was ist, wenn es ein alter ehemaliger Polizist ist?«

»Dann wären wir ganz schön am Arsch«, sagte Stefan und Claire musste lachen.

»Aber *alt* ist ein gutes Stichwort«, meinte Oliver und sah in die Runde, »vielleicht sollten wir uns mal im Steinberger Seniorenheim umsehen. Also – was machen wir?«

Claires Handy neben der Orangensaftflasche begann zu summen. Oliver versuchte, einen Blick auf das Display zu erhaschen, aber sie war zu schnell.

»Was denn?«, rief sie.

Oliver hörte eine energische Männerstimme antworten, aber was der Mann sagte, konnte er nicht verstehen. Claire wurde rot, dann schüttelte sie den Kopf. »Nein, hab ich nicht vergessen«, sagte sie leise. »Ja, ich werde da sein. Ja. Schon klar.«

Sie legte auf und blickte hoch. Irgendetwas an dem Ausdruck in ihren Augen beunruhigte ihn.

»Alles gut?«, fragte er.

Claire schnappte sich die Mappe und sprang auf. »Mein Vater. Wir müssen ein andermal weitermachen. Ich muss los.«

»Wohin musst du denn?«

»Hab was vergessen.« Sie sah ihn an und biss sich auf die Unterlippe. »Tut mir leid.«

»Weißt du, ich kenne da jemanden, der vielleicht der Typ sein könnte, den wir suchen. Er hat ungefähr das richtige Alter und ist richtig fies drauf.«

»Ach ja? Wer?« Claire klemmte die Mappe unter ihren Arm, packte den Rucksack und ging zur Tür.

»Unser Nachbar. Irgendein komischer Schriftsteller, aber … er ist unheimlich. Er wohnt genau gegenüber. Steht nachts manchmal im Garten, hat neuerdings einen Hund und meckert alles und jeden an. Er hasst Menschen, glaub ich.«

Claires Augen verengten sich. »Wenn das so ist, würdest du mir dann einen Gefallen tun?«

KAPITEL 8

Und dann begann es – schleichend zunächst, sodass Sophie die ersten Anzeichen des Verderbens, des unaussprechlichen Grauens, das in der Mitte ihrer Familie Einzug hielt, zu Beginn für harmlos und bloßen Zufall hielt –, aber es begann, und zwar genau an jenem Sonntag im September, als sie unten am See ein Picknick veranstalteten und Sophie Kate schreien hörte, schrill und panisch.

Colin sprang auf, Sophie war dicht hinter ihm, doch sie konnte ihn nicht einholen, dafür rannte er zu schnell, zu groß waren seine Schritte.

Kate, ihre kleine Kate, die nur nach drinnen gehen wollte, um ihr Malbuch zu holen, rannte über den Rasen auf sie zu – Blut tropfte von ihrer Hand, glänzte hell in der Sonne und jagte Sophie Wellen von Übelkeit und Angst durch den Körper.

Sie ist verletzt, Gott, sie blutet heftig – wie ist das passiert?

»Verflucht, dieser Köter«, rief Colin. Er blickte in Richtung Straße, und Sophie sah den kleinen weißen Hund – einen Bullterrier –, der irgendwie auf ihr Grundstück gelangt war. Er fletschte die Zähne, stand auf dem gepflasterten Weg, der zum Haus führte. Sein Knurren klang bedrohlich und ängstlich zugleich, als wüsste er nicht, wie er an diesen Ort geraten war, als wüsste er nicht, was er getan hatte und welche Konsequenzen das haben würde.

»Hau ab!«, brüllte Colin und stürmte auf ihn zu wie ein Footballspieler, der seinen Gegner umwerfen wollte.

»Colin!«, schrie sie ihm hinterher, doch er ließ sich nicht stoppen. Er stürzte auf den Hund zu, der angesichts des wütenden Mannes, der vollkommen außer sich auf ihn zuraste, erkannte, dass er wohl besser fliehen sollte – er machte kehrt und verschwand in den Hecken rechts neben ihrem Tor. Auf der anderen Seite tauchte er wieder auf und rannte über die Straße. Er bellte noch immer, doch nun klang es verängstigt.

»Das ist unmöglich«, rief Colin. »Wo sind die Schlüssel?« Er fuhr herum. »Die Schlüssel – wo, Sophie, wo? Gott, ich werd diesem alten Mistkerl –«

Sophie nahm Kate auf die Arme und trug sie ins Bad. Kate weinte und schluchzte laut. Die Verletzung an ihrer Hand blutete so stark, dass sie unmöglich erkennen konnte, wie tief die Wunde war.

Wieder hier, wieder mit Kate, die verletzt ist … »Süße, magst du mir sagen, was passiert ist? Wolltest du den Hund streicheln?«

Kate schniefte und nickte, aber mehr war aus ihr nicht herauszubekommen, selbst als Sophie sie behutsam fragte, ob der Hund durch die Hecke hereingekommen war oder auf einem anderen Weg.

»Frau Carter?«, hörte sie die Stimme von Agatha Dorothy durch den Flur hallen. »Sind Sie hier?«

Mrs Dorothy war für diesen Sonntag nicht eingeplant – und dennoch war sie hier, hin und wieder tauchte sie einfach auf, und sei es nur, um etwas Selbstgekochtes vorbeizubringen, in einer ihrer altmodisch bemalten Porzellanschüsseln, aus denen es dann immer verführerisch duftete.

Sie benimmt sich, als wäre sie deine Großmutter, hatte sie einmal zu Colin gesagt – *vielleicht sollten wir das abstellen.*

Sie ist nur eine alte Frau, hatte er erwidert. *Lass ihr doch das wenige, was sie hat.*

»Ich bin hier, Mrs Dorothy.«

Sie sah, wie Dorothy neben sie trat, der geblümte Rock und die blassrosa Bluse ohne eine Falte. »Große Güte, was ist hier geschehen?«

»Der Hund ... der Hund von nebenan.« Sophie bemerkte, wie ihre Hände zitterten, ihr Magen fühlte sich an, als würde ihn eine Faust zusammenpressen. *Wie tief hat er sie wohl gebissen? Haben die Zähne dieses kleinen Mistviehs eine Arterie verletzt?*

»Ach, verflucht.« Zum ersten Mal hörte sie Mrs Dorothy fluchen – die alte Dame schien erschrocken über sich selbst zu sein, darüber, dass ihr das ausgerechnet vor der kleinen Kate herausgerutscht war.

»Ihr Mann Colin scheint sehr erzürnt zu sein. Ich war eigentlich nur hier, weil ich ... Vielleicht sollten Sie nach ihm sehen. Ich verbinde Kates Hand, aber dennoch sollten wir darüber nachdenken, mit ihr zum Arzt zu fahren.«

»Ja. Werden wir. Ich bin gleich zurück.« Sophie küsste Kate auf die Stirn. »Bleib bei ihr. Ich sehe schnell nach Dad.« Und zu Mrs Dorothy gewandt fügte sie hinzu: »Verbinden Sie die Wunde bitte.«

»Aber natürlich, meine Liebe.«

Sophie eilte hinaus, rannte durchs Haus und über das Grundstück. Colin stand auf der anderen Straßenseite Hans Forstner gegenüber. Sie hatten sich voreinander aufgebaut, als wollten sie sich gleich gegenseitig die Hälse umdrehen.

»Der Hund, wo ist er?«

»Im Haus. Wo er die ganze Zeit war.« Forstner schien ungerührt. Sophie erreichte die beiden Männer, die Luft zwischen ihnen fühlte sich an, als würde sie in Flammen stehen. Sie griff nach Colins Arm. »Der Hund hat gerade unsere kleine Tochter gebissen«, sagte sie und verfluchte ihre zitternde Stimme. »Das Scheißvieh hat Kates Hand erwischt!«

»Kann er das denn, wenn er den ganzen Tag in meinem Arbeitszimmer lag?«

»Das ist verschissener Unfug, und du weißt das genau.« Colin hatte die Fäuste geballt.

»Sie duzen mich ganz sicher nicht.«

»Ich werde gleich noch was ganz anderes machen.«

»Colin, nein.« Sie zog ihn einen Schritt zurück, weg von Forstner. »Das ist –«

»Und jetzt lassen Sie sich sogar von Ihrer Alten sagen, was Sie zu tun und zu lassen haben.« Forstner lachte dröhnend. »Meine Güte, Sie sind wirklich ein Versager durch und durch, ich sollte Sie in einem meiner Bü…«

Weiter kam er nicht, Colin riss sich von Sophie los und verpasste Forstner einen Faustschlag. Er traf ihn am Kinn, Forstner taumelte zurück. *Gut gezielt, Großer*, schoss es Sophie durch den Kopf und gleichzeitig: *Jetzt prügelt sich mein Mann schon mit alternden Schriftstellern von gegenüber, kann bitte irgendwer die versteckten Kameras enttarnen?*

Forstner schüttelte sich wie ein angerempelter Stier. Als er wieder aufblickte, glomm ein düsteres Licht in seinen Augen. »Also so ist das«, sagte er und wischte sich mit dem Handrücken über den Mund. Dann spuckte er in hohem Bogen aus, der Klumpen aus Blut und Schleim landete nur ein paar Zentimeter vor Sophies rechtem Schuh. »Ihr kommt hierher, in dieses Dorf, in diese Straße, und stiftet nichts als Unordnung. Und dann habt ihr auch noch die Eier, mich anzugreifen. Ihr seid am Arsch, ihr zwei, so was von am Arsch. Ich ficke euch, hört ihr? Euch beide.«

Nun klang er überhaupt nicht mehr wie der Schriftsteller, als der er sich bei ihnen vorgestellt hatte, seine Stimme erinnerte sie an ein rostiges Sägen.

»Dein Hund, Forstner«, sagte Colin. Die Ader an seiner Schläfe pulsierte – das tat sie immer, wenn er unter Strom stand. »Dein Hund und meine Tochter. Los, zeig mich an – denn ich werd *dich* ganz sicher anzeigen. Und deinen Köter, den werden sie dir ohnehin wegnehmen.«

Forstner öffnete den Mund, um etwas zu erwidern – doch dann fixierte er etwas hinter ihnen. Er zuckte zusammen, schloss den Mund und wich zurück. Angeschlagen humpelte er in sein heruntergekommenes Haus.

Aus dem Inneren hörten sie das Fiepen des Hundes, er klang, als wäre er gerade getreten worden. Dann war alles still.

Sophie drehte sich um: Mrs Dorothy stand auf der anderen Straßenseite und blickte zu ihnen herüber. Mit ihrer gesunden Hand hielt Kate ihre verletzte, die nun in einem ordentlichen Verband steckte.

»Alles in Ordnung?«, fragte Agatha, und wie immer klang ihre Stimme wohlmoduliert und gepflegt.

Sophie nahm Colin am Arm und zog ihn über die Straße. »Nichts ist in Ordnung.«

Später, da würde ihr Forstners erschrockener Gesichtsausdruck wieder in den Sinn kommen – *aber nicht wegen dir oder wegen Colin. Er hat etwas hinter uns gesehen.*

Etwas an diesem Gedanken war wichtig, das spürte sie, etwas daran … war mehr, als sie im Augenblick verstand.

»Bist du okay, Süße?« Colin beugte sich zu Kate hinab. »Tut es noch weh?«

»Gar nicht«, sagte Kate leise. »Agatha hat alles weggepustet.«

»Ach, hat sie das?« Colin lachte. »Ja, sie ist wirklich eine Gute.«

»Nicht der Rede wert. Ich war nur hergekommen, weil ich dachte, dass Sie alle meinen Sauerbraten probieren möchten. Es ist ein altes Familienrezept.« Mrs Dorothy deutete auf die Töpfe und Pfannen, die sie auf der Treppe zum Haus abgestellt hatte. »Ich wünsche guten Appetit.«

»Werden wir«, erwiderte Colin. »Aber erst muss ich den Zaun reparieren. Jemand hat ihn durchgeschnitten. Da passen sowohl Forstners neuer Köter als auch Kenobi durch, und ich will nicht«, er blickte zu Kate hinab und strich ihr durchs Haar, »dass so was noch mal passiert.«

»Wenn Sie möchten, kann ich helfen«, bot Mrs Dorothy an. »Mein verstorbener Mann hat mir einige Tricks mit dem Hammer gezeigt und –«

»Nein. Schon gut. Manche Dinge muss ein Mann wirklich allein machen. Gönnen Sie sich den Sonntag. Wir sehen uns morgen.«

»Aber sehr gerne.« Mrs Dorothy ging, und Sophie, Kate und Colin schlossen das Tor hinter sich und gingen zurück auf ihr Grundstück, das sich nun ein ganzes Stück weniger sicher anfühlte, als hätte etwas Unsichtbares dem Haus seinen Schutz geraubt.

KAPITEL 9

Oliver hörte seinen Vater und Sophie bis spät in die Nacht miteinander sprechen, er hörte ihre Stimmen, verstand jedoch die Worte nicht – und er hörte Kate in ihrem Zimmer nebenan leise schluchzen. Das Geräusch schmerzte ihn, und nach einer Weile ging er hinüber und beruhigte sie, las ihr aus ihrem Buch vor, bis sie wieder eingeschlafen war.

Im Mondlicht, das durch die Jalousie hereinfiel, sah Kate so klein und friedlich aus. Ihre Hand lag auf der Bettdecke, dick verbunden. Colin war mit ihr zum Arzt gefahren, wo sie eine Spritze bekommen hatte und der Verband erneuert worden war. »Die Spritze hat gar nicht wehgetan!«, hatte sie ihm stolz erzählt.

Draußen flackerte die Straßenlampe, fiel für einen Moment aus, sodass die Straße in völlige Dunkelheit getaucht war. Oliver sah zum Grundstück von Forstner auf der anderen Straßenseite. Zu gerne würde er wissen, was dort vor sich ging, doch der verwilderte Garten war dunkel und verlassen, und hinter den schiefen Rollläden, die vor den verwitterten Holzfenstern hingen, war kein Licht.

Forstner war trotzdem zu Hause, davon war er überzeugt, und der Hund, der Kate gebissen hatte, auch, aber sie schienen sich zu verstecken.

Zwei Autoscheinwerfer kamen die Straße herauf. Ein Polizeiwagen bog in die Einfahrt und zwei Polizisten in voller Montur stiegen aus und klopften an ihre Haustür – Oli hörte das Pochen bis in sein Zimmer hinauf. Die beiden sahen ziemlich schlecht gelaunt aus.

Die Tür öffnete sich, dann fiel sie ins Schloss. Von unten hörte er drei Männerstimmen und die höhere Stimme von Sophie – sie sprachen miteinander, doch leider konnte er sie nicht verstehen.

Ist doch klar, was sie machen. Sie zeigen den Idioten von nebenan an. Und das hat er auch verdient.

Oli hatte von der anderen Straßenseite zugesehen, wie sein Vater dem Nachbarn eine verpasst hatte. Wie der andere zurückgetaumelt war – etwas an diesem Anblick hatte ein Hochgefühl in ihm ausgelöst.

Manchmal ist das die einzige Sprache, die diese Typen verstehen. Bei Jack Ulther hättest du es auch so machen sollen, das hätte vieles erleichtert.

Dann dachte er an Claires Worte, die sie einmal bei einer Diskussion während des Geschichtsunterrichts gesagt hatte: *Gewalt ist nie die Lösung. Wir müssen besser sein als die.*

Beim Gedanken an Claire spürte er ein Kribbeln im Magen, das sich durch und durch gut anfühlte. Für einen Moment stellte er sich vor, wie es wäre, wenn dieser Hund versucht hätte, Claire zu beißen – und er sie verteidigt hätte.

Als unten die Tür zuschlug, schreckte er aus seinem Wachtraum. Die beiden Polizisten hatten ihr Haus verlassen, nun sah er von oben zu, wie sie die Straße überquerten und auf Forstners Grundstück zugingen.

Jetzt wird es interessant.

Einer der Beamten rüttelte an Forstners Tor. Es war verschlossen. Die Männer sahen einander an, sagten etwas zueinander – wahrscheinlich überlegten sie, wie sie jetzt weiter vorgehen sollten, wie sie es öffnen konnten, wenn Forstner nicht kooperierte.

Einer von ihnen läutete. Oli drückte die Nase an die Fensterscheibe und spähte hinab, nichts geschah. Unten unterhielten sich Colin und Sophie leise – Sophie klang energisch und Colin war lauter geworden, fast hörte es sich so an, als würden sie sich gleich streiten.

Die beiden hatten sich in den vergangenen Jahren vielleicht vier-, fünfmal gestritten, nicht häufiger. Beim letzten Mal hatte sich Kate zu ihm geflüchtet, sich auf sein Bett gesetzt.

»Wieso machen sie das?«, hatte sie ihn gefragt. »Liegt es an uns? An mir? Mögen sie mich nicht mehr? Was machen wir, wenn … wenn sie nicht mehr damit aufhören?«

»Doch, Katie. Das werden sie. Manchmal … manchmal ist man sich einfach nicht einig. Manchmal kann man gar nicht anders.«

»Wie war das mit …«, sie schluchzte, »… mit Mama?«

Kate sprach nur ganz selten über Mama, aber an diesem Abend bewegte sie das offensichtlich sehr. »Mit Mama war das nicht anders«, hatte er sie beruhigt, »mach dir keine Sorgen. Die vertragen sich wieder. Keine Angst, Katie. Keine Angst. Du weißt doch – große Brüder sind immer für ihre kleinen Schwestern da.«

»Ehrenwort?«

»Großes, ganz großes Ehrenwort.«

Jetzt ging drüben bei Forstner das Licht über der Tür an. Die Haustür öffnete sich, Forstner erschien, bat die beiden Polizeibeamten aber nicht herein. Sie sprachen auf der Treppe vor der Tür, Forstner gestikulierte wild und zeigte mehrmals in Richtung ihres Hauses.

115

Einer der Polizisten nickte.

Und dann – er wollte kaum glauben, was er sah – lachten alle drei.

Das kann doch nicht sein. Wieso sollten die mit Forstner über etwas lachen? Und vor allem – über was denn?

Nun drehten sich die Polizisten herum und blickten in seine Richtung, als würden sie seine Anwesenheit bemerken – hastig ging er ein paar Schritte zurück und wich den Blicken aus.

»Kann nicht sein«, entwich es Oli. »Das ist unmöglich.«

Er griff nach dem Notizblock auf seinem Schreibtisch. *Beobachte ihn,* hatte Claire ihn gebeten. *Würdest du das für mich tun?*

Natürlich würde er. Als er es ihr versprochen hatte, war es ihm sogar so vorgekommen, als könnte er ihr nichts abschlagen.

»Ich werde aufpassen«, hatte er erwidert. »Mit Stift und Block … und genau aufschreiben, wenn er wieder mal was wirklich Seltsames macht … und glaubt mir, das ist überhaupt nicht wenig.«

»Er könnte es sein«, hatte Stefan eingeworfen. »Er hat das richtige Alter, und meine Mutter hat gesagt, ich solle mich in jedem Fall von ihm fernhalten. Er kommt manchmal in die Bibliothek und leiht sich Bücher aus.«

Oliver erschrak ein wenig, als sein Handy läutete. Mit einem Hechtsprung schnappte er es vom Bett und stellte es auf lautlos – wenn er eines nicht gebrauchen konnte, dann einen Anpfiff von Dad zum Thema Telefonieren um diese Uhrzeit.

Es war Claire.

Olivers Herz machte einen kleinen Hüpfer. Sie hatten Nummern ausgetauscht – Stefan, Claire und er –, ehe sie sich verabschiedet hatten. Was wollte sie jetzt von ihm, und vor allem so spät? Er nahm den Anruf an und trat zurück ans Fenster.

»Hey, Claire«, sagte er etwas atemlos.

»Oli – gut, dass ich dich noch erwische. Hab ich dich geweckt? Nee, oder? Hoffe nicht.«

Die beiden Polizisten sprachen noch immer mit Forstner, dann ging Forstner zurück ins Haus und schloss die Tür. Die Beamten kehrten zu ihrem Wagen zurück, stiegen jedoch nicht ein. *Sie beobachten unser Haus. Wieso in aller Welt stehen die da so total gruselig in der Dunkelheit herum und schauen auf unser Haus?*

»Nee, du hast mich nicht geweckt«, flüsterte er. »Aber hör zu: Hier passiert gerade was ziemlich Seltsames.« Er berichtete ihr knapp, wie Forstners Hund Kate gebissen hatte. »Jetzt sind die Polizisten hier, weil mein Dad ihn wohl angezeigt hat … aber irgendwie benehmen die sich seltsam.«

»Polizisten benehmen sich meistens seltsam«, erwiderte Claire und klang, als hätte sie damit schon Erfahrung. »Die verdächtigen einfach alles und jeden und tun so, als wärst du selbst diejenige, die …« Sie verstummte. »Das mit deiner Schwester tut mir leid, Oliver.«

»Danke.«

Die Beamten stiegen in den Streifenwagen. Die Scheinwerfer gingen an und erhellten die regennasse Straße. Dann verschwanden sie in der Dunkelheit, die Rücklichter ließen die Pfützen wie Blutlachen schimmern.

»Die Polizisten sind jetzt weg. Meine Güte, das war wirklich seltsam.«

»Hast du sonst schon irgendetwas bemerkt? Weißt du, ich hab nachgedacht und … ähm, ja, an der Sache mit Forstner könnte wirklich was dran sein.«

»Meinst du?«

»Jep«, machte Claire. »Also?«

»Nein. Noch nichts. Außer der Sache mit dem Hund. Und … na ja, jemand hat ein Loch in unseren Zaun geschnitten.

Nah bei den Hecken … gerade so groß, dass ein Hund hindurchschlüpfen kann. Das war vorher definitiv nicht dort.«

»Oh Mann. Das ist richtiger Mist. Weißt du, was das bedeutet? Es hätte ja sein können«, sagte Claire nachdenklich, »dass der Hund einfach nur über den Zaun gesprungen ist und die Attacke rein zufällig war, aber so, mit einem Loch im Zaun, das jemand reingeschnitten hat …«

»Ja. Der Gedanke kam mir auch schon.«

»Hast du es dir mal angesehen?«

»Nur kurz. Sah ziemlich professionell aus. Die Drähte waren sauber durchgeschnitten, und danach hat jemand die Äste der Hecke zur Seite gebogen, sodass ein Tier einfach durchschlüpfen kann … es war ganz sicher volle Absicht.«

»Aber wie ist der Hund überhaupt auf die Straße gekommen? Forstner wohnt gegenüber, richtig?«

Am liebsten würde er ihr vorschlagen, sich den Ort mal selbst anzusehen. »Tja. Das ist die Frage«, sagte er stattdessen. »Vielleicht hat er ihn selbst in unseren Garten gesetzt … oder er hat ihn irgendwie dorthin gelockt, das wäre auch möglich. Weißt du was?«, schlug er spontan vor. »Ich sehe mir das noch mal an. Vorhin, da …«

»Da ging alles so drunter und drüber?«

»Genau. Warte kurz.« Er öffnete die Zimmertür. Die Stimmen von unten waren verstummt, das Licht war erloschen – die Erwachsenen waren wohl zu Bett gegangen. »Ich geh jetzt raus.«

»Sei vorsichtig.«

»Du könntest ja dranbleiben.« Oliver setzte den Fuß auf die oberste Treppenstufe, dann tastete er sich vorsichtig hinab.

»Mach ich. Pass aber trotzdem auf.«

Oliver lauschte, versuchte, der Dunkelheit am Fuß der Treppe eine Information zu entlocken. Aber da war nichts, nur die Stille eines Hauses, dessen Bewohner schliefen – nun, fast alle schliefen. Ein leises Geräusch aus den Wänden, ein Rohr, das gluckerte, der Kühlschrank, der vor sich hin brummte, sonst nichts.

Der dunkle Flur unten kam ihm viel länger vor als am Tag. Da war die Haustür, er streckte die Hand aus.

In einem Horrorfilm, dachte er angespannt und belustigt zugleich, *legt sich genau jetzt die Hand mit der verrotteten Haut auf deine Schulter.*

Er ging hinaus, das Handy noch am Ohr und das nasse Gras der warmen Nacht unter den Füßen.

Schnell hatte er die Hecken am Zaun erreicht. Sein Vater hatte ein provisorisches Gitter vor dem Loch befestigt. Oliver aktivierte die Taschenlampenfunktion seines Handys und leuchtete auf den Boden.

In der weichen schwarzen Erde lagen zwischen den Wurzeln der Heckenpflanzen, die sich hier und da an die Oberfläche gegraben hatten, ein paar Drahtreste, die Colin, der den Zaun von der Straßenseite geflickt hatte, übersehen haben musste. Und nicht nur das.

»Hier liegt … hm, so was wie Futter. Nein, warte mal, das … das ist irgendein Köder. Riecht ziemlich stark.«

»Ein Köder?« Claire klang überrascht und zugleich weit entfernt. »Das würde erklären, warum der Hund dahin gelaufen ist.«

»Aber wie kam er aus dem Haus?« Oliver duckte sich und ließ die Lichtkegel eines Autoscheinwerfers über sich hinwegstreichen. Der Wagen fuhr die Straße hinab und verschwand. Oliver runzelte die Stirn. Irgendwie kam er ihm bekannt vor.

»Das ist alles wirklich komisch«, murmelte er.

»Ich hoffe, deiner kleinen Schwester geht es bald wieder gut«, sagte Claire. »Passt auf euch auf.«

»Wie meinst du das?«

»Na ja, falls Peter wirklich entführt oder umgebracht wurde und derjenige mitbekommen hat, dass wir nach ihm suchen … Dann könnte er das Gleiche auch mit uns tun.«

»Das heißt, du solltest ganz genauso auf dich aufpassen.«

Claire lachte leise. »Ja. Du hast natürlich recht. Süß, dass du dir um mich Gedanken machst. Ich sollte jetzt auflegen.«

»Ja«, erwiderte er lahm. »Ja, ist wohl wirklich …«

»Gute Nacht«, sagte sie, und dann war sie fort.

Oliver steckte die Köderstückchen ein. Dann ging er zum Haus zurück. *Süß hat sie dich genannt.*

Süß.

KAPITEL 10

Das Fenster war vergittert, doch konnte Peter den Mond durch die Gitterstäbe hindurchscheinen sehen. Der winzige Kellerraum, in dem er eingesperrt war, roch nach einem chemischen Desinfektionsmittel – und es war vor allem jener Geruch, der ihn ängstigte, denn er erinnerte ihn an den Tod, daran, wie sein Opa gerochen hatte, als er ihn als kleiner Junge an der Hand seiner Mutter in einem ganz in Samt ausgekleideten Sarg in einem stillen Bestattungsinstitut gesehen hatte ... und bei dem Gedanken an seine Eltern liefen ihm Tränen über die Wangen. *Du bist verloren*, ging ihm durch den Kopf. *Du hast zu viel herausgefunden, und dafür musst du jetzt bezahlen. Hoffentlich wird Claire* – auch der Gedanke an sie schmerzte sehr –, *hoffentlich wird sie nichts Dummes anstellen, sich nicht in Gefahr begeben ... aber irgendwo tief in dir drin weißt du doch, dass sie wahrscheinlich nach dir sucht ... und dich finden will.*

Ein Geräusch an der Tür ließ Peter zusammenzucken. Der Schlüssel drehte sich im Schloss. Er kniff die Augen zusammen. *Wappne dich. Du musst kämpfen. Du weißt, dass es deine einzige Chance ist zu entkommen. Mach dich bereit.*

Etwas klirrte. Glas, begriff ihr noch vom Schlaf benommener Verstand – Sophie setzte sich auf, neben ihr schreckte Colin hoch, einen alarmierten Ausdruck auf dem Gesicht. Die Sonne schien direkt durch das Fenster.

»Hast du das gehört –«

»Hab ich.«

»Was –«

»Du siehst nach den Kindern. Ich geh runter.« Es klirrte erneut, Colin sprang auf. »Das ist der Idiot von gegenüber.«

Sophie fand die Kinder wach in ihren Zimmern. Kate saß mit Mr Snuggles im Arm im Schneidersitz auf ihrem Bett. »Was ist das, Mama?«

»Warte hier, Prinzessin. Ich bin gleich wieder da.« Sophie rannte hinaus, weil nun von draußen Colin und Forstner zu hören waren – und beide so klangen, als stünden sie kurz davor, einander an die Kehle zu springen.

Kenobi bellte laut und kam ihr aufgeregt im Flur entgegen. »Du bleibst hier«, rief sie und schlüpfte hinaus. Colin stand auf der Straße und versuchte, etwas zu packen, das Forstner drohend schwang – eine Holzlatte, erkannte sie im Näherkommen. Glassplitter lagen auf dem Boden, der Fahrbahn und der anderen Straßenseite.

»Du Scheißkerl«, rief Forstner. »Wo ist der Hund, hm? Was hast du mit ihm gemacht?«

»Colin!« Sophie erreichte die Männer und zerrte Colin einige Schritte von Forstner weg. Sie konnte Forstners Wagen, den alten Jaguar, im Hof sehen, dort, wo er immer stand – die Morgensonne spiegelte sich in Glassplittern und den Resten der zertrümmerten Frontscheibe.

»Herr Forstner, was immer hier los ist – legen Sie diese Holzlatte weg!«

Forstner bleckte die Zähne. »Was hier los ist?« Er lachte kalt und humorlos. »Jemand hat die Wagenscheiben meines

Oldtimers eingeschlagen … und mein Hund ist verschwunden. Das ist los. Aber die Dinge werden in Ordnung kommen. Ja, das werden sie.«

»Und das Glas, das gerade gesplittert ist? Was ist damit?« Colin sah aus, als wollte er sich jeden Moment auf Forstner stürzen.

»Das waren die Reste der Scheibe. Und jetzt tu nicht so – du weißt ganz genau, was hier los ist. Du weißt ganz genau, wer hier in der Nacht rüberkam und das getan hat.«

»Herr Forstner!«, rief Sophie. Sie legte Colin eine Hand auf die Schulter, die andere auf seinen Arm und schob ihn mit Nachdruck zurück über die Straße. »Damit hat niemand von uns etwas zu tun!«

»Ihr habt mir die Polizei vorbeigeschickt, habt mich angezeigt, nur um dann noch in der Nacht meinen Hund zu klauen. Ich mach euch fertig!« Forstner schwang die Holzlatte hin und her, schien sich aber nicht zu trauen, ihnen auf die andere Straßenseite zu folgen.

Sophie schloss das Tor, dann drehte sie sich zu Colin. »Wir müssen die Polizei rufen.«

»Ich … weiß nicht, ob das was bringt. Er hat es mit Sicherheit schon getan.«

Schweiß stand auf seiner Stirn, seine blauen Augen glänzten fiebrig.

»Und die Holzlatte?«

»Er wollte mich nicht damit angreifen.«

»Wie bitte?« Sophie starrte ihn an, aber Colin ließ die Schultern hängen.

»Er hat sie sich gegriffen, als ich über die Straße gelaufen kam. Als wollte er sich vor mir verteidigen, weil er … weiß nicht, erwartet hat, dass ich versuchen würde, ihn anzugreifen oder so was.«

»Wieso solltest du ihn denn angreifen?«

»Gestern, schon vergessen?«

Sophie schüttelte den Kopf. »Nein.«

»Ich hätte ihn nicht schlagen dürfen. Schon gar nicht vor Kate. Das war richtige Scheiße. Und jetzt das. Die Scheiben zertrümmert, sein Hund verschwunden. Wie sieht das denn aus?«

»Hör mal, sein Bullterrier hat unsere Kate gebissen. Das ist geschehen. Für alles andere, von dem Schlag mal abgesehen, können wir nichts!« Sophie bemerkte, wie laut sie geworden war. Auf der anderen Straßenseite warf Forstner die Holzlatte beiseite, eilte ins Haus, tauchte ein paar Minuten später wieder auf und begann, Fotos von den zerstörten Scheiben des Jaguars zu machen.

Sophie nahm Colin an der Hand. »Kommst du mal ein Stück zum See runter?«, fragte sie und bemühte sich, ruhiger zu klingen, auch wenn das Adrenalin noch durch ihren Körper pulste und ihr Herz wild pochte.

»Der Schlag war zu viel«, sagte er. »Ich hätte mich zusammenreißen müssen.«

»Ja. Stimmt. Aber was geschehen ist, ist geschehen. Wir können die Zeit nicht zurückdrehen, können nichts ungeschehen machen.«

Sie sah den Schmerz, der sich so tief im Blau seiner Augen verbarg. An tiefe, dunkle Brunnen, daran erinnerten Colins Augen sie manchmal. Und das Wasser in diesem Brunnen war unruhig, es war aufgewirbelt und wollte kaum zur Ruhe kommen. »Nichts ungeschehen machen«, wiederholte er. »Mein Gott, Sophie. Du weißt …« Er beendete den Satz nicht, aber sie wusste, dass er längst nicht mehr über den Faustschlag sprach, den er Forstner verpasst hatte – *du weißt, dass ich es tun würde, wenn ich es könnte*, so oder so ähnlich würde er das wohl ausdrücken, da machte sie sich nichts vor.

*Es ist, wie es ist. Aber es kann besser werden, davon sind wir
beide überzeugt. Sonst hätte all das nicht funktioniert. Sonst würde
alles in sich zusammenfallen und sich in nichts auflösen.*

»Ich meine … du hast doch nicht …« Sophie hörte selbst,
wie seltsam das klang, wie vorwurfsvoll. »Ach, vergiss es.
Jedenfalls: Wir werden einfach sagen, wie es war. Der Hund
hat Kate gebissen und deine Reaktion war … völlig natürlich.«

Colins Augenbrauen zogen sich zusammen. »Ich habe was
nicht? Die Scheiben zertrümmert? Seinen Hund entführt?«

»So hab ich das nicht gesagt.«

»Aber angedeutet hast du es.« Colin schnaubte. Er war
verletzt, und das schmerzte sie. *Ja, das hast du gerade verbockt.*
Das Gras war noch feucht vom morgendlichen Tau unter ihren
nackten Füßen, aber die Sonne wärmte schon – doch gegen den
getroffenen Ausdruck auf Colins Gesicht kam sie nicht an.

»Ich … nein. Auch nicht angedeutet.«

»Fünf Prozent von fünfundneunzig sind dennoch fünf
Prozent. Was hast du denn gedacht? Dass ich mich nachts raus-
schleiche und Scheiben einschlage? Habe ich das getan, bevor
oder nachdem ich den Hund geklaut hab? Und vor allem, was
hab ich deiner Meinung nach mit dem Hund getan?«

Was er verdient, lag es ihr auf der Zunge, *das Tierheim.*
»Forstner kam mit ihm überhaupt nicht klar«, sagte sie
stattdessen.

»Und du? Wo warst du in der Nacht?«

»Neben dir im Bett, erinnerst du dich? Wir haben geschlafen – ich für meinen Teil ziemlich unruhig.« Sophie blickte
zum See hinab, wo die Schwäne nebeneinander ihre Kreise
zogen. »Wenn jemand die Scheiben eingeschlagen hat, dann ist
das ganz schön leise passiert. Wir hätten es sonst gehört. Ganz
sicher. Weißt du, was das bedeutet?«

»Meinst du …?«

Sie nickte. »Ja. Jemand hat die Scheiben mit voller Absicht so eingeschlagen, dass wir es nicht mitbekommen.«

»Und wieso? Was nützt das?«

»Wenn Forstner selbst es getan hat ... dann nützt es ihm«, erwiderte sie. Dieser Gedanke fühlte sich an wie ein eisiger Fremdkörper – aber Forstners Worte von gestern Abend konnte sie nicht vergessen – *ich ficke euch, euch beide –*, sie jagten ihr noch immer einen Schauer über den Rücken. »Denn dann sieht es so aus«, fuhr sie fort, »als würdest du ... ich weiß nicht, ein vollkommen Irrer sein, der nachts ein Auto beschädigt und einen Hund entführt. Sicher, ein Hund, der ein Kind beißt, ist übel, aber ... das kann passieren. Vor allem wenn es so aussieht, als hätte er sich einfach losgerissen und wäre über den Zaun gesprungen. Nicht unbedingt Forstners Schuld ... und deine Reaktion ... wenn auch nachvollziehbar, so doch ziemlich hart.«

»Angemessen, nenne ich sie.« Colin klang hart und unnachgiebig.

»Ja, aber alles danach – verstehst du, wie das aussieht?«

Colin nickte. Er seufzte, laut und erschöpft. »Ja. Natürlich. Als ... als wäre ich auf irgendeinem verrückten Rachefeldzug. Wenn Forstner das selbst eingefädelt hat, dann ist er aber noch viel irrer, als ich bisher angenommen habe. Wir müssen vorsichtig sein.«

Sie küsste Colins Wange. »Und du bräuchtest mal wieder eine Rasur, Großer.«

»Um meinen Highlander-Bart loszuwerden? Kommt nicht infrage, Süße.«

»Ist ja auch weniger ein Highlander-Bart, mehr ein ...«

»Ein was?«

Sophie zwinkerte. »Schon gut.«

»Das war sehr knapp, M'lady, sehr knapp.« Dann wurde er schlagartig wieder ernst und sagte: »Aber du hast recht. Dein Instinkt hat dich gleich vor ihm gewarnt und –«

»Nein.« Sie griff nach Colins Hand. »Du hast recht. Wir müssen wirklich vorsichtig sein. Weißt du, diese Entführung, jetzt das … es bereitet mir Sorge. Die erste Zeit in diesem Ort und unserem neuen Haus habe ich mir anders vorgestellt.«

»Tut mir wirklich leid. Es hätte nicht so laufen sollen.«

»Ja, hätte es nicht.« Sophie küsste ihn noch einmal, dann legte sie ihren Arm um seine Schultern. »Aber daran können wir nichts ändern. Wir können es nur besser machen.«

»Wie damals?«

»Ja. Wie damals.«

Sophie dachte einen Moment lang an den Grabstein – nein, korrigierte sie sich, an zwei Grabsteine, den ihres Vaters, aber mehr noch an den von Eve Carter – auf dem Friedhof in Central London. Und dann dachte sie an jene regennasse dunkle Unterführung.

Ein Schaudern durchlief ihren Körper, Colin bemerkte es sofort und umarmte sie nur umso mehr.

Dieser Moment, dachte sie später, *war der letzte, in dem wir beide wirklich glücklich waren, wirklich zusammengehalten haben.*

Alles, was danach kam, war nur noch Dunkelheit.

KAPITEL 11

»Sophie?«

Sie konnte Oliver sogar hier am See hören – er hatte eine sonore, laute, weit tragende Stimme, die Stimme eines guten Redners, und das schon mit fünfzehn Jahren.

Er wollte Wissenschaftler werden, wie sein Vater, hatte er ihr verraten. *Etwas tun, das die Menschen voranbringt, nicht nur Reden schwingen.*

»Aber die Menschen brauchen beides«, hatte sie erwidert, »sie brauchen die Wissenschaftler, aber sie brauchen auch diejenigen, die mit ihren Worten einen Funken entfachen können – Hoffnung oder auch nur den Willen, etwas zu ändern.«

Sie blickte zum Haus hinauf. Oliver lief in Pyjamahosen durch den Nebel, der nun aus den Wäldern kroch und mit tastenden Fingern nach jedem Strauch, nach der Straße und den Häusern griff. »Sophie?«, rief er ein zweites Mal. »Da ruft jemand an.«

»Wir sind hier.« Colins Arm war schwer und warm und lag beschützend auf ihren Schultern, aber Sophie begriff, dass er die Sache mit Forstner nicht allein durchstehen konnte – nicht wenn Forstner sich als unangenehmer Gegner herausstellte, der es darauf anlegte, ihr Familienglück zu stören.

Aber zum Glück muss Colin das auch nicht. Du wirst für ihn da sein. Egal, was kommt.

»Wer ist dran? Die Polizei?«, fragte Colin, als Oliver sie erreichte. Der Junge sah ein wenig peinlich berührt aus, als hätte er erwartet, sie in einem intimen Moment zu stören.

»Nicht die Polizei, nein. Das ist …«, nun sah er Sophie an, »diese Frau. Dr. Morris. Deine Psychologin aus London.«

So plötzlich mit diesem Namen konfrontiert, musste Sophie tief Luft holen. Dr. Christin Morris, die Frau, die sie seit jener Nacht in der Londoner Unterführung betreute, war zu etwas wie ihrer Freundin geworden … sie teilten vieles, Geheimnisse, die nicht einmal Colin kannte.

»Das ist eine Überraschung«, sagte Colin. »Aber ich fand ja ohnehin, dass du mit ihr reden solltest.«

»Warst du das?«, fragte sie scharf und löste sich aus der Umarmung. »Hast du Christin angerufen? Was soll das? Nur weil ich mal diesen Flashback hatte, bedeutet das noch lange nicht, dass ich –«

»Sophie, nein.« Colin schüttelte den Kopf. Auf seiner Stirn war jene Falte entstanden, die sie heimlich die Colin-hat-Sorgen-Falte nannte, und irgendwie wusste sie in diesem Moment, dass er die Wahrheit sagte. »Das war ich nicht, glaub mir. Auch wenn ich … manchmal überbesorgt sein kann.«

»Es ist das Gerät im Flur«, sagte Oliver.

Sophie lief auf das Haus zu, ohne sich umzublicken.

»Hast du was gehört?«, fragte Colin Oliver, als Sophie im Haus verschwunden war. Vom See strich eine Windböe heran, die nach Seetang und Ufergras roch, nach feuchter Erde und nassem Laub, das in dunklen Ecken vermoderte. »Heute Morgen? Oder vielleicht in der Nacht?«

Oliver wich seinem Blick nicht aus, aber irgendetwas, er vermochte den Finger nicht darauf zu legen, irgendetwas war da. Sein Sohn verschwieg ihm etwas. »Nö. Ich hab nur dich und den Idioten von drüben gehört, davon bin ich aufgewacht.«

»Ich mag es nicht, wenn du jemanden so nennst.«

»Nicht mal jemanden, dem du eine verpasst hast, Dad?«

»Nein. Das … Weißt du, ich bin nicht stolz darauf. Und das ist ganz sicher nichts, was du dir als Vorbild nehmen sollst.«

»Aber auch diejenigen, die auf«, Oliver zögerte, »Gewalt verzichten, können Gewalt erleiden. Manchmal … manchmal ist es der beste Weg, sich einfach zu wehren. Finde ich jedenfalls.«

»Denkst du gerade an die Sache an der alten Schule? Oder gibt es da etwas, das ich noch nicht weiß?«

Oliver schüttelte den Kopf. »Nein. Es gibt zwar einen Typen, der sich aufspielt, und wahrscheinlich kann er es sich auch erlauben, weil sein Dad einfach den Geldbeutel öffnet, wenn es nötig wird, aber – nein. So weit alles gut.«

»Aber irgendetwas hast du.« Colin ließ Oli nicht aus den Augen. »Das sehe ich dir an. Irgendetwas verbirgst du vor uns, vor mir und Sophie. Da gibt es doch jemanden, oder?«

»Nope«, erwiderte Oliver. »Niemanden. Wenn überhaupt, dann geht mir die Sache mit dem verschwundenen Fünfzehnjährigen noch im Kopf rum … aber auch da gibt's ja nichts Neues.«

»Und ich hab dir gesagt, dass du dich aus dieser Sache raushalten sollst. Das hast du doch verstanden? Daran hältst du dich doch, oder?«

»Wenn dich jemand um Hilfe bittet – jemand, der sonst niemanden hat –, würdest du dann ablehnen?«

»Um wen geht es?«

Oliver seufzte. »Nicht so wichtig. Es ist alles okay, Dad. Du musst dir keine Sorgen machen. Nicht um mich. Um … Sophie … vielleicht mehr.«

Das Festnetztelefon stand im Flur auf der alten Kirschholz-kommode – und mit jedem Schritt, den sie sich dem Gerät näherte, war es ihr, als ginge sie einen Schritt zurück in die Vergangenheit.

Ihre Finger waren bei Weitem nicht so ruhig, wie sie sich das wünschte, als sie nach dem Telefon griff. »Sophie Carter«, sagte sie.

»Sophie? Meine Güte! Hallo, meine Liebe. Ich bin es, Christin«, hörte sie die wohlbekannte Stimme.

»Was machst du? Wie geht's dir?«, fragte Sophie. Sie konnte sich nicht helfen, sie musste lächeln. Diese Frau, die ihr aus dem dunklen Tal geholfen hatte – sie wusste, wie gut sie ihr tat.

»Oh, dies und das. Viele Patienten, viele Fälle. Ich meine, vielleicht täusche ich mich, aber ...«

»... kann es sein, dass alle da draußen immer verrückter werden?«, beendete Sophie den Satz. Sie mussten beide lachen. Dieser Spruch war zu einem ihrer kleinen Geheimnisse geworden, etwas, das sie teilten. Sophie schloss die Augen. All die Erinnerungen. Viele von ihnen waren positiv.

»Wir sind also hier«, sagte sie leise. »Unser ganz persönlicher Neuanfang.«

»Und? Wie findest du es?«

Sophie fuhr sich durchs Haar. Ein Lichtstrahl fiel auf eines der Bilder, das sie aufgehängt hatte. Es zeigte Colin neben ihr und dem noch wesentlich jüngeren Oliver. »Es wird. Schritt für Schritt, aber ja, es wird.«

»Arbeitest du wieder?«

»Ja. Im Labor, zusammen mit Colin.«

»Also ist es wie früher? Das freut mich.«

»Es ist nicht ganz wie früher ... nicht ganz. Einige der Erinnerungen tauchen wieder auf. Sie drängen zurück. Ich hatte vor einigen Tagen einen recht heftigen Flashback.«

»Ich hab ja gesagt, dass das immer wieder mal vorkommen kann.«

Sophie holte tief Luft. »Hast du das? Kann mich nicht erinnern.«

Christin lachte leise. »Mach dir keine Sorgen. Denk dran – du musst zur Ruhe kommen. Und dann wirst du – auch wenn dich von Zeit zu Zeit noch manches an die Nacht erinnert – merken, dass es dich nicht länger stört, dir nichts mehr anhaben kann.«

»Ich wünschte, das wäre schon so«, seufzte Sophie. »Ich wünsche es mir so sehr.«

»Wie geht es Colin?«

»Er gibt sich wirklich Mühe, dieses Haus, all das hier zu einem Ort zu machen, an dem wir uns alle zu Hause fühlen.«

»Gelingt ihm das auch?«

»Ganz gut.«

»Irgendwie höre ich da einen Unterton. Und das frage ich jetzt nicht als deine ehemalige Psychologin, Sophie, das frage ich als deine Freundin.«

»Ich weiß. Da gibt es so eine Sache. Der Nachbar, er hat irgendwie vor, uns das Leben zur Hölle zu machen. Erst hat er eine abfällige Bemerkung gemacht von wegen Zugezogene, Ausländer und so. Und dann, gestern, da hat der Hund unsere Kate in die Hand gebissen. Sie musste zum Arzt, musste genäht werden.«

In der Leitung war es für einige Augenblicke still. »Sophie, das klingt überhaupt nicht gut.«

»Was meinst du?«

»Eine Sache wie diese kann leicht eskalieren. Für mich klingt dieser Nachbar nach einem instabilen Menschen, jemandem, der viel Energie darauf verwendet, andere zu provozieren.«

»Irgendwie ziemlich gut beschrieben. Er ist ein Schriftsteller. Und ganz offensichtlich ein waschechter Misanthrop.«

»Habt ihr Anzeige erstattet?«

»Ja.«

»Gut. Lasst euch nicht in eine Ecke treiben. Setzt klare Grenzen.«

»Weißt du«, erwiderte Sophie, »das ist nicht wirklich das, was ich erwartet habe, als wir hierhergezogen sind. Dass wir gleich wieder anecken, in Konflikte geraten.«

»Das verstehe ich, Sophie, aber wenn ich dir den Rat geben darf – es ist eine Gelegenheit zu wachsen. Stell dich den Konflikten und lerne aus ihnen.«

»Du meinst …« Sie dachte an das Gespräch mit dem Polizeileutnant und daran, wie er ihnen eingeschärft hatte, ganz besonders auf die Kinder zu achten. *Ob du ihr auch davon erzählen solltest?* »Du meinst, ich darf nicht den Kopf in den Sand stecken? Ja, klingt ganz nach dir. Als hätte ich das schon mal gehört.«

»Und wie geht es den Kindern?«

»Oli hat noch immer seine Probleme mit mir. Kate ist süß, wie immer. Sie hat sich ziemlich schnell eingelebt. Zu ihrem Geburtstag kommen einige Freundinnen vorbei, sie ist richtig aufgeregt. Oli … na ja, ich weiß nicht … er verschweigt uns was, da bin ich mir sicher. Colin denkt das auch, aber auch ihm will er nichts verraten. Wir kommen nicht mehr richtig an ihn ran.«

»Was beschäftigt ihn, was denkst du? Hat er ein Mädchen kennengelernt?«

»Oh, ich weiß nicht, er ist anders als früher. Forscher, und das finde ich eigentlich positiv, aber zugleich macht es mir auch Sorgen.«

»Und wieso das?«

Sophie bemerkte, wie der Lichtfleck von der Wand verschwand, eine Regenwolke schob sich vor die Sonne, der Tag wurde schlagartig grauer und trüber. »Na ja, es gibt da etwas. Eine Sache, die die ganze Stadt betrifft.«

Und dann erzählte sie ihr von dem verschwundenen Fünfzehnjährigen.

»Du meinst, ein Junge in Olivers Alter ist verschwunden? Das ist übel. Pass gut auf ihn auf.« Christin klang nun äußerst besorgt – und das obwohl sie sich doch, wie Sophie sehr gut wusste, jeden Tag die übelsten Geschichten anhören musste.

»Ja, aber …«, Sophie biss sich auf die Lippe, »denkst du nicht, wir sollten mehr als das tun? Mehr unternehmen, als nur abzuwarten? Ich weiß von einigen Müttern in der Schule, die versuchen, aktiv die Polizei zu unterstützen. Nachbarschaftswachen, die Kinder organisiert dorthin fahren, wo sie hinmüssen, oder auch einfach nur dadurch, dass sie ungewöhnliche Beobachtungen aufschreiben und an die Polizei weiterleiten.«

»Doch. Doch, das ist eine gute Idee«, erwiderte Christin. »Macht das. Du wirst dich auch besser fühlen, wenn du aktiv wirst, etwas in der Sache unternimmst. Glaub mir.«

»Das ist ja fast wie früher«, erwiderte Sophie.

Christin lachte leise, doch dann wurde sie ernst, und Sophie fühlte sich, als wäre sie in ihrer Praxis und würde dem beruhigenden Geräusch des kleinen Baches lauschen, der durch den Garten hinter dem Gebäude floss, während eine milde Sommerbrise durch die offenen Fenster hereinstrich. »Eine Sache noch: Was ist mit der Angst? Mit deiner Angst?«

»Immer noch da«, beantwortete Sophie die Frage, die zu einem festen Ritual, einem Frage-und-Antwort-Spiel, ihrem Mantra geworden war. »Aber ich habe sie unter Kontrolle.«

»Ich gehe in der Nacht durch eine dunkle Unterführung, in einer Stadt voller Menschen.« Jetzt sprach Christin mit der Stimme, die ihr aus den Therapiesitzungen so vertraut war. »Ich gehe langsam, weil ich weiß, dass ich ein Ziel habe. Ich fokussiere mich auf dieses Ziel. Es regnet.«

»Es regnet«, wiederholte Sophie. Sie spürte, wie ihre Hände feucht wurden. Das war normal – nur ein instinktiver Reflex ihres Körpers, der sich trotz allem, was sie gelernt hatte, noch immer auf eine Flucht einstellte. »Und ich gehe in der Nacht durch eine Unterführung inmitten einer großen, lauten Stadt, die niemals zur Ruhe kommt, niemals schläft.«

»Schließ deine Augen«, sagte die Stimme ihrer alten Freundin und Psychologin. »Erinnere dich.«

»Ja«, erwiderte Sophie leise. Irgendwie, auch wenn sie nicht wusste, wie, hatte sie mit dem tragbaren Telefon in der Hand einen Sessel im Wohnzimmer erreicht; dort setzte sie sich, fast ohne das kühle Leder in ihrem Rücken zu spüren.

»Wo bist du?«

»Ich … ich bin in London.«

»Erinnere dich. Und wenn du es getan hast – dann greif diese Angst und erhebe dich über sie.«

Und das tat sie.

Es war Nacht und es regnete – ein durchdringend schwerer, kalter Regen, wie er im Herbst in London so häufig fiel, die Lichter der nächtlichen Stadt schimmerten auf dem regennassen Asphalt, ein Rausch aus Neonfarben. Das Geräusch ihrer Absätze hallte über die Straße, Sophie zog den Mantel enger um sich. Die U-Bahn-Station lag nur noch ein paar Hundert Meter entfernt, aber bei diesem Wetter war jeder Meter einer zu viel – sie fluchte leise, als sie bemerkte, dass ihr Handy nicht mehr funktionierte, der Akku hatte sich verabschiedet.

Sie sah sich um, als ein Wagen die Straße hinabfuhr – eine dunkle Limousine mit getönten Scheiben, in dieser Gegend keine Seltenheit. Das war nicht Colin – und die Investoren würden nicht anhalten, selbst wenn sie sie von der Präsentation wiedererkannten.

Aber du musst ja so eigensinnig sein. Jetzt hast du das Ergebnis – Kälte, Regen, die falschen Schuhe und noch mehr als zweihundert Meter bis zur Station.

In einem der Fenster am Gehweg, das zu einem billigen Asia-Shop gehörte, flackerte eine Neonröhre über einer Reihe Winke-Katzen, aufgestellt wie eine Phalanx Soldaten.

Dann hatte sie die Unterführung erreicht. Graffiti an den Wänden, überquellende, riesige Mülltonnen. Die Schienenstränge über ihr kündigten mit leisem Singen einen herannahenden Zug an.

Es war dunkel hier unten. Zu dunkel. Die Straßenlaternen flackerten, manche waren ganz defekt. Der Zug kam, dröhnte, ließ die Schienen vibrieren, die Unterführung wurde zu einem dunklen Loch aus Lärm und Gestank. Als er wieder fort war, zischend und rumpelnd über die Gleise Richtung Norden verschwand, hörte sie den Regen umso stärker. Neben ihr tropfte es durch die aus roten Ziegeln gemauerte Wand, in der Lache am Boden lag eine aufgeweichte Zeitung. Vielleicht stand dort etwas von dem großen Erfolg, von den bahnbrechenden Forschungsergebnissen, vielleicht erwähnten sie sogar Colin Carter, und womöglich hatte der Journalist auch nachgelesen, dass besagter Carter seine Frau Eve vor nur zwei Jahren während der Geburt seiner kleinen Tochter verloren hatte. Colin hatte das natürlich nicht erwähnt. Von der wichtigen Forscherin an seiner Seite – Sophie Sanderson – gab es nur ein Foto, und das auch nur, weil Colin darauf bestanden hatte, sie dazu zu holen.

Investoren sehen nur Ergebnisse, sie sehen all das Geld, das sich verdienen lässt. Die Menschen dahinter, die sehen sie meistens weniger. Ihr Dad hatte das einmal gesagt. Wie recht er hatte.

Kannst du einen Mann lieben, der in Gedanken noch immer an einem Ort lebt, wo seine Frau an seiner Seite ist? Kannst du das? Kannst du für seine Kinder das sein, was ihnen fehlt?

Sophie hatte für sich eine Antwort gefunden, aber Zweifel, kleine nagende Biester am Rand ihres Verstands, die blieben.

Ihre Schritte hallten über den Asphalt, als sie in der Unterführung die Straße überquerte, um einem aufgeplatzten Müllsack auszuweichen, sie hallten von den gewölbten Wänden wider und überlagerten sich. *Ein heißes Bad, ein Glas Wein. Das brauchst du nach diesem Abend.*

Dann hörte sie die fremden Schritte – schnelle Schritte, die beständig näher kamen.

Auch das noch, ging ihr durch den Kopf. Und dann bekam sie Angst. Irgendwo in den Tiefen ihrer Handtasche hatte sie ein Pfefferspray – vermutlich mit abgelaufenem Verfallsdatum. *Wirkt es dann nicht mehr oder ist die Wirkung nach dem Ablaufdatum umso schlimmer? Was für ein irrwitziger Gedanke.*

Sie drehte sich um.

Der Mann, der ihr folgte, trug einen schwarzen Kapuzenpullover und eine albern aussehende Bauchtasche – und dann entdeckte sie das Funkeln in seiner rechten Hand. Ein Messer.

Ein verdammtes Messer. Und er sah nicht aus, als hätte er es zur Selbstverteidigung dabei.

Lauf, Sophie, schoss es ihr durch den Kopf.

Und dann rannte sie.

Sie rannte, aber ihre Schuhe, ihre blöden neuen Schuhe, die sie für die Präsentation gekauft hatte, waren überhaupt nicht fürs Laufen geschaffen. Sie knickte um, fluchte vor Schmerz. Blutgeschmack im Mund, der nasse, raue Asphalt unter ihren aufgeschrammten und blutenden Handflächen. Sie rappelte sich wieder auf.

Nur noch bis zu dem Ende der Unterführung da. Los doch!

137

Die Graffiti an den Wänden, obszöne Botschaften, schienen sie zu verhöhnen. Sie hörte den Laufschritt hinter sich und ihren eigenen keuchenden Atem, das Hämmern ihres Herzens, das schmerzhafte Pochen in ihrem Kopf, vermischt mit Schreckensbildern, die wie ein Film vor ihren Augen abliefen und all das zeigten, was ihr womöglich zustoßen konnte.

Ihr Fußgelenk gab nach, sie stürzte erneut. Irgendwo hinter ihr hallte sein Lachen von den engen Wänden wider. Sie versuchte mit aller Kraft, sich erneut aufzurappeln, aber es ging nicht, ihr Knöchel sandte Wellen von Schmerz aus, die sie erschöpft innehalten ließen.

Dann blickte sie auf.

Ihr Verfolger trat vor sie, stellte sich zwischen sie und eine der schmutzigen Wandleuchten, als wollte er alles Licht verdecken. Das Messer lag noch immer in seiner Hand. Er sah auf sie hinab.

»Um diese Uhrzeit«, sagte er, »kommen nicht allzu viele Leute hierher. Wollt dir eigentlich nur dein Geld und deinen beschissenen Schmuck klauen, Schlampe, aber vielleicht hol ich mir auch mehr.«

Sie versuchte wegzukriechen, aber ihre Muskeln, vor allem ihr verfluchter Fuß, wollten nicht gehorchen. Sie sah das Messer, sah, dass auf der Klinge etwas Dunkles klebte, vielleicht Blut, vielleicht Haare eines früheren Opfers …

»Die Tasche«, sagte er ruhig. »Gib sie mir.«

»Lass mich … bitte nimm sie, aber lass mich einfach gehen.« Die Worte verließen mechanisch und voll Panik ihren Mund, ihr Sehfeld engte sich ein, fokussierte sich tunnelgleich auf einen einzigen Fleck, das Gesicht des Mannes, seine unreine Haut, die Äderchen, die seine Nase und Wangen durchzogen, die Herpesbläschen an seiner Lippe, die Zahnlücken, hinter denen seine Zunge vor Begeisterung hin und her glitt. »Nimm sie … geh … bitte …«

138

Sie spürte, wie er ihr die Handtasche aus den Fingern riss. Das Pfefferspray rollte über den Asphalt, verschwand irgendwo in der schmutzigen, nassen Dunkelheit. Eine Ratte rannte vorüber. »Und dein Geld, Fotze? Ist das alles?«

»Das ist alles, ich hab nicht mehr!«

»Gib mir den Ring. Und die Kette.«

Sophie war übel, sie wollte sich übergeben, mit zitternden Fingern griff sie nach der Halskette, dann nach dem Ring.

»Was ist das für eine Kacke? Die ist ja nicht mal was wert!« Er warf die Halskette weg, fluchte, spuckte auf den Boden. »Und dieser beschissene Ring, was soll das sein, du Fotze? Wieso läufst du so hier durch, in diesem Aufzug, wenn du nicht mal wertvolle beschissene Mistklunker dabeihast, he?«

»Ich war … nur auf dem Heimweg. Mehr nicht.«

»Hier lang, Fotze?«

»Eine Abkürzung.« Sophie spürte, wie ihr etwas Warmes über die Wangen lief – Tränen. Sie hasste sich dafür. Wie dieser Typ die Halskette weggeworfen hatte, ließ in ihr einen Funken Mut und Verteidigungswillen aufflackern. Aber es war nur ein Funke, und der Regen wusch ihn weg – genauso wie das Messer in der Faust dieses Widerlings ihre Hoffnung erstickte.

Vielleicht hast du Glück und er tötet dich nicht, wenn er fertig ist. Das ist aber auch schon alles. Verfluchte Scheiße, wieso musstest du ausgerechnet heute Nacht diese Abkürzung nehmen?

Ihre Linke, die seit dem Sturz unter ihr eingeklemmt war, ertastete etwas Festes, ein kleines Stück neben ihr – etwas Scharfkantiges. Eine abgebrochene Flasche.

»Eine Abkürzung«, äffte der Typ sie nach. »Sieht aus, als hättest du dir heute den falschen Weg ausgesucht.« Ohne Vorwarnung ging er auf sie zu und trat sie in die Seite. Ihre Rippen gaben mit einem knirschenden Geräusch nach. Sophie schrie vor Schmerzen auf. Dann packte er sie, drehte sie auf den Rücken.

»Weg von mir«, hörte sie sich schreien und trat nach ihm, ausgerechnet mit dem verletzten Fuß. Als sie ihn traf, fluchte er, sie aber schrie vor Schmerz. Da stürzte er sich auf sie, eine Ader auf seiner Stirn trat hervor, er bleckte die Zähne. Sie roch den stinkenden, alkoholisierten Atem, spürte, wie er nach ihr griff, sie betatschte, mit seinen behaarten Händen nach ihren Brüsten greifen wollte.

Ihre Linke tastete über den rauen Asphalt. Ein Fingernagel brach ab, ihre Finger stießen abermals gegen etwas Festes – das scharfkantige Ende der zerbrochenen Flasche.

»Bleib liegen, Fotze, dann ist es vielleicht bald vor…«

Sie packte den Flaschenhals.

Schrie irgendetwas, stieß das scharfkantig gezackte Ende der Flasche in seinen Hals. Sie hörte, wie etwas zerriss. Dann spürte sie etwas Warmes auf ihren Fingern – und der Schrei des Mannes gellte in ihren Ohren.

Er kippte hintenüber, aber sie erinnerte sich kaum mehr daran, was danach geschah. Die zerbrochene Flasche, wieder und wieder schlug sie mit ihr zu, und sie hörte, wie sie den Angreifer traf, und schrie, stach zu, wieder und wieder, bis er sich nicht mehr rührte.

Die Unterführung war in blaues Licht gehüllt, Männer in Uniform kamen auf sie zu … und danach wusste sie gar nichts mehr.

»Sophie?«

Das war Christins Stimme, sie riss sie zurück, fort von damals.

Sie blinzelte. Holte tief Luft. *Du hast keine Angst mehr. Nicht mehr.*

»Ich bin da«, sagte sie.

»Hast du dich erinnert?«

140

Das Telefon gab ein leises Signalgeräusch von sich – in der Leitung klopfte jemand an.

»Hab ich«, erwiderte sie. »Und es war weniger schlimm, als ich erwartet habe.« Sophie hörte die Stimmen von Colin und Oliver, die sich dem Haus näherten. »Hör mal ... da ist wer in der Leitung.« Sie strich sich eine Strähne hinter das Ohr und schüttelte die Erinnerungen ab, die sich wie Spinnweben in ihrem Bewusstsein verfangen hatten. »Aber ich hab eine Idee. Wieso kommst du uns nicht mal besuchen?«

»Das wäre super«, erwiderte Christin. »Pass auf dich auf.«

»Pass du auf dich auf, Kleines. Und danke für alles. Danke, dass du mir einen Weg gezeigt hast, mit alldem umzugehen.«

»Nein, das war ich nicht. Das hast du ganz allein geschafft. Diese Kraft kam von dir.«

Sie verabschiedeten sich, und Sophie nahm den anderen Anruf an.

»Ja?«

»Oh, Frau Carter«, erklang die wohlmodulierte Stimme von Mrs Dorothy, »es ist gut, dass ich Sie erreiche.«

»Hey, Agatha.«

»Sophie, wenn Sie mir erlauben, einige Gründe darzulegen ... ich muss mich für die kommende Woche leider entschuldigen. Ich kann nicht auf die Kinderchen aufpassen. Wissen Sie, meine gute Freundin Valerie, sie ist drei Jahre älter als ich und lebt oben in Schottland – Valerie hatte gestern einen schlimmen, schlimmen Unfall. Jemand muss sich ein wenig um sie und ihren alten Kater kümmern, und sie hat ja niemanden. Ich bin sicher, Sie verstehen das Dilemma, in dem ich mich befinde.«

Sophie legte einen Finger an die Lippen, als Colin hereinsah und sie fragend musterte. Dann formte sie lautlos: *Mrs Dorothy*, damit er wusste, mit wem sie sprach; laut erwiderte sie: »Aber das ist natürlich überhaupt kein Problem. Ich kriege das hin.«

»Sind Sie mir böse, meine Liebe? Ich könnte das verstehen. So viel hängt an Ihnen.«

Dieses Wort schmerzte sie wie ein Stich mitten ins Herz. »Schon gut. Wirklich. Nehmen Sie sich die Zeit.«

»Nur wenige Tage. Das verspreche ich Ihnen.«

»Wann fliegen Sie?«

»Heute Abend noch. Wenn Sie also ...«

»Ja. Alles super. Wir kriegen das hin.«

»Gut, dann ... danke. Ich danke Ihnen.«

Sie verabschiedete sich von Mrs Dorothy, dann sah sie zu Colin auf, der mit verschränkten Armen in der Tür stand.

»Wir müssen diese Woche ein wenig umplanen«, erklärte sie ihm. »Agatha fällt aus.«

KAPITEL 12

In London, Stadtteil Hackney, war die Luft erfüllt von einem grauen, kalten Nieselregen, als Christin Morris die Praxis abschloss. Das hohe Gebäude auf dem Gelände der alten ehemaligen Streichholzfabrik, in dem eine Reihe von Gemeinschaftspraxen, Psychotherapeuten und Fachärzten untergebracht waren, lag gleich neben dem Parkplatz, auf dem sie ihren Mercedes geparkt hatte. Es war ein langer Tag gewesen und sie sehnte sich nach einem ruhigen Abend, vielleicht würde sie ein Buch lesen oder klassische Musik hören, es gab da eine hervorragende Einspielung von Beethovens Erster, die ihre neue Patientin ihr geschenkt hatte.

Sie dachte abwechselnd an das Telefonat mit Sophie – mit leichtem Stirnrunzeln – und das letzte Gespräch mit der neuen Patientin. So in Gedanken versunken, erreichte sie den Parkplatz. Er war fast leer, es war spät geworden, in den kreisrunden Lichthöfen der Parkplatzbeleuchtung tanzten Nachtfalter. Sie zogen ihre Kreise, unfähig, dem grellen Licht zu entkommen.

Täusche ich mich oder wird es allmählich immer verrückter hier draußen in unserer Welt?

Sie ging über den Parkplatz, die Absätze ihrer Schuhe klackten.

Dann hielt sie inne.

Da stand ein Wagen, gar nicht weit von ihrem entfernt. Sie kannte ihn.

Dann sah sie die Frau am Steuer. *Seltsam, was macht sie hier?*

In den letzten Sitzungen, den letzten Gesprächen, die sie mit Aleta Dorrmann geführt hatte, hatte sich die ältere Frau allmählich geöffnet. Sie sprach über Konflikte, alte Erinnerungen, Hemmungen, die ihrer Kindheit entstammten … und doch wurde sie das Gefühl nicht los, dass mit Dorrmann etwas nicht stimmte. *Vielleicht traut sie dir nur noch nicht, vielleicht aber verbirgt sie auch etwas vor dir.* Etwas an der Frau bereitete ihr großes Unbehagen, aber ihre berufliche Erfahrung hatte sie bislang immer gelehrt, dass sich am Ende doch alles wendete – vielleicht nicht sofort zum Guten, aber doch in Richtung Veränderung.

Dorrmann stieg aus und kam auf sie zu. Dass sie jetzt, so spät, hier war, bedeutete sicher nichts Gutes. Christin straffte die Schultern. »Mrs Dorrmann, das ist eine Überraschung«, sagte sie und lächelte ihr professionelles Therapeutenlächeln, das sich wohl jeder Psychologe früher oder später aneignete. »Aber ich fürchte, es muss bis morgen warten.«

Dorrmann stand nun dicht vor ihr. »Dr. Morris«, sagte sie mit ihrer rauen Stimme, »es tut mir wirklich leid. Aber … es ist etwas Schlimmes geschehen.«

»Und was? Hat es keine Zeit bis morgen früh? Ich kann Sie zwischen zwei andere Termine schieben.«

»Nein. Wissen Sie … manchmal …«, Dorrmann kramte in ihrer Handtasche, »… manchmal hat man Pläne, aber dann … dann muss man sie umstoßen.«

»Das verstehe ich nicht ganz. Welche Pläne?«

Dorrmanns Hand tauchte aus ihrer Handtasche auf. Christin sah, dass sie etwas hielt, begriff jedoch nicht, was es war, bis sie den blauen Lichtblitz bemerkte und ein Schmerz ihre Muskeln lähmte. Der Asphalt raste auf sie zu, doch sie schlug nicht auf. Dorrmann packte sie, hielt sie fest.

Sie wurde zu ihrem Wagen geschleift, auf den Rücksitz gestoßen. Christin wollte schreien, doch ihre Kehle gehorchte ihr nicht.

»Benimm dich, Mädchen«, sagte Dorrmann. Christin spürte, wie etwas Kaltes, Spitzes in ihre Armbeuge stach – eine Injektionsnadel. Dorrmann setzte sich auf den Fahrersitz, richtete ihre Frisur, dann drehte sie sich zu ihr um.

»Eine gute Freundin von dir«, sagte sie, »wird dich bald brauchen. Sie wird dich sehr, sehr brauchen. Wir beide, mein Mädchen, machen jetzt einen Ausflug. Weißt du, ich habe die Bilder in der Praxis gesehen, während du mit deinem analytischen Unsinn versucht hast, Sinn in meine Märchengeschichte zu bringen. Du magst sie, nicht wahr? Die Berge.« Dorrmann lächelte, doch lag keine Wärme in diesem Lächeln, nur Grausamkeit. Sie griff in ihren Mund und entfernte eine Zahnprothese. Christin erhaschte einen Blick auf die Stummel, die der Frau geblieben waren, dann setzte Dorrmann eine andere ein, die sie scheinbar harmlos lächeln ließ.

»Mein Name ist nicht Dorrmann. Aber das ist auch gleich. Du hast noch ein paar Wochen, meine Liebe. Vielleicht mehr. Vielleicht gewähre ich dir sogar dein Leben. Als mein Geschenk an dich.«

»Was … was wollen Sie von mir?«, krächzte Christin. Angst floss in Wellen durch ihren Körper, doch noch immer konnte sie nicht den kleinsten Muskel bewegen.

»Weißt du, was das ist?« Dorrmann griff in ihre Handtasche und zeigte ihr ein gebogenes Messer. »Das ist ein Schindermesser. Man zieht damit die Haut ab, ohne das Fleisch zu verletzen. Weißt du, was Qualen sind? Nein. Nicht, wenn du das nicht erlebt hast. Tu, was ich sage, und es bleibt dir erspart.«

Das Messer verschwand. Dorrmann strahlte, ihre Augen blickten in den Rückspiegel. »Eine Reise, Mädchen. Die werden wir jetzt unternehmen, zurück zu einer guten Freundin.«

KAPITEL 13

Ein Bild zu zeichnen hatte etwas Meditatives, etwas Beruhigendes. Das half ihr, die Erinnerungen zu kontrollieren. In dem Schuppen neben dem Haus malte sie – auf einem Tischchen bei ihrer Staffelei standen die Ölfarben.

Sie zeichnete den See und die Berge, die ihn einrahmten, majestätisch und urzeitlich in den Himmel ragten – und ein kleines Boot, das über die Wellen schaukelte. Das Blau des Wassers schimmerte im Licht der Sonne wie glattes feinstes Kristallglas. Die Farbe glänzte feucht auf der Leinwand, und durch das Fenster konnte sie Kate sehen, die mit Kenobi im Garten spielte.

Die Polizei war bei ihnen gewesen – Hans Forstner hatte es sich wie erwartet nicht nehmen lassen, Colin wegen des Faustschlags, der beschädigten Scheiben und des verschwundenen Hundes anzuzeigen – und sie hatte sich entschlossen, zu Hause zu bleiben, solange Mrs Dorothy nicht nach der Schule auf Kate aufpassen konnte. Nur heute Morgen war sie kurz im Labor gewesen, weil Colin sie dort gebraucht hatte.

Oliver war noch unterwegs, er traf sich nach der Schule mit Stefan aus seiner Klasse. Sie machte einen weiteren Pinselstrich. *Es ist gut, dass er einen Freund gefunden hat. Aber irgendetwas hecken sie aus. Etwas, das mit dem verschwundenen Jungen zu tun hat – und du kannst nur hoffen, dass sie vernünftig genug sind, die Grenzen zu kennen.*

Sie hörte Irda Mattner mit Kate sprechen, hörte Kates leise Stimme. Als sie wieder hinausblickte, lag die Kleine im Gras und malte, während Kenobi neben ihr träumte, auf dem Rücken, alle viere in die Luft gestreckt.

Ihr Smartphone begann zu klingeln, durch den Vibrationsalarm ruckelte es in der Nähe der Farben herum. Sie warf einen Blick aufs Display: Christin Morris.

»Warte doch«, sagte sie, wischte sich die Hände ab, legte den Pinsel weg und schnappte sich das Handy. »Bist du noch dran?«

»Bin ich«, erwiderte Christin. »Kleine, hör zu, ich bin auf dem Weg.«

»Wie? Auf dem Weg?« Was war das für ein Geräusch im Hintergrund? Es klang wie … nein, sie kam nicht drauf, aber sicher hatte sie es schon mal gehört.

»Zu dir. Ich werde euch mal kurz besuchen, wenn du nichts dagegen hast. Ich ruf dich noch mal an, aber sagen wir … in ein paar Tagen könnte ich bei euch reinschauen.«

»Du fährst hierher?«

»Klar. Du weißt doch, wie ich die Berge liebe.«

»Ja«, sagte Sophie. »Das stimmt allerdings.«

Nachdem sie sich von Christin verabschiedet hatte, sah sie hinaus zu Kate und Kenobi. Irgendetwas stimmte da nicht, sie vermochte den Finger nicht darauf zu legen, aber etwas in ihr blinkte wie ein rotes Licht, irgendwo tief in ihren Erinnerungen leuchtete es, um sie zu warnen: Gib acht.

Sie wandte sich zur Staffelei um, aber all ihre Inspiration war fort. Also wusch sie die Pinsel im hintersten Eck des Schuppens an dem kleinen, alten Waschbecken aus. Hier stand noch allerlei Gerümpel, ein paar vergessene Fahrräder und zwei Schlitten aus Holz.

Von draußen hörte sie Kate nach Kenobi rufen.

Sophie dachte an die Party, die sie zu Kates Geburtstag geben wollten. *Wir laden alle ein, um euch zu zeigen, wie gut wir hier angekommen sind, wie sehr wir uns einfügen wollen, aber aus der Klasse hat bislang noch niemand zugesagt.*

Kate begriff das nicht, aber sie spürte, dass etwas nicht stimmte, der wahre Grund überstieg allerdings ihre Vorstellungskraft: dass die Eltern ihren Kindern nicht erlaubten, auf die Party zu kommen – wegen Colin und dem, was sich herumgesprochen hatte.

Ein Vater, der seinen Nachbarn verprügelt. Das Narrativ war bereits geschrieben –Forstner hatte im Hintergrund die Fäden gezogen. Die Blicke der anderen Mütter lasteten auf ihr, wenn sie Kate abholte. »Meine Tochter kann nicht«, lautete eine knappe, mit gerümpfter Nase vorgebrachte Antwort auf die Frage nach der Party. »Frag nicht noch mal.«

Noch keine Gäste für Kates siebten Geburtstag.

»Na und«, sagte Sophie leise in die Stille hinein. »Das wird trotzdem die allerbeste Party, die dieser See jemals gesehen hat. Dafür sorge ich schon.«

Dann hörte sie Kates Schrei.

Es war ein Schrei von jener Sorte, der bei Sophie augenblicklich sämtliche Alarmglocken schrillen ließ.

Sie stürzte mit dem Handy in der Hand hinaus – bereit, Kate gegen was auch immer zu beschützen, den Notarzt oder die Polizei zu rufen. Kate stand weit unten, beim See, bei den Tannen, zwischen denen ein schmaler Pfad in die Wälder führte. Ein verrostetes Türchen war dort in den Zaun eingelassen, das noch niemand von ihnen benutzt hatte. Der Pfad dahinter war überwuchert von Giftefeu und Brennnesseln, als wollte sich der Wald dagegen wehren, dass man ihn betrat.

»Kate!«, rief sie. »Was ist denn?«

Ihre kleine Tochter drehte sich zu ihr um, wollte auf sie zurennen, stolperte jedoch und fiel hin. »Kate, was –«

»Kenobi«, rief sie, »er … er war gerade da, aber …«

Sophie ging vor Kate in die Knie, betrachtete sie von oben bis unten. Sie schien unversehrt, aber furchtbar erschrocken, so sehr, dass ihr Tränen über die Wangen liefen.

»Ganz ruhig, Prinzessin, was ist mit Kenobi?«

»Er ist weg!«

»Aber er war doch hier im Garten!« Sophie sah sich um, konnte Kenobi jedoch nirgends entdecken.

Kate deutete auf das kleine Tor. »Da«, sagte sie mit zitternder Stimme. »Da war …«

Sophie runzelte die Stirn. »Hast du jemanden gesehen?«

»Ja.« Kate nickte. Ihr Atem ging schnell, sie holte keuchend Luft – Sophie wusste die Anzeichen von Kates Asthmaerkrankung zu lesen.

»Ganz ruhig, Süße. Sieh mich an.« Kates grüne Augen fixierten sie. »Einatmen, ausatmen. Mach es mir nach.« Sie trug die Kleine zum Haus, legte sie behutsam auf die Couch, holte das Spray und die Flasche mit dem Sauerstoff, dann setzte sie ihr die Maske auf den Mund und ließ sie atmen, während sie ihre Hand hielt.

Angst, Unruhe, ja, und eine gewisse Panik stiegen in ihr auf – jemand war hier, jemand, der womöglich …

Sie schloss die Augen. Christins Worte über die Angst kamen ihr in den Sinn. »Lerne, sie zu beherrschen. Lerne, sie zu nutzen.«

Nach einigen Minuten beruhigte sich Kate und Sophie nahm ihr die Sauerstoffmaske wieder ab. »Keine Angst«, sagte sie. »Dem alten Ken geht es gut. Wir kennen ihn doch, er macht bestimmt nur einen kurzen Ausflug.«

Kate schüttelte den Kopf. »Er ist nicht einfach weggelaufen. Hab ich doch gesagt, ich hab jemanden gesehen.«

Sophie nickte. »Okay. Ich glaub dir ja. Kannst du dich erinnern, wie die Person aussah?«

Kate blickte mit großen Augen zu ihr auf.

»Schon okay, nicht so schlimm, beruhig dich.«

Es war ihr erster heftiger Anfall, seit wir hier angekommen sind. Das ist gar nicht gut.

»Er hatte irgendwas auf dem Kopf. Eine komische Mütze. Da«, Kate runzelte die Stirn und überlegte angestrengt, »war was drauf.«

»Was meinst du? Ein Zeichen auf der Mütze?«

Kate nickte. »Ein Stern oder so.«

»Hm. Und Kenobi, hat er … Weißt du, was dann geschehen ist?«

»Er hat gebellt, aber dann hat der Mann ihm was gegeben, über den Zaun hinweg, und dann hat er ihn einfach mitgenommen. Getragen. Ich hab mich hinter dem Baum versteckt. Er hat mich nicht gesehen.«

Sophie nickte schockiert. *Da kommt jemand hierher, um den Hund zu stehlen.*

Sie ballte die Faust. »Wir finden ihn. Wir finden Kenobi und bringen ihn wieder zurück. Das versprech ich dir.«

Kapitel 14

»Also denkst du, er war es?«

»Aber sicher! Kommt dir sonst jemand in den Sinn?«

Oliver hörte seinen Vater und Sophie unten streiten, und dieses Mal gaben sie sich nicht mal Mühe, leise zu sprechen.

Ganz toll. Kenobi ist verschwunden, vermutlich vom verrückten Nachbarn entführt, und was machen sie? Die gehen aufeinander los.

Stefan, Claire und er hatten die vergangenen Tage damit verbracht, Hans Forstner zu beobachten. Der Mann tat kaum etwas Auffälliges – wenn er in Richtung Stadt fuhr, hatten sie versucht, sich an ihn ranzuhängen: Forstner las in der Bibliothek alte Zeitungen, ganz so, als suchte er nach einem längst vergangenen Ereignis, manchmal ging er in einem der kleinen Restaurants essen. Einmal hatte Stefan seine Beobachtungsmission, wie er sie nannte, allerdings abbrechen müssen, weil ihn seine Mutter bemerkt hatte – da wären sie fast aufgeflogen.

Aber knapp daneben bedeutete eben auch nicht erwischt. Zum Glück, denn wenn Stefans nervige Mutter Wind davon bekam, dass ihr Sohn heimlich ermittelte – und das auch noch mit einem gerade Zugezogenen und einem trotz des Alters doch sehr erwachsenen Mädchen –, dann würde sie ihm vermutlich verbieten, aus dem Haus zu gehen.

Er musste trotz allem ein wenig spöttisch grinsen, als er aus dem Fenster auf das dunkle Gebäude des Nachbarn blickte. *Wir kriegen dich. Warte nur ab. Du kannst dich vor allem verstecken, vielleicht sogar vor der Polizei – aber nicht vor uns. Uns bemerkt niemand, wir sind ja nur Jugendliche, die niemand ernst nimmt.*

Es war halb acht und die Dunkelheit schlug ihre langen Krallen in die Tannen, den See, die Straße, die Wälder, die bis zum Gebirge hinaufreichten. Nebel kroch aus dem Unterholz über die Straße und verhüllte das Anwesen Forstners, bis nur noch das schwache Licht der Außenlampe, die über der Eingangstür im Wind hin und her schwang und quietschte, zu erkennen war.

Was ein beschissenes Wetter. Aber für das Vorhaben, das ihm durch den Kopf geisterte, vielleicht gar nicht schlecht. Oder sogar ziemlich genial?

Sein Handy klingelte.

»Claire«, sagte er. »Ich muss dir was erzählen. Es ist was vollkommen Irres passiert.«

»Ja, aber ich zuerst.« Claire keuchte, als wäre sie gerannt. »Ich hab noch mal ein paar Leute zum Schauermann befragt, drüben im Altersheim. Ich musste einfach etwas unternehmen, ich hab ständig das Gefühl, dass wir zu wenig tun, dass Stef allein da draußen ist und wir ihm helfen müssen ... also ja, ich war dort.«

»Ach, mit dir haben sie geredet? Gut. Du weißt ja, meine Ausrede vor ein paar Tagen, ich müsste ein Historienprojekt für die Schule recherchieren, hat irgendwie nicht funktioniert. Die waren alle ziemlich zugeknöpft.«

»Vielleicht solltest du etwas an deinem Charme arbeiten, Oli.« Sie zögerte. »Wobei ich …« Sie beendete den Satz nicht, sondern lachte ein wenig verlegen.

»Wobei du was?«, fragte er. *Meine Güte, bist du neugierig.*

»Ich finde«, erwiderte Claire und klang verlegen, »du machst das gar nicht schlecht.« Sie räusperte sich und fügte schnell hinzu: »Also, wie gesagt, ich war dort und hab mit einer alten Frau gesprochen. Sehr alt. Die Älteste, die hier oben noch lebt. Weißt du, das … wow, das war wirklich spannend. Und sie konnte toll erzählen. Aber, na ja, was sie erzählt hat, das war weit weniger toll. Hör zu.«

Claire blickte über den großen Garten zu dem alten Backsteingebäude hinauf und lauschte dem milden Spätsommerwind, der durch die Blätter der Nussbäume strich. Im Schatten einer großen Tanne spielten zwei alte Männer Schach. Claire schob ihr Rad zum Eingang, einer hohen Tür, verziert mit ins Eichenholz geschnitzten Ornamenten, und betrat das Pflegeheim.

»Frau Johannsen«, fragte sie am Empfang. »Ist sie … empfängt sie Besucher?«

Sie erklärte, was sie von Margaret Johannsen wollte. »Ich schreibe an einer Geschichte des Ortes, einer Art Chronik, zusammen mit meinem Adoptivvater, der sehr an Geschichte interessiert ist. Ich würde ihm ein großes Geschenk machen, wenn ich mit Frau Johannsen kurz sprechen dürfte. Ich hörte, dass sie hier lebt und immer noch …«, Claire räusperte sich, »wirklich fit ist für ihr Alter.«

»Das ist sie«, erwiderte die Oberschwester. »Sie hat mehr Energie als so manche unserer jungen Schwesternschülerinnen.«

Die Schwester führte sie nach oben in ein großes, lichtdurchflutetes Zimmer, das liebevoll in hellen Beige-Tönen eingerichtet war – auf einem Klavier standen Fotos von mehreren

Generationen. Vor dem Fenster, aus dem man auf das rückwärtig gelegene Gelände des Pflegeheims blicken konnte, stand ein Lehnstuhl.

Wenn sich der jetzt umdreht, ging Claire ein aberwitziger Gedanke durch den Kopf, *dann sitzt dort etwas vollkommen Furchtbares. Du wirst weglaufen und schreien.*

»Frau Johannsen?«, fragte die Oberschwester behutsam. »Hier ist jemand, der mit Ihnen sprechen möchte.«

»Dann schicken Sie ihn doch herein.« Die Stimme aus dem Lehnstuhl klang erstaunlich klar und kräftig.

»Nicht ihn, Frau Johannsen, sie. Es ist Claire Neumann, eine Schülerin, die …«

»Jaja, nur zu«, unterbrach sie. »Nur zu.«

»Ich lasse Sie dann mal allein«, sagte die Oberschwester.

Claire wartete, bis sich die Tür hinter der Schwester schloss, holte tief Luft und trat zum Lehnsessel. Die Frau darin war viel kleiner, als sie erwartet hatte, ganz runzelig war ihre Haut, aber sie musterte Claire mit wachen blauen Augen und einem klugen Blick.

»Frau Johannsen?« Claire sprach laut, weil sie fürchtete, die alte Frau würde sie sonst nicht verstehen.

»Sie müssen nicht schreien, junge Frau, das ist hier nicht nötig. Ich höre recht gut, dank dieses …« Sie seufzte und winkte ab. »Habe den Namen vergessen. Dieses Gerät in meinem Ohr, das Hörgerät, mein Enkel wüsste den Hersteller vielleicht noch, aber … so ist das in meinem Alter, ich merke mir einfach nur noch die wirklich wichtigen Dinge.« Sie blickte zum Fenster, und für einen Moment hatte Claire den Eindruck, die alte Dame hätte schon vergessen, dass sie da war.

»Ich bin Claire«, sagte sie leiser als zuvor. »Ich bin hier, weil ich mich für die Geschichte des Ortes interessiere. Ich dachte, Sie könnten mir …«

Die seltsam blassen, durchdringenden Augen der Frau musterten sie lange. »Sie haben Angst, junge Frau«, sagte sie dann. »Das ist es, was ich bei Ihnen wittere. Sie haben große Angst, aber zugleich auch ziemlichen Mut. Erstaunlich. An diesem Ort, junge Frau, wird Mut nicht gebraucht. Hier gibt es nichts, was Sie erreichen können, nur Unheil.«

Claire gefiel dieser Beginn nicht, aber sie fasste Mut. *Du bist hier, also reiß dich zusammen und frag, was du fragen willst.* »Ich denke, hier ist einmal etwas Schreckliches geschehen. Kinder verschwanden. Es gab … Gerüchte. Gerüchte von einem Fremden, der von weit her kam. So war es doch, nicht wahr?«

Frau Johannsen nickte. »Ja. Die gab es. Ich war ein junges Mädchen, als es geschehen ist. Etwa in deinem Alter.«

»Frey«, sagte Claire. »Kennen Sie diesen Namen?«

Die Augen der alten Frau weiteten sich. Ihr Mund klappte auf. »Das ist ein Name«, krächzte sie, »den ich schon lange nicht mehr gehört habe. Und ich wollte ihn auch nie mehr hören. Wie in aller Welt bist du darauf gekommen? Was hast du …« Ihre Hand schoss vor und packte Claires Arm. »Bist du … eine von seinen …?«

»Eine von seinen … was?« Claire löste die Hand sanft, aber bestimmt von ihrem Arm. »Ich bin niemand, der Ihnen schaden will. Glauben Sie mir. Ich frage mich nur, was es mit diesem Frey auf sich hat.«

»Er war ein Seemann, der die See hasste. Und er setzte Nachkommen in die Welt, die vor der See flohen, das weiß ich. Das hat mein Vater mir erzählt. Wenn nachts das Licht vor der Tür leuchtete, wenn der Nebel durch die Wälder heraufzog, dann beeilten wir uns, nach Hause zu kommen.«

»Vor welcher Tür, Frau Johannsen? Kam dieser Seemann hierher? Oder sein Nachfahre?«

»Er lebte hier … aber nicht direkt *hier*. Droben, am See. Da hatte er ein Haus, das war schon damals alt, aber frag mich nicht, wie er da rangekommen ist.«

Claire fühlte, wie sich in ihrem Inneren etwas zusammenzog. Sie musste an Oliver denken. »Am See, da stehen mehrere Gebäude. Welches dieser Häuser war es?«

»Ich …« Sie schüttelte den Kopf. »Ich weiß es nicht mehr. Es ist so lange her. Mit ihm kam etwas Böses hierher.« Ihre Hand zitterte. »Seitdem ging dieser Ort verloren. Die Gäste blieben fort, die Hotels schlossen, das alte Bergwerk … und das, Kindchen, das ist noch nicht mal das Schlimmste.«

»Was hat er getan? Was hat Frey getan?«

»Er hat seinen Samen auch hier gepflanzt. Er hat«, die alte Frau schüttelte den Kopf, jetzt schien sie fast außer sich vor Angst, »er hat seine Spuren hinterlassen, und nicht nur das, auch seine Nachkommen. Er hat eine Frau geschwängert, gegen ihren Willen, aber zu dieser Zeit … es war ein Bergbaustädtchen hier oben, und allerlei Fremde kamen und gingen. Da fiel kaum auf, was geschehen war, und die junge Frau schämte sich, sie wagte kaum, sich ihren Eltern anzuvertrauen. Abtreibung war eine Sünde. Also trug sie das Kind aus und zog es auf. Die bösartige Saat, die Veranlagung, die Frey in sich getragen hatte, lebte in dem Kind weiter. Und das ist sein Vermächtnis. Der Wahnsinn steckte natürlich schon immer in ihm, nur konnte er ihn über viele Jahre kontrollieren.«

»Er hat sein Bein verloren, nicht wahr?«, fragte Claire. Was die alte Frau hier erzählte, ängstigte sie – aber zugleich passte es auch so perfekt zu dem, was Peter recherchiert hatte. Und dann war er verschwunden. Was hatte das alles zu bedeuten?

»Er hat sein Bein verloren«, erwiderte Frau Johannsen, »aber das war, lange bevor er herkam. Aber dieses Holzbein, man konnte es hören, wenn er die Straßen entlangging. Uns Kinder warnte man: *Geht nicht in seine Nähe. Niemals. Und wenn ihr ihm über den Weg lauft, dann wendet euch ab. Flieht, wenn ihr ihn kommen hört.*«

»Also wussten die Erwachsenen damals, dass etwas mit ihm nicht stimmte?«

»Zuerst nicht. Aber dann, während die Monate vergingen, begann man, ihn immer mehr zu meiden. Weil sich die Leute erzählten, was seit seiner Ankunft geschehen war.«

»Ich dachte, er hätte sich erhängt. Fern von hier, irgendwo am Meer. Ich hörte, man hätte ihn dort nach seinem Selbstmord gefunden.«

»Das war nur eine Täuschung. Frey kannte immer Wege, um sich der Verfolgung zu entziehen. Wahrscheinlich gab es jemanden bei der Polizei, der ihm geholfen hat. Wahrscheinlich haben sie irgendeinen armen Teufel an seiner Stelle dort aufgehängt.« Frau Johannsen sah lange hinaus in die Gärten. Es hatte zu regnen begonnen, die dunklen Wolken sahen aus, als wären sie aus Blei gewoben und von einem Riesen über den Ort, die Wälder und zwischen die mächtigen Gipfel wie ein Zeltdach gespannt worden.

»Kinder verschwanden«, fuhr die alte Frau fort. »Das war damals nicht besonders ungewöhnlich. Manche liefen weg, andere starben vor Hunger. Manche verirrten sich in den Wäldern oder hoch oben am Berg, stürzten ab oder fielen in eine Gletscherspalte. Die wenigsten wurden vermisst. In den kalten Wintern war man über jeden hungrigen Mund weniger froh, so schlimm das auch klingt, und in den Jahren danach wurde es nur langsam, sehr langsam besser.«

»Und er war für einige dieser verschwundenen Kinder verantwortlich? Ist es das, was Sie mir sagen wollen?«, fragte Claire vorsichtig. Die alte Frau wirkte gefangen in Erinnerungen, die sich tief im hintersten Winkel ihres Verstands versteckt hatten.

»So ist es«, erwiderte sie mit rauer Stimme. Claire nahm die Glaskaraffe von der Fensterbank und goss frisches Wasser in das Glas, das auf einem Tischchen neben dem Lehnsessel stand. »Einige von ihnen wurden entführt und tot aufgefunden. Und Frey ... nun, die Älteren damals begriffen, dass er etwas damit zu tun haben musste. Dieser Stern, den er hinterlassen hat. Es gab Gerüchte, dass man ihn gesehen hatte, wie er das Zeichen in die Rinde einer Tanne ritzte – und auch wenn der Dorfsäufer, ein chronischer Lügner, sie in die Welt gesetzt hatte, blieb doch etwas haften. Frey wurde gemieden, obwohl man ihm nichts nachweisen und ihn auch nicht einsperren konnte. Er wurde zum Ausgestoßenen. Man verachtete ihn von Woche zu Woche mehr, bis ...«

»Bis was?«

»Ich war dabei, damals. Ich schäme mich dafür.« Nun liefen ihr Tränen über die faltigen Wangen. Ihre Oberlippe zitterte. »Sie haben ... sie haben ihn getötet, aufgeknüpft am Ast einer Eiche, drüben bei der alten Köhlerhütte ... Sie haben es getan, hier, in Steinberg ... Aber da war es schon zu spät.«

»Zu spät?«

»Für die Kinder. Das Mädchen hatte ihm schon einen Nachkommen geboren. Es war zu spät. Viel zu spät.«

»Es ist wieder ein Junge verschwunden. Mein bester Freund. Peter Lottner. Er wohnte nur ein paar Häuser weiter, ich hab mein halbes Leben mit ihm verbracht. Er hat Nachforschungen angestellt. Er wusste von Frey. Er wusste von seiner Geschichte, seiner Zeit als Seemann und wie man ihn danach behandelte, wie er begann, seine Mitmenschen zu hassen. Oder vielleicht hat er diesen Hass auch schon immer in sich getragen. Peter war etwas auf der Spur, aber dann ist er verschwunden, ganz plötzlich, ohne eine Nachricht zu hinterlassen. Vielleicht hat

158

ihn jemand aus dem Weg geräumt, ehe er etwas entdecken oder ans Tageslicht bringen konnte.«

Frau Johannsen nickte. »Das kann sein. Wenn der Nachkomme von Frey heute noch lebt …«

»Dann ist er in seinen Siebzigern, nicht wahr? Der Sohn?«

»So wird es sein. Aber wenn er noch lebt … und wenn er noch immer hier ist, dann muss er seinen Namen geändert haben, sein Erscheinungsbild verändert, damit man ihn nicht erkennt.«

»Denken Sie, er hat mit dem weitergemacht, was sein Vater begonnen hat?«

»Oh ja. Es war böses Blut. Oder …«, Johannsen schüttelte den Kopf, »vielleicht mehr als das.«

»Mehr? Wie meinen Sie das?«

»Claire. Es ist nun wirklich genug.« Wie aus dem Nichts stand die Oberschwester hinter ihr. Claire zuckte zusammen, trat einen Schritt zurück. Als Mama schwer krank geworden war, schoss es ihr jäh durch den Kopf, ging diese Pflegerin Olga bei ihnen ein und aus. Obwohl sie damals noch sehr klein gewesen war, erinnerte sie sich an eins genau: Ganz wie diese Oberschwester hier hatte Olga die Kunst beherrscht, fast lautlos durch die Räume zu schleichen und an den unmöglichsten Orten zu erscheinen.

»Ich … nur noch eine Minute, ich wollte nur …«

»Nein. Frau Johannsen braucht Ruhe.« Die Oberschwester trug ein Tablett, auf dem drei kleine rosafarbene Tabletten lagen. »Nehmen Sie Ihre Medizin, Frau Johannsen«, sagte sie zu der alten Frau. »Und Sie, Claire, gehen jetzt bitte.«

Claire wusste, dass sie nichts mehr tun konnte. *Verdammter Mist.* Auf dem Weg zur Tür warf sie Johannsen einen letzten Blick zu. Die alte Frau erwiderte ihn.

Was ihr danach nicht mehr aus dem Kopf ging, war der Ausdruck in ihren Augen.

Claire beendete ihre Erzählung vom Pflegeheim. »Ich bin mir sicher, dass sie mir noch was sagen wollte«, fügte sie leise hinzu. »Irgendwas Wichtiges.«

»Also lebt er vielleicht noch hier. Dieser Sohn. Freys Sohn, der genauso bösartig ist wie sein Vater. Aber wie kann das überhaupt sein? Das vererbt sich doch nicht. Oder wird das Böse einfach weitergegeben?«

»Bist du dir da sicher?«, erwiderte Claire. »Und selbst wenn es so wäre – dieser Sohn war das Ergebnis einer Vergewaltigung. Er hat wahrscheinlich nie Liebe erfahren, die Mutter wollte ihn nicht, sein Vater schon gar nicht. Kannst du dir vorstellen, was aus so einem Jungen wird?«

»Vielleicht wollte Frey ihn ja doch. Vielleicht haben sie gemeinsam«, Oliver zögerte, es kostete ihn Überwindung, dieses Wort auszusprechen, »gemordet.«

»Vater und Sohn?« Claire klang angewidert. »Mann, das wär wirklich krank. Vielleicht wollte er sich auch dafür rächen, dass man seinen Vater ermordet hat.«

»In einem Haus hier am See, hat sie gesagt? Das jagt mir gerade echt eine Gänsehaut über den Körper.« Oliver spähte noch immer aus dem Fenster, hinüber zum Nachbargrundstück. »Dann könnte es wirklich Forstner sein. Bei dem ist jedenfalls gerade alles still. Aber das Außenlicht über der Eingangstür und dieser kleinen Veranda ist an, das ist doch ungewöhnlich.«

Claire sog scharf die Luft ein, so laut, dass er es sogar über das Handy deutlich hören konnte. »Was hast du da gerade gesagt?«

»Er hat das Licht angelassen. Über der Veranda, nah bei der Eingangstür.«

»Verflucht, Oli, das ist genau das, was mir die alte Johannsen erzählt hat!«

»Willst du nicht mal hören, was ich zu berichten habe?«

»Später. Wir müssen jetzt was machen. Etwas überprüfen.«

»Und was?«

Claire klang, als eilte sie eine Treppe hinab. »Ich komm zu dir. Warte. Um acht, Oli, bin ich da. Hast du eine starke Taschenlampe?«

Es war zwanzig Uhr zehn, und Oli hatte seinem Vater und Sophie gesagt, dass er früh schlafen gehen würde. Jetzt hörte er, wie sie sich erneut stritten. Sophie regte sich wegen ihres Armbands auf, das sie seit Ewigkeiten getragen hätte, und beschuldigte Dad, es verlegt zu haben, was Dad abstritt.

Kenobi ist verschwunden, aber ihr sucht nur nach Ausreden. Claire hat irgendwie recht. Oli bewunderte ihren Mut.

Er hatte sein Bett so hergerichtet, dass es aussah, als würde er darin schlafen, hatte mit zusätzlichen Kissen aus dem Schrank die Decke etwas ausgestopft. Hoffentlich genügte das. Die starke Taschenlampe aus der Speisekammer lag jetzt auf seinem Schreibtisch neben den Mathehausaufgaben.

Mrs Dorothy war nun schon ein paar Tage fort, um ihre kranke, alte Freundin zu pflegen. *Nächsten Montag ist sie wieder da. Da wird das Rausschleichen tagsüber schwieriger. Aber wir finden einen Weg.*

Oli hörte ein leises Geräusch an seinem Fenster. Tick, machte es, tick. Jemand warf kleine Steinchen dagegen – der älteste Trick der Welt. Er sah hinaus und entdeckte Claire im Schatten der Hecke neben der Straße. Sie winkte ihm. Oliver hob den Daumen.

Was immer sie vorhat, ich werde sie das ganz bestimmt nicht allein durchziehen lassen.

Und davon abbringen lässt sie sich ja ohnehin nicht.

Irgendwie fühlte sich die Aktion aufregend an, auch wenn eine nagende Stimme ihn warnte, dass es ganz und gar nicht richtig war.

Mit der Taschenlampe in der Jacke, den Schuhen in der einen Hand und in der anderen die selbst gebaute Schleuder, mit der Stefan und er bei dem alten Holzhaus auf der anderen Seite des Sees im Schatten einer riesigen Tanne auf leere Gemüsedosen geschossen hatten, eilte er hinab – ganz leise, auf Zehenspitzen.

Die Tür, die in den Schuppen führte, wo Sophie malte, quietschte leise, zum Glück redeten Sophie und sein Vater noch immer im Wohnzimmer miteinander und hörten ihn nicht. Oliver schloss die Tür hinter sich. Das Mondlicht, das durch die Sprossenfenster fiel, verlieh dem großen Ölgemälde auf der Staffelei einen silbrigen Schimmer. Oliver warf einen kurzen Blick darauf: Um den See erhoben sich die Berge, stumm und abweisend, ein kleines Boot trieb im Wasser, darin saß ein Mann. Er trug einen dunklen Mantel. Und hatte ein Holzbein, das auf der Reling lag.

Was?

Ein eiskalter Schauer durchfuhr ihn. Oliver riss sich zusammen, blickte genauer hin und war erleichtert. Das war kein Bein, der Fremde hatte eine Angel ausgeworfen – womöglich war das Bild auch noch nicht fertiggestellt. Es strahlte jedoch schon jetzt eine Traurigkeit aus, der Oliver sich nicht entziehen konnte. Kurz fragte er sich, ob es Sophie wirklich so gut ging, wie sie vorgab.

Er schlüpfte hinaus, schloss die Schuppentür, so leise es ging, zog die Schuhe an und eilte auf der Rückseite des Hauses in Richtung der Hecke, wo sein Vater nach dem Anstrich der Holzfenster im oberen Stock die Leiter liegen gelassen hatte.

Er lehnte sie an den Holzzaun, der abgesehen von dem Maschendrahtzaunstück direkt an der Straße das ganze Grundstück umfasste, und stieg Sprosse um Sprosse hinauf, bis er sich auf den Zaun stellen konnte. Claire stand auf der anderen Seite auf Zehenspitzen und hielt die Leiter fest. Oli sprang nach unten.

»Und wie kommst du später wieder rüber?«

»Na auch mit der Leiter.«

Claire lachte leise, Oli sah ihre weißen Zähne im schwachen Licht des abnehmenden Mondes aufblitzen. »Was machen wir also?«, fragte er.

»Dein Nachbar. Wir sollten nachsehen, was er treibt.« Claire ging einen Schritt auf ihn zu. »Was wolltest du mir erzählen?«

»Kenobi ist verschwunden. Meine kleine Schwester meint, jemand hätte ihn mitgenommen, aber sie kann sich nicht erinnern, wie er genau aussah. Sie ist ziemlich fertig.«

»Scheiße. Das ist ein Racheakt wegen seines Hundes.«

»Genau. Also kurz gesagt: Es sind zwei Hunde verschwunden, und Forstner hat sich seit gestern Abend nicht mehr blicken lassen. Die Polizei war bei ihm, aber sie hat unseren Hund nicht gefunden. Das haben die Polizisten meinem Dad gesagt. Wegen des Typen, den Kate gesehen hat, haben die nur gelacht. Einem kleinen Mädchen glaubt man nicht so leicht.«

»Wie geht's ihr?«

»Sie hat wieder Asthmaanfälle.«

»Mist. Das tut mir wirklich leid.« Claire zog eine Stabtaschenlampe aus ihrem Rucksack. Ihr Fahrrad hatte sie im Schatten an den Zaun angeschlossen.

»Willst du das wirklich durchziehen?«

»Will ich. Wenn du nicht mitkommst, mach ich es eben allein«, erwiderte sie ernst. »Und du brauchst gar nicht erst mit mir zu diskutieren.« Sie schüttelte energisch den Kopf, ihr Pferdeschwanz pendelte hin und her, als führte das kupferfarbene Haar ein Eigenleben. »Ich hab mir das in den Kopf gesetzt und –«

»Und du wirst es auch durchziehen«, beendete Oliver den Satz. »Schon klar. Ich kenne dich mittlerweile.«

»Du kennst mich ein *bisschen*«, erwiderte Claire. »Also – hast du deine Taschenlampe?«

»Und meine Schleuder.«

»Die wirst du bestimmt nicht brauchen. Er ist ja nicht zu Hause. Wir gehen ganz leise rüber. Und dann sehen wir uns ein bisschen um, aber nicht mehr, kapiert?«

»Und wenn er doch da ist? Oder zurückkommt? Was suchst du überhaupt?«

»Peter, wen sonst? Wenn dieser Mann …«, Claire holte tief Luft, »wenn er der Nachkomme von Frey ist, dann hat er ihn entführt. Es gibt keine andere Lösung.«

»Moment, warte mal, was hat dir diese alte Frau im Pflegeheim noch alles erzählt, dass du mitten in der Nacht –«

Claire fuhr herum und warf ihm einen zornigen Blick zu. »Sie hat genug erzählt. Genug, dass ich jetzt endgültig um sein Leben fürchte. Also: Bist du nun *der starke Oli*?«, sagte sie mit verstellter Stimme, die seine erstaunlich gut imitierte, ein Talent, das sie schon manchmal unter Beweis gestellt hatte. »Hilf mir oder geh wieder schlafen.«

Oliver straffte sich. Jetzt kehrtzumachen – das fühlte sich vollkommen falsch an, auch wenn eine Faust seinen Magen zu packen schien, was sich verdammt nach Angst anfühlte.

»Unsinn«, sagte er leise und blickte noch einmal zurück, um sicherzugehen, dass alles still war und niemand seinen kleinen Abstecher bemerkt hatte. »Ich b-bin dabei.«

Claire nickte, er sah ihr an, wie erleichtert sie war. »Dann los. Gehen wir.«

Sie überquerte die Straße, Oliver folgte ihr. Die Stabtaschenlampe lag in seiner Linken, doch weder Claire noch er hatten sie eingeschaltet. Das fahle Mondlicht genügte.

Noch.

Der Zaun rund um Forstners Grundstück war voller Löcher und die Stützpfosten, die den Maschendraht hielten, hingen an vielen Stellen schief. Es war ein Leichtes hindurchzuschlüpfen, aber irgendwie war Oliver überzeugt, dass Claire auch eine Drahtschere in ihren Rucksack gepackt hatte – nur für den Fall. *Sie hat wirklich an alles gedacht.*

Eine andere, mahnende Stimme fügte hinzu: *Bist du dir da auch wirklich sicher?*

»Los doch«, zischte Claire und winkte ihm. Sie rannten geduckt zu der hinteren Seite des Gebäudes. Von dieser Seite hatte er das Grundstück noch nie gesehen. Ein Apfelbaum wuchs hier – oder vielmehr war einst hier gewachsen, nun war er tot, der Baumstumpf und die Äste kaum mehr als ein dunkles Skelett. Eine Sense lehnte an der Rückwand des Hauses, als hätte Forstner versucht, das Gelände instand zu setzen, dann aber den Kampf gegen die hochwuchernden Gräser, das Unkraut und die Brennnesseln aufgegeben. Das Gras reichte ihnen bis zu den Knien, sie hinterließen eine deutliche Spur, die selbst im schwachen Mondlicht kaum zu übersehen war.

Am Haus angekommen trat Oliver neben sie. »Wir brauchen jetzt die Lampen.« Mit einem leisen Klick aktivierte sie ihre und richtete den kreisrunden Lichtfleck auf die Hauswand. Hier und da bröckelte der Putz ab, die Holzfenster waren verwittert, sie benötigten eindeutig einen neuen Anstrich. Das Fenster dicht vor ihnen war nur angelehnt. Die Scharniere quietschten leise, als Claire die Fensterflügel berührte.

Sie warf ihm einen Blick zu, als wollte sie sagen: *Jetzt geht's los. Bist du dir sicher, dass wir das auch wirklich gemeinsam durchziehen?*

Er nickte, streckte die Hand aus und berührte ihre Schulter. Claire sah ihn fragend an. »Ich zuerst«, flüsterte er. Er schob sich an ihr vorbei, spähte und roch in die Dunkelheit, die dort hinter dem Fenster wartete wie ein Lebewesen – jedoch keines, das ihnen wohlgesonnen war.

Oliver holte tief Luft, knipste seine Taschenlampe an. Das Licht fiel auf einen niedrigen Keller, einen fleckigen Betonboden, auf dem Gerümpel und hohe Stapel alter Zeitungen lagen, wie Türme aufgeschichtet. Schimmel wucherte daran und Wasserflecken hatten sich auf dem Papier ausgebreitet. Irgendwo tropfte es. Oliver schwenkte die Lampe und entdeckte ein rostiges, etwa handtellerdickes Rohr, aus dem eine braune Brühe suppte.

Er sprang hinab.

Der Boden unter seinen Sportschuhen knackte wie der trockene Ast in einer Winternacht, nicht laut, doch hier erschien es ihm ohrenbetäubend. Er hielt inne und lauschte ängstlich in die Stille.

Claire landete elegant und um einiges lautloser dicht hinter ihm.

»Wenn wir ihn finden«, flüsterte sie, und Oliver hörte ihr die Anspannung, ja die Angst an, »dann rufen wir sofort die Polizei.«

Oli nickte. Dann tat Claire etwas Unerwartetes – sie nahm seine Hand. Ihre Haut fühlte sich gut an, warm und weich, plötzlich war er voller Zuversicht.

»Damit wir uns nicht verlieren.«

»Klar.«

Die Lichtkegel ihrer Taschenlampen tanzten über die schimmligen Wände. Sie waren in einem Keller wie aus einem der Horrorfilme, die Oliver sich manchmal heimlich auf dem Handy ansah. Mit einem Unterschied: Das hier war echt. Das war so verflucht echt, dass er nicht mal eben auf Pause drücken konnte, hier gab es nur einen Weg: es durchziehen. Ihn schauderte.

Claires Hand bewegte sich in seiner, er sah zu ihr. »Schau mal.« Mit leicht zitterndem Finger deutete sie auf einen Käfig an der Wand. Wie ein übergroßer Hundezwinger, aber dieser Käfig war nie für einen Hund vorgesehen. Dahinter, an einer gemauerten, mit Spinnweben behangenen Wand, war ein Zeichen zu sehen, ein großer nautischer Stern.

Oh mein Gott. Es war, wie Peter gesagt hatte.

Dann fiel Olivers Blick auf einen Papierstapel in der Nähe dieses Käfigs. Offenbar lauter Zeitungsartikel und handschriftliche Notizen, die sich mit Frey, dem Schauermann, befassten …

Ihm war, als könnte er seinen Herzschlag nicht mehr spüren, als könnte er nicht mehr klar sehen. Er wollte fortlaufen, rennen, fliehen, aber seine Beine gehorchten ihm nicht mehr, als wären sie am Boden festgefroren. Claire dicht neben ihm starrte mit entsetztem Blick auf den Käfig, sie sah aus, wie Oli sich fühlte – panisch vor Angst.

»Wir müssen fort«, zischte er leise. »Das hier, das ist vollkommen krank.«

»Ja«, erwiderte Claire. »Mehr als das.«

Sie zog ihn am Arm und deutete mit weit aufgerissenen Augen nach vorne.

Vor ihnen in einer schmalen Nische stand eine hohe Gefriertruhe. Claire löste ihre Hand aus seiner und streckte den Arm aus – ihre Finger bebten und zitterten – und dann packte sie den Griff der Gefriertruhe.

Leise zischend öffnete sich der schwere Deckel. Ein fahles Licht strahlte in die Truhe, während kalte Luft in dünnen Nebelschwaden aufstieg.

»Was für eine große … Scheiße«, flüsterte Claire so leise, dass Oli es gerade so verstehen konnte. »Das gibt's doch nicht. Oh nein. Oh Gott, nein.«

Oli blickte hinab, hinein in die bläulich beleuchtete eisige Tiefe – und, bei Gott, jemand blickte zurück.

Ein Toter, die Augen mit einer hauchdünnen Schicht aus Eiskristallen bedeckt. Inmitten von prallen dunklen

Plastikverpackungen lag ein Junge, kaum älter als er selbst – seine Hände waren zu Klauen verformt, als hätte die Kälte die Muskeln dazu gebracht, sich zusammenzuziehen und ihn vollends zu entstellen.

Es war furchtbar, die Leiche an diesem gruseligen Ort zu finden – aber noch furchtbarer war das Gesicht des Toten. *Ihr konntet mich nicht retten*, schien es ihnen zuzurufen. Eine stumme Anklage.

»Das ... d-das ...«, begann Claire, ihre Stimme zitterte, »das ist er. Das ist Peter. Er ist tot.«

Sieht ganz danach aus.

Panik jagte über seinen ganzen Körper, es fühlte sich an, als wäre er in Stacheldraht verfangen. Claire stieß einen gepressten Schrei aus, biss sich auf die Knöchel ihrer Hand.

»Wir müssen hier raus.« Plötzlich fühlte Oli sich vollkommen ruhig, als hätte ein Teil des Eises dort in der Truhe sein Innerstes berührt. Oder vielleicht war es auch nur ein Instinkt, nicht mehr als ein Reflex, der ihn dazu trieb – Flucht, das war nun alles, was zählte.

Claire starrte immer noch wie gebannt auf ihren toten Freund in der Truhe – doch Oliver packte sie am Arm und zerrte sie fort, zurück in den engen Kellerflur.

Oben drehte sich ein Schlüssel im Schloss. Metall, das über Metall kratzte, die Scharniere quietschten, als die Tür aufgestoßen wurde. Ein schmaler Streifen Licht fiel über die steile Treppe herab – ein schmutzig gelbes Licht umschmiegte die Silhouette eines Mannes, den Oliver sofort erkannte. Angst jagte durch seinen Körper, zugleich aber fühlte er sich ein wenig wie damals, als er beschlossen hatte, nicht mehr wegzulaufen, sondern sich den Dingen zu stellen.

Als er sich Jack Ulther entgegengestellt hatte, um sich mit ihm zu schlagen, anstatt weiter einzustecken.

Aber hier, schoss es ihm durch den Kopf, während er neben Claire durch den Korridor rannte, *hier ist es anders. Hier müssen wir entkommen, wir müssen die Polizei benachrichtigen – schon allein um den toten Jungen dort hinten zu rächen und weitere Morde zu verhindern.*

Schritte kamen die Kellertreppe hinab. »Was ist da unten los?«, hörte Oli die Stimme von Hans Forstner – der alte Mann klang, als hätte er getrunken. »Ist da unten wer? Was in aller Welt habt ihr kleinen Scheißkerle aus dem Dorf jetzt wieder da unten verloren? Ich hab euch beim letzten Mal gewarnt, nicht wieder bei mir einzubrechen, sonst …«

Er hat uns noch nicht gesehen und glaubt, wir sind jemand anders. Aber lange wird es auch nicht mehr dauern, das ist sicher – wenn er hier unten ist, haben wir keine Chance mehr.

»Oli«, schrie Claire, die Panik in ihrer Stimme ließ ihn herumwirbeln. Sie stand vor dem schmalen Fenster, durch das sie hereingekommen waren – aber das war viel zu hoch, um vom Keller nach draußen zu steigen.

»Räuberleiter, sofort!«, brüllte Claire. Oli schlang seine Finger ineinander. Claires Sneaker trat mit aller Kraft hinein, Oli schrie irgendetwas und wuchtete sie hoch, aber ihre Hände schrammten am Fensterrahmen vorbei.

»Noch mal, verflucht!«, schrie sie.

Oli war es, als hörte er Forstner schnaufen und husten, während er durch den Flur heranhumpelte. Er hörte die Flüche, das Klappern des Stockes auf dem kalten Boden – mit allerletzter Kraft hob er Claire noch einmal an.

Dieses Mal gelang es. Sie packte den Fensterrahmen – schrie auf, doch dann zog sie sich weiter nach oben und durch den Rahmen hindurch.

»Ihr verfluchten kleinen …«, hörte er Forstner aus dem Nebenraum fluchen, mehr bekam er nicht mit, er sprang, so hoch er konnte, und wirklich, es gelang ihm, Claires Hand zu packen, sie zog ihn, er umklammerte den Rahmen, und so schaffte er es schließlich mit allerletzter Kraft durch das Fenster hinaus.

Ihre Taschenlampen lagen unten im Keller, Forstner schrie etwas Unverständliches.

Sie jagten durch das hohe Gras, ohne zurückzublicken, durch den Garten zurück zu der Lücke im Zaun. Der Maschendraht schrammte über seinen Rücken, riss ihm die Haut auf, aber das war ihm egal. Sie mussten fliehen, koste es, was es wolle.

Dann erreichten sie die gegenüberliegende Straßenseite und Claires Fahrrad. »Du musst rein«, keuchte Claire, »und sofort die Polizei rufen. Ich hab mein Handy daheim liegen lassen!«

Oli blickte zu dem Haus, das sein Vater gekauft hatte. Alles dunkel. Kein Licht mehr, nicht mal hinter dem Küchenfenster. »Klar, sofort. Wir müssen ihn hinter Gitter bringen und –«

»Scheiße, sieh dir das an!«, rief Claire und deutete auf die andere Straßenseite.

Oli fuhr herum: Im Licht der Eingangstür war Forstner aufgetaucht, er stand dort und starrte über die Straße, die Glühlampe über seinem Kopf beschien seinen spärlichen Haarkranz, sein Gesicht und die weit geöffneten Augen. Er schien panisch, schockiert, verängstigt.

»Was …« Claire atmete schwer. Ihre Hand, mit der sie den Fensterrahmen gepackt hatte, blutete ziemlich stark. »Was macht der da?«

Dann schwang Forstners Arm nach oben, Oli erkannte ein kleines schwarzes Ding in seiner Hand, im Licht der Haustürleuchte schimmerte es matt.

»Was hat er …«

Der Knall war so laut, dass er und Claire heftig zusammenzuckten, er war so laut, dass er durch die Straße und von den

Wänden und Bäumen widerhallte, bis hinauf in den Himmel, wo die Wolken sich vor dem fahlen Mond türmten.

Es war der Knall einer Pistole. Forstner sackte gegen die Hauswand und Blut rann die Fassade hinab, und da wussten Claire und Oliver, was sie gerade mit angesehen hatten.

Forstner war tot. Er hatte sich das Leben genommen.

Teil Zwei

MEINE FAMILIE LEBT HIER SCHON LANGE, LANGE ZEIT

KAPITEL 1

Mehrere Tage später

»Forstner war es, das ist doch ganz klar. Ein deutlicheres Schuldeingeständnis kann es doch gar nicht geben. Kommt schon, Leute, seid ihr wirklich so blind, dass ihr das nicht seht?« Stefan hatte die Fäuste geballt, während er das sagte. Er saß Claire und Oliver gegenüber am hintersten Tisch in der Bibliothek, dort, wo alte Aushänge von den Sommerferien Kindern tolle Leseabenteuer versprachen. Sein Blick war triumphierend. *Fast wie ein kleiner Politiker, einer von der Sorte, die gerne große Reden schwingt, weil er genau weiß, dass er es kann, dass er die Leute mitreißen wird.* »Ich wusste«, fuhr Stefan fort und machte nun einen betrübten Gesichtsausdruck, »dass ich mit euch hätte wetten sollen.«

»Darüber macht man keine Witze«, sagte Oli. »Peter ist tot. Er war dort unten und ...« Er warf Claire einen kurzen Blick zu. »Tut mir leid, ich ... ich wollte nicht ...«

»Schon gut.« Claire strich sich energisch eine Haarsträhne aus der Stirn, doch Oli ließ sich davon nicht täuschen. Er wusste, wie sehr sie gerade mit den Tränen kämpfen musste. Die Beerdigung ihres Nachbarn und langjährigen besten Freundes lag gerade mal zwei Tage zurück. Sie waren alle dort gewesen: Der Tag wollte nicht so recht zu dem traurigen Ereignis passen, die Sonne schien golden, die Luft war mild, und sicher wäre Peter an dem Tag gerne mit Claire ein Eis essen gegangen, anstatt von seinen eigenen Eltern und seinen Freunden beweint zu werden. Oli dagegen war es, als steckte er in einer Schutzhülle, einem unsichtbaren Panzer, der ihn von all diesen Emotionen abkapselte.

»Es ist vorbei«, sagte er, »Forstner hat den Weg eines Feiglings gewählt und … na ja, es selbst beendet. Peter ist beerdigt. Wir sollten über ihn reden, über sein Leben, über ihn als Mensch und nicht nur darüber, wie er gestorben ist und was Forstner ihm angetan hat.«

»Forstner hat sein Hirn an der eigenen Hauswand verteilt«, sagte Stefan unberührt. »Wie gesagt: Schuldiger geht es ja kaum mehr.«

Die Polizei hatte das Haus wieder und wieder durchsucht. Sie hatten gesehen, wie die Beamten die Kisten mit den zusammengetragenen Informationen über den Schauermann, die Claire und Oli im Keller entdeckt hatten, nach draußen trugen. Man wertete den Selbstmord als Schuldeingeständnis und hatte die Ermittlungen abgeschlossen, das hatte Oli aus einem Gespräch zwischen seinem Dad, Sophie und einem Beamten herausgehört – ein Zusammenhang mit anderen Todesfällen wurde nicht hergestellt.

»Also war er der Nachfahre des Schauermanns. Und er hat Peter getötet und ihn …«

»Stefan«, sagte Oli scharf. »Genug jetzt.«

»Ja.« Stefan nickte. Als er Claires Blick auffing, wirkte er mit einem Mal sehr bedröppelt. »Tut mir leid.«

»Was ist«, sagte Claire und zeigte auf Stefan, als wollte sie ihn anklagen, weil er den Mord so leichtfertig abtat, »wenn es eben nicht vorbei ist? Wie sie uns ermahnt haben, sowohl die

Cops als auch unsere Eltern … ich meine, klar, sie sagen zu uns, Kinder, verdaut erst mal den Schock, beruhigt euch, es ist vorüber. Aber was, wenn …«

Oli spürte, wie sein Herz schneller schlug und sich zugleich eine große Kälte in ihm ausbreitete. »Aber Peter war dort unten und da lagen haufenweise Dokumente über den Schauermann. Er hat wahrscheinlich versucht, alle Hinweise auf ihn verschwinden zu lassen. Auf ihn und seine Nachkommen. Damit niemand einen Zusammenhang herstellen kann. Kapiert ihr?«

»Kann sein.« Claire zuckte mit den Schultern. »Kann aber auch nicht sein. Für mich sieht es eher danach aus, als wenn er selbst etwas über den Schauermann herausfinden wollte.« Eine Träne lief ihr über die Wange, sie wischte sie weg. Ihre Hand zitterte. »Irgendetwas stimmt hier doch nicht. Wieso sollte er … P-Peters Leiche ausgerechnet in seinem Haus verstecken? Hm? Wieso sollte er das tun? Wenn er jahrzehntelang Morde bestens vertuscht hat, wieso dann jetzt dieser Leichtsinn?«

»Gute Frage. Das ergibt wirklich keinen Sinn«, gestand Stefan ein.

»Jemand sorgt dafür, dass sein Hund verschwindet«, überlegte Oli, »jemand sorgt dafür, dass Kenobi, dass unser Hund verschwindet. Wieso? Damit er glaubt, wir würden ihn hassen, und wir … wir sollen glauben, er würde *uns* hassen, aber …«

»Das spinnst du dir jetzt zusammen«, unterbrach Stefan ihn. »Wer sollte das denn tun?«

Oliver zuckte mit den Schultern. »Keine Ahnung. Aber das hier, das ist wirklich komisch.«

»Bist du jetzt Polizist, oder was?«

»Nein.« Oliver schüttelte den Kopf. Claire warf ihm einen warnenden Blick zu. *Gib acht*, schien sie ihm sagen zu wollen. *Hier ist vielleicht nicht alles, wie es scheint.*

Oder wollte sie ihm etwas anderes mitteilen?

»Peter war ja nicht das einzige Opfer«, sagte Oliver weiter. »Wir müssen irgendwie herausfinden, was mit den anderen geschehen ist, ob die Spur von ihnen auch zu Forstner führt.«

Claire nickte, ließ ihn aber nicht aus den Augen. Dann fiel die Anspannung von ihr ab, ihre Schultern sackten nach unten, abermals wischte sie sich eine Träne von der Wange. »Ich weiß nicht. Ich weiß nicht, was wir noch tun können. Die Polizei hat jetzt alles. Wir haben keine Chance, an die von ihnen gesicherten Beweise ranzukommen. Ehrlich gesagt: Wir haben versagt. Wir haben ihn nicht rechtzeitig gefunden, und jetzt … ist er tot.«

»Wir müssen es aber rausfinden«, meinte Stefan. »Falls er nicht der Schauermann war, ist der Mörder noch da draußen und wir sind alle in Gefahr. Vor allem weil er jetzt weiß, dass wir ihm nachspüren.« Er schob ihnen sein Handy über den Bibliothekstisch hinweg zu. Oliver und Claire beugten sich über das Smartphone. Oliver war sich nicht sicher, ob ihm sein Verstand einen Streich spielte oder ob er wirklich den Lärm von Polizeisirenen hörte. »Das hier geht gerade durch die WhatsApp-Gruppe unserer Klasse. Lest es. Forstner ist zwar tot, aber da ist noch jemand verschwunden. Und zwar niemand anders als Charles Lepinski.«

KAPITEL 2

Sophie sah von der anderen Straßenseite zu, wie die Polizisten Forstners heruntergekommenes Haus durchsuchten, und dachte daran, wie vor einigen Tagen ein Leichenwagen vorgefahren war und man eine Bahre herausgeschoben hatte – selbst die Erinnerung ängstigte sie.

Das hätte Oli sein können oder Kate, vergiss das nicht. Ihr wart leichtsinnig und hättet die Kinder besser im Auge behalten müssen.

Sie hörte das leise Knarren des Parkettbodens, als Colin neben sie trat. Gemeinsam sahen sie zur anderen Straßenseite hinüber. Er legte ihr den Arm um die Schultern, sie spürte die Wärme, doch selbst die Nähe des Mannes, den sie so sehr liebte, konnte die Angst nicht verdrängen, die sich wie Gift in ihren Verstand fraß.

»Du weißt, wie knapp das war.«

»Es ist vorbei, Sophie. Es ist vorbei.«

»Dennoch«, sagte sie energisch, »es war so beschissen knapp!«

Und es gibt keine Spur von Kenobi. Wieso hat Forstner den toten Jungen in seinem Keller versteckt, während unser Hund wie

179

vom Erdboden verschluckt ist? Hat er ihn auch getötet oder wo kann er sein?

»Frau Carter?« Die sanfte, wohlmodulierte Stimme von Mrs Dorothy. Sophie drehte sich um und musterte ihre Haushälterin, das Kindermädchen und Allroundtalent: Das silbergraue Haar trug sie wie stets in einem präzisen Knoten, der Rock im blassen Fliederton, farblich abgestimmt mit ihren flachen Schuhen, wies nicht eine Falte auf. Es fühlte sich gut an, sie wiederzusehen, tröstlich, wie eine Rückkehr zur Normalität. »Sie sollten nach Ihrem Sohn sehen. Er macht einiges durch, gerade in diesen Tagen. Es ist nicht leicht, erwachsen zu werden und dann noch Zeuge einer solchen … Entwicklung zu sein.«

»Ich weiß. Das werde ich, danke. Ich bin so froh, dass Sie wieder da sind.«

»Oliver …« Mrs Dorothy spitzte die Lippen und sah einen Augenblick lang an Colin und Sophie vorbei aus dem Fenster, hinaus in den einsetzenden Regen, der dicht wie ein grauer Schleier über die Straße fegte. Der Wind stieß in die Baumkronen hinab und ließ ihre Äste hin und her schwanken wie die Arme eines Betrunkenen, der die Straße entlangtorkelte. Einige Polizisten auf der anderen Straßenseite zogen Regenmäntel über. »Oliver macht sich große Sorgen angesichts dieses schrecklichen Fundes. Er glaubt, dass seine kleine Schwester womöglich leicht ein weiteres … nun, Opfer dieses Wahnsinnigen hätte werden können. Er gibt sich die Schuld, nicht auf sie achtgegeben zu haben. Wenn man bedenkt, dass sie beide so oft dort in der Nähe des Nachbarhauses gespielt haben …«

»Es ist nichts geschehen, Agatha«, sagte Sophie nachdrücklich. »Und niemand von uns hätte wissen können, dass Forstner ein Mörder war.«

»Sophie«, begann Colin, doch Mrs Dorothy unterbrach ihn mit einem schmalen und freundlichen, aber kühlen Lächeln.

180

»Aber nicht doch«, entgegnete sie. »Ich möchte nicht, dass Sie beide sich wegen mir und einer ungeschickten Bemerkung in die Haare kriegen. Das möchte ich auf *gar keinen* Fall.«

»Natürlich nicht«, sagte Colin, aber Sophie konnte sich nicht des Eindrucks erwehren, dass Mrs Dorothy nicht die Wahrheit sagte. Da war etwas anderes in ihrem Blick, das ihr seltsam vorkam.

»Nur eine Sache«, sagte Mrs Dorothy leise, »die dürfen wir nicht vergessen. Dass zwei Hunde spurlos verschwunden sind und dass die Polizei«, ihr Blick wanderte zur anderen Straßenseite, »ihr Allerbestes gibt, um das Geheimnis um Forstner zu lüften, und doch kaum etwas in seinem Haus gefunden hat, außer einigen wenigen Dokumenten.«

Sophie musterte Mrs Dorothy: Sie wirkte irgendwie anders. Hellwach, seltsam belebt, als hätte es etwas gegeben, das sie mit Energie erfüllte und neu antrieb.

Ihre Freundin war krank. Sie ist zu ihr gefahren, hat sich um sie gekümmert, aber so eine schwere Krankheit mitzuerleben ist nichts, was einen mit neuer Kraft erfüllt. Ganz sicher nicht.

Aber was ist es, das sie gerade, Sophie suchte in Gedanken nach einem passenden Wort, *so bestärkt hat?*

»Ist alles in Ordnung mit Ihnen, Frau Carter?« Mrs Dorothy starrte Sophie mit durchdringenden Augen an. Sophie blinzelte, wich ihr aus.

Das sind nur deine Nerven. Mehr nicht. Meine Güte, du kannst zusehen, wie sie das Haus da drüben durchsuchen, wie sie die Sachen dieses Verrückten nach draußen tragen und mitnehmen …

»Nichts ist in Ordnung«, erwiderte sie. »Colin und ich werden über die ganze Sache reden müssen und nachdenken, wie all das hier weitergehen soll. Wir haben eine ganze Zeit lang neben einem Mörder gelebt und das muss ich erst einmal verarbeiten.« Sophie sah, wie Colin nickte, doch seinen Gesichtsausdruck mochte sie gar nicht.

Wie in den letzten Tagen, als das Gefühl nicht mehr zu leug-
nen war, dass wir uns ein Stück weit voneinander entfernt haben.

»Eine Sache interessiert mich noch«, sagte sie zu Mrs Dorothy
gewandt. »Woher wissen Sie überhaupt davon? Dass die Polizei
nichts gefunden hat außer ein paar Dokumenten?«

Mrs Dorothy lächelte ihr perfektes, strahlendes Lächeln.
»Ich lebe schon eine ganze Zeit lang an diesem Ort. Man kennt
sich, man hat seine Verbindungen.« Sie zwinkerte, doch das
Zwinkern galt mehr Colin als ihr – und sie fragte sich, wieso.

»Wie kann es eigentlich sein, dass ein Irrer wie Forstner so
lange unentdeckt hier leben konnte? Das ist doch Wahnsinn.«

»Das ist kein Wahnsinn«, erwiderte Mrs Dorothy sanft, »es
ist nur ein Ort wie viele andere. Einer von jenen, die zu lange
im Schatten von zu hohen Bergen lagen und die zu viele schnee-
reiche und eisige Winter in Dunkelheit überstehen mussten …
Winter, in denen bei Männern wie Hans Forstner Gedanken
übermächtig wurden, ein Drang zu sehr heranwuchs, bis er am
Ende nicht anders konnte, als ihm nachzugeben. Ich verstehe,
dass Sie das nicht begreifen können. Sie sind nicht von hier.«

»Und Sie sind es. Was sagt uns das also über Sie?«

»Sophie, jetzt beruhig dich mal.« Colin legte ihr die Hand
auf den Arm. »Du bist aufgewühlt.«

Mrs Dorothy trat den Rückzug an, ja, sie wirkte fast schon
schockiert über ihre letzten Worte. »Ich muss um Verzeihung
bitten. Ich wollte nur helfen, dachte, dass mein kleiner Bericht
über die Vorkommnisse etwas zur Beruhigung beitragen könnte.
Es tut mir sehr, sehr leid, Frau Carter, dergleichen wird nicht
mehr vorkommen.«

Sophie nickte. Als sie an sich herabsah, bemerkte sie, dass
sie die Fäuste geballt hatte, als wollte sie einen Angriff abwehren.
»Das war meine Schuld«, bemühte sie sich zu sagen. »Ich … ich
bin einfach nur aufgewühlt.«

»Und das ist auch vollkommen verständlich«, sagte Mrs Dorothy. Sie trat zur Tür, bereit zu gehen, und doch – in diesem Lächeln lag etwas Hinterhältiges versteckt, als wüsste die ältere Frau um Dinge, von denen sie noch keine Ahnung hatte.

Sieh her, schien es zu sagen. *Du kannst nichts tun, als abzuwarten. Ganz gleich was du unternimmst, um deine Familie zu beschützen, es wird nicht gelingen – du wirst nur noch weiter in den Wahnsinn und das Chaos hineinschlittern.*

»Sie macht mir manchmal Angst«, sagte Sophie so leise, dass nur Colin sie hören konnte, und das obwohl sie wusste, dass Mrs Dorothy außer Hörweite war.

Oder vielleicht auch nicht.

Mehr als einmal hatte Sophie den Eindruck gehabt, Mrs Dorothy würde lauschen, auch wenn diese jedes Mal behauptet hatte, dass sie gerade in der Nähe Staub gewischt hätte.

»Vielleicht bilde ich es mir nur ein, aber … ich mag es nicht, dass sie mir unterschwellig vorwirft, ich hätte nicht genug auf die Kinder aufgepasst. Auf Oli. Dabei habe ich ihm ausdrücklich gesagt, er soll …«

»Sie macht sich doch bloß Sorgen, Sophie.«

»Und ich etwa nicht?«, rief sie laut.

Colin brummte etwas Undeutliches. »Du warst diejenige, die sich für sie entschieden hat«, sagte er abschließend und wandte sich zum Gehen, doch Sophie hielt ihn am Arm fest. »Ich muss los. Es gibt Arbeit im Labor.«

»Ist das alles?« Sophie hörte, wie ihre Stimme klang – wie ein gespanntes Drahtseil mit einem vorwurfsvollen und misstrauischen Unterton, der sie selbst nervte.

»Ja, das ist ganz sicher alles.« Colin schüttelte den Kopf, doch als er sich noch einmal nach ihr umsah, waren seine Gesichtszüge weicher. »Ich weiß, dass es schwer ist. Forstner, die Kinder, deine Vergangenheit. Aber wir geben einfach unser Bestes. Dann wird es gelingen, das weiß ich.«

Sophie nickte, öffnete den Mund, um etwas zu erwidern, ihm vielleicht zu sagen, wie sehr sie ihn liebte – doch da war er schon durch die Tür verschwunden.

KAPITEL 3

Eine Woche später – nur wenige Tage vor Kates Geburtstag – trafen die letzten Absagen ein.

»Nicht eine«, sagte Sophie. Sie lag neben Colin im großen Boxspringbett. Colin, der in einem Roman geblättert hatte, runzelte die Stirn. Im Licht der Nachttischlampe sah sie sein Profil, die andere Hälfte seines Gesichts lag im Schatten. »Nicht eine einzige, und Christin Morris, die vorbeikommen wollte, hat sich auch nicht mehr gemeldet. Ich erreiche sie nicht.«

»Was, nicht eine?«, wiederholte er.

»Nicht eine Zusage auf die Einladungen, die unsere Kleine und ich verschickt haben. Ihre Geburtstagsparty. Niemand will kommen.«

Colin brummte.

»Wie bitte?«

»Ich sagte, das ist doch irgendwie logisch. Denk dran, wer unser Nachbar war. Selbst Irda Mattner von nebenan hat sich vollkommen zurückgezogen, seit Forstner gestorben ist.«

»Ja, aber …« Sophie schüttelte den Kopf. Den ganzen Tag schon war sie aufgewühlt durch das Haus gelaufen, obwohl sie wusste, dass Colin recht hatte: Es war niemand anders an der Sache schuld als Hans Forstner.

Ein Schauer lief ihr über den Rücken. *Du standest ihm gegenüber, hast mit ihm gesprochen. Du hättest irgendwas merken müssen. Aber am Ende ist es doch so: Man kann den Leuten nicht in die Köpfe blicken, nicht wahr?*

»Wahrscheinlich hast du wirklich recht«, flüsterte sie. »Ich sollte es ihnen nicht übel nehmen, aber … weißt du, was für ein trauriges Gesicht Kate gemacht hat? Wie sehr sie sich auf die Feier gefreut hat? Und jetzt …«

Colin legte den Roman auf den wackeligen Bücherstapel, der sich auf dem schmalen Nachttisch türmte, doch rutschte dieser zur Seite und polterte auf den Boden. »Ich weiß etwas viel Besseres«, sagte er.

»Was denn?«

»In Steinberg gibt es am Wochenende einen großen Jahrmarkt. Da gehen wir hin, wir vier, du, Kate, Oli und ich, und wir werden uns den Spaß durch nichts und niemanden verderben lassen. Das wäre mein Vorschlag.« Er drehte sich zu ihr und küsste sie, und Sophie konnte nicht anders, als daran zu denken, wie glücklich sie einmal gewesen waren, wie sehr sie daran geglaubt hatten, gemeinsam einen Weg zu finden.

Das ist noch immer möglich. Gib die Hoffnung nicht auf.

Aber ihr habt gehofft, dass es hier anders wird, und was ist passiert? Ihr bekommt einen verrückten Nachbarn, einen Mörder.

»Ich finde, das ist ein guter Vorschlag«, entgegnete sie leise. »Kate wird sich freuen und vielleicht die Sache mit der geplatzten Party vergessen. Ja, ich glaube, das wird sie. Danke.« Sophie küsste seine Wange, spürte seinen sanften Atem auf ihrer Haut.

»Weißt du, wie sehr ich das vermisst habe?«

»Was denn vermisst?«

»Dass wir zwei … nur wir zwei …« Sophie kicherte leise, als Colins Hände unter ihr Nachthemd und an ihrem Körper entlangwanderten.

»Aber es waren doch immer nur … wir zwei …« Colin küsste sie, zuerst lange und zärtlich, dann drängender, fester. Als die Uhr elf schlug, lagen sie einander in den Armen. Was draußen vor sich ging, bemerkten sie nicht.

Oliver hörte Kates Atem durch die Tür, als er nach unten schlich. Ihr Asthma wurde immer schlimmer. Es war die Aufregung, all die Ereignisse um Forstner, aber auch der Ärger wegen ihres Geburtstags und der Absagen. Sie tat ihm leid. Vor Kurzem hatten sich Sophie und Colin wegen ihres Asthmasprays gestritten, das Sophie verlegt hatte – zum Glück hatte Mrs Dorothy eines in Reichweite gehabt.

Früher wäre Sophie dir egal gewesen, aber Claire hat etwas in dir geweckt, etwas, das dich ein ganzes Stück erwachsener gemacht hat. Oder war es die Nacht in Forstners Keller?

Claire und Stefan warteten unten auf der Straße. Stefan lehnte an seinem Fahrrad und schaute mit seinem ganz eigenen Grinsen in die Nacht. Er begrüßte ihn mit einem Handschlag, Claire umarmte ihn. Er konnte ihr Haar riechen, frisch gewaschen war es, ein verführerischer Duft nach Bergblumen und Minze. »Da bin ich«, sagte er. »War mal wieder ziemlich nervig, da rauszukommen.«

»Da bist du«, sagte Stefan, »kaum zu übersehen.«

»Haha«, machte Claire, lachte jedoch nicht. »Wir haben ein paar Sachen herausgefunden«, sagte sie. »Und die musst du dir ansehen.«

»Die Kurzfassung lautet: Forstner kann es nicht allein getan haben. Vielleicht hat er sogar gar nichts damit zu tun. Und ich lag falsch, ja, ich geb es zu.« Stefan verschränkte die Arme, das Grinsen war verschwunden, und als er in die Dunkelheit spähte, sah er aus, als misstraute er allem und jedem.

»Die noch kürzere Fassung: Wir wissen immer noch nicht, ob Forstner der Nachfahre des Schauermanns war.«

»Und was ist mit der Polizei?«, fragte Oli.

»Die hält dicht.« Claire zog eine Schnute. »Das bringt nichts.«

»Ich dachte …«, setzte Stefan an.

»Was, Stef? Dass die mir mehr erzählen, nur weil Peter mein Freund war? Dass die mir mehr erzählen, nur weil ich ein Mädchen bin, das ihnen ein bisschen verheult von ihrem toten Nachbarn erzählt, von ihrer langen Freundschaft?«

»So hab ich das nicht gemeint.« Stefan schaute kurz weg, dann sah er wieder zu Oli. »Wir sollten einfach noch mal zurück. In das Horrorhaus. Vielleicht finden wir was, was die Bullen übersehen haben.«

»Ganz bestimmt nicht.« Claires Ton ließ keine Widerrede zu. »Kommt jetzt mit.«

Sie stiegen auf die Fahrräder. Die Nacht war kühl, die Luft feucht vom Regen, der fast den ganzen Tag gefallen war. Neben dem Radweg längs der Straße windwisperten Erlen und Pappeln in den milchigen, wolkenverhangenen Nachthimmel, erzählten sich alte Geschichten. Ob sie wohl von der Legende des Schauermanns gehört hatten, ging es Oli durch den Kopf, ob sie wissen, welchen Nachfahren er hinterlassen hatte, jemand, der ebenso bösartig war wie er selbst? Was hatte Claire nur herausgefunden?

Er dachte an den nautischen Stern, den der Mörder bei seinen Opfern hinterlassen hatte … auch in Forstners Haus hatten sie das Zeichen entdeckt.

Sie fuhren durch Steinberg hindurch, vorbei an dem kleinen Kino, wo die Leuchtreklame den neuen Film von Spielberg ankündigte und sich das Neonrot der Leuchtröhren in den Wasserpfützen spiegelte, vorbei an dem Festplatz, hinaus an den Waldrand zu den kleinen Holzhäusern. Sie lagen in den riesigen Schatten der Tannen, die aufzuragen schienen bis hin zu dem abnehmenden Mond am Himmel.

Die rote Tür von Claires Waldhütte leuchtete im Licht ihrer Taschenlampe. Ein blutender Mund, der sie alle verschlucken wollte, schoss es Oli durch den Kopf.

Auf dem Tisch stand eine Flasche Mineralwasser. Stefan füllte drei Gläser, das Wasser schmeckte metallisch. »Also halten wir fest: Wenn Forstner der Nachfahre war, dann bedeutet das, es ist vorbei ... es sei denn, er hat sich auch wieder fortgepflanzt und seinen Wahnsinn weitergegeben, falls das überhaupt möglich ist.«

»Mein Vater hat sich da ein bisschen umgehört und sagt, Forstner wäre immer allein gewesen«, erklärte Oli. »Aber die Leute hier schweigen gerne.«

»Und dennoch ist Charles«, Stefan scrollte durch sein Handy, »immer noch nicht wiederaufgetaucht.«

»Die Polizei sagt, es gebe keine Anzeichen für ein Verbrechen«, ergänzte Claire. »Und Charles' Vater sagte, dass sein eigensinniger Sohn vielleicht gerade einfach nur keine Lust auf Schule habe. Er scheint sich keine großen Sorgen zu machen, vor allem weil Charles schon häufiger mal einige Tage verschwunden ist.«

Oli nickte, aber der unheilvolle Unterton in ihrer Stimme beunruhigte ihn zutiefst. »Forstner ist tot und Charles nach wie vor verschwunden, könnte also sein, dass der Täter ... noch immer da draußen ist. Noch immer aktiv. Und das würde bedeuten, dass er Forstner den Mord an Peter nur untergeschoben hat. Dass er die Leiche irgendwie dort versteckt hat. Oder sie haben zusammengearbeitet, Forstner und der andere.«

Claire nickte. »Und ich vermute, dass der Täter noch etwas getan hat: Er hat Forstners Hund. Und vielleicht auch euren, Oli. Vielleicht hat er das getan, damit deine Eltern und Forstner sich streiten, damit sie sich gegenseitig die Schuld zuschieben, und diese Ablenkung hat er benutzt, um ... na ja, Forstner die Leiche unterzuschieben.«

»Vielleicht«, sagte Stefan. Er hielt sein Glas mit beiden Händen umfasst und blickte zum Fenster hinaus in das Unterholz des Tannenwalds, wo vor einigen Tagen Charles Lepinski und seine beiden Freunde herumgeschlichen waren. Jetzt war Charles verschwunden. Beängstigend, wie schnell sich die Dinge ändern konnten. Stefan drehte sich zu ihnen. »Aber es könnte genauso gut auch anders abgelaufen sein. Wir wissen es nicht.«

»Eines weiß ich«, sagte Oli laut. »Dass man meine Familie gerade für fast so verrückt hält wie Forstner. Dass niemand zum Geburtstag meiner kleinen Schwester kommen will, weil niemand auch nur in die Nähe dieses Horrorhauses will, und dass man mich ansieht, als hätte ich irgendeine beschissene Krankheit.«

»Nicht alle«, erwiderte Claire. Und dann tat sie etwas, was Oli ein Kribbeln über den Rücken jagte: Sie legte ihre Hand auf seine und schenkte ihm ein Lächeln, das ihn die Kälte und Dunkelheit dieser Nacht vergessen ließ. »Nicht alle.«

KAPITEL 4

Der große Festplatz in Steinberg war hell erleuchtet und voller Menschen, die lachten, redeten, kicherten, voller Kinder, die über den Platz jagten, während ihre Eltern versuchten, sie nicht aus den Augen zu verlieren. Der Abend war kühl, doch von den Fahrgeschäften, Schaustellerbuden und Verkaufsständen strahlten bunte Lichter auf den asphaltierten Platz, warm wie Kerzenschein, einladend wie die Lichter über der Veranda eines alten Freundes, zu dem man immer wieder zurückkehren wollte.

Kates Hand war so klein und warm in Sophies und ihre Augen waren groß und voller Neugierde, all die bunten Lichter spiegelten sich darin wie Sterne im nächtlichen See. Sie trug ihren roten Mantel, in dem sie aussah wie ein Marienkäfer, zuckersüß und kaum zu übersehen, sogar hier, in all dem Gedränge. Sophie und Kate folgten Colin und Oliver über den großen Platz, vorbei an dem Stand, an dem es nach Zuckerwatte duftete und Süßigkeiten in allen Größen, Farben und Formen wie ein bunter Rausch auf die Kunden warteten.

Es war Kates Geburtstag – und zu Sophies Freude hatte Kate die Enttäuschung über all die Absagen schon wieder vergessen. Vielleicht hatte sie die Sache aber auch verdrängt.

Für einen Moment dachte Sophie an ihre eigene Kindheit zurück, daran, wie ihr Vater sie auf eine Schnitzeljagd durch das ganze Haus geschickt hatte, von einem Hinweis zum nächsten, von einem Rätsel zum nächsten, bis sie am Ende bei einer kleinen Box im Garten ankam, als sich die Nachmittagssonne bereits dem Horizont näherte.

Die Box enthielt ein letztes Rätsel, und als sie das gelöst hatte, begriff sie, dass sie zurück ins Haus musste, zurück in ihr Zimmer. Dort wartete der große Experimentierkasten auf sie, den sie sich so lange gewünscht hatte – das war der beste Tag ihres Lebens gewesen.

Aber warum, hatte sie ihren Vater gefragt, *warum musste ich der Spur wieder hierher zurück folgen? Wieso hab ich das Geschenk nicht gleich hier gefunden, heute Morgen?*

Daraufhin hatte ihr Vater nur sein geheimnisvolles Lächeln aufgesetzt. »Manchmal, mein kleiner Stern, liegen die Dinge, die wir am meisten suchen, ganz in unserer Nähe. Aber um das zu erkennen, müssen wir oft Umwege gehen und weit in die Welt hinausschweifen.«

»Also war es ein Umweg?« Sie hatte sich auf die Lippe gebissen, hin- und hergerissen zwischen der Begeisterung über das wundervolle Geschenk und der Enttäuschung darüber, dass sie so lange für die Rätsel gebraucht hatte.

»Kein Umweg, Schatz. Nur ein weiterer Weg. Und wenn du einmal älter bist, dann weißt du, dass fast keiner von diesen Wegen ein Nachteil ist. Was war mit heute?«

»Es hat Spaß gemacht«, erwiderte Sophie.

»Und du hast es gefunden. Dein Ziel, dein Geschenk.«

Sophie nickte. »Hab ich.«

Als Kate Sophie an der Hand zog, tauchte sie aus der alten Erinnerung wieder auf. Die buttergelben Lichter des Karussells strahlten wie Sterne in die kühle blaue Nacht. »Willst du ein paar Runden fahren?«

»Au ja!« Kate strahlte über das ganze Gesicht.

»Dann los.« Sophie strich ihr über das Haar. Colin und Oliver, die sich ein Stück entfernt in eine Schlange eingereiht hatten, sahen zu ihnen herüber, während Sophie ihrer Tochter einen Platz auf dem Karussell kaufte. Dann ging es los, Kate drehte schon ihre Runden, als Colin und Oliver mit gebrannten Mandeln und zwei großen Waffeln voller Schoko- und Vanillesoße zurückkehrten, die in der kühlen Abendluft herrlich dufteten.

Kate strahlte bis über beide Ohren, als das Karussell nach einigen Runden – mehr als ursprünglich geplant – wieder zum Stillstand kam. »Ui, Waffeln«, rief sie und ein paar Minuten später war ihr Mund vollkommen mit Schokosoße verschmiert.

Der Weg über den Festplatz führte sie an einem Fahrgeschäft vorbei, das mutige Festbesucher in die Luft wirbelte – *nichts für mich*, ging Sophie durch den Kopf, als sie zusah, wie sich der ausladende Arm in die Höhe hob und in einem großen Salto herumschwang. Die Mitfahrer schrien und lachten.

Dann sauste der Arm herab, zurück Richtung Boden, und gleich darauf wieder hoch. Colin berührte ihre Hand. »Vielleicht sind wir schon etwas zu alt dafür.«

»Angsthase«, erwiderte sie und streckte ihm die Zunge raus.

»Seht euch das an«, rief Oliver. Er deutete auf ein Gesicht, bunt geschminkt, ein gruseliger Clown, hoch wie ein Haus, sein weit aufgerissener Mund war die Eingangstür zu einer Geisterbahn, die man zu Fuß durchqueren konnte. Die Augen des Gruselclowns blitzten auf, abwechselnd in einem stroboskophellen Blau, dann wieder scharlachrot. Aus dem Inneren drangen Schreie, doch sie klangen eher belustigt als verängstigt. Mehrere Jugendliche, kaum älter als Oliver, standen beim Kartenhäuschen zusammen.

Oli kannte sie – und mochte sie nicht. Das erkannte sie daran, wie er sich mit einem Mal straffte, seine Schultern und den Rücken anspannte.

»Leute aus deiner Klasse?«, fragte sie.

»Der da heißt Charles«, erklärte er. »Ein ziemlicher Idiot. Er war eine ganze Weile verschwunden. Ich frag mich, was er jetzt plötzlich wieder hier treibt. Aber wenn er jetzt wieder da ist, dann bedeutet das auch, dass es doch Forstner … hm …«

Dieser Charles schob sich in Begleitung von zwei anderen Jungs, die ihn beide um gut eineinhalb Kopflängen überragten und ziemlich grobschlächtig wirkten, und einem kleineren blonden Mädchen in Richtung Geisterbahn. Kurz bevor der weit aufgerissene Mund des übergroßen Clowns sie alle verschlang, drehte sich Charles noch einmal um. Er grinste und zwinkerte Oli zu – dann winkte er ihm, als wollte er ihn auffordern, sie ins Innere zu begleiten.

»Wo ist denn deine kleine rothaarige Freundin?«, rief er herüber. »Ich war mir sicher, sie heute Abend hier gesehen zu haben.«

Oliver zeigte ihm den Mittelfinger.

»Oli, lass das.« Sophie runzelte die Stirn.

Charles verschwand lachend im Inneren des Clowns.

»Willst du reingehen?«, fragte Sophie.

Oliver schüttelte den Kopf. »Nee, lass mal. Ich … brauch das nicht.« Sophie hatte den Eindruck, als wollte er noch etwas hinzufügen, aber er schwieg und Charles und seine Begleiter verschwanden in der Geisterbahn.

»Wo ist Kate?«, fragte Colin.

Sie wirbelte herum. Dort, auf ihrer rechten Seite, wo Kate die ganze Zeit gestanden hatte, war eine Lücke inmitten all der umherlaufenden, lauten, lachenden Menschen.

Kate war verschwunden.

KAPITEL 5

Einige Minuten zuvor

Kate, die nun sieben Jahre alt war und deren Magen von der warmen Schokosoße und den gezuckerten Waffeln gewärmt wurde, hörte, wie Sophie und Oliver etwas wegen der blöden Geisterbahn beredeten – was, wusste sie nicht, denn sie hörte nicht hin.

Dort, in einer schmalen Lücke zwischen einem Kunstmaler, der Porträts von Besuchern in Kohle zeichnete, und dem Waffelstand, dort hatte sie etwas entdeckt. Eine Puppe.

Aber nicht irgendeine Puppe. Sie war immerhin schon groß, allmählich hatte sie keine Lust mehr, mit Puppen zu spielen, und dennoch ... die dort drüben, die war irgendwie anders.

Sie hatte den Kopf gedreht und zu ihr herübergeblickt, das hatte sie ganz genau gesehen.

Keine Puppe auf der Welt konnte das.

Komm rüber, sagte die Puppe, die ganz allein im Dunkeln zwischen den Ständen hockte. *Komm her, kleines Mädchen. Sieh nach mir!*

Ohne weiter auf ihre Mutter oder ihren Vater zu achten, huschte Kate in die Menschenmenge hinein, wich den Beinen hoch aufragender Männer aus, bis sie zwischen den Ständen ankam.

Die Puppe war fort.

Kate starrte in der dunklen Lücke zwischen den Ständen umher, dann trat sie auf die andere Seite.

Da lag noch ein Stand, in einer schmalen, kaum besuchten Seitengasse … und er war voller Puppen.

Kate ging darauf zu.

»Verfluchter Mist, wo ist sie?« Sophie hörte, wie panisch ihre Stimme klang, und sie sah die aufsteigende Angst in Colins Augen. Er drehte sich im Kreis, spähte hierhin und dorthin, dann packte er Oli und sie an der Hand.

»Wir bleiben zusammen«, befahl er so barsch, wie sie ihn nur selten zuvor gehört hatte, »und suchen sie. Sie kann nicht weit sein.« Dann rief er los: »Kate! Kate!«

Die Männer und Frauen drehten sich nach ihnen um. Sophie blickte in abweisende Gesichter. *Sie erkennen uns. Sie wissen, wir sind das Paar, das Haus an Haus mit einem Mörder gewohnt hat und es nicht bemerkte. Selbst Irda redet seit ein paar Tagen nicht mehr mit mir.*

»Kate«, rief sie in die Nacht hinaus. Die bunten Lichter hatten nun etwas furchtbar Abweisendes, und der Geisterbahn-Clown schien ihnen mit seinen riesigen Augen hinterherzustarren. Sein Grinsen lachte sie aus. In ihren Ohren dröhnten mit einem Mal laute Schritte auf dem nassen Asphalt einer verlassenen Londoner Unterführung. Sie biss die Zähne zusammen und versuchte, alle Erinnerungen weit fortzuschieben.

»Kate, wo steckst du?«

»Schaut mal«, rief Oliver und deutete voraus. Da war eine Lücke zwischen zwei Verkaufsständen, kaum zu erkennen, aber dahinter schien eine schmale Gasse entlangzuführen, in der weitere Stände aufgebaut waren.

Ein Mädchen stand dort, ihr roter Mantel leuchtete in der Dunkelheit wie eine Signallampe.

»Mein Gott!« Colin stürmte los, Sophie dicht hinterher. Kates Gesicht war voller Verwunderung, als sie vor ihr zum Stehen kamen.

»Mama, Papa, was ist denn?« Ihre Stimme klang verträumt, als wüsste sie selbst nicht, was gerade geschehen war.

Sophies Blick wanderte den Jahrmarktstand hinauf, vor dem Kate stand. Er war voller Puppen. Puppen in allen erdenklichen Größen, Handpuppen, Marionetten, die an Schnüren herabhingen und sich unheimlich drehten, große Puppen, in deren Augen sich Licht spiegelte und die wirkten, als wären sie lebendig, Puppen aus schwarzem Stoff mit gekreuzten Fäden als Augen.

Etwas an diesem Ort war so falsch, dass Sophies Haut sich zusammenzuziehen schien, als wollte sie sich von den Knochen ablösen.

»Das gibt's doch nicht«, hörte sie Colin sagen. Er klang nicht abgestoßen, nur verwundert. Oli dagegen hatte die Arme ablehnend verschränkt. *Er bemerkt es auch.* Und dann sah sie, was Colin entdeckt hatte: In der Tiefe des Standes, hinter der Auslage, regte sich etwas.

Der Verkäufer. Sophie öffnete den Mund, doch als das Licht auf das Gesicht fiel, das dort inmitten der Puppen auftauchte, blieben ihr sämtliche Worte im Hals stecken.

Es war Mrs Dorothy.

KAPITEL 6

»Ich ... ich wusste ja gar nicht, dass Sie hier einen Verkaufsstand haben.«

Oliver hörte die Verwunderung in Sophies Stimme und er bemerkte den Ausdruck auf dem Gesicht seines Vaters – doch was ihm am meisten Sorge bereitete, war Kate.

Sie wirkte, er suchte kurz nach dem passenden Wort, apathisch. Verunsichert, ja mehr als das, verängstigt, verschreckt, schockiert, aber wieso?

»Ich betreibe ihn schon eine ganze Weile, meine Liebe«, erwiderte Mrs Dorothy mit sanfter Stimme, die auf seltsame Weise durch all den Lärm schnitt wie ein Messer durch weiche Butter. »Die Puppen hier, sie sind eine meiner heimlichen und doch großen Leidenschaften. Sehen Sie, wie fein sie gearbeitet sind? Ich habe früher viele von ihnen selbst angefertigt und sie verkauft. Wissen Sie, ich war einmal sehr beliebt deswegen. Aber, so ist das nun einmal, wer mag heutzutage noch etwas so Altmodisches?«

Sophie räusperte sich, doch Colin kam ihr zuvor und antwortete. »Das ist schön. Es ist nur ... so unerwartet, Sie hier zu treffen, Agatha.«

»Hier, inmitten dieses *Rummels*?« Die alte Haushälterin kicherte seltsam mädchenhaft und unangenehm. »Sie dachten wohl, ich wäre für einen kleinen Spaß nicht mehr zu haben, was?«

»Jedenfalls ist es gut, dass unsere kleine Kate hierher gefunden hat. Sie hätte schnell verloren gehen können.«

»Nun, das ist wahr«, erwiderte Mrs Dorothy und taxierte Sophie. Das Lächeln auf den Lippen der älteren Frau wurde noch ein wenig breiter. »Wir müssen doch auf *unsere* Kinder achtgeben, denn am Ende sind sie alles, was wir haben, nicht wahr?«

»Gehen wir«, sagte Sophie laut und unüberhörbar schockiert. *Du bist dir sicher, du hast es gesehen, hast dich nicht getäuscht: Kate hat Mrs Dorothy gerade eindeutig verängstigt angestarrt. Und hat die Nanny nicht den Zeigefinger auf ihren Mund gelegt, so als wollte sie andeuten, dass es zwischen ihr und Kate ein Geheimnis gebe, von dem niemand sonst erfahren darf?* »Kate, du musst mir versprechen, nicht noch einmal davonzulaufen, ja? Wir haben uns riesige Sorgen gemacht«, sagte Sophie.

Kate nickte, doch ihre Augen waren noch immer vor Aufregung geweitet. Sie ließen den Verkaufsstand mit den Puppen und Mrs Dorothy hinter sich, doch Oliver war überhaupt nicht mehr danach, hier auf dem Festplatz und dem Jahrmarkt irgendein Abenteuer zu erleben – ihm war kalt und er wollte einfach nur nach Hause.

Etwas ist mit ihr geschehen. Mit Kate. Sie hat etwas gesehen, das ihr große Angst eingejagt hat. Was in aller Welt war das?

Er würde sie einfach danach fragen. Später, wenn sie wieder zu Hause waren.

»Irgendwie seltsam, diese Sache mit den Puppen«, hörte er Sophie zu seinem Vater sagen. »Ein ungutes Bauchgefühl, weißt du?«

Colin nickte. »Aber es ist nichts. Sie ist etwas verschroben, das wissen wir. Und sie hat eben dieses komische Hobby. Aber ich würde da nicht mehr hineininterpretieren.«

Oliver sah Sophie an, dass sie seinem Vater das nicht abnahm – oder anders gesagt, dass sie sich über seine Worte wunderte. *Sie verstehen sich nicht mehr wie früher.* Entweder war es dieser Ort – und ausgerechnet die Tatsache, dass sie hier wieder zueinanderfinden wollten, die sie weiter voneinander entfernte – oder es war etwas anderes … etwas, an das Oli am liebsten nicht denken wollte.

Er sah sich um, hoffte, dass er Claire oder Stefan auf dem Jahrmarkt entdecken würde, doch in der großen Menschentraube vor dem nächsten herumwirbelnden Fahrgeschäft kannte er niemanden. Auch Charles und seine Freunde blieben verschwunden, nur das seltsam bösartig meckernde Lachen des Clowns hallte über den Festplatz.

Dann fiel sein Blick auf seine kleine Schwester Kate und auf die Tränen, die wie kleine silberne Tautropfen über ihre Wangen liefen und in den bunten Lichtern funkelten wie Blut.

Es war Sophie, die Kate die Geschichte vom Jagdhund und vom Fuchs vorlas, die beste Freunde wurden, und es war ebenfalls Sophie, die Kate die Tränen von den Wangen wischte und behutsam fragte, was eineinhalb Stunden zuvor auf dem Jahrmarkt geschehen war.

Doch Kate starrte sie nur aus großen Augen an. »Nichts«, flüsterte sie leise. »Ich hatte nur ein bisschen Angst, weil ich euch plötzlich nicht mehr finden konnte.«

Sophie sah zu, wie Kate heiße Schokolade trank. *Sie lügt. Aber nicht, weil sie etwas vor dir verbergen will. Sie hat Angst. Vor etwas, was sie gesehen hat? Jemandem, der ihr begegnet ist? Jemand, der sie zwingt zu schweigen?*

Diese Gedanken schlichen durch ihren Verstand, umklammerten ihr Herz mit einer eisernen, dornenbesetzten Faust. Mrs Dorothy und ihre Puppen ... mit einem Mal fühlte sich Sophie abgestoßen von dem Gedanken, die alte Frau noch einmal ins Haus zu lassen. *Diese Puppen, du hast eindeutig gespürt, dass etwas mit ihnen grundfalsch ist.*

»Ist es Agatha?«, fragte sie leise. »Du bist an ihren Stand gegangen und ... hat sie etwas zu dir gesagt?«

Kate schüttelte den Kopf, doch sah sie Sophie nicht in die Augen.

»Hat sie dich angefasst? Hat sie dir wehgetan?« Ein fürchterlicher Gedanke keimte in ihr auf. Kates verschrammte Knie und die blauen Flecken hatte sie als ganz natürliche, kleinere Unfälle im Leben eines herumtobenden Mädchens abgetan, aber was, wenn Mrs Dorothy und ihre so perfekten Erziehungsmethoden noch eine zweite, dunklere Ebene besaßen?

Aber das kann nicht sein. Du hast sie häufig genug beobachtet. Da war nichts. Sie ist perfekt, die Kinder mögen sie.

»Wenn etwas mit Mrs Dorothy ist«, fuhr sie fort und strich Kate durchs Haar, bemühte sich, so ruhig und gelassen und liebevoll zu sein wie möglich, »dann sag mir das bitte. Mir oder deinem Papa. Das ist wichtig. Auch Mrs Dorothy kann Fehler machen, und wenn dir etwas unangenehm wird, dann sag es mir. Du bist noch klein, meine Süße, du musst nicht zulassen ...«

»Sophie?« Colin stand in der Tür von Kates Kinderzimmer. »Können wir reden?«

Dieser Tonfall ... was ist nur los mit ihm?

Sophie küsste Kate und deckte sie zu. »Schlaf jetzt, meine Süße.« Sie ging zur Tür und sah noch einmal zurück. Kate wirkte so klein und verletzlich im schräg durch das Fenster fallenden Mondlicht.

Du musst sie beschützen. Herausfinden, was ihr heute Abend zugestoßen ist.

Sie schloss die Tür und wandte sich Colin zu.

»Was ist denn?« Die Frage klang schärfer, als sie beabsichtigt hatte. Im Licht der Flurlampe bemerkte sie, dass er sich frisch rasiert hatte. Er roch gut, nach einem Aftershave, das er in letzter Zeit häufiger trug.

»Ich muss noch mal los«, sagte er. Sie bemerkte erst jetzt, dass er die Schlüssel des Geländewagens schon in der Hand hielt – und seine Arbeitstasche in der anderen. »Es gibt einen wichtigen Fortschritt im Labor.«

»Ja? Soll ich mitkommen?«

»Nein, bitte bleib bei den Kindern. Kates Zustand gefällt mir nicht.«

»Mir auch nicht«, erwiderte Sophie. »Sie hat etwas erlebt, was sie mir nicht erzählen will, aber es macht ihr ziemliche Angst.«

Colins Gesicht verdunkelte sich. Auf seiner Stirn wuchsen Sorgenfalten, die sie schon eine ganze Zeit lang nicht mehr gesehen hatte. »Ich weiß es nicht, Phine. Vielleicht jagt ihr auch dein ganzes Gerede Angst ein. Vielleicht ist sie nur mal eben losgelaufen und fand die Puppen ganz niedlich, du aber redest ihr jetzt solche Sachen ein, und dadurch fühlt sie sich mächtig schuldig. Weißt du, was ich meine?«

Sophie schluckte, um die Trockenheit in ihrer Kehle zu vertreiben. »Das ist es nicht. Das liegt nicht an meinen Fragen. Sie hat etwas gesehen.«

»Ja? Dann wird sie es uns schon noch erzählen. Lass ihr einfach ein bisschen Zeit.«

Sophie nickte, doch als Colin sich abwenden wollte, stellte sie sich ihm in den Weg. »Moment noch.«

»Ja?« Der Ausdruck in seinen Augen wirkte, als wäre er gedanklich schon weit entfernt. *Verflucht, woran denkst du ständig in letzter Zeit?*

»Mrs Dorothy«, setzte sie an, »ich denke … ich denke, wir sollten ihr kündigen. Ich will sie nicht länger in der Nähe der Kinder haben.«

Colin starrte sie an, dann lachte er los, als hätte sie ihm den besten Witz aller Zeiten erzählt. »Bist du verrückt geworden?« Er grinste und wischte sich über den Mund. »Die Frau ist die beste Haushälterin und das beste Kindermädchen weit und breit! So eine findest du nie wieder.«

»Ja, wahrscheinlich hast du recht, dass wir niemanden mehr finden, der so qualifiziert ist wie sie, aber … Dieser Auftritt heute Abend … Ich finde, das war einfach zu viel. Sie hat dieses, nun ja, Hobby nie erwähnt. Mir macht das Angst. Mit diesen Puppen stimmt was nicht. Mit *ihr* stimmt was nicht.«

»Was genau macht dir Angst?« Colin blickte auf seine Uhr und verdrehte die Augen. »Hör mal, Kleine, die Frau hat nur ein etwas ungewöhnliches Hobby. Puppen sammeln, Puppen herstellen, na und? Da ist doch nichts dabei. Und ich muss jetzt wirklich.«

»Ich meine das ernst. Und ich finde, du solltest es nicht einfach abtun, wenn ich dir sage, dass ich Angst habe. Und nicht nur ich, vergiss das nicht: Kate fürchtet sich, sie fürchtet sich viel mehr als ich. Und wo haben wir sie heute Abend gefunden? Genau, bei unserer so perfekten Mrs Dorothy.«

»Du hast sie doch eingestellt, Sophie. Ich hab dir freie Hand gelassen. Bei der Auswahl, bei der Entscheidung … du hast dir ihren Lebenslauf angesehen.«

»Lebenslauf!« Sophie schüttelte den Kopf. Das erste Gespräch mit Mrs Dorothy schien so weit zurückzuliegen. »Was heißt das schon?«

»Sie bringt Oli Spanisch bei. Und Kate liebt sie. Vielleicht sollte ich sogar hinzufügen, dass Oli sie ebenfalls mag. Vielleicht sogar mehr als dich?«

Diese Worte trafen sie wie ein perfekt gezielter Faustschlag. Sophie suchte nach Worten. Colin schüttelte den Kopf, drehte sich um und ging. Sie hörte die Haustür ins Schloss fallen und dann, nur wenige Sekunden später, den Wagen aus der Einfahrt fahren. Ihr Blick fiel auf Forstners Haus auf der anderen Straßenseite, es war in tiefschwarze Dunkelheit gehüllt. Ein Polizeiabsperrband flatterte vor dem Tor im Wind.

Das Loch im Zaun. Die beiden verschwundenen Hunde. Mrs Dorothy.

Sophie ballte die Hände zu Fäusten. *Vertrau deinem Instinkt. Du willst sie nicht länger in der Nähe deiner Kinder haben? Dann sag es ihr. Sag es ihr noch heute Abend, sag es ihr gleich jetzt.*

Sophie holte tief Luft, nahm ihr Smartphone von der Kücheninsel und wählte Mrs Dorothys Nummer.

Nach einigen Sekunden verschwand das Besetztsignal und der Anruf wurde entgegengenommen. Ein leises Atmen mischte sich in die Stille.

Ihr Herz pochte einen schnellen Takt. »Agatha? Mrs Dorothy? Sind Sie dran? Sind Sie das?«

Nichts, nur Stille und dieses seltsame, stoßweise, schwere Atmen.

»Also gut«, fuhr Sophie fort, »dann rufe ich etwas später noch mal an.«

»Aber ja«, hörte sie mit einem Mal Mrs Dorothy, »jetzt höre ich Sie. Frau Carter, was für eine Überraschung. Geht es Ihnen gut? Ihnen und Ihrem lieben Mann?«

»Uns geht es gut«, erwiderte sie knapp. Diese Frage nach Colin ließ den Gedanken aufkeimen, dass Mrs Dorothy unter Umständen mehr wusste – womöglich sogar über die nächtlichen Ausflüge, die Colin unternahm, über diese wichtigen Treffen im Labor?

Oder spinnt sich das nur deine viel zu lebhafte Fantasie zusammen? Woher soll sie das denn wissen?

»Agatha, ich muss Ihnen jetzt etwas mitteilen«, fuhr sie fort und bemühte sich, trotz ihrer Aufregung möglichst sachlich und ruhig zu klingen, »Colin und ich«, betonte sie, »wir haben uns entschieden, dass wir Sie nicht länger als Haushälterin und Kindermädchen brauchen.«

»Ist das so?« Der Klang von Mrs Dorothys Stimme hatte sich nicht verändert, er war noch immer heiter, ja unbeschwert, als würde sie all das nicht kümmern.

»Ja. Es tut mir leid.«

»Sie haben recht, Sophie. Das *wird* es.« Auch das sagte sie in einem zuckersüßen Ton, doch Sophie erschrak bei der unverhohlenen Drohung, als hätte Mrs Dorothy sie geschlagen.

»Was haben Sie gerade gesagt?«

»Ich sagte, dass ich Ihre Entscheidung dann wohl hinnehmen muss und werde – auch wenn ich die lieben Kinderchen sehr vermissen werde, da bin ich mir sicher, das weiß ich jetzt schon.«

»Das haben Sie gerade nicht gesagt. Ich hab mich nicht verhört. Wollen Sie mir – uns – etwa drohen?«

»Sophie, sagen Sie mir eins«, fuhr Mrs Dorothy fort, ohne auf ihre Frage einzugehen. »Fürchten Sie sich nachts noch immer? Sind es noch immer die langen, dunklen, nassen Unterführungen, diese Betonröhren, wo der Regen durch Risse an den fauligen Wänden herabläuft, von denen Sie nachts träumen? Wo es nach Müll und Pisse riecht und Sie sich nichts sehnlicher wünschen, als an einem anderen Ort zu sein? Hören Sie immer noch seine Schritte? Fürchten Sie noch immer, diese Nacht könnte sich wiederholen und dann anders ausgehen? Fürchten Sie, er könnte wiederauftauchen, vor Ihrer Tür stehen, und Colin könnte nicht da sein, um Sie zu retten? Weil er, und ich weiß, dass Sie es insgeheim ja schon längst begriffen haben, vielleicht ganz leicht zu der Überzeugung kommen könnte, dass man nicht *mich* feuern sollte. Sondern *Sie*. Und wissen Sie was? Daran tragen ganz allein Sie die Schuld.«

»Was ... was reden Sie da?« Sophie bemerkte, wie ihre Hand zitterte, wie ihre Knöchel weiß unter der Haut hervortraten, so fest hielt sie das Smartphone. »Sie sind verrückt!«

»Nein, bin ich nicht. Aber du, Sophie, du bist es, nicht wahr? Dein ganzes Leben lang schon. Es liegt in deiner Familie. Dein Vater hat sich das Leben genommen, weil er es nicht länger ertragen konnte.« Mrs Dorothy lachte mit ihrer zuckersüßen mädchenhaften Stimme, und das klang noch viel grauenvoller als alles, was sie zuvor gesagt hatte. »Wusstest du das etwa nicht? Natürlich hat er das, er hat sich die Pulsadern aufgeschlitzt und ist verblutet, weil er nicht mit ansehen wollte, wie seine Tochter –«

»Halten Sie sofort den Mund!«, schrie Sophie. »Das sind so absurde Lügen und –«

Sie fuhr herum, erschrak, als etwas von außen gegen das Küchenfenster prallte. Sie atmete schnell, ihr Puls raste, Schweiß lief ihr über die Stirn. Der abnehmende Mond beschien den Vorgarten, die halbhohen Hecken, die Straße dahinter ... alles schien still.

Aus dem Smartphone kam ein lautes Piepen, das sie abermals zusammenfahren ließ. Die Verbindung zu Mrs Dorothy war unterbrochen. Sophie wandte sich dem Fenster zu, trat näher und blickte nach draußen. Da lag ein Stein, nur einen halben Meter entfernt im hohen Gras. Die Scheibe selbst war nicht beschädigt.

Sophie starrte auf ihr Handy. *Ist sie hier? Hat Agatha Dorothy mich etwa beobachtet?*

Dann schoss ihr ein anderer Gedanke durch den Kopf: *Ruf die Polizei. Sag ihnen, dass sie euch bedroht hat.*

Aber würde das ausreichen? Würde man ihr glauben? Und war, was sie gesagt hatte, nicht damit zu erklären, dass sie ihr gerade so überstürzt gekündigt hatte?

Sophie zog ein Messer aus dem Messerblock, nicht weil sie einen Angriff erwartete, sondern nur weil es ihr ein besseres, ein sicheres Gefühl verschaffte; so bewaffnet ging sie durch den Flur zur Haustür und öffnete sie. *Wenn Kenobi doch jetzt bloß noch bei uns wäre. Er würde auf uns aufpassen.*

Sie schlich an der Hauswand entlang zum Küchenfenster, dort lag der Stein. Er war in etwas eingewickelt, eine Art Luftpolsterfolie, dank der das Fenster wohl unbeschädigt geblieben war.

Wieso sollte jemand das tun?

Sie nahm den Stein und trug ihn ins Haus. Nachdem sie die Haustür sorgfältig dreimal hinter sich abgeschlossen hatte, löste sie im Licht der Küchentischlampe mit zitternden Fingern die Luftpolsterfolie. Unter der Folie kam ein Papier zum Vorschein, ebenfalls um den Stein gewickelt. Es war ein ausgedrucktes Foto. Sophie entfaltete das Papier und strich es auf dem fein gemaserten Küchentisch glatt, den sie und Colin vor ein paar Jahren gemeinsam ausgesucht hatten.

Die Aufnahme zeigte Colin. Er hielt die Hand einer fremden Frau, Sophie erkannte sie nicht, war sich aber sicher, ihr Gesicht schon einmal irgendwo gesehen zu haben. Sie lächelten einander an – *oder nein*, dachte Sophie, *sie sind eher so heiß aufeinander, dass sie wohl nur ein paar Minuten später zusammen ins Bett gestiegen sind.*

Irgendwo tief in ihrem Inneren zerbrach etwas, ein eisiges Messer schien scharfkantig durch ihre Eingeweide zu schneiden. Colin und diese fremde Frau, diese fremde Frau und Colin … all die nächtlichen Termine im Labor, all die Arbeit …

Also war es wahr. Was Agatha Dorothy gesagt hatte, war die Wahrheit – Colin hatte eine Affäre. Dieses Foto bewies es, und sie … Mit zitternden Fingern drehte sie das Foto um, nur um zu bemerken, dass auf der Rückseite ein zweites aufgedruckt war, das noch Schlimmeres zeigte.

Durch ein Schlafzimmerfenster aufgenommen, zeigte diese zweite Fotografie Colin und die fremde Frau beim Sex, zeigte sie eng ineinander verschlungen in einem fremden Bett, zeigte, wie die fremde Frau ihre Fingernägel in die Haut ihres Mannes grub.

Sophie schleuderte die Fotografie weit von sich.

Kapitel 7

Oliver hörte zwei Wagen in die Einfahrt einbiegen – aber nicht die Motorengeräusche hatten ihn aus dem Schlaf gerissen, sondern ein Albtraum: Mrs Dorothy hatte Kate in die Tiefen ihres Puppenwagens geführt – und Kate hatte geschrien. Denn in der Mitte des Puppenwagens hatte sich ein Tunnel geöffnet, der alles Licht verschluckte, ein endloser pechschwarzer Schlund. Dann wurden alle Puppen lebendig, griffen mit verdrehten Schnüren nach ihm und schrien – und da war er hochgeschreckt.

Als er die Autos hörte, schwang er die Beine aus dem Bett und eilte ans Fenster. Sein Vater stieg aus seinem Wagen – er musste gerade zurückgekommen sein, seine nächtlichen Arbeitseinsätze im Labor häuften sich. Dahinter stand ein Polizeiwagen. Was machte der hier?

Sein Vater und der Beamte näherten sich dem Haus, als Sophie ihnen entgegenkam.

Was ging da vor sich?

Hastig zog er sich an und schlich auf Zehenspitzen nach unten, sodass die Stufen nicht knarrten. Gleich war er in Hörweite.

»Colin, was – was soll das?« Sophie klang, als müsste sie eine ziemlich große Portion Wut im Zaum halten.

»Sophie, jetzt bist du mal einen Moment lang ruhig, ja? Wir müssen dir etwas sagen.« Die Stimme seines Vaters klang müde, zugleich aber auch irritiert und verärgert. »Ich finde es vollkommen widerwärtig, dass du das getan hast.«

Stille. Oli konnte sein Herz unter seinen Rippen pochen hören, er konnte das Rauschen der Blätter im Wind hören und den Schrei der alten Eule, die auf der anderen Straßenseite lebte.

»Dass ich … was getan habe?«, fragte Sophie nun. Sie klang noch immer wütend, aber auch irritiert.

»Der Hund von Forstner. Er wurde im Wald gefunden, ganz eilig verscharrt. Ich fasse es einfach nicht.«

Nun räusperte sich der Polizist. »Frau Carter, haben Sie mir etwas zum Verbleib des Nachbarshunds zu sagen?«

»Nein, was soll ich denn —« Nun klang Sophie schockiert, unsicher. »Ich weiß gerade überhaupt nicht, um was es geht.«

Oli beugte sich so weit vor wie gerade noch möglich, ohne entdeckt zu werden, und spähte um die Ecke in Richtung Haustür. Sophie hatte die Arme abwehrend verschränkt, ihr gegenüber standen Dad und der Polizist. Als sie den Kopf zur Seite drehte, sah Oli ihr Gesicht: Sie wirkte angewidert, aber nicht von dem, was Colin und der Beamte gesagt hatten. Oli schaute genauer hin und erkannte, dass ihre linke Faust etwas so fest umschloss, als wollte sie es zerquetschen.

»Also gut, wenn Sie es so spielen wollen«, sagte der Polizist mit einem Seufzen und rückte die Dienstmütze zurecht, die er trug. »Wir haben den Hund des verstorbenen Hans Forstner im Wald entdeckt und ganz in der Nähe ein kleines Armband, das die Initialen S. C. trägt. Daraus schließe ich: Sie waren dort, Frau Carter, Sie haben den Hund Ihres Nachbarn beseitigt, weil er Ihre Tochter attackiert hat.«

»Was? Das hab ich nicht getan, im Leben hab ich nicht —«

»Sophie, ruhig jetzt. Gib es einfach zu, verflucht noch mal! Wir haben uns gerade vor Kurzem noch wegen des Armbands gestritten, also wie soll das blöde Armband da sonst hingekommen sein?«

»Wir werden Sie anzeigen, Frau Carter, auch wenn es sich dabei um den Hund eines verstorbenen mutmaßlichen Mörders handelt.« Der Beamte schüttelte den Kopf. »Ihr eigenes Tier, Kenobi, lag übrigens nur ein paar Hundert Meter entfernt. Er wurde getötet, vermutlich mit einem von Forstners Jagdmessern.«

Oli traute seinen Ohren nicht. Er ballte die Fäuste, grub seine Fingernägel in die Handfläche, um sich zu versichern, dass er nicht träumte. Kenobi war tot? Weil Sophie sich an dem anderen Hund für den Biss in Kates Hand gerächt hatte, hatte Forstner ihren Hund getötet? Was für ein Wahnsinn war das denn?

»Ich bin verflucht enttäuscht von dir«, sagte Colin.

»Du hast sie ja nicht mehr alle, wenn du diesen Blödsinn glaubst!«, rief Sophie.

»Beruhigen Sie sich, Frau Carter, die Beweislage ist doch sehr eindeu…«

»Eindeutig? Sie *können* mich mal.« Oli sah, wie Sophie Colin das in die Hand drückte, was sie bis dahin in ihrer Faust eingequetscht hatte. »Das hier, du Arschloch, das ist eine *eindeutige* Beweislage.«

»Soph, was …?«

Sophie wollte an ihm vorbeistürmen, doch Colin hielt ihren Arm fest. Sophie fluchte laut. So hatte er die beiden noch nie gesehen, es sah aus, als wollten sie aufeinander losgehen. Er hielt den Atem an.

»Beruhigen Sie sich, beide!«, rief der Polizeibeamte. »Was ist das, Frau Carter?«

Oli sah zu, wie sein Vater das zusammengeknüllte Blatt Papier entfaltete. Blut schoss ihm in die Wangen, er schüttelte

211

den Kopf, dann blieb sein Blick an Sophie hängen. »Woher hast du das?«

»Spielt das eine Rolle?«

»Das ist eine Fälschung. Ich war nie …«

»Hör auf zu lügen!«

»Ich lüge? Hast du das mal angesehen? Dieser Mantel? Seit wann trage ich so was? Man kann Gesichter heutzutage ganz einfach digital austauschen, das ist doch klar!«

Der Polizist, der sich in dieser Auseinandersetzung sichtbar unwohl fühlte, trat den Rückzug an. »Sie beide sollten dringend mal darüber nachdenken, wie es weitergeht. Und Frau Carter: Schämen Sie sich. Sie haben nicht eine Minute an Ihre Kinder gedacht.«

»Ich hab diesen blöden Hund nicht in den Wald gebracht!«, schrie sie.

»Ich nehme die Kinder«, sagte Colin kalt. Sophie fuhr herum.

»Wie bitte?«

»Du ziehst jetzt nach Steinberg, in ein Hotel. Du denkst mal darüber nach, was du mir vorwirfst und was du getan hast.«

»Hast du sie noch −«

»Kate fürchtet sich vor dir. Du hast ihr riesige Angst gemacht mit all deinen Vorwürfen, und Oli bleibt ohnehin lieber bei mir. Also … ein paar Tage, Sophie. Ich will nicht, dass wir vor den Kindern streiten. Also geht es nicht anders.«

Oli hörte, wie der Wagen des Polizisten aus der Einfahrt fuhr. Dann machte auch Sophie kehrt und stürmte hinaus. »Es ist Agatha«, rief sie noch. »Wenn diese Bilder wirklich gefälscht sind … und ich schwöre dir, ich hab den Hund nicht angerührt … dann ist *sie* es.«

»Hörst du eigentlich noch, was du da redest?« Colin lachte. »Agatha hier und Agatha da … diese alte Frau hat unsere

Kinder jetzt schon eine ganze Weile betreut und nicht *ein einziges Mal* –«

»Weil sie es so geplant hat! Weil sie es so wollte!«

»Sophie, es reicht. Fahr jetzt. Nimm den Wagen und fahr. Wenn du weiter schreist, wird das hier …«

»Wird es was? *Hm?* Ach vergiss es. Diese Bilder …«

»Sind nicht echt.« Nun hörte sich Colin doch angeschlagen an, schockiert, traurig und verletzt. »Das musst du mir glauben. Ich war nie an diesen Abenden mit jemandem zusammen. Nur im Labor, nur bei der Arbeit. Das ist alles.«

»Ich weiß nicht. Ich *weiß* nicht, was ich dir noch glauben soll, Colin, und das bricht mir das Herz.«

»Ach ja? Du weißt nicht …« Colin schüttelte den Kopf, jetzt klang er völlig distanziert. »Aber ich weiß was.«

»Was weißt du?«

»Was mir Agatha erzählt hat. Ich hab ihr zuerst nicht geglaubt, aber … weißt du, wenn du Fehler machst, dann ist das ganz normal. Aber sie *ihr* anzulasten …«

»Welche Fehler?«

»Kates Asthmaspray zum Beispiel. Agatha hat mir gesagt, dass du es schon mehr als einmal im Garten verloren hast. Zum Glück hat sie immer eines dabei.«

Sophie starrte ihn vollkommen ungläubig an. Dann fluchte sie laut. »Einmal hab ich das Spray verloren. Ein *einziges* Mal, und Dorothy hab ich nie etwas davon erzählt!«

»Sophie –«

»Leck mich doch!«

Oliver hörte, wie sich Sophies Schritte entfernten. Dann ließ sie ihren kleinen Wagen an, und ein paar Sekunden später war sie fort.

KAPITEL 8

Als Sophie in die Nacht hinausfuhr, setzte Regen ein. Ein schwerer, eisiger Platzregen nahm ihr die Sicht. Ihre Hände am Lenkrad zitterten und Tränen liefen über ihre Wangen. Ein Teil von ihr hätte die ganze Wut am liebsten in das stille Wageninnere hinausgeschrien, aber das tat sie nicht, stattdessen schluckte sie den Ärger und die Enttäuschung runter, so gut sie konnte, und das fühlte sich an, als würde ein Eisklumpen mit Hunderten scharfen Kanten ihren Hals entlangschrammen.

Du musst einen klaren Kopf bewahren. Gerade jetzt. Sagt Colin die Wahrheit? Waren diese Bilder manipuliert oder hat er dich eiskalt belogen? Und wenn er die Wahrheit sagt, was bedeutet das dann? Sieht er wirklich nicht, wer Agatha Dorothy ist?

Du hast Forstners Hund nicht getötet. Das weißt du doch. Oder?

Sophie lenkte den Wagen um eine lang gestreckte Kurve, die sie aus dem Ort hinaus und weiter hinauf in die Berge trug. Die Straßenlaternen sahen im dichten Regen aus wie Aliens, die sich mit ihren Leuchtköpfen an die Straße gestellt hatten. Sie drosselte das Tempo, blickte in den Rückspiegel. Niemand folgte ihr.

Denk nach. Denk über das Telefonat nach, das du mit Mrs Dorothy geführt hast. Hat sie den Stein geworfen? Aber wieso? Will sie Colin und dich auseinandertreiben? Falls ja, dann ist ihr der Anfang schon mal ziemlich gut gelungen.

Und dann Kenobi und Forstners Hund. Diese Anschuldigung und mein Armband, das in der Nähe lag ... natürlich, du weißt selbst am besten, dass du es schon seit Wochen suchst. Es war verschwunden, aber du warst nicht mal auch nur in der Nähe des Waldes, und den Nachbarshund hast du natürlich auch nicht angerührt.

Sophie holte tief Luft. Die Scheibenwischer rasten über die Frontscheibe, die Scheinwerfer warfen ihr Licht in die Nacht hinaus, doch das reichte bei dem Regen kaum weiter als einige Meter.

Denk nach.

Am Straßenrand tauchte ein Schild auf: Es war die Abzweigung, die weiter hinauf ins Gebirge führte, zur CERN-Außenstelle, dem Komplex, in dem sie und Colin arbeiteten.

Sie könnte einfach hinauffahren und herausfinden, ob Colin all die Nächte wirklich dort gewesen war. Aber wenn sie das tat, dann würde sie eine Kette von Ereignissen in Gang setzen, die niemand mehr aufhalten könnte. Colin würde endgültig davon überzeugt sein, dass sie ihm nicht mehr vertraute.

Aber angesichts dieser zwei Bilder, was bleibt dir übrig?

Du könntest seinen Worten einfach Glauben schenken, ermahnte sie eine Stimme irgendwo am Rand ihres Bewusstseins. *Er hat gesagt, es seien Fälschungen.*

Und dann hörte sie Mrs Dorothys Stimme: *Weil er eine andere vögelt. Und Sie wissen insgeheim schon längst, dass es so ist.*

Und du hast dich gerade aus dem Haus werfen lassen, als wärst du nicht in der Lage, dich ihm entgegenzustellen.

Sophie setzte den Blinker und bog ab, während der Regen noch stärker wurde und den Schlamm vom Straßenrand und aus dem Wald auf den Asphalt spülte.

Die Zufahrt war lang und schmal und wand sich dicht an einer schroffen Felswand entlang – nur ein paar Millionen Jahre mehr und die Felsen wären so weit in Richtung Straße gewachsen, dass sie die Autos einfach aufspießen würden, hatte Colin hin und wieder gescherzt. Auf der anderen Seite ging es steil hinab, hundert oder mehr Meter, ein Sturz würde nur durch die Wipfel von Blautannen, Fichten und Lärchen und das undurchdringliche Dickicht darunter gebremst werden.

Ein paar Hundert Meter weiter führte die Straße in einen Wald von mehreren Tausend Quadratmetern. Auf dieser Hochebene war die Forschungsanlage untergebracht. Ein hoher Zaun umgrenzte das Gelände. Die Straße führte an zwei Prüfposten vorbei, die beide mit Schranken ausgestattet waren, um jeden Unbefugten an der Zufahrt zu hindern.

Sophie bremste, als der Zaun und die Schranke in Sicht kamen. Erst da bemerkte sie den Wagen, der am rechten Straßenrand geparkt war – als hätte er hier auf sie gewartet.

Kapitel 9

»Und dann ist sie einfach davongefahren«, sagte Oliver und lauschte dem Regen, der gegen das Fenster seines Zimmers prasselte. »Ich hab noch nie gehört, wie die beiden sich angeschrien haben. Das war heftig.«

»Glaub ich dir.« Claires Stimme klang weit entfernt und doch warm, er genoss es, sie zu hören. »Und jetzt? Was macht dein Vater?«

»Keine Ahnung. Er ist in ihr Atelier und nicht wiederaufgetaucht. Weiß nicht, was er treibt.«

»Verstehe.« Claire überlegte. »Deine Schwester, wie geht's ihr? Hat sie davon was mitbekommen?«

»Ich denke nicht. Aber ich werd gleich mal nach ihr sehen.«

»Ja, unbedingt. Gestern Abend, da war sie schockiert, hast du gesagt? Panisch und außer sich? Wieso?«

Oliver zuckte mit den Schultern. »Weiß nicht. Sie wollte nichts sagen.«

»Diesen Puppenstand von eurer Haushälterin, den stell ich mir *so* gruselig vor.«

»War er auch. Und ich verstehe das auch nicht, sie war so anders ... ganz anders als in all den Wochen, in denen sie hier war. Das war ziemlich unheimlich. Und ich glaub, Sophie ist das auch aufgefallen. Und deshalb haben sie sich gestritten, mein Dad und sie … aber nicht *nur* deswegen.«

»Du musst aufpassen, Oli«, sagte Claire und klang besorgt.

»Machst du dir Sorgen um mich?«

»Natürlich«, erwiderte sie. Oli fühlte bei diesen Worten ein angenehm warmes Kribbeln, das ihm über den Nacken strich. So wollte er sich unbedingt häufiger fühlen. Stefan hatte gesagt, das sei eben dieser *Knopf,* den Mädchen bei Jungen drücken können. Meine Güte, wie gerne er Claire einfach nur sagen wollte, wie sehr er sie mochte. Aber das ging natürlich nicht, denn sie waren Freunde, nur Freunde …

Aber du würdest es anders machen. Du würdest nicht zulassen, dass ihr euch streitet. Du würdest ihr vertrauen.

»Das ist super«, erwiderte er schnell, wohl wissend, dass er etwas zu lange gezögert hatte. Er konnte ihr Lächeln beinah durch das Handy hören. »Hör mal, ich hab diesen Idioten aus der Klasse getroffen und er hat dich erwähnt.«

»Charles?« Claire lachte. »Ja, ich war auch kurz auf dem Festplatz, da ist er mir über den Weg gelaufen.«

»Und?«

»Nichts und. Er ist … einfach unangenehm, das ist alles. Aber da waren genug Leute in der Nähe, die gehört haben, was für bescheuerte Sprüche er mir hinterhergerufen hat, also … alles gut.«

»Komisch, dass er wieder da ist, oder?«, sagte Oli langsam. Dann erzählte er ihr von Kenobi, Sophie und dem Nachbarshund. »Der Polizist hat Sophie das vorgeworfen, als wäre er sich sicher.« Oli seufzte. »Aber das kann nicht sein. Sophie hätte das nie getan.«

»Nein, das glaube ich auch nicht. Bestimmt nicht. Wir sehen uns morgen früh«, erwiderte Claire. »Schlaf gut, Oli.«

»Ich versuche es. Du auch, Claire.«

Er legte auf und blickte noch ein paar Minuten aus dem Fenster zu den Bäumen, deren Nadeln und Blätter im dichten Regen zitterten, und er fragte sich, wohin Sophie wohl gefahren war.

Sie ist nicht deine Mutter, und dennoch, du magst sie, auch wenn du ihr das irgendwie nicht immer zeigen kannst. Dad muss das verstehen. Er kann sie nicht einfach fortschicken.

Er hatte versucht herauszufinden, was auf dem zusammengeknüllten Papier zu sehen war – doch leider hatte Dad es eingesteckt. Auf Zehenspitzen schlich Oliver über den Flur zu Kates Zimmer. Vorsichtig öffnete er die Tür und spähte hinein.

Sie war wach, das schräg durch die Vorhänge fallende Mondlicht spiegelte sich in ihren Augen und glitzerte in den Tränen auf ihren Wangen.

Er setzte sich zu ihr auf den Bettrand.

»Glaubst du, dass es wirklich keine Monster gibt?«, hörte er ihre leise, hohe Stimme.

»Monster?« Oli tat so, als müsste er angestrengt überlegen. »Keine haarigen oder unheimlichen, nee, das glaub ich nicht. Nur … böse Menschen. Die gibt es. *Die* könnte man Monster nennen.«

»Böse Menschen«, wiederholte Kate. Er sah, wie sie unter der Bettdecke die Beine anzog, als wollte sie in jedem Fall vermeiden, dass ein Fuß unter der Decke hervorschaute.

Oli verstand das, er hatte das früher ebenso getan. Und heute – auch wenn er wusste, dass es kein Monster im Schrank gab – war das noch lange kein Grund, sich nicht vor ihm in Acht zu nehmen.

»Gestern Abend«, sagte er leise. »Auf dem Jahrmarkt …«

Kate erwiderte nichts, doch Oli sah, wie sich ihre Augen vergrößerten, als wollten sie all das Mondlicht einfangen. »Da hast du doch etwas gesehen, das … das dich an ein Monster erinnert hat, nicht wahr?«

Kate schüttelte zaghaft den Kopf. »Nein.«

»Nicht? Ich verstehe, dass du es mir nicht sagen willst, aber ...«

»Ich darf es nicht.« Kate biss sich auf die Lippe. Oli fand, dass sie noch nie so jung ausgesehen hatte wie in diesem Moment.

»Wieso darfst du das denn nicht? Du bist die kleine Prinzessin, und du weißt doch, kleine Prinzessinnen dürfen alles. Fast alles.« Er setzte ein fröhliches Lächeln auf und für einen Moment lächelte auch Kate.

»Sie hat es mir verboten.«

»Sie? Wer? Sophie?«

Wieder ein Kopfschütteln. »Darf ich nicht sagen. Wegen Mama und Papa. Und wegen dir.«

»Was ist denn mit uns?« Oli streckte die Hand aus und schaltete das Licht neben Kates Bett ein. »Schau mal, jetzt ist es doch gleich ein bisschen heller, ist das nicht viel besser?«

»Sie hat gesagt, sie tut euch allen weh, wenn ich es sage. Sehr, sehr weh. Ich darf ...«, dicke Tränen kullerten über Kates Wangen, »... noch nicht mal *das* sagen.«

»Mrs Dorothy? Sie war es, nicht wahr?«

Kate erwiderte nichts.

»Ich werde Papa holen. Wir müssen es ihm erzählen.«

Doch Kate schüttelte energisch den Kopf. Ihre kleine Hand packte Olivers Arm und hielt ihn fest. »Nicht! Sag's ihm nicht, sie weiß es und tut ihm weh!«

»Aber wir müssen ...«

»Morgen«, sagte Kate. »Wenn es hell ist. Ich will nicht ... bleib lieber hier. Bei mir. Wir sagen es ihnen morgen.«

Ihnen, dachte Oli. *Sie weiß noch nicht, dass Sophie fort ist.*

»Wir machen es morgen«, sagte er beruhigend. Zugleich dachte er: *Sobald sie eingeschlafen ist, sage ich es Dad. Er muss es sofort erfahren. Mrs Dorothy darf morgen nicht mehr hier auftauchen.*

Kate atmete angestrengt, sie rang nach Luft. Er nahm die Sauerstoffmaske, die mit einem dünnen, durchsichtigen Schlauch an der großen Flasche befestigt war, und setzte sie ihr vorsichtig auf Mund und Nase. »Du kannst gleich wieder besser atmen.«

So war es auch. Oli versuchte, seiner Schwester noch etwas zu entlocken, aber sie sagte nichts mehr. Ein paar Minuten später war sie eingeschlafen, ihr Kopf zur Seite gefallen, den Teddy fest im Arm.

Oli wartete noch einige Minuten, dann stand er auf, fest entschlossen, seinen Vater zu suchen und ihm mitzuteilen, was er erfahren hatte.

Er schlich durch den dunklen Hausflur, die Treppe hinab und nach hinten, in Richtung des Ateliers.

Etwas riet ihm, keinen Lärm zu machen.

Er wünschte, Claire wäre jetzt bei ihm oder Stefan oder am liebsten beide.

Die große, schwere Tür, die ins Atelier führte, war geschlossen. Er klopfte, erhielt jedoch keine Antwort, also trat er ein.

Die Bilder waren fort. Sein Vater ebenfalls. Nur noch einige Tuben mit Ölfarbe lagen auf dem Boden, mehr nicht.

Sein Instinkt riet ihm, nach draußen zu gehen, also öffnete er die Ateliertür, die hinaus in den Garten führte.

Unten, nah beim See, sah er ein Feuer, und er hörte die Schwäne, die sich mit empörten Rufen über die nächtliche Ruhestörung beschwerten.

Was er nicht sah, war der dunkle Schemen einer menschlichen Gestalt, die sich hinter ihm dicht an der Hauswand entlangdrückte. Oliver rannte zum See hinab, auf das Feuer zu, und die Gestalt betrat das Haus.

Kapitel 10

Sophie sah dem Polizisten entgegen, der sie vor den Schranken der Forschungsanstalt gestoppt hatte. Er war aus seinem Wagen gestiegen und näherte sich jetzt ihrem Smart. Sie hielt die Hände am Lenkrad, ihr Herz raste, als wollte es ihr aus der Brust springen, während sich ihre Gedanken überschlugen. *Was will der Typ von dir? Wieso hat er dich ausgerechnet hier erwartet? Hat* er dich hier erwartet?

Eine Pranke pochte gegen die Fensterscheibe, Sophie zuckte zusammen. Im dichten Regen sah der Mann aus, als steckte sein Körper in einem Leichensack. Er wirkte riesig. Sophie ließ das Fenster ein Stück nach unten, sofort erfüllte Lärm den Innenraum des Wagens. Trotz des laut prasselnden Regens konnte sie das rasselnde Atmen des Polizisten hören.

»Wissen Sie, warum ich Sie angehalten habe?«, fragte er. Kein Einleitungssatz, keine Frage nach ihren Ausweisdokumenten, nichts. Sophies Magen zog sich weiter zusammen, alle Instinkte rieten ihr zur Flucht.

»Das weiß ich nicht«, erwiderte sie mit ihrer hoffentlich durchsetzungsstärksten Stimme.

»Sie haben hier nichts verloren. Privatgelände. Wenden Sie und wir lassen es für heute Nacht noch mal gut sein …« In dem

Satz schwang ein zweideutiger Unterton mit, als wollte er noch etwas anderes von ihr einfordern.

»Ich … ich habe eine Erlaubnis, dort hinzufahren«, sagte sie, ohne weiter darüber nachzudenken, welchen Eindruck die Antwort auf ihn machen könnte.

Und wenn er gar kein echter Polizist ist? Man hört doch immer mal wieder von diesen Dingen.

Ihr war, als träte ein Funkeln in seine Augen. »Eine Erlaubnis also? Soso.« Er schien zu lächeln, genau konnte sie das in der Dunkelheit nicht sehen. Vielleicht täuschte sie sich, vielleicht aber auch nicht. Über ihren Körper raste ein Kribbeln. *Vorsicht,* schien die Stimme ihres Vaters von der Rückbank zu flüstern, *mit dem da stimmt überhaupt nichts.*

»Aber ich kann natürlich auch morgen wiederkommen.« Sie würde es nicht auf die Konfrontation mit dem seltsamen Polizisten ankommen lassen.

»Ich weiß, wer Sie sind. Mein Kollege hat mir davon erzählt. Ich weiß, was man in den Wäldern gefunden hat … zwei tote Hunde, und wenn man es genau nimmt, dann sind Sie für beide verantwortlich.«

»Das ist eine Lüge. Ich hab Forstners Hund nicht ange-fasst.« *Verflucht, denk nach, was du sagst. Jetzt hast du ihm bestätigt, wer du bist!*

»Frau Carter«, der Polizist richtete sich auf und ragte neben ihrem Wagen in der Dunkelheit und dem kalten Regen auf wie der Stamm einer Eiche, »darüber habe nicht ich zu entscheiden. Aber wir wissen doch beide, welches Bild das im Ort erzeugt. Ich rate Ihnen einfach nur eines: Nehmen Sie Ihre Kinder, neh-men Sie Ihren seltsamen Mann von Wissenschaftler und gehen Sie dorthin zurück, wo Sie alle herkamen. Das ist mein Rat.« Er schnaubte und feine Regentröpfchen flogen von seinem Mund in alle Richtungen wie Spucke. »Dieser Ort hier oben hat ohnehin nicht mehr lange Bestand. Die Menschen mögen ihn nicht. Er hat … zu vieles hervorgebracht. Zu viel Schlechtes. Gehen Sie. Gehen Sie, solange Sie es noch können.« Beim Sprechen erkannte sie eine auffällige Zahnlücke im Unterkiefer des Mannes. Nach der unverhohlenen Drohung hatte sie das dringende Bedürfnis, die Wagentür zu öffnen und sich zu übergeben – aber im letzten Moment riss sie sich zusammen.

»Ich werde mich über Sie beschweren«, erwiderte sie. »Ich will Ihren Namen und den Ausweis.«

Der Polizist starrte sie an, in der Finsternis hätte er auch ein alter, toter Baumstumpf sein können, den ein Blitz zerstört hatte. »Den können Sie sich hinten reinschieben. Meinen Ausweis. Und jetzt verpissen Sie sich, ich rate es Ihnen. Sofort.«

Sophie ließ die Scheibe hoch. Ihre Finger bebten am Lenkrad, sie umklammerte es so sehr, dass ihre Knöchel hervortraten. Die Reifen quietschten, als sie kehrtmachte und die Straße hinabraste – in einer der ersten Kurven brach der Wagen aus, sie konnte ihn gerade noch abfangen, danach drosselte sie das Tempo.

Steinberg wirkte wie ausgestorben in der Dunkelheit und dem Regen, der hell erleuchtete Jahrmarkt auf dem Festplatz wirkte wie ein greller Fremdkörper, als gehörte er nicht hierher.

Eine rote Ampel zwang sie zum Abbremsen. Ihr Blick wanderte zum Festplatz. Die Verkaufsstände waren verschlossen, die Fahrgeschäfte für die Nacht abgedeckt, nicht eine Menschenseele schien zu dieser Uhrzeit wach zu sein. Sophie sah auf die Uhr: halb vier.

Plötzlich bewegte sich etwas über den Festplatz, der Regen hatte nachgelassen und so konnte sie die Gestalt gut sehen: Zielstrebig lief sie über den Platz. Der lange Wettermantel war tropfnass vom Regen, doch das schien die wohlbekannte Gestalt nicht zu stören.

Es war Agatha Dorothy, da hatte Sophie keine Zweifel. Als das Licht einer der großen, eisernen Straßenlaternen, die den

Festplatz erhellten, auf sie fiel, erkannte Sophie, was Agatha in den Händen hielt: ein Messer, gewiss zwanzig Zentimeter lang, von der Klinge tropfte der Regen wie Blut.

Dann schaltete die Ampel auf Grün, und als Sophie ein zweites Mal hinüberblickte, war die Gestalt verschwunden.

Zehn Minuten später hielt Sophie, noch immer fürchterlich aufgewühlt, vor dem größten Hotel der Stadt. Sie stellte den Wagen in die Tiefgarage und nahm sich ein Zimmer; erst als sie die Hotelzimmertür sorgfältig verriegelt hatte, fiel ein Teil der Anspannung von ihr ab.

Jetzt, dachte sie und zwang sich, ruhig und gleichmäßig zu atmen, *wirst du nachdenken, was du als Nächstes unternimmst.*

KAPITEL 11

Der neue Morgen dämmerte, das erste Licht kroch tastend über den See und färbte das stille Wasser blutrot. Nebel zog aus den Wäldern herauf. Oliver öffnete das Fenster. Der erste richtige Herbsttag. Schon allein die Luft roch anders als gestern, und auch das Kobaltblau des Himmels signalisierte, dass der Spätsommer endgültig vorüber war und der Herbst Einzug gehalten hatte, die Blätter schienen sich über Nacht bunt gefärbt zu haben. Er hörte Mäuse und Igel im Unterholz rascheln und über ihm flogen Vögel gen Süden.

Was in der vergangenen Nacht am Ufer des Sees gebrannt hatte, waren die Bilder, die Gemälde von Sophie.

Sein Vater war nicht beim Feuer gewesen, im Gras hatte er eine Flasche Wodka gefunden – vielleicht war das Feuer damit entzündet worden, vielleicht hatte der Brandstifter sie auch ausgetrunken. Bei dem Gedanken, dass sein Vater das Feuer entzündet haben könnte, wurde ihm übel, es widerte ihn an – und wenn Dad dabei betrunken gewesen war, fand er es nur noch schlimmer.

Wieso müssen sich Erwachsene über solche Belanglosigkeiten streiten? Sehen sie denn nicht, was sie damit ihren Kindern antun? Wie sehr es sie verletzt, ihre Welt zerbrechen zu sehen?

Unten ging die Tür, im gleichen Moment berührte ihn eine kühle, kleine Hand. Er fuhr herum. Kate war lautlos in sein Zimmer gekommen, das blonde Haar umfloss ihr blasses Gesicht wie Goldfäden, sie atmete wie ein Blasebalg und hustete.

»Katie ... wie geht's dir?«

Sie machte ein sorgenvolles Gesicht, das sie viel älter wirken ließ, als sie war. »Ich hab was Blödes geträumt«, sagte sie leise. »Mama und Papa haben sich gestritten, und Papa hat Mama aus dem Haus geworfen.«

Oli fühlte einen heftigen Stich in der Herzgegend. *Wie kann sie das wissen?*

»Oli? Katie?«, rief Dad von unten. Er klang betrunken. Seine Stimme war unsicher, und als er die Treppe zu ihnen heraufsteigen wollte, fluchte er. Wer die Wodkaflasche am Rand des Sees hinterlassen hatte, war also klar.

»Wir sind hier, Dad«, rief Oli. »Warte hier«, sagte er leise zu Kate. Dann ging er hinaus, schloss die Zimmertür und stellte sich seinem Vater in den Weg.

Der sah so aus, wie er sich von Weitem angehört hatte – sein Haar stand wild vom Kopf ab, die Augen waren von schwarzen Ringen umgeben und sein Atem roch nach Hochprozentigem und Zigaretten.

»Dad, was ...«

Sein Vater lehnte sich gegen die Wand. Er sah sich um, als wüsste er nicht, wo er sich befand. Dann schüttelte er den Kopf, als hätte man einen Eimer Eiswasser über ihm ausgeleert. »Ich ... ich weiß es nicht, Oli. Ich hab nicht die leiseste Idee, was gestern passiert ist. Es ... fuck, was ist los mit mir?« Er verbarg sein Gesicht in den Händen, als schämte er sich, dann rieb er sich die Augen mit den Fingerknöcheln und fuhr sich durchs Haar, was danach nur umso verstrubbelter aussah.

»Du hast was getrunken. Ich hab unten am See eine leere Flasche gefunden. Und ich hab sie ganz sicher nicht ausgetrunken. Ich hasse Alkohol, das weißt du, Dad.« Oli hörte, wie vorwurfsvoll seine Stimme klang – fast wie die von Sophie, dachte er betrübt und zugleich war ihm das gerade sehr, sehr recht.

»Eine Flasche?« Colins Gesicht glich einem großen Fragezeichen, dann dämmerte es ihm. »Ach du Scheiße!« Er machte kehrt, stürmte nach unten, riss die Tür zu Sophies Atelier auf und verharrte auf der Stelle.

»Fuck, was … was …« Er machte ein paar hilflose Schritte hinein und drehte sich auf der Stelle. »Das … das hier … wo sind die Bilder? Wer hat das getan?«

Oliver verschränkte die Arme und musterte seinen Vater. »Na du«, erwiderte er kalt. »Wer denn sonst?«

»Ich?« Colin lachte. »Wieso sollte ich …«

»Ich habe euch zwei gehört, gestern Abend. Du und der Polizist gegen Sophie. Und dann hast du sie aus dem Haus geworfen, weil sie Forstners Hund getötet haben soll. Danach warst du wohl immer noch nicht fertig mit deinem Zorn, also hast du ein kleines Feuerchen unten am Wasser veranstaltet. Ich war unten, ich hab ihre Bilder brennen sehen.«

Colin starrte ihn an, als hätte er ihm gerade verkündet, dass er morgen auf eine Weltreise aufbrechen würde. Er sah verletzt aus, so verletzt hatte er ihn noch nie zuvor erlebt.

»Ich habe nicht ihre Bilder verbrannt. Das … das kann nicht sein.«

»Nein?«

»Nein, Oli. Das würde ich niemals tun. Du hast recht, wir haben uns ziemlich gestritten. Und du hast recht, dieser Beamte hat sie beschuldigt.«

Oliver sah etwas auf dem Boden des Ateliers liegen, das ihm in der letzten Nacht entgangen war. Er erkannte das zusammengeknüllte Blatt sofort. Mit einem Satz war er da und hob es auf.

»Was hast du da?«, fragte Colin. Dann begriff auch er. »Gib das her, Junge. Das ist nichts, was du sehen solltest.«

Doch Oliver wich ihm flink aus. »Lass mich, Dad. Ich will das sehen.« Er entfaltete das Papier. Was er sah, traf ihn wie ein Schlag, nicht weil er Ähnliches nicht schon zuvor gesehen hätte, das nicht, Stefan und er hatten sich gerade vor ein paar Tagen Filmchen auf ihren Handys angesehen – sondern weil sein eigener Vater dort abgelichtet war.

»Du hast Sophie gesagt, diese Bilder wären manipuliert worden. Digital retuschiert, wie man das eben heute machen würde. Mit Photoshop, total einfach, oder?«

Colin erwiderte nichts. Seine Arme baumelten hilflos herab. Oli hasste es, ihn so schwach zu sehen.

»Aber jetzt will ich es doch mal wissen, Dad. Sagst du die Wahrheit? Oder hast du … wirklich diese Frau da …«, das Wort kam kaum über seine Lippen, er hatte nicht geglaubt, es vor seinem Vater einmal aussprechen zu müssen, »diese Frau da, äh, *gevögelt?*«

Es entstand eine lange, zunehmend unerträgliche Stille, während der sie einander nicht aus den Augen ließen. Es war, als verstand Dad die unausgesprochene Frage: *War das wirklich nötig?* Gerade als er etwas sagen wollte, um das Schweigen zu brechen, erwiderte sein Vater: »Das hab ich nicht. Das musst du mir glauben. Jemand erlaubt sich einen üblen Scherz. Ich weiß nicht, wieso, und ich weiß auch nicht, wer das getan hat, aber …«

»Aber ich weiß es«, unterbrach Oli. »Oder eher: Ich denke, ich weiß es. Muss aber noch was überprüfen.«

»Wovon redest du?«

»Dass ich mich mit Claire und Stefan treffen will. Wir sind einer Sache auf der Spur. Einer extrem wichtigen Sache.«

Sein Vater musterte ihn, dann stieß er ein kurzes Lachen aus. »Wer seid ihr, drei Detektive? Hör mal, ich weiß, du hast dich schon in die Sache mit Forstner gestürzt, das hätte schnell böse ausgehen können, ich will nicht, dass du noch mal —«

»Es ist nicht Forstner, Dad. Er war es nie. Ich weiß noch nicht, wie sie es angestellt hat, aber ich bin mir sicher, dass sie es war. Mrs Dorothy. Sie … sie ist böse.«

»Hat dir das Sophie eingeredet?« Colin klang verärgert. »Sie lag mir gestern schon mit diesem ganzen Unfug in den Ohren. Weißt du, diese Sache mit Forstners Hund und dass sie diesen Typen in der Unterführung so zugerichtet hat … das passt. Hör auf, eine alte Frau zu verdächtigen, nur weil Sophie Gespenster sieht.«

»Du bist verrückt. Du glaubst eher einer Fremden als deiner eigenen Frau.« Oliver wich einen Schritt zurück. Dann zeigte er in Richtung See. »Diese Bilder da unten, du sagst, du hast sie nicht selbst verbrannt? Dann gibt es nur eine Person, die das getan haben könnte. Und ich weiß auch, wieso. Weil sie euch beide weiter gegeneinander aufbringen will. Und wenn Sophie die Reste ihrer verbrannten Bilder da unten am See findet, dann wird sie dich hassen.«

Colin schüttelte ungläubig den Kopf. »Geh sofort auf dein Zimmer, Oli. Ich will davon nichts mehr hören.«

»Wer hat die Bilder angezündet, hm, Dad? Wer?«

»Menschen tun manchmal verrückte Dinge, wenn sie außer sich sind vor Wut … und getrunken haben.« Oliver sah, wie Colin die Hände zu Fäusten ballte, er sah ihm aber nicht ins Gesicht. »Ich sagte: Geh auf dein Zimmer. Ich muss nachdenken. Und dann muss ich Sophie finden und … das klären. Mich bei ihr entschuldigen.«

»Mach das. Und ich werde Claire suchen.«

»Das wirst du nicht.«

»Dad, du kannst mir das nicht verbieten. Nicht nach der Sache von gestern.« Oliver legte die Hand auf den Türgriff des Ateliers, da plötzlich, als hätte ein Bühnenmagier ein Tuch beiseitegezogen, fiel ihm etwas anderes wieder ein, klar und deutlich wie im grellen Scheinwerferlicht. Kate!

»Kate hat mir erzählt, was sie gestern erlebt hat. Oder vielmehr: Sie hat mir erzählt, dass Mrs Dorothy ihr verboten hat, von diesem Erlebnis zu erzählen. Mrs Dorothy hat ihr gesagt, sie würde dir, mir, Sophie und ihr selbst etwas antun, etwas Schreckliches, wenn sie es uns weitererzählen würde. Glaubst du uns jetzt, oder ist das immer noch zu wenig?«

Colin starrte ihn an, dann schüttelte er den Kopf, langsam und ungläubig, während er sich wie benommen die Schläfen rieb. *Er hat sich wirklich ordentlich betrunken letzte Nacht. Und auch jetzt weiß er nicht, was er tun soll. Du kannst dich nicht auf ihn verlassen. Und er kann auch nicht auf Kate aufpassen.*

»Kate hat eine lebhafte Fantasie«, sagte Colin langsam. »Sie hat sich schon immer kleine Geschichten ausgedacht. Das solltest du als ihr großer Bruder wissen. Sie ist gestern einfach ein bisschen davongelaufen, das ist alles.«

»Nein, das ist nicht alles. Sie hat wirklich Angst, ich bemerke das, Sophie bemerkt das. Und du ...« Oliver erstarrte, als er irgendwo im Haus ein Quietschen hörte. Vielleicht die Verbindungstür zwischen Esszimmer und Küche, wo die Scharniere gut mal einen Tropfen Öl vertragen konnten, vielleicht auch die Haustür.

»Dad, was war das?«

»Ich hab nichts gehört.« Colin schüttelte abermals den Kopf und rieb sich erneut mit schmerzverzerrtem Ausdruck die Schläfen. »Ich rede mit Kate. Einverstanden? Und was Mrs Dorothy angeht, auch mit ihr werde ich sprechen. Wenn ihr zwei euch wirklich solche großen Sorgen macht, dann sag ich ihr, dass sie die nächsten paar Tage nicht mehr kommen muss. Einverstanden?«

Oliver nickte erleichtert. »Das wäre schon mal ein Schritt in die richtige Richtung.«

»Ja, oder?« Colin lächelte. »Das wird schon. Aber tu mir einen Gefallen, ja? Ich will Sophie suchen, also gib etwas Acht auf Kate. Bleibt oben, wenn möglich, ich will nicht, dass ihr draußen herumlauft und … die Reste vom Feuer oder so was seht. Ich meine, du hast sie ja schon gesehen, aber ich will nicht, dass Kate sie sieht, ja?«

»Na gut. Einverstanden.«

Colin hielt ihm die Hand hin. »Gib mir fünf, Großer.«

Oli schlug ein, wenn auch widerwillig. *Sieht er denn nicht, wie ernst die Lage ist? Mrs Dorothy ist nicht die, die sie zu sein vorgibt!*

Gemeinsam verließen sie das Atelier. Zum Glück war das Haus leer, und Kate war oben in seinem Bett eingeschlafen, Mr Snuggles fest an sich gedrückt.

Colin versprach, dass er in spätestens zwei Stunden zurück sein würde: mit Sophie, wie er ankündigte. »Es tut mir leid, dass du all das mit anhören musstest«, entschuldigte er sich. »Aber ich biege das wieder gerade, glaub mir.«

»Dad?«

Sein Vater drehte sich noch einmal um.

»Du liebst Sophie, oder?«

Er nickte. »Natürlich.« Dann ging er, und Oliver sah von oben zu, wie der Wagen aus der Einfahrt verschwand; als sein Vater fort war, fühlte er sich seltsam verlassen.

Du musst jetzt auf Kate aufpassen. Das ist jetzt dein Job.

Er betrachtete seine schlafende Schwester, dann ging er hinaus auf den Flur, schloss die Tür und wählte Claires Handynummer.

»Oli, na endlich«, sagte sie nervös. »Alles gut bei euch?«

Oliver fasste knapp zusammen, was geschehen war, er berichtete von seinem Gespräch mit Kate, von dem Feuer in der Nacht am See und davon, wie ungläubig sein Vater darauf reagiert hatte, dass sie Agatha Dorothy verdächtigten, was Claire ein lautes Schnauben entlockte.

»Und du?«, fragte er. »Wo bist du?«

»Ich bin an ihrem Haus«, sagte Claire. »Beim Haus der wunderbaren Mrs Dorothy.«

»Wie bitte?«, fragte Oliver ungläubig. »Ich glaub, ich hab dich gerade falsch verstanden. Hast du gerade gesagt, du wärst –«

»Genau, Oli. Ich bin es nämlich leid, einfach nur weiter zuzusehen und abzuwarten. Wir müssen etwas tun, wenn es niemand sonst macht. Stell dir vor, heute Morgen war ein Polizist bei uns. Charles ist schon wieder verschwunden – aber dieses Mal sieht es aus, als wäre er wirklich … weiß nicht. Als wäre ihm was zugestoßen. In diesem Horrorclown auf dem Jahrmarkt, da … da ist was passiert.«

»Und was?«

»Weißt du, als er mich belästigt hat, da war jemand in der Nähe. Ich bin mir nicht sicher, aber vielleicht war es diese Agatha Dorothy. Vielleicht hat sie gehört, was für Widerwärtigkeiten er mir hinterhergerufen hat. Vielleicht … Nein, das ist Unsinn.«

»Claire, geh weg da, das ist viel zu gefährlich!«

»Sieht nicht besonders gefährlich aus. Denk dran, wir wissen noch nicht sicher, ob sie wirklich etwas mit der Sache zu tun hat. Wir wissen nur, was deine Schwester gesagt hat.«

»Und glaubst du, Kate würde sich all das nur ausdenken?«

Claire zögerte. »Ich weiß nicht. Sie ist ein kleines Mädchen. Aber nein. Nein, das denke ich eigentlich nicht.«

»Na also.«

»Du musst herkommen. Wir müssen da rein und uns drinnen umsehen.«

»Wie bei Forstner, meinst du?« Oliver jagte der Gedanke einen kalten Schauer über den Rücken, aber er wollte vor Claire nicht schwach dastehen. »Ich kann hier nicht weg. Ich muss auf

Kate aufpassen. Mein Dad sucht jetzt Sophie. Er kommt erst in ein paar Stunden zurück.«

Wieder zögerte Claire. »Das ist ja seltsam«, sagte sie dann. »Moment.«

»Was machst du?«

»Ich versuch, durch eins der Fenster im Erdgeschoss zu gucken. Hier hinten ... hier hinten steht eins offen.«

»Mach das nicht, verflucht! Das klingt wie eine Falle!«

»Sie ist nicht da, Oli. Glaub mir doch, ihr Wagen steht nicht in der Einfahrt, dieser alberne alte VW Käfer, von dem du mir erzählt hast – sie ist irgendwo anders. Hier kann gar nichts passieren.« Sie klang angespannt – umso mehr bewunderte er ihren Mut und die Tatsache, dass sie sich durch absolut gar nichts aufhalten ließ.

Ich wär gerne ein wenig mehr wie sie. Nur ein bisschen.

»Oli?«, fragte sie. »Hier steht eine große Mülltonne.« Er hörte ein Quietschen, dann ein Scheppern, es klang, als würde Blech auf Pflastersteine fallen. »Das war der Deckel.«

»Und?«

»Hier drin ...«, Claire atmete schneller, jetzt klang sie äußerst angespannt, ja verängstigt, »hier liegt etwas Ekliges. Ein Plastiksack, aus dem ... etwas heraussuppt. Ich glaube, das ist Blut.«

»Verflucht, Claire, du musst da weg!«

»Ich muss die Polizei anrufen, meinst du wohl.«

»Ja, das musst du. Mach das!«

»Dann melde ich mich wieder. Oli?«

»Ja?«

»Kannst du nicht herkommen? Ich hab Angst.« Sie lachte nervös. »Mist, jetzt hab ich es doch zugegeben. Aber ich mein es ernst. Komm her.«

»Kate ...«

»Kann mal kurz allein sein. Sag ihr, sie soll ja niemandem aufmachen.«

Oliver holte tief Luft. Die Entscheidung fiel ihm überhaupt nicht leicht, und doch hatte er sie innerhalb von Sekunden getroffen. *Du kannst sie da nicht allein reingehen lassen.*

»Also gut«, erwiderte er. »Keine Angst. Ich werd dich nicht allein lassen. Ich fahr rüber, so schnell ich kann.«

KAPITEL 12

Mrs Agatha Dorothy sah aus dem Kleiderschrank zu, wie Oliver zurück in sein Zimmer kam und seiner Schwester, die friedlich wie eine Puppe in seinem Bett schlief, einen kurzen Blick zuwarf.

Dann nahm er einen Notizblock von seinem Schreibtisch und kritzelte eine Nachricht darauf, die er für sie auf den Nachttisch legte.

Das dreiundzwanzig Zentimeter lange Kochmesser, das sie vergangene Nacht aus dem Messerblock in der Ausbeinkammer tief in ihrem Keller genommen hatte, lag vorzüglich in ihrer Hand. *Nur zu, Junge, wirf einen Blick in deinen Kleiderschrank. Dann wird es anders enden als geplant, was bedauerlich wäre – bedauerlich, aber noch im Rahmen meines Planes.*

Doch Oliver schnappte sich nur seine Jacke vom Haken bei der Tür und ging hinaus. Mrs Dorothy hörte seine Schritte auf der Treppe – so deutlich wie sein Gespräch mit der kleinen Rothaarigen, mit der er draußen im Flur telefoniert hatte. Dann ging die Haustür unten. Agatha Dorothy öffnete die Schranktür. Mit schnellen Schritten, die so gar nichts mit der etwas behäbigen, großmütterlich wirkenden Gutmütigkeit zu tun hatten, mit der sie sich sonst bewegte, wenn Mitglieder der

Familie anwesend waren, war sie beim Fenster. Oliver schwang sich auf sein Fahrrad und fuhr in Richtung Steinberg.

Du weißt, wo er hinwill. Du weißt, was sie vorhaben. Das ist gut. Alles läuft nach deinem Plan.

Die kleine Kate Carter regte sich im Schlaf, drehte sich um und drückte sich ihren Teddy gegen die blassen Wangen. Selbst im Schlaf ging ihr Atem angestrengt, und hin und wieder hustete sie.

So ein kleines, schwächliches Kind.

Aber auch für sie hast du eine Verwendung in deiner Sammlung.

Ungerührt dachte Mrs Dorothy an den nächsten Schritt, den sie für die Carters vorgesehen hatte – und an den danach. Der war der allerbeste. Das Finale.

Sie streckte den Zeigefinger ihrer linken Hand aus und strich über Kates Wange. »So ein süßes, verletzliches Ding. Und so allein, weil der Bruder lieber Detektiv spielen will. Dabei hat er doch schon einen alten Mann das Leben gekostet … und alles nur, weil Mama und Papa lieber einander anschreien, als dir zuzuhören. So ist das, nicht wahr? Sehr bedauerlich.«

Sie kniff Kate heftig in die Wange, bis das Mädchen mit einem schmerzgepeinigten Keuchen aufwachte. Benommen sah sie sich um. Als sie Mrs Dorothy erkannte, begann sie zu schreien.

»Schrei, du Gör. Dich hört niemand. Niemand mehr. *Nie* mehr.«

Kapitel 13

Sophie wachte aus einem Albtraum auf, jäh und panisch. War da jemand bei ihr im Hotelzimmer, ein bedrohlicher, dürrer Schatten am Fußende ihres Bettes? Sie sprang aus dem Bett, blickte sich um, aber da war niemand, sie war vollkommen allein.

Durch das gekippte Fenster drang morgendlicher Straßenlärm, die Druckluftbremse eines Lkw und die Kreissäge einer nahen Baustelle.

Verflucht, wie lange hast du eigentlich geschlafen?

Ihr kamen die schon verblassenden Bruchstücke des Albtraums wieder in den Sinn: Eine ältere Frau hatte sich drohend über Kate gebeugt, in der Hand ein langes Messer. Die Gesichtszüge der Frau hatte sie nicht erkannt, doch sie ahnte, von wem sie geträumt hatte und dass es mehr war als nur ihr Unterbewusstsein, das versuchte, den vergangenen Tag zu verarbeiten.

Ihr Handy läutete – Christins Nummer stand auf dem Display, Dr. Christin Morris aus ihrem alten Leben in England. *Sie wollte uns besuchen kommen*, ging Sophie durch den Kopf, aber das fühlte sich an, als wäre es verdammt lange her.

»Christin!«

»Oh Gott, Sophie!« Christin klang verändert, als hätte sie einen ziemlichen Schnupfen – oder war es etwas anderes? Etwas Gefährliches? »Wie … wie geht es euch?«

»Wie es uns geht?«, wiederholte Sophie irritiert. »Wo bist du? Wieso hast du dich so lange nicht gemeldet?«

»Ich …« Sie schluchzte. »Ich weiß nicht … es ist alles so dunkel. Ich weiß nicht mehr, *was* geschehen ist. Ich weiß nicht, wo ich bin, aber … Sophie, hör mir zu.«

»Ja?« Die Panik in Christins Stimme jagte ihr Angst durch den ganzen Körper.

»Wo ist deine Tochter? Wo ist deine Familie? Du musst auf sie aufpassen, hörst du!«

»Was sagst du da? Wieso –«

»Sofort! Ihr müsst da weg, sofort!«

Dann schrie Christin auf und der Anruf brach ab. Sophie starrte entsetzt auf das Telefon und wählte Christins Nummer, doch niemand nahm ab. Scheiße. Was war nur passiert? Zitternd wählte sie Colins Nummer, Colin meldete sich schon nach dem zweiten Läuten. »Oh mein Gott«, hörte sie ihn sagen. Er klang, als hätte er vergangene Nacht viel zu viel getrunken – und als läge ihm eine Beichte auf der Zunge, die er unbedingt loswerden wollte. »Ich bin so froh, dass du dich meldest.«

»Ja? Nach gestern? Nach …« *Den Fotos*, wollte sie sagen, schluckte die Worte dann jedoch herunter. »Nach allem, was wir uns an den Kopf geworfen haben?«

»Wo bist du?«

»Das sag ich dir, nachdem wir uns unterhalten haben«, erwiderte sie kühl. »Nicht vorher. Wieso klingst du, als … du weißt schon.«

»Weil ich gestern Nacht«, er zögerte, »weil ich mich betrunken habe. Frag mich nicht, wie das passiert ist, ich kann mich nicht mehr erinnern. Hör mir zu, Sophie. Ich habe einen Fehler gemacht. Ich … ich hätte dich nicht so behandeln dürfen. Die

Sache gestern … dass du ein paar Tage ausziehen sollst, das … das ist Wahnsinn. Es tut mir leid. Komm zurück.«

Sophie dachte an seinen Blick, als sie von Kates Worten über Agatha Dorothy berichtet hatte. Er hatte ihr nicht geglaubt.

»Hast du dich um sie gekümmert? Bist du sie losgeworden?«

»Noch nicht. Aber das werde ich. Versprochen.«

Sophie holte tief Luft. Dann erzählte sie ihm von dem Telefonat mit Mrs Dorothy, bevor der mit den Fotos umwickelte Stein das Küchenfenster getroffen hatte. »Sie muss verrückt sein«, schloss sie. »Und ich will sie nicht in der Nähe der Kinder sehen.«

»Ja. Ja, du hast recht.«

»Wo bist du jetzt?«

»In Steinberg. Ich suche dich.«

»Mein Gott, Colin!«, rief sie laut. »Bist du wahnsinnig? Dreh sofort um und fahr nach Hause zurück. Sofort, du Idiot!«

»Aber ihr kann doch dort —«

»Was?«, schrie sie ihn an. »Nichts zustoßen, wenn sie mit Oli dort ist? Oli ist ein Junge und er kann jederzeit mit seinem Rad losfahren und sie allein lassen! Mein Gott, bist du ein vollkommener Idiot!« Sophie schnappte sich die Autoschlüssel und stürmte zur Tür. »Weißt du was? Ich fahre selbst zu ihr. Du bist einfach zu langsam.«

»Dann treffen wir uns dort.«

Sophie legte auf, die Bitterkeit in Colins letzten Worten war ihr nicht entgangen. *Wenn das vorbei ist*, ging ihr durch den Kopf, während sie nach unten und hinaus zu ihrem Wagen lief, *müssen wir über all das hier nachdenken. Gründlich nachdenken.*

Ihr Auto parkte am Straßenrand gegenüber dem Hotel, im Handumdrehen war sie unterwegs. Fluchend und hupend schlängelte sie sich durch den Verkehr. Plötzlich meinte sie, im Rückspiegel den kleinen Wagen von Agatha Dorothy zu erkennen; ihr war, als würde die ältere Frau sie aus ihrem Wagen heraus angrinsen, so als wollte sie ihr sagen: *Sieh her, sieh, was ich getan habe. Wie ich eure kleine Familie beschädigen konnte, in nur so kurzer Zeit.*

Kurz dachte sie daran, die Polizei zu rufen, ließ ihre Hand aber wieder sinken, als ihr der Polizist in den Sinn kam, der sie vor dem Forschungsinstitut abgepasst hatte. Sie dachte an die Anschuldigungen wegen Forstners Hund. Nein. Diese Sache mit Mrs Dorothy musste sie selbst lösen. Und was in aller Welt war nur Christin zugestoßen?

Hinter dem Ortskern von Steinberg beschleunigte Sophie. Auf der Straße in Richtung des Sees kam ihr ein Vierzigtonner entgegen, mit viel zu hoher Geschwindigkeit donnerte er Richtung Tal. Sonst begegnete ihr kein einziges Auto – und auch kein Colin im Rückspiegel.

Vielleicht ist er ja schon dort. Aber so wie er am Telefon klang, ist das nicht sehr wahrscheinlich. Er sollte eigentlich überhaupt nicht fahren.

Sie versuchte, sich zu erinnern, wann sie ihn das letzte Mal so betrunken erlebt hatte. *Colin trinkt doch nicht. Wenn er aber vergangene Nacht getrunken hat, was bedeutet das dann?*

Der See kam in Sicht, die Morgensonne, die sich wie ein goldener Farbklecks auf dem Wasser spiegelte, und die Tannen, die wie Soldaten aneinandergereiht die Straße flankierten. Mit quietschenden Reifen bremste sie in der Einfahrt und rannte zur Haustür.

Und dort erstarrte sie.

Im Flur lagen Schnapsflaschen zuhauf, die Bilder waren von den Wänden gerissen, Glasscherben waren überall verteilt ... es stank nach Hochprozentigem und nach etwas anderem – etwas Verbranntem.

»Kate?«, schrie sie. »Oliver?«

Keine Antwort, weder von oben noch aus dem Erdgeschoss. Sophie rannte von Zimmer zu Zimmer, überall bot sich ihr ein ähnliches Bild – Verwüstung, angerichtet durch Zorn, und überall Flaschen.

»Was um alles in der Welt ist hier passiert?« Die laut ausgesprochenen Worte erschreckten sie. Dann schlug die Haustür zu, Sophie fuhr herum. Aber da war nichts, nur der Wind.

Aus der Küche nahm sie ein Messer, dann ging sie nach oben. Die Türen zu den Kinderzimmern standen offen und auch die Tür zu ihrem Schlafzimmer war nur angelehnt. Das Fenster am Ende des Flures stand offen, der Wind, der hereinblies, roch so stark nach Rauch und verbranntem Papier, dass es ihr die Kehle zuschnürte.

Der erste Stock war weniger verwüstet, aber auch hier lagen zwei Schnapsflaschen auf dem Teppich, der mit schlammigen Flecken übersät war. Fußspuren.

Sie stieß die Tür zu Kates Zimmer auf. Es war leer. Sophie bemerkte, dass Mr Snuggles fehlte. Sonst schien hier nichts geschehen zu sein. Sie lief hinüber zu Olivers Zimmer. Dort war das Bett zerwühlt, und die Schranktür stand weit offen.

Sophie holte tief Luft.

Ein eiskalter Schauer kroch ihr über den Rücken, eisige Finger tasteten zwischen ihren Schulterblättern, als stünde ein Toter direkt hinter ihr.

Sie kannte den Geruch, der hier in der Luft lag.

Mrs Dorothy. Das war ihr Parfüm, ganz schwach zwar, aber eindeutig. Sie hätte schreien können.

Sie war hier, und zwar vor Kurzem erst.

Sophie wirbelte herum, rannte die Treppe hinab und hinaus in den Garten. Dort rief sie nach Oliver und Kate, während ihr Herz förmlich aus ihrer Brust springen wollte und die Angst in erstickenden Wellen durch ihren Körper pulsierte, ihr alle Luft rauben wollte.

Dort unten nah am Ufer entdeckte sie einen großen Haufen schwarz verbrannter Überreste ihrer Bilder. Tränen strömten ihr über die Wangen, als sie den von Ruß und Papierüberresten übersäten Uferabschnitt erreichte, einige Sekunden lang war ihr, als sähe sie inmitten der Überreste ihres Ateliers kleine Knochen.

»Kate ... und ... was ist das hier ... Colin, wieso ... wieso hast du das getan ...«

Aber da waren keine Knochen, wie sie erkannte, nur Asche. Ihr Blick wanderte weiter zum See, und nur einige Augenblicke später sah sie, dass eins der Boote sich gelöst hatte – und sie entdeckte die winzige Gestalt, die dort weit draußen auf den Wellen schaukelte, während eine Gruppe von Schwänen sie umkreiste – Sophie erkannte sie sofort wieder.

»Kate«, brüllte sie aus Leibeskräften, »Kate!«

Sie glaubte, eine dünne Mädchenstimme zu hören. Sophie zögerte keine Sekunde.

Sie stürzte sich in den See, das Wasser packte sie mit eisigen Fingern. Binnen Sekunden war sie durchnässt, die Kälte schnitt in ihre Haut wie unzählige gefrorene Messer. Sophie begann zu schwimmen, hielt auf das kleine Boot zu.

Jemand war hier, ging ihr durch den Kopf. *Jemand war hier, hat all das zerstört und Kate ... Kate dort draußen auf dem See ... War das Agatha? Will ...* sie musste sich zwingen, weiter gegen die Kälte zu kämpfen, die ihre Gedanken zu lähmen drohte ... *will Agatha Dorothy sie langsam umbringen? Aber das ergibt keinen Sinn.*

Es sei denn, sie beabsichtigt, dich auf diese Weise zu töten. Weil sie erwartet, dass du ertrinkst, während du versuchst, deine kleine Tochter zu retten.

Aber diesen Gefallen wirst du ihr nicht tun.

Mach weiter. Es ist nur Wasser und es sind nur noch einige Meter. Du kannst das. Du wirst es schaffen.

Einer der großen Schwäne schwamm ganz in ihrer Nähe. Er musterte sie, als wunderte er sich, was dieses fremde Wesen hier verloren hatte. Sophie schluckte Seewasser, sie keuchte und spuckte, ihre Muskeln brannten, als bohrten sich glühende Widerhaken in ihr Fleisch – und doch zwang sie sich weiterzumachen.

Weiter.

Dann schrammten ihre tauben Finger über die harte Bootswand. Sie schrie vor Angst und Wut und Verzweiflung, während sie sich an Bord hievte.

Da lag Kate, ihre Lippen waren blau angelaufen, ihr Haar und ihre Kleidung nass und kalt. »Bitte«, keuchte Sophie, und Panik streckte ihre Klauen nach ihr aus, »bitte, nein, bitte nicht!«

Doch zum Glück, Kate atmete noch, wenn auch sehr schwach. Sophie hielt sie in den Armen. *Sie muss zurück ans Ufer. Du musst sie in ein Krankenhaus bringen, sie kann nicht hierbleiben.* Mit verzweifelter Kraft packte sie das Ruder im Boot und hielt auf das Ufer zu, die Schwäne begleiteten ihren Weg mit lauten, durchdringenden Schreien.

Das Ufer schien endlos weit entfernt, doch dann endlich gelangte Sophie an den Strand. Sie hob Kate, die sich fürchterlich leicht anfühlte, heraus und trug sie durch den Garten, ihre Beine drohten unter ihr nachzugeben.

Und was hat Agatha Oli angetan? Dieser panische Gedanke schoss durch ihren Kopf, während sie zum Auto rannte.

Der Motor ihres Smarts lief noch. Sie packte Kate in zwei Jacken, drehte die Heizung hoch und setzte sich hinter das Steuer. Das nächste Krankenhaus lag am anderen Rand von Steinberg, in gut fünfzehn Minuten konnte sie dort sein.

Mit durchdrehenden Reifen fuhr sie los.

Halt durch, kleine Katie. Halt bitte einfach noch ein bisschen durch. Wir sind bald da und dann bist du in Sicherheit.

Kapitel 14

Da war wieder einer der schweren Vierzigtonner, die an ihr vorbeibrausten, und da war die hohe Geschwindigkeit auf dem Tacho – aber hauptsächlich waren es ihre panischen, abschweifenden Gedanken, die sie jene Sekunden zu spät reagieren ließen, als es geschah.

Und als es geschah, wusste Sophie, dass sie Kate nun nicht mehr in Sicherheit bringen konnte.

Sie starrte in den Rückspiegel. Hinter dem Steuer des großen Pick-up-Trucks saß niemand anders als Mrs Dorothy – eine Wahnsinnige, zähnefletschend in einer fliederfarbenen Strickjacke. Das Blech quietschte, als die Stoßstange des riesigen Lkw ihren kleinen Wagen traf. Sophie hatte Mühe, ihn auf der Straße zu halten.

»Du verfluchte Schlampe«, stieß sie hervor. Dann rammte der Pick-up sie noch einmal, stieß sie von der Straße. Sophie schrie, als die Reifen über den abschüssigen Boden holperten – immer schneller, sie raste auf eine Blautanne zu, die Tanne füllte die ganze Windschutzscheibe aus, ihre ganze Welt.

Das Letzte, was sie hörte, war ein grässliches kreischendes Splittern – danach war alles bodenlose Schwärze.

Agatha Dorothy setzte mit dem Pick-up ein Stück zurück, sprang behände aus dem riesigen Gefährt und ging zum Straßenrand. Dort unten lag der kleine Wagen der dummen Fotze. Sie lächelte voller Vorfreude.

»Na, na, na«, sagte sie leise und leckte sich über die Lippen. »Wen haben wir denn da?«

Aus dem kleinen Smart stieg eine dünne schwarze Qualmwolke. Es roch nach Benzin und auf dem mit Tannennadeln übersäten Waldboden breitete sich eine glänzende Lache aus.

»So ganz allein«, frohlockte sie. »Ganz allein für mich und meine Sammlung.«

Sie begutachtete die tiefen Reifenfurchen im weichen schwarzen Waldboden und überlegte, wie sie am einfachsten die Böschung hinabsteigen konnte.

»Hey, Sie!«

Sie fuhr herum. Da stand ein Mann, sein riesiger Lkw ragte hinter ihm auf, die hellen Lichter bohrten sich durch den morgendlichen Dunst wie Lanzen. Er trug ein kariertes Hemd und die Hosen eines Arbeiters. An seinem Blick erkannte sie: Er war wachsam, vielleicht zu wachsam für das, was sie vorhatte.

Sie fluchte innerlich.

So war das nicht geplant.

Dieser Idiot verdarb alles!

»Hey, Sie«, rief der Mann noch einmal und sein Atem wehte neblig weiß im Licht der Morgensonne davon, »was machen Sie da?«

»Hier liegt ein Auto. Es ist den Abhang hinuntergestürzt«, flötete Agatha mit ihrer weichen Mädchenstimme. »Wir müssen helfen!«

»Oh mein Gott. Ich rufe den Krankenwagen.«

»Das müssen Sie nicht, ich habe es schon getan, mein Guter.« Sie machte ein paar Schritte auf den Mann zu, doch er streckte die Hand aus, als wollte er sie stoppen. *Was dir ohnehin nicht gelingt*, ging ihr durch den Kopf. Sie unterdrückte ein Lächeln.

»Hier? Ich weiß zufällig ganz genau, dass Sie hier keinen Empfang haben. Mein Schwager hat eine Hütte nicht besonders weit von hier, und dort gibt es keinen.« Er musterte sie noch argwöhnischer als zuvor. »Ich rufe den Arzt über den Funk in meinem Lkw.«

Er eilte zu seinem Vierzigtonner zurück und kletterte in die Fahrerkabine. Agatha sah, wie die Türverriegelung zuschnappte. *Ein vorsichtiger Mann. Aber das wird ihm nichts nützen.*

Dann hörte sie andere Fahrzeuge hupen. Sie kamen hinter dem Vierzigtonner zum Stehen – und dann, kaum einen Herzschlag später, ertönte das Heulen einer Sirene.

»Ihr verdammten Bergärsche«, zischte sie, eilte zu ihrem Wagen und stieg ein. Die Kontrollleuchten am Armaturenbrett zeigten, dass beim Rammen nichts Außergewöhnliches geschehen war. *Gut.* Noch ehe irgendjemand reagieren konnte – und inzwischen waren ein paar Leute da, die in ihre Richtung und in Richtung der Böschung zeigten, ja sogar der Lkw-Fahrer kam wieder aus seiner Kabine heraus und eilte in ihre Richtung –, legte sie den Gang ein und brauste davon.

Pläne funktionieren nur so lange, wie man sie aufrechterhalten kann. Geht das nicht mehr, muss man sie umstellen. Einen anderen Ansatz wählen. Das ist ganz leicht. Und als die Tannen des schier endlosen Waldes an ihrem Fenster vorbeiflogen, lächelte sie schon wieder.

Die Carters werden mir nicht entkommen.

Keine Beute entkam einer tödlichen Giftschlange, sobald die ihr Ziel lokalisiert hatte.

KAPITEL 15

Oliver lehnte sein Rad an die Hecke.

Das borstige, düstere Dornengestrüpp wirkte selbst im Licht der Mittagssonne seltsam blass, als wären alle Farben in den Boden gesickert und nur schmutzige Grau- und Brauntöne übrig geblieben.

Das Tor stand offen und Mrs Dorothys Wagen fehlte. Claires Fahrrad, das sie einige Meter entfernt abgestellt hatte, war ebenso wenig abgeschlossen wie sein eigenes, weil auch Claire genau wusste, dass sie womöglich schnell von hier fliehen mussten.

Für den Fall des Falles. Sein Herz pochte heftig, als er den ersten Schritt auf das Grundstück machte, seine Sinne waren geschärft, er war wachsam, vielleicht wachsamer als je zuvor. Der Boden war mit quadratischen Waschbetonsteinen gepflastert und fühlte sich unter den Sohlen seiner Sportschuhe rau an. Er wandte sich nach rechts und ging zu den Mülltonnen. Dort führte ein schmaler Pfad zwischen den Hecken und der Hauswand hindurch.

»Claire?«

»Ich bin hier«, erwiderte sie leise. Ihre Stimme wurde von dem Dickicht beinah verschluckt, doch dann sah er sie. Claire hatte ihr rotes Haar zu einem Zopf zusammengebunden, sie trug Jeans und ein Hemd, die Ärmel waren hochgekrempelt; in der Hand hielt sie eine Taschenlampe.

»Nur für den Fall«, sagte er leise mit Blick auf die Leuchte in ihrer Hand.

»Vielleicht hat man eurer lieben Haushälterin ja den Strom abgestellt.«

In jeder anderen Situation hätte Oli darüber lachen können – aber nicht jetzt und nicht hier.

Hier, zwischen der vor sich hin modernden Hauswand, von der Putz und Zement abbröckelten und den nackten Mauerstein übrig ließen, und dem Dickicht der dornenübersäten Hecke. Die feuchte, beißende Luft hatte sich mit Dunkelheit vollgesogen – so dicht und eindringlich, dass sie jedes Wort, jeden vernünftigen Gedanken zu ersticken schien.

»Was für ein Ort.«

»Ich glaube, mein Dad hat sich ihr Haus mal angesehen«, sagte Oli leise. »Und er meinte, es wäre alles okay. Aber vielleicht war er gar nicht wirklich hier.« Er dachte an die anzüglichen Fotos und daran, wie Dad alles abgestritten hatte. *Dein Vater ist ein Lügner*, höhnte eine Stimme im Hinterkopf, sie klang fast wie das zuckersüße mädchenhafte Säuseln von Agatha Dorothy.

»Oli?«

Er zuckte zusammen. Claire rüttelte an seiner Schulter. »Du musst dich konzentrieren«, sagte sie. »Das hier ist anders als bei Forstner, glaub ich.«

»Ja. Spür ich auch.«

Claire deutete auf das gekippte Fenster direkt über ihnen. Da konnten sie mit Leichtigkeit hineinklettern.

»Wenn wir das machen«, sagte sie leise, »dann wird es wahrscheinlich sehr, sehr gefährlich.«

Oliver nickte. Das war klar, darauf musste sie ihn nicht extra hinweisen. »Du musst nicht mit reingehen«, fügte er

249

hinzu. »Du musst das nicht machen. Hier geht es um diese Frau und meine Familie, du musst dich nicht in Gefahr bringen für uns, das hat nichts mit dir zu tun.«

»Nein, Oli. Das hat es sehr wohl. Ich tu es für dich.« Claire sah auf den Boden, dann hob sie den Blick, als hätte sie etwas Mut fassen müssen, und sah ihm in die Augen. »Weil ich dich sehr mag, weißt du das nicht?«

Ihre Augen waren blau – und selbst hier, in diesem Zwielicht aus Dunkelheit und Grün, strahlten sie. »Doch«, sagte Oli, »das weiß ich.«

Claire beugte sich vor und küsste ihn. Ihre Lippen lagen samtweich auf seinen, und Oliver vergaß für einen Augenblick alles um sich herum – dieses Haus, seine Familie, Mrs Dorothy. Dann war der Moment vorüber. »Stefan wollte uns hier treffen, aber irgendwas muss ihn aufgehalten haben«, sagte Claire. Oliver spürte plötzlich, wie kalt die Luft war, wie stark der Wind blies und wie unerbittlich der Herbst angebrochen war – so unerbittlich wie diese Frau, die hier lebte, Gott allein wusste, wie lange schon.

Oliver hob einen großen Stein vom Boden auf. »Werfen wir das Fenster ein und klettern rein. Stefan wird schon noch kommen, ich schreib ihm, er muss hier draußen Schmiere stehen.«

»Gute Idee.« Ehe Oli werfen konnte, hielt Claire seinen Arm fest. »Was ist, wenn die Alte eine Alarmanlage hat?«

»Eine Alarmanlage ist immer mit irgendeinem Sicherheitsunternehmen verbunden, und sobald der Alarm ausgelöst wird, fährt einer von diesem Unternehmen raus zu der Anlage, um nachzuschauen. Oder es wird gleich die Polizei benachrichtigt und die kommt dann vorbei. Mrs Dorothy will bestimmt nicht, dass jemand auftaucht und herumschnüffelt, wenn sie wirklich was zu verbergen hat.«

»Nein, natürlich nicht. Sie muss ihre Geheimnisse für sich behalten, sie gut verstecken.«

»Und das tut sie wahrscheinlich schon ziemlich lange.« Oliver schleuderte den Stein. Er erinnerte sich, wie ihn sein Vater für seine Wurftechnik gelobt hatte. Ob nach dieser Sache zwischen ihnen die Dinge jemals wieder so wären wie zuvor?

Ganz sicher nicht. Etwas bleibt immer kleben. Oli wusste nicht, wo er diesen Spruch aufgeschnappt hatte, aber er fand ihn gerade sehr passend.

»Wenn wir diese Sache überhaupt überstehen«, fügte er leise hinzu. Der Stein hatte die Scheibe durchschlagen, mit einem Ast stieß er die Scheibenreste nach innen, damit sie sich beim Hindurchklettern nicht verletzten.

»Was denkst du über Mrs Dorothy?«

»Sie ist wirklich krank, glaube ich. Und wenn ich daran denke, wie lange sie bei uns war, mit uns zusammen gegessen hat, mit uns zusammen im Haus war, mit Kate allein oder mit mir oder mit Sophie, treibt mir das eine Gänsehaut über den ganzen Körper. Und ich frag mich, was sie vorhat, was sie von uns will und vor allem ... womit sie Kate solche Angst machen konnte.«

»Wir halten sie auf«, sagte Claire zuversichtlich.

»Ich weiß nicht, wie du das machst.« Oli kletterte aufs Fensterbrett und streckte ihr die Hand entgegen, die sie kräftig packte.

»Was mache ich?«

»So tapfer zu sein.« Er half ihr hoch. Dann ließen sie sich auf der anderen Seite ins Erdgeschoss hinab.

»Oh, das ist ganz leicht.« Claire warf ihm im Halbdunkel des muffigen Hausflurs – eine einzige schummrige Lampe brannte hinter einem milchigen Glasschirm an der Decke – einen langen Blick zu. »Man braucht nur einen Arsch als Vater, und dann lernt man ziemlich schnell, für sich selbst zu sorgen.«

»Das ... das tut mir leid.«

»Muss es nicht. Aber jetzt genug davon. Wir müssen uns konzentrieren, ja?« Dann kam sie Oli zuvor und nahm seine Hand.

»Wir riskieren überhaupt nichts«, sagte er. »Wir schauen nur, aber wenn es unheimlich wird, dann …«

»Alles hier ist unheimlich. Wir können jetzt keinen Rückzieher mehr machen. Das hier ist die Spinnenhöhle, das Versteck des Schurken oder was auch immer … wir sind schon zu tief drin, als dass wir jetzt noch mal umkehren könnten.«

Und Oli wusste, dass sie recht hatte.

Im Erdgeschoss wirkte die Wohnung so, wie er sich Mrs Dorothys Zuhause vorgestellt hatte: altbacken und groß-mütterlich, mit Spitzendeckchen auf den Kommoden und Sesseln und gerahmten Scherenschnitten aus Märchen an den Wänden. Und natürlich Puppen: überall Puppen in allen Formen, Farben und Größen. Die Puppen warfen dürre Schatten auf die beigefarben tapezierten Wände und betrachteten sie wie kleine Kinder aus den Tiefen der Sessel und Sofas, das Licht von Claires Taschenlampe reflektierte in den Knopfaugen. »Ich hasse Puppen«, flüsterte Claire. Sie hielt seine Hand fest umklammert.

Sie hat Angst, und dir geht es ganz genauso.

»Hier ist nichts«, sagte er. »Das sieht aus, als hätte sie einen gewaltigen Schaden, aber es ist nichts, was irgendwie verrückt oder verboten ist.«

»Das hier ist nur die obere Ebene«, sagte Claire. »Das hier, das kann sie Leuten im Notfall zeigen. Wenn jemand vorbeikommt, dann ist das hier alles, was er zu sehen bekommt. Das seltsame, aber aufgeräumte und ordentliche Heim einer Puppensammlerin.«

In der Küche waren alle Teller sorgsam in den Hängeschränken verstaut, im Mülleimer war nur eine leere Packung Mehl – auf einer ordentlich über dem kleinen Küchentisch ausgebreiteten geblümten Decke stand ein Marmorkuchen.

»Natürlich. Sie bäckt.« Claire schnaubte. »Wen will die Alte damit denn täuschen?«

Oli nickte. Was er nicht zugeben wollte, waren die Zweifel, die durch seinen Kopf geisterten: Was, wenn Agatha Dorothy doch nur die großmütterliche Haushälterin war, die niemandem etwas zuleide tat? Was konnten sie ihr schon konkret vorwerfen? *Und wir brechen gerade in ihr Haus ein.*

Doch dann dachte er an Kates verängstigtes Gesicht und ihre Worte, und alle Zweifel waren sofort weggeblasen.

»Wir müssen etwas finden«, sagte er. »Und dann die Polizei rufen.«

Sie gingen den muffigen Flur hinab, bis sie an eine kahle braune Tür kamen. Oliver öffnete sie. Aus dem Dunkel stieg ein süßlicher Gestank nach oben. »Formaldehyd«, flüsterte Claire und ihre Hand bewegte sich nervös in seiner. »Mein komischer Onkel hat Tiere ausgestopft, sogar noch bis kurz vor seinem Tod vor zwei Jahren – und später haben sie behauptet, dass die Dämpfe von dem Zeug, das er beim Tiereausstopfen benutzt hat, den Krebs ausgelöst hätten.«

Oli starrte sie an. Im Lichtstrahl ihrer Taschenlampe sah Claire zerknirscht aus. »Tut mir leid. Das hätte ich nicht sagen sollen.«

»Doch«, erwiderte Oli. »Doch, ich frag mich bloß, was Mrs Dorothy mit diesem Zeug macht.«

»Und ich will es lieber gar nicht wissen.«

Sie sahen sich unschlüssig an. Sie schien sich genauso sehr zu wünschen wie er, nicht diese Treppe hinabgehen zu müssen. »Weißt du …«, begann Oli, doch dann fiel der Lichtkegel der

Taschenlampe auf ein Gemälde an der Wand, ein Ölgemälde, nah bei der Tür, und sie zuckten beide zugleich zusammen.

Den Mann auf dem Bild kannten sie. Die Gesichtszüge, der grausame Zug um seinen Mund, die scharf geschwungene Hakennase.

»Ach du große ...«

»Scheiße«, beendete Claire seinen Satz. »Das ist er doch. Heinrich Frey. Jedenfalls sieht er genauso aus wie der Frey in den Büchern aus der Bibliothek.«

»Der Schauermann. Scheiße, aber was hat sie mit dem zu tun?« Oli spürte, wie die Angst seine Kehle zuschnürte, wie sie tief in jeden Muskel kriechen und ihn auf der Stelle lähmen wollte. *Es hat doch keinen Sinn*, flüsterte die Stimme von Mrs Dorothy in seinem Kopf, *ihr könnt mich nicht aufhalten. Niemand kann das.*

»Diese verrückte alte Frau. Jeder Besucher wird auf dem Gemälde einen lustigen alten Mann sehen. Aber ... aber wir«, er schluckte, um das furchtbar trockene Gefühl in seiner Kehle zu vertreiben, »wir wissen es besser.«

»Was, wenn Frey gar keinen Sohn hatte, sondern eine *Tochter*? Und sie hat den Wahnsinn von ihm geerbt.«

Oliver umklammerte Claires Hand. »Wollen wir da wirklich runtergehen?«

»Nein. Aber was sollen wir denn sonst machen? Ohne einen handfesten Beweis nützt all das hier gar nichts. Sie könnte sagen, sie hat das Gemälde irgendwo entdeckt und hier aufgehängt, weil es ihr, was weiß ich, gefallen hat oder so. Sie könnte sich rausreden, sie kann das, du hast mir doch selbst erzählt, wie gut sie mit Worten umgehen kann.« Claire schüttelte den Kopf und holte tief Luft.

»Wir gehen jetzt da runter. Irgendwas Neues von Stefan?«

Oliver schüttelte den Kopf. »Nichts.«

»Da stimmt was nicht. Er sollte sich doch schon längst gemeldet haben.« Claire seufzte und hob die Taschenlampe. »Bist du bereit?«

»Nein, aber ... es wird gehen. Es muss. Gehen wir.«

KAPITEL 16

Während Sophie und Kate Carter mit dem Rettungswagen in das Steinberger Krankenhaus gebracht wurden und man Colin Carter telefonisch über den Unfall seiner Frau und Tochter informierte, fuhr Agatha Dorothy einen schmalen Waldpfad entlang, der sie tief in die Steinberger Wälder und höher hinauf ins Gebirge führte; hin zu der alten, vergessenen Hütte mit dem großen Schuppen, in dem man ein Auto hervorragend verstecken konnte.

In Agathas Kopf arbeitete es. Der Unfall war so abgelaufen wie vorgesehen, doch der Lkw-Fahrer hätte nicht dazwischenfunken dürfen, nun musste sie alle Pläne wieder über den Haufen werfen.

Sie schlug die Pick-up-Tür zu, rannte zum Schuppen und riss das Tor mit aller Kraft auf.

»Vielleicht sollte ich dir noch einen Besuch abstatten, du Scheißkerl«, fluchte sie. »Ich hab mir dein Kennzeichen gemerkt, die Firma, für die du fährst.« Sich Dinge merken konnte sie hervorragend, sie hatte nicht gelogen, als sie im Einstellungsgespräch bei den Carters von ihrem fotografischen Gedächtnis gesprochen hatte.

Bei vielen anderen Dingen dagegen hatte sie gelogen.

So wie immer.

Im Schuppen stand ihr kleiner VW Polo, den sie dort in den vergangenen Wochen sorgsam versteckt hatte – niemand im Ort hatte ihn bisher zu Gesicht bekommen. Die Polizei würde nach einem großen Pick-up-Truck suchen, doch den würden sie nicht finden, nicht rechtzeitig zumindest. Agatha Dorothy lächelte kühl.

Im Schuppen hingen Werkzeuge – eine Bandsäge, weitere Sägen und Beile –, an der Wand lehnte eine Wanne, daneben ein Hochdruckreiniger, und dann standen dort noch einige Kanister mit einer hübschen Zusammenstellung verschiedenster Säuren. An der anderen Wand hing ein Spiegel. Sie stellte sich davor.

Zeit, sich etwas zu verändern. Zeit, ihnen dein wahres Gesicht zu zeigen, nicht wahr?

Sie begann, sich die Schminke aus dem Gesicht zu wischen, und nahm die Kontaktlinsen aus ihren Augen. Endlich hatte sie ihre Augenfarbe wieder: ein leuchtendes, stechendes Grün – ganz wie das ihres Vorfahren. Dann nahm sie die Zahnprothese aus dem Mund, ihre schönen, geraden weißen Zähne. Sie betrachtete die gelben Stummel, die darunter lagen. Eine vollkommen andere Frau starrte sie jetzt aus dem verdreckten Spiegel an – eine, in deren Augen der Wahnsinn schimmerte.

»Ja, ja, ja«, sagte sie in einem leisen Singsang. »Bald sind wir zusammen wieder hübsch, meine kleinen Püppchen. Bald, aber jetzt noch nicht. Zuvor wird es Arbeit geben, viel Arbeit ...«

Sie wandte sich vom Spiegel ab und nahm die Autoschlüssel des VW Polo von der mit Messern übersäten Werkbank, stieg in den kleinen Wagen und setzte zurück. Draußen wechselte sie die Fahrzeuge und fuhr den Pick-up-Truck in den Schuppen.

»Alles muss gut versteckt sein, alles muss bereit sein«, sagte sie vor sich hin, während sie das Schuppentor abschloss. »So. Los geht's.«

Mit einem fröhlichen Grinsen setzte Agatha sich hinter das Steuer des kleinen Polos und dachte zurück an jenen Tag, als die Carters den zerschnittenen Zaun bemerkt und sich mit Hans Forstner gestritten hatten.

»Ich ficke euch«, wiederholte sie jäh Forstners Worte, die er wutentbrannt zu Colin gesagt hatte. »Ich ficke euch. Euch beide. Euch alle.« Dann musste sie lächeln. Das Grinsen, das im Rückspiegel zu sehen war, hatte jede Freundlichkeit verloren, es war kaum mehr als eine Maske aus Haut, Fleisch und Knochen, die all die Dunkelheit und Bosheit in ihrem Verstand kaum verbergen konnte.

Hinten, im Kofferraum des Käfers, versteckt unter einer Wolldecke, klapperte immer noch die Drahtschere.

Ja, natürlich war sie selbst es gewesen, die den Zaun der Carters zerschnitten hatte, die Forstners Hund hinübergelockt und später getötet hatte … niemand anders als sie selbst. Sie wählte eine Nummer, während sich das Fahrzeug in Bewegung setzte.

KAPITEL 17

Colin wusste nicht, wann er zum letzten Mal so schnell gerannt war. Er passierte nüchtern weiße Krankenhausflure, große Türen und eine Menge Betten, Ärzte, die sich verwundert nach ihm umdrehten, aber er ignorierte sie – er hatte die Verwüstung im Haus gesehen, all die Flaschen und den Dreck, und die Überreste der verbrannten Bilder unten am See und das kleine Boot, und dann hatte ihn der Anruf aus dem Krankenhaus erreicht.

»Was soll das bedeuten, meine Frau hatte einen Autounfall? Sie will zu unserer Tochter ...«

Doch dann begriff er. Sophie musste all das Chaos gesehen haben und das hatte sie derart verängstigt, dass sie sich Kate geschnappt und losgefahren war, ja, so musste es abgelaufen sein. Wieso das Boot nicht vertäut am Anleger beim Bootshaus lag, konnte er sich allerdings nicht erklären. *Und wo in aller Welt ist Oliver?*

Er war zum Krankenhaus gerast, und endlich stand er vor ihrem Zimmer, und jetzt traute er sich nicht hineinzugehen. *Wie unfreundlich du warst! Beinah wären das die letzten Worte gewesen, ihr habt gestritten und dann ... dann wäre sie fast gestorben.*

Was für ein Idiot bist du eigentlich?

Colin holte tief Luft, drückte die Klinke und trat ein.

Sophie war bewusstlos, sie trug einen Kopfverband, in ihrem Arm steckte ein Infusionsschlauch, durch den klare Flüssigkeit tropfte. Kate, neben ihr in einem zweiten Bett, trug keinen Verband, doch ihre Haut war blass, fast schon durchscheinend wie die einer zerbrechlichen Porzellanpuppe.

Oli war nicht da.

Colin eilte an Kates Bett. Sie schlug die Augen auf, als er ihre Stirn küsste, und ihr Blick fand seinen.

»Dad«, hauchte sie. »Ich … ich hatte einen verrückten Traum. Wo … wo bin ich …«

»Schsch«, machte er. »Es wird alles wieder gut, hörst du? Das wird es.« Er strich ihr sanft durch das blonde Haar. Kate streckte ihre kleine Hand aus und legte sie um seine. »Erinnerst du dich, was passiert ist?«, fragte er.

»Ich saß in einem Boot«, sagte sie und schob die Unterlippe vor, wie sie es immer tat, wenn sie sich an etwas erinnern wollte. »Und … und da war Mama … sie war auch da, aber dann war mir so furchtbar kalt.«

Was erzählte sie ihm da? Kate in dem Boot? Aber wieso?

»Herr Carter?« Colin blickte auf. Ein Arzt stand in der Tür. »Auf ein Wort.«

Er drückte Kate noch einmal an sich und folgte dem Mann hinaus. Auf dem Flur baute sich der Arzt vor ihm auf mit einem Gesicht wie eine Schlechtwetterwolke. »Ihre Tochter war unterkühlt. Sie muss eine ganze Zeit lang draußen verbracht haben, auch im Wasser, oder zumindest ganz in der Nähe davon …«

»Das kann nicht sein.«

»Glauben Sie mir, so war es.« Er zögerte, dann räusperte er sich, als müsste er sich sammeln für das, was er sagen wollte. »Herr Carter«, er senkte seine Stimme, »wir haben Kenntnis erlangt über die Krankengeschichte Ihrer Frau.«

»Kenntnis erlangt«, wiederholte Colin ungläubig. *Was geht hier vor sich? Wovon redet der Mann?*

»Ah, hier ist er ja.« Der Arzt deutete auf einen Polizisten, der eine Pistole an der Hüfte trug wie ein Wildwest-Sheriff.

Der Polizist nickte dem Mediziner zu. »Ab hier übernehme ich«, sagte er. Colin wurde den Eindruck nicht los, dass sich die beiden Männer kannten. Der Arzt nickte und verschwand wortlos in den Tiefen des Krankenhauses, sodass Colin allein mit dem Beamten zurückblieb.

»Kann mich mal jemand aufklären?«

»Ich werde nicht lange darum herumreden. Ich war gerade im Haus am See und … ich muss sagen, Ihre Frau hat ganze Arbeit geleistet.«

»Wie bitte?«

»Herr Carter«, fuhr der Polizist fort, »wir beide kennen doch die Geschichte. Ihre Frau leidet an psychischen Problemen, ist therapiebedürftig, sie war in Behandlung. Sie hat einen Mann getötet, in einer Unterführung.«

»Das war Notwehr. Und was hat das hiermit zu tun?«

»Als Sie noch in England wohnten, wer war da die behandelnde Psychologin Ihrer Frau?«

»Das …«, Colin versuchte, seine Gedanken zu sortieren, »das war Christin Morris.«

»Dr. Morris. Exakt.«

»Meine Frau steht noch immer mit ihr in Kontakt. Christin Morris wollte sie sogar besuchen kommen.«

Die Augenbrauen des Beamten hoben sich. »So? Wollte sie das?«

»Ja, wieso? Was hat dieser Tonfall zu bedeuten?«

»Ich muss Ihnen leider mitteilen, dass wir Frau Morris gefunden haben. In dem Waldstück auf Ihrem Grundstück, Herr Carter. Sie ist tot.« Seine Stimme senkte sich. »Sie wurde ermordet.«

Colin war, als hätte man ihm gegen den Kopf geschlagen. Er taumelte einige Schritte zurück, streckte eine Hand aus, um sich an der Wand abzustützen. »Das kann doch nicht wahr sein.«

»Es gibt Anzeichen, Spuren, die auf Ihre Frau hinweisen. Ich weiß nicht, wieso sie das getan hat, aber das wird Gegenstand der Untersuchung sein. Bis sie vernehmungsfähig ist, bleibt sie in diesem Zimmer. Ihnen sind doch sicher die Fesseln an ihren Handgelenken aufgefallen. Daran können wir im Moment nichts ändern, sie ist dringend tatverdächtig. Ich rate Ihnen nun, suchen Sie sich einen guten Verteidiger. Den werden Sie brauchen.«

»Aber …«

»Und Ihre Tochter, Herr Carter, die würde ich nicht mit ihr allein lassen. Wenn es meine wäre, dann wüsste ich, was ich machen würde.«

Colin starrte den Polizisten an. Er war groß und dürr und hatte eine seltsame Zahnlücke im Unterkiefer zwischen den Schneidezähnen. Ein wahnwitziger Gedanke schoss ihm durch den Kopf: *Sophie hat Christin getötet. Meine Frau ist eine Mörderin.*

»Ich … ich muss nachdenken. Welche Spuren? Sophie hat Christin seit Monaten nicht mehr gesehen, also …«

»Es gibt Spuren. Wie das Armband, das wir bei Forstners verscharrtem Hund finden konnten, gibt es auch hier welche – wenige zwar, aber dennoch. Also denken Sie nach, aber nicht zu lange.« Der Polizist ließ den Arm sinken, als wollte er seine Waffe ziehen, hakte aber nur den Daumen in seinen Einsatzgürtel. »Später werden wir uns noch mal ausführlicher unterhalten müssen, aber ich verstehe, dass Sie jetzt gerade bei Ihrer Tochter sein wollen.«

Colin spürte das Handy in seiner Hosentasche vibrieren. »Entschuldigen Sie mich.« Ein paar Meter den Korridor hinab fand er eine Toilette. Er stürzte in eine der Kabinen, am liebsten hätte er sich übergeben, stattdessen nahm er den Anruf mit zitternden Fingern an.

Am anderen Ende der Leitung meldete sich Mrs Dorothy.

»Sie«, rief er in den Hörer, »was … was treiben Sie da? Haben Sie mit dieser Sache etwas zu tun?«

»Nicht so laut«, säuselte sie. »Es ist wichtig, dass niemand mitbekommt, wie … erregt Sie sind, Herr Carter. Das könnte sich am Ende doch noch schlecht auf die Gesundheit auswirken. Auf Ihre eigene oder zum Beispiel auf die Ihres Sohnes. Glauben Sie mir, ich will Ihnen nichts Böses.«

»Meines …« Colin erstarrte, mit einer Hand presste er das Smartphone ans Ohr, mit der anderen stützte er sich an den kalten Fliesen ab. »Das wagen Sie nicht.«

»Kommen Sie her, mein Lieber«, sagte Mrs Dorothy mit süßlicher Stimme, die er nur noch ekelhaft und abstoßend fand. »Es ist Ihre Frau, die all das angerichtet hat, und ich versuche doch nur, die Dinge wieder in Ordnung zu bringen … helfen Sie mir bitte.«

Colins Hand zitterte so heftig, dass er sie mit der anderen umklammern musste, damit sein Handy ihm nicht aus den Fingern glitt und in der Toilettenschüssel landete. »Helfen? Bei was in aller Welt soll ich helfen?«

»Kommen Sie einfach her, und ich verspreche Ihnen, allen wird es gut gehen.«

»Ich bin auf dem Weg«, krächzte Colin. In seinem Kopf dröhnte es, panische Gedanken wirbelten darin umher und drohten ihm jeden Mut und alle Hoffnung zu rauben. Dann dachte er an den Polizisten, der ihn draußen auf dem Korridor abgepasst hatte: *Willst du jemandem wie ihm anvertrauen, dass sich dein Sohn womöglich in Lebensgefahr befindet? Ganz sicher nicht.*

»Oh, eine Sache noch, mein Lieber«, fuhr Mrs Dorothy fort. »Bringen Sie Ihre kleine Tochter mit. Kate. Bringen Sie sie her, sonst wird das alles nicht funktionieren. Es ist nicht sicher, wenn Sie bei Sophie bleibt … Sophie ist gefährlich, das müssen Sie mir glauben.«

»Kate? Was wird nicht funktionieren?« Die gefliese Wand schien sich plötzlich vor seinen Augen zu drehen, nahm seltsame Formen an. *Herrgott, du hast gestern was getrunken, aber das hier, das kann doch nicht sein!*

»Unsere kleine Abschiedsfeier«, flötete Mrs Dorothy. »Wie ich hörte, möchte Ihre Frau nicht, dass ich länger bei Ihnen arbeite, mich länger um die Kinder sorge, also dachte ich mir, veranstalten wir eine kleine Feier, um mir das Weggehen etwas leichter zu gestalten.« Sie kicherte.

»Sie sind … verrückt.«

»Bin ich nicht«, sagte die ältere Frau überzeugt. »Bin ich wirklich nicht. Sie sind die Wahnsinnigen. Sehen Sie sich an: Sie haben eine Familie, und was tun Sie? Sie setzen sie so leichtfertig aufs Spiel, fallen wegen Kleinigkeiten übereinander her. Aber wir kriegen das wieder hin. Ja, davon bin ich überzeugt.«

»Das … das hat Sie einen Scheißdreck zu interessieren, was Sophie und ich und die Kinder tun!«

»Ist das so? Nun, ich denke nicht. Oliver macht sich Sorgen, also beeilen Sie sich. Und vergessen Sie Ihre Tochter nicht. Ihre Frau können Sie lassen, wo sie ist, ich hörte, dass sie gerade ein wenig … verhindert ist.«

Sie legte auf. Colin stand da, mit dem Handy in seiner Hand und an die billigen weißen Fliesen gelehnt, er hörte Menschen auf dem Krankenhauskorridor – Menschen, die ihrem gewöhnlichen Leben nachgingen und die überhaupt nicht ahnten, was mit ihm geschah.

Was bleibt dir übrig? Was kannst du anderes tun, als zu ihr zu fahren? Woher in aller Welt weiß sie von Sophie? Hat sie hier einen Informanten?

Colin verließ die Toilette und blickte den Flur hinab. Zwei Krankenschwestern eilten in die entgegengesetzte Richtung davon, der Polizist war verschwunden.

Du kannst Kate nicht mitnehmen. Aber was ist, wenn sie mit Sophie doch recht hat? Wenn der Polizist recht hat, wenn Sophie wirklich ... gemordet hat?

Und was ist mit Oli? Wirst du jemals wieder in den Spiegel blicken können, wenn du nicht alles unternimmst, um zu ihm zu kommen?

Kate mitzunehmen bedeutet, sie aus Sophies Nähe zu entfernen. Und außerdem kannst du diesem Polizisten und den Ärzten hier nicht trauen, also kannst du sie auch keinesfalls hierlassen. Hier ist sie nicht sicher.

»Hast du Lust auf einen kleinen Ausflug?«, fragte er Kate. Mit einem Strohhalm trank sie warmen Tee aus einer großen Tasse. Ihre Wangen hatten eine gesunde Röte angenommen, und der Blick, den sie ihm zuwarf, wirkte wacher als zuvor.

»Wir dürfen Mama hier nicht allein lassen«, sagte sie. »Sie ... sie möchte das nicht.«

»Hat sie dir das gesagt?«

Kate schüttelte den Kopf. »Nein, aber ich kann das spüren.«

»Deine Mutter muss sich noch ausruhen.« *Was tust du da? Siehst du nicht, wie du immer weiter in den Wahnsinn hineinschlitterst?*

»Wohin gehen wir? Nicht zurück ins Haus, oder? Die böse Frau ist da, sie könnte uns wehtun. Uns allen.«

»Das wird sie nicht. Nicht, wenn ich es verhindern kann, wenn ich bei euch bin. Aber dein Bruder ist in Gefahr, und wir müssen etwas unternehmen. Alles, was du tun musst, ist, mit mir im Auto zu fahren.«

265

»Das ist alles?« Kate klang äußerst skeptisch. Ihr Atem ging wieder schneller, sie hatte Mühe, Luft zu holen, das wusste Colin. *Bringen Sie Ihre Tochter mit*, hörte er die Stimme von Agatha in seinen Gedanken nachhallen.

Dann traf er eine Entscheidung.

Kapitel 18

Sophie erwachte, als die Sonne allmählich am Horizont hinter den Häusern versank – der Herbsthimmel war rot wie Blut, das aus einer frischen Wunde floss. In ihrem Kopf dröhnte es – aber schon nachdem sie ein paar Sekunden irritiert auf die Dächer und die untergehende Sonne gestarrt hatte, fiel ihr alles wieder ein: der Autounfall, der riesige Pick-up-Truck und Agatha Dorothy, die sie von der Straße gedrängt hatte, das fürchterliche Knirschen, als die Stoßstange das Heck ihres Wagens erwischt hatte.

»Da sind Sie ja«, sagte eine laute Stimme vom Fußende ihres Bettes. Sophie erschrak, und als sie die hoch aufragende Silhouette des Mannes vor ihr wiedererkannte, wurde ihr übel vor Angst. Es war der Polizist, der sie nachts vor dem Forschungsgelände abgefangen hatte, der mit der seltsamen Zahnlücke im Unterkiefer. Nun lächelte er sie an. Weiß Gott, wie lange er sie beim Schlafen beobachtet hatte.

»Sie!«

»Ich«, sagte er langsam. »Ganz genau.«

Sophie wollte sich bewegen, erst jetzt bemerkte sie das metallische Klappern der Handfesseln, die sie am Bettgestell fixiert hielten. Sie konnte nicht aufstehen, sich kaum aufrichten.

»Was in aller …«

»Frau Carter«, sagte der Polizist mit ernster, kalter Stimme. »Man wirft Ihnen einiges vor.«

Die Art, wie er das sagte, verriet ihr, dass es hier um mehr gehen musste als um Forstners Hund. »Ich habe dieses Tier nicht getötet«, sagte sie dennoch, weil sie seine Reaktion sehen wollte – doch die blieb aus.

»Es geht hier nicht um irgendeinen Hund. Und wir müssen auch keine Spielchen spielen – meine Kollegen und ich werden die Wahrheit früher oder später ohnehin herausfinden. Wenn Sie sich zu der Sache äußern, machen Sie es sich selbst und uns nur leichter, und das wird natürlich vermerkt.«

Sophie starrte ihn an und schüttelte wie betäubt den Kopf, während sie versuchte zu verstehen, warum man sie an das Krankenbett gefesselt hatte, wieso man sie mit staatlicher, ganz offizieller Zustimmung ihrer Freiheit berauben durfte. Dieser Gedanke zerriss etwas in ihrem Inneren, ließ sie sich hilflos fühlen – mehr als jemals zuvor.

Aber ging es hier in Steinberg wirklich mit rechten Dingen zu?

»Ich bin unschuldig«, sagte sie leise, obwohl sie wusste, dass der Polizist ihr nicht glauben würde. Und so war es auch: Alles, was sie ihm damit entlockte, war ein schlichtes Lächeln.

»Wissen Sie, Frau Carter, wie häufig ich den Satz schon gehört habe?«

»Es ist die Wahrheit!«

»Christin Morris.« In den seltsam grünen Augen des Beamten sammelte sich Dunkelheit wie Wolken und verschleierte seine Pupillen.

Sophie jagte ein eisiger Schauer über den Rücken. »Was ist mit Christin?«, fragte sie. »Ich habe schon eine ganze Zeit lang nicht mehr mit ihr gesprochen. Sie wollte vorbeikommen, mich besuchen.«

268

»Sie sind bei ihr in psychologischer Behandlung.«

»Richtig.«

»Was hat Sie dazu angetrieben, Frau Morris zu ermorden? Hat sie Ihnen klargemacht, dass Sie, ganz gleich wie sehr Sie sich anstrengen, niemals den Platz von Eve Carter einnehmen können, der Mutter der Kinder? Sie werden niemals diese Lücke füllen können. Christin hat versucht, Ihnen das deutlich zu machen, und das hat Sie so sehr erzürnt, dass Sie Christin ermordet haben. Und mehr als das – Sie haben auch versucht, Kate zu töten. Es sollte wie ein Unfall aussehen, aber das ist Ihnen nicht gelungen.«

»Wie bitte? Sie … Christin ist tot? Was ist passiert? Das … aber … das kann doch nicht sein, das ist der größte Blödsinn, den ich je hören musste!«

»Es wird Abend«, sagte der Polizist und warf einen Blick aus dem Fenster, »und im Herbst sind die Abende lang und dunkel, besonders wenn man sie in einer Zelle in Untersuchungshaft verbringen muss.«

»Ich muss mit einem Anwalt sprechen. Ich habe niemanden getötet, und ich habe nicht versucht, Kate etwas anzutun. Ich habe Kate gerettet! Sie wäre dort auf dem See umgekommen, vielleicht ins Wasser gestürzt. Agatha Dorothy sollte man verfolgen. Am besten sofort. Die Frau ist wahnsinnig«, rief Sophie, ehe sie es verhindern konnte.

»Ist das so?« Der Polizist hob beide Augenbrauen. »Das ist wirklich interessant.«

»Das ist so!«

»Wissen Sie, in diesem Ort kennt man Frau Dorothy als liebenswertes, angesehenes Mitglied der Gesellschaft. Sie bringt sich ein, sei es mit ihren liebevoll handgemachten Puppen oder ihren Spenden an die örtlichen Tierschutzvereine. Eine Anschuldigung wie diese würde hier nur auf taube Ohren stoßen – und sich am Ende als vollkommen unhaltbar erweisen.«

»Sie hat meine Tochter bedroht.«

»Nun, aber es ist ja gar nicht Ihre Tochter, Frau Carter. Es ist das Kind einer anderen Mutter.«

Sophie starrte den Mann an. Erst jetzt, im schräg einfallenden Sonnenlicht, bemerkte sie das durchdringende Grün seiner Augen. Die Art, wie er den Kopf hielt, wie er sprach, seine Gesichtszüge ... und dann begriff sie endlich. *Oh mein Gott. Er ist ...*

»Ja«, sagte er, als hätte er den Gedanken aus ihrem Kopf herausgelesen. »Es ist wahr. Sie ist meine Großmutter. Sie hat sich so bemüht, um ihre wahre Herkunft vor allen anderen zu verbergen, und ich werde nicht zulassen, dass man ihr etwas Schlechtes nachsagt. Sie hat alles getan, um unserer Familie, ihren Nachkommen ein gutes Leben zu ermöglichen, auch wenn nicht einmal alle wissen, wer ihre heimliche Wohltäterin ist. Wissen Sie, Freys Wahnsinn ist tief verwurzelt, aber die vielversprechendsten Fälle – und ja, glauben Sie mir, man kann es schon bald erahnen –, die haben wir ausgesetzt. Es waren einige, sie wurden zu Waisen, auf dass sie die Saat hinaus in die Welt und in andere Familien tragen, unwissend, welchen Drang sie in ihrem späteren Leben entwickeln werden.«

»Ihre Nachkommen? Heißt das ...«

Der Mann lächelte kalt. »Unsere Familienbande sind alt und tief verwurzelt in diesem Ort.«

Wieder zerrte sie an den Handfesseln, nur um endgültig zu begreifen, dass sie ihm hilflos ausgeliefert war. *Er kann mit dir machen, was er will. Du kannst versuchen zu schreien, aber was würde das bringen? Richtig. Überhaupt nichts. Er trägt eine Pistole – das Ding daneben ist ganz eindeutig ein Klappmesser, mit dem er dich vollkommen geräuschlos beseitigen kann.*

Sophie musste sich zusammenreißen, um der Angst, die ihren Körper flutete, Herr zu werden. *Atme, Sophie, atme.*

Du musst hier rauskommen. Schon allein, weil er dir so viel erzählt hat, über die Familienbande, über all das, was nach Mrs Dorothy kommen soll.

»Kannst du sie hören«, fragte der Polizist jetzt und grinste. »Die Schritte? Kannst du hören, wie er näher kommt? Wie er seine Hose öffnet und …«

»Halt den Mund!«, schrie sie.

»Und weißt du was?« Das Grinsen wurde breiter. »Großmutter hat mir gesagt, dass ich mir meine Zeit mit dir nehmen kann, bevor ich dich zu ihr bringe. Ja, das hat sie mir versprochen. Und Großmutter hält, was sie verspricht.«

Er kam näher. Sophie zerrte an den Handfesseln und wusste zugleich, dass sie ihm nicht entkommen konnte. »Halt dich und versuch, es zu genießen«, sagte er noch. »Ich jedenfalls werde es.«

KAPITEL 19

Drei Stunden zuvor

Oli und Claire starrten Agatha Dorothys Kellertreppe hinab. Dort unten lauerte Dunkelheit. Claire klammerte sich an ihn.

»Uns bleibt ja nichts anderes übrig«, flüsterte sie in sein Ohr. Als ihr warmer Atem über seinen Nacken kitzelte, wünschte er sich, sie wäre ihm in einer anderen Situation so nah gekommen. »Wir müssen jetzt da runter.«

»Beweise finden. Es zu Ende bringen, weil es sonst ja irgendwie niemand sieht.«

»Weil sonst niemand glauben will, dass eine nette alte Frau ein solches Monster sein kann.« Claire nickte. »Ja. Das müssen wir.«

Oliver ging voraus, die Stufen knarrten unter seinen Schritten, als wären sie Knochen – Knochen, die man hier schon seit langer, langer Zeit versteckte.

Die Treppe war viel kürzer, als er erwartet hatte. Schon nach einigen Metern setzte er den Fuß auf den Boden. Unter seiner Schuhsohle fühlte er sich an wie gestampfter Lehm. Im Lichtkegel der Taschenlampe sah er einige Meter weiter eine betonierte Bodenschicht. Sie war uneben und wies hier und da große Kerben und Einschlüsse von Kies und Sand auf.

Das wirkte fast so, als hätte Mrs Dorothy den Keller selbst betoniert und niemanden damit beauftragt. Oder vielleicht war dort auch etwas vergraben. Vielleicht war der Boden aufgebrochen und wieder neu versiegelt worden.

Ein paar Meter weiter wurde der Beton glatt und neuwertiger, Claire hielt sich dicht neben ihm und umklammerte seine Hand, als wollte sie ihm die Knochen brechen.

»Nicht so fest«, sagte er leise, »wenn's geht.«

Claire nickte. Sie war leichenblass, die Hand, mit der sie die Taschenlampe hielt, zitterte, und doch ging sie weiter, vielleicht wollte sie sich nicht die Blöße geben, hier unten umzukehren.

Der Keller war vollgestellt mit Gerümpel. Im unsteten Licht der Taschenlampe wirkte ein alter Bettrost, der mitten im Raum aufragte, wie die Rippen eines Riesen, und eine alte Standuhr, deren Glas zerbrochen war und über deren kupferne Gewichte Grünspan wucherte, sah aus wie ein hochkant aufgestellter Sarg.

»Es ist nur alter Kram«, flüsterte Oliver. »Nichts Besonderes.«

»Aber der Geruch«, wandte Claire ein, »denk doch an den Geruch.«

Sie hatte recht. Der Formaldehydgestank kam eindeutig von hier, aber er entdeckte nirgends eine Flasche mit Flüssigkeit.

»Sie hat ein Versteck im Versteck. Wie eine kleinere Schachtel in einer anderen oder diese russischen Dinger, mir fällt der Name nicht mehr ein ...«

»Matroschka«, sagte Claire leise. »So heißen die, glaube ich.«

»Das war's, stimmt. Und so hat sie es hier auch gemacht. Sie hat sich hier ein Versteck gebaut, das aussieht, als wär es ein ganz gewöhnliches Haus ... und ein gewöhnliches Haus hat einen gewöhnlichen Keller mit Gerümpel und jeder Menge

Kram.« Oliver schluckte. Dunkle Ahnungen kribbelten auf seiner Haut und auf seinem Verstand wie Käfer, irgendwo hier hatte sich diese menschliche Spinne ihr wahres Nest eingerichtet, ihr Geheimversteck, in dem sie all das aufbewahrte, das niemals ans Tageslicht gelangen durfte.

Er drehte sich im Kreis. Die Wände waren voller Spinnweben, nichts hier wirkte, als würde es regelmäßig benutzt werden. Aber der Geruch …

Dann machte Claire ein paar Schritte zur nördlichen Wand hinüber – jedenfalls glaubte Oli, dass es die nördliche Wand war – und berührte die Spinnweben.

»Scheiße«, sagte sie.

Als sie den Lichtkegel auf die Stelle richtete, verstand Oli, was sie meinte. Das waren gar keine Spinnweben, jedenfalls keine echten. Stattdessen hatte Claire nach einer Art Tarnnetz gegriffen, das eine in die Wand eingelassene Tür verborgen hatte.

Die Tür war aus Stahl, sie sah aus, als führte sie in einen Schlachthof oder eine Kältekammer. Auf der Oberfläche war ein großer nautischer Stern eingeprägt. Der nautische Stern von Frey. »Oje«, flüsterte Claire. »Ich glaube …«

»… wir haben es gefunden.«

Claire sah ihn an, ihre Pupillen waren riesig in der Dunkelheit, und im Licht der Taschenlampe wirkte sie sehr jung, fast wie das kleine Mädchen, das sie einmal gewesen war. »Ich kann das nicht«, flüsterte sie. Oli spürte ihren warmen Atem an seiner Wange, so nah war sie ihm. »Ich kann es einfach nicht. Hier … hier stürzt alles auf mich ein, alles Schlechte, was ich erlebt hab, und …«

»Willst du hier warten? Ich geh rein und du passt auf, ob oben alles ruhig bleibt.«

Sie nickte. »Das kann ich machen. Das werd ich.«

Oliver umarmte sie fest, drückte sie an sich und Claire erwiderte die Umarmung. »Lass dir ja nicht zu viel Zeit.«

»Natürlich nicht.« Er packte die Klinke. Die Stahltür war nicht abgeschlossen – natürlich nicht. Das waren solche Türen nie, ging ihm ein irrwitziger Gedanke durch den Kopf.

Er musste die Tür mit aller Kraft heranziehen, als wollte sie sich zunächst weigern, die Geheimnisse des Raumes dahinter preiszugeben. Mit einem gurgelnden Geräusch wurde die Luft in den Raum hinter der Tür gesogen.

Sie blickten in helles Licht. Weiße Kacheln wie in einem Schlachthof, Schienen an der Decke, darin spitz zulaufende Fleischerhaken. Tische aus blank poliertem Edelstahl und Chrom an den Wänden. Darauf Messer, Sägen und Beile.

Eine Lüftungsanlage summte leise, die Luft roch antiseptisch. In den gekachelten Boden waren große vergitterte Abläufe eingelassen. Als Oliver in einen hineinsah, glaubte er, dort unten etwas fließen zu sehen, kein Wasser, nein, es war rot und dickflüssig wie Blut oder …

»Sieh mal«, sagte Claire. Sie war ihm entgegen ihrer Ankündigung doch in den Raum gefolgt. Das grelle, kalte, taghelle Licht stach ihnen nach der Dunkelheit in die Augen. Olivers Herzschlag raste im Galopp, Schweiß rann ihm über den Rücken.

In einer Ecke auf einem antiken Regal hatte Claire einen Plattenspieler entdeckt. Daneben standen ein Glas und eine Cognacflasche. In den Fächern darunter fand Oli Schallplatten – meist Klassik, aber auch modernere Musik. Obenauf lag Beethovens siebte Symphonie.

»Sie hört hier … ihre Platten?«, krächzte er. Sein Mund war staubtrocken, die Aufregung und die Angst hatten eine regelrechte Wüste erschaffen.

»Sie ist vollkommen verrückt«, erwiderte Claire. »Und da drüben, da ist noch eine Tür.«

Oli hatte die Stahltür auch schon entdeckt. Sie glich der ersten und auch sie war unverschlossen, wie sich herausstellte.

»Eigentlich will ich das gar nicht wissen, aber …«

Claire schüttelte den Kopf. »Ich auch nicht, aber das hier reicht noch nicht. Es sei denn, die Polizei untersucht all das und findet Spuren … Ich will gar nicht daran denken, von wem.«

»Das werden sie, aber zuerst … zuerst müssen wir noch einen Blick hier hineinwerfen.«

»Du lässt nicht locker, was?«

»Du warst es doch, die hier reingehen wollte.«

Claire nickte. »Ja, aber da war ich ja noch oben. Ich … weiß nicht, ich konnte mir gar nicht vorstellen, wie verrückt es hier unten ist.«

»Verstehe. Aber …« Oliver streckte die Hand aus und nahm ihre wieder in seine, hielt sie fest. »Bleib einfach bei mir. Zusammen schaffen wir das. Wir überstehen das.«

»Einverstanden.«

Hinter der zweiten Stahltür lag ein großer Raum voller Kisten – in den Kisten fanden Claire und Oliver Kleidchen, Perücken, Nähzeug, alles für Puppen –, aber auch große Kanister mit chemischen Flüssigkeiten befanden sich dort. Es roch hier stärker nach Formaldehyd als zuvor.

»Was ist das für ein Kram?«

Claire beäugte die Chemikalien mit argwöhnischem Blick. »Wenn ich in Chemie richtig zugehört habe, dann sind das alles Dinge, mit denen man Sachen konservieren kann. Haltbar machen, vor … dem Verderben schützen.«

»Aber was? Die Puppen? Das macht doch keinen Sinn.«

Claire war leichenblass geworden. »Doch. Das macht sehr wohl Sinn.«

Oliver hörte ihre Stimme, doch als er sich umdrehte, sah er sie nicht. »Wo bist du?«

»Hier drüben.«

Er folgte ihrer Stimme und fand sie vor einem großen Glasbecken. Zunächst hielt er es für ein Aquarium für besonders große Fische, doch dann konnte er in der trüben Flüssigkeit etwas erkennen.

Dort schwamm etwas. Es trieb, gespenstisch langsam, drehte sich um die eigene Achse.

Und es hatte Augen.

KAPITEL 20

Noch immer drei Stunden zuvor

Mrs Agatha Dorothy sah auf das Display ihres Handys – des Handys, von dem die Carters nichts wussten, weder von dem Handy selbst noch von der hervorragenden Verschlüsselungstechnik, mit der das Gerät ausgestattet war, das sie für ihre eigentliche *Arbeit* brauchte.

Sie las die Nachricht. *KT 1 geöffnet*, stand dort, der Zeitstempel dahinter verriet ihr die exakte Uhrzeit. Jemand war in ihrem Haus am anderen Ende Steinbergs, jemand war in ihren Keller vorgedrungen und hatte das Tarnnetz beseitigt, die Tür dahinter entdeckt und den stillen Alarm ausgelöst, der sie augenblicklich informierte.

Agatha blickte über den See hinweg.

Noch blieb Zeit. Colin Carter würde bald vom Unfall erfahren, dann würde er ins Krankenhaus eilen und nach ihnen sehen … dort passte ihr Enkel auf, er würde sie informieren.

Noch blieb Zeit.

Der freche, vorlaute Junge der Carters, Oliver, machte sich in ihrem Haus zu schaffen – er und die kleine Schlampe.

Wie gut, dass sie bereits Vorbereitungen getroffen hatte.

Es lief alles nach Plan – nach ihrem Plan.

Oliver starrte in die toten Augen, die in der chemischen Lösung trieben – und er starrte auf den Körper des Jungen, zu dem diese Augen gehörten.

Stefan.

Er war es, er war tot.

Neben ihm lag Charles. Der reiche Charles, dem doch nichts etwas anhaben konnte. Aber wohin auch immer er diesmal verschwinden wollte, er war nie dort angekommen.

Oliver war, als würde ihm der Boden mit einem Ruck unter den Füßen weggezogen, als würde die Welt zerbrechen. Claire hatte die Hände vor ihr Gesicht geschlagen, sie weinte.

Zuerst Peter, jetzt Stefan und Charles. Das war zu viel für sie, die grausige Wahrheit riss auch an seinem Verstand. Allerdings hatte er tief in seinem Unterbewusstsein wohl schon damit gerechnet, irgendetwas in ihm hatte bereits angenommen, dass Stefan etwas Schreckliches zugestoßen sein musste, als er sich nicht mehr meldete. Das begriff er nun.

»Nein, das kann nicht sein. Stefan ist nicht tot«, flüsterte Claire. »Er … er wollte doch oben aufpassen, er …«

Oli packte ihre Hand und zog sie fort von diesem Wassertank, fort von der Leiche des Jungen, der ihrer beider Freund war.

»Sie wird dafür bezahlen«, sagte er laut, und mit einem Mal war es ihm gleich, wer ihn hörte. In seinem Inneren war etwas erwacht, was sich gut anfühlte, wütend und kalt. Zugleich nagte das schlechte Gewissen an ihm: Er hatte Kate allein zurückgelassen. *Gott, ich hoffe, ihr ist noch nichts zugestoßen.* »Wir holen nicht die Polizei. Wir *erledigen* sie.«

»Aber …«

»Sie ist am Ende nur eine alte Frau.« Oliver fand eine weitere Tür. Als er sie öffnete, wünschte er, er hätte es nicht getan.

Sie blickten in die Hölle.

Claire schrie, wandte sich aber nicht ab – es war, als hätte all der Schrecken sie bereits abgestumpft, abgehärtet für das, was vor ihnen lag.

Oli erbrach sich auf den Boden. Ein stechender Schmerz schoss durch seinen Kopf, als wollte er ihn durchbohren. Er wollte schreien, aber da war er schon wieder fort. Oli wischte sich den Mund ab und holte sein Handy aus der Jeanstasche – mit zitternden Fingern aktivierte er die Aufnahmefunktion. »Wir müssen all das hier aufnehmen. Wir brauchen Fotos, sonst glaubt uns das doch niemand.«

»Du hast recht.« Claires Hand zitterte ebenfalls, als hätte sie einen Anfall, doch auch sie holte ihr Smartphone hervor. »Ich helfe d-dir.«

Was sich vor ihnen befand, war so widerwärtig, dass Oliver nicht darüber nachdenken mochte. Es war das Werk eines vollkommen kranken Verstands, es war nichts anderes als die Tiefe der Hölle, in die sie hineinblickten.

Die Puppen, dachte Oliver. *Es sind ihre Puppen.*

KAPITEL 21

In dem Raum, den Mrs Dorothy als die innerste Kammer bezeichnete, hingen ihre Puppen. Von dem Namen wussten Oliver und Claire ebenso wenig wie von der Tatsache, dass Agatha Dorothy in diesem Moment ihren kleinen VW oben vor ihrem Haus abstellte.

Oliver erkannte einige Kleidungsstücke wieder, er hatte sie auf dem Jahrmarkt an ihrem Stand gesehen, und er erkannte einige der großen, ja fast schon riesigen Puppen. In Mrs Dorothys Stand hatten sie so weit hinten gelegen, dass die vorbeischlendernden potenziellen Kunden sie sehen, aber nicht berühren konnten.

Und dafür gab es einen Grund, wie Oliver nun begriff.

»Sie ist ... vollkommen verrückt«, sagte Claire leise.

»Mehr als das. Das Risiko, das sie da draußen eingegangen ist ... unfassbar.«

Aus der Nähe war es eindeutig: Die großen Puppen waren keine Puppen. Es waren Tote, es waren Menschen, die Agatha Dorothy ermordet hatte. Danach hatte sie ihre Opfer wie Puppen ausstaffiert, ihre Körper konserviert und angekleidet ... einzig die Augen hatte sie durch künstliche ersetzt. Sie blickten von den Wänden auf Oliver und Claire herab, hockten in den Regalen.

Oli konnte kaum mehr atmen, so sehr schnürte die Furcht ihm die Kehle zu. »Sie macht Puppen aus Menschen«, hörte er Claire wispern, doch er war sich nicht mal mehr sicher, ob sie noch neben ihm stand oder ob ihm das eine der Puppen zugeflüstert hatte. Sie schienen sich nach vorne zu beugen und ihre breiten Münder zu bewegen.

Stefan wird ebenfalls zu einer von denen werden. Und aus Peters Leiche hätte sie auch eine Puppe gemacht, wäre da nicht die Sache mit Forstner gewesen.

Sie muss ihn unserem Nachbarn untergeschoben haben. Weil sie den Verdacht von sich ablenken wollte, sich mehr Zeit verschaffen musste.

Er stieß einen leisen Schrei aus, als Claire ihn berührte. »Da oben ist gerade eine Tür aufgegangen«, sagte sie leise. Ihre blauen Augen füllten sich mit Angst, er würde alles tun, um ihr das Leben zu retten.

»Bist du dir sicher?« Sein Herz absolvierte einen gestreckten Galopp, er wusste nicht, wie viel mehr Aufregung er noch aushalten konnte. »Aber wir brauchen noch mehr Fotos, mehr Beweise …« Er knipste hastig, als er hörte, wie oben eine Tür zugeschlagen wurde.

»Sie ist hier«, formte Claires Mund. »Lass uns abhauen.«

Oli packte Claires Hand, gemeinsam rannten sie zurück, vorbei an dem großen Wassertank, in dem Stefans Leiche umhertrieb, zurück durch den weiß gekachelten Raum mit den Fleischerhaken hinaus in den Rumpelkeller.

»Ich weiß, dass ihr da seid«, hörten sie Agathas Stimme von oben. Sie stand am oberen Ende der Treppe, begriff Oliver, sie waren in die Falle getappt. »Soll ich mal runterkommen?«

Hektisch leuchtete Claire mit der Taschenlampe durch den vollgerümpelten Keller auf der Suche nach einem Ausweg, aber sie fand keinen, ebenso wenig wie er, sosehr er sich auch umsah, sosehr sich sein panischer Verstand nach einem Schlupfloch zum Verkriechen sehnte.

Doch es gab kein Schlupfloch.

Aber an der Wand neben der Tür, die zur Treppe hinauf ins Erdgeschoss führte, stand etwas. Die Stufen knarrten, Mrs Dorothy kam herunter, er konnte schon ihr süßliches Parfüm riechen.

Das war's. Wir haben keine Chance.

Dann sah er ein zweites Mal auf dieses Etwas neben der Tür.

Ein Baseballschläger, erkannte er. Verstaubt lehnte er an der Wand, vielleicht hatte einmal ein Sohn oder Enkel von Mrs Dorothy mit ihm gespielt, bevor er beiseitegelegt und vergessen worden war – wobei Mrs Dorothy sicher keine Kinder und Enkel hatte.

Und wenn doch – wo war dieser Sohn oder Enkel heute?

War er ebenso wahnsinnig wie seine Mutter oder seine Großmutter?

Mit fünf schnellen Schritten hatte er den Raum durchquert, wich einem hochgestapelten Turm aus Kartons aus, auf deren von Feuchtigkeit aufgequollener Pappe der Schimmel wucherte, und packte den Baseballschläger.

Das Holz fühlte sich gut an in seinen Händen. Er war nie ein großer Sportler gewesen, war in den Schulmannschaften immer erst irgendwann in der Mitte ausgewählt worden, und dennoch war er sich sicher, dass er mit dem Baseballschläger umgehen konnte. *Das breite Ende muss einfach nur treffen, das ist alles, ganz leicht.*

»Ich bin gleich da, Kinderchen«, sagte Mrs Dorothy. Sie klang überhaupt nicht mehr nach der großmütterlichen alten Frau, die sie noch vor wenigen Tagen gewesen war – oder nein,

283

korrigierte sich Oli, nicht gewesen war, sondern die sie ihnen *vorgespielt* hatte.

Alles nur ein Schauspiel, nicht mehr.

Aber jetzt ist es Zeit, diese Show zu beenden.

Oli versuchte, all die Grausamkeit, die sie in den Tiefen dieses Kellerverstecks entdeckt hatten, aus seinem Kopf zu verdrängen. *Fokussier dich*, ermahnte er sich.

Dann verstummte das Knarren auf der Kellertreppe. Oli presste sich gegen die Wand, er hielt den Baseballschläger wie eine Waffe, konzentrierte sich darauf zuzuschlagen.

Jetzt erschien Mrs Dorothy im Durchgang, Oli fing den kurzen Blick auf, den sie ihm zuwarf. Sie schien überrascht, ihn hier zu sehen – dann schrie er und schwang den Schläger. Sie riss die Hände hoch, doch zu langsam, das Holz traf ihren Oberarm.

Er hörte sie kreischen und zur Seite taumeln. »Los jetzt!«, brüllte er. Plötzlich war Claire an seiner Seite. Gemeinsam stürmten sie nach oben, die Treppenstufen krachten unter ihren Schritten. Mrs Dorothy fluchte und kreischte, dann hörte er ihre Schritte auf der Treppe, er fuhr herum, und da sah er sie, direkt hinter ihnen, ein zähnefletschendes Ungeheuer, das Haar stand wirr von ihrem Kopf ab.

»Verflucht bist du, kleiner Carter«, schrie sie.

Oben im Flur war das Gewirr aus kleinen, vollgestopften Zimmerchen überwältigend – er war sich sicher, dass sie den Ausgang nicht mehr finden würden – und dieses Mal würde es ihm nicht gelingen, Mrs Dorothy zu überraschen, dieses Mal war sie vorbereitet.

Claire zerrte ihn am Arm.

Dort! Die Haustür!

Sie stürmten hinüber, Claire hielt seinen Arm fest, mit der anderen Hand packte sie die Klinke und drückte sie.

KAPITEL 22

Eine Stunde und zweiundzwanzig Minuten nachdem Claire und Oliver im Haus von Agatha Dorothy vor der alten Frau geflohen waren, kam der Polizist auf Sophies Krankenhausbett zu. Er leckte sich über die Lippen.

»Ich werde es genießen«, sagte er noch einmal, während Sophie an den Handfesseln zerrte. Ihr Mund war eine Wüste, ihre Zunge eine Sanddüne, und in ihrem Kopf dröhnte es, als arbeiteten dort riesige Maschinen.

Noch einmal riss sie an der Handfessel, ein brutaler Schmerz jagte durch ihren linken Arm, sie schrie und zog die Hand aus der linken Fessel. Ihre Haut war bis aufs Fleisch abgeschürft und blutete heftig, den Daumen konnte sie nicht mehr bewegen.

»Ich werde …«, sagte der Polizist, und an dem irren Blick, mit dem er auf sie herabstarrte, erkannte Sophie, dass er seiner Großmutter wohl in nichts nachstand.

»Entschuldigen Sie!«, erklang eine laute Männerstimme. Der Polizist wirbelte herum, die Hand an seiner Waffe.

Ein Arzt war in das Zimmer gekommen. »Unten ist gerade ein Auto in einen Krankenwagen gekracht. Sehen Sie sich das mal an, ja? Der Typ ist ganz offensichtlich betrunken, er pöbelt und randaliert.«

Der Polizist warf Sophie noch einmal einen Blick zu – dann legte er den Finger an die Lippen. Die Geste war unmissverständlich. *Wag es ja nicht, etwas zu verraten, sonst reiß ich dir den Kopf ab.* Dann stürmte er hinaus.

Der Arzt sah ihm hinterher. Dann kam er auf ihr Bett zu und betrachtete ihre blutende Hand. Das Blut war auf das Bettlaken getropft und hatte dort einen kreisrunden Fleck gemalt.

»Das sieht schmerzhaft aus«, sagte er.

Sophie biss die Zähne zusammen und nickte. Es kostete sie all ihre Willenskraft, nicht loszuschreien, so brutal waren die Schmerzen. »Das ist gut. So wirkt es glaubwürdiger.« Der Arzt beugte sich vor – und dann tat er etwas, was Sophie erneut erleichterte: Er löste die zweite Fessel, die ihre andere Hand am Bettgestell festgehalten hatte.

»Verschwinden Sie«, sagte er leise. »Halten Sie sie auf.«

»Was … aber … wieso?«

»Ich bin Peters Onkel. Sie wissen schon, der des toten Jungen, der in Hans Forstners Haus entdeckt wurde. Mein«, er starrte ihr in die Augen, Sophie konnte in seinem Blick Schmerz und Wut erkennen, »mein Bruder ist überzeugt, dass Forstner nichts damit zu tun hat, die Ermittlungen aber bewusst verschleppt werden. Das gab es schon häufiger hier oben, und ich denke, wir wissen jetzt auch, wer daran Schuld trägt. Oh ja, ich hab gehört, was er zu Ihnen gesagt hat.«

»Dann helfen Sie mir!«, stieß Sophie aus. »Sie müssen mir helfen, all das zu beenden!«

»Ich kann nicht. Ich stehe in Kürze wegen eines Notfalls im OP. Aber Sie … Sie können es. Und ich kann den Leuten von der Polizei verschweigen, dass Sie geflohen sind. Das verschafft Ihnen ein wenig Zeit.«

»Sie glauben mir also?«

Er zuckte mit den Schultern. »Ich glaube Ihnen jedenfalls mehr als *ihm*. Das muss genügen.« Der Arzt trat zur Seite. »Und jetzt beeilen Sie sich. Verschwinden Sie.«

Das ließ sich Sophie nicht zweimal sagen: Sie versuchte, den pochenden Schmerz in ihrer Hand zu ignorieren oder wenigstens für einen Moment beiseitezuschieben, um zu funktionieren.

Doch kaum hatte sie die Beine aus dem Bett geschwungen und sich aufgerichtet, begann sich das ganze Zimmer zu drehen, als hätte jemand die Wände auf ein Karussell gepackt und es auf Höchstgeschwindigkeit gestellt.

»Fuck«, rief sie. »Das ... das geht so nicht.«

Der Arzt drückte ihr etwas in die Hand, eine kleine weiße Tablette. Dann reichte er ihr ein Glas kaltes Wasser. »Schlucken Sie die. Die wird helfen. Wenigstens für einige Zeit.«

Sophie tat es, ohne zu zögern.

Die Pille schmeckte bitter, aber das Wasser spülte den Geschmack von ihrer Zunge. Der Mediziner legte ihr eilig einen notdürftigen Verband an, dann taumelte sie zur Tür.

»Beeilen Sie sich.«

»Ich weiß nicht mal, wohin.«

Der Arzt deutete auf das leere Bett neben ihrem. »Ihre Tochter ist fort.«

»Man hat mir gesagt, sie wäre zu einigen Untersuchungen hier im Krankenhaus gebracht worden.«

»Ist sie nicht. Ihr Mann hat sie mitgenommen. Ich habe noch nie jemanden mit so einem Gesichtsausdruck gesehen. Eiskalt und fokussiert.«

Sie schlang die Arme um sich. Plötzlich fror sie. Es war, als hätte man Kate zum zweiten Mal allein auf dem See ausgesetzt. »Was denn für ein Gesichtsausdruck?«, fragte sie mit zitternder Stimme.

»Als wäre er zu seiner eigenen Beerdigung unterwegs.«

»Und Oli? Was ist mit meinem Sohn?«

»Wir haben versucht, ihn zu erreichen, aber …« Der Arzt schüttelte den Kopf. »Nichts. Er ist seit mehreren Stunden wie vom Erdboden verschluckt.«

Der Schmerz ihrer blutenden Hand fuhr ihr durch den ganzen Körper, es fühlte sich an, als bearbeitete jemand jeden Zentimeter ihrer Haut mit langen, glühenden Nadeln. »Ich brauch mein Handy. Und ein Auto.«

Der Arzt seufzte. »Das Handy hat die Polizei. Und der Wagen, mit dem Sie den Unfall hatten … der ist nicht mehr zu gebrauchen.«

»Das war sie. Agatha Dorothy. Sie hat einen Pick-up-Truck gefahren.«

»Wissen Sie, warum ich Ihnen glaube, abgesehen davon, dass ich gehört habe, was dieser Polizist gesagt hat?« Der Arzt sah sie ernst an, er schien ehrlich zu sein. »Wir sind eine seltsame Familie. Mein Bruder, Peters Vater, fährt einen großen Lkw zwischen den Fabriken drüben in Tannenberg und hier. Und er hat es gesehen. Er hat gesehen, wie die Alte einfach abgehauen ist – aber schlimmer noch, er hat geahnt, was sie Ihnen angetan hätte, wäre er nicht rechtzeitig gekommen.«

Sophie nickte, sie fühlte sich benommen. »Ich kann mich nicht daran erinnern. Ich weiß, sie saß dort im Wagen, aber danach … danach ist da nur noch Schwärze.«

Der Mediziner drückte ihr sein Handy und einen Autoschlüssel in die Hand. »Versuchen Sie es. Ich würde alles tun, um Ihnen zu helfen, aber da oben wird ein Kind für eine Not-OP vorbereitet.«

Sophie nahm das Smartphone und den Schlüssel. »Sie hat meinen Sohn, oder? Sie hat ihn, und so hat sie Colin dazu gebracht, mit Kate zu ihr zu kommen? Sie hat ihn erpresst.«

»Das vermute ich.«

»Ich muss die Polizei einschalten.«

»Wenn Sie das tun, wird er«, der Arzt nickte in Richtung der Tür, »davon erfahren.«

»Aber er ist nicht die ganze Polizei. Er kann die nicht alle kontrollieren.«

»Nein. Aber er kann Sie aufhalten.«

»Also muss ich es allein tun?«

»Das hier geht schon viel zu lange. Ja. Sie müssen es wohl allein tun.«

In ihrem Kopf hallten die Schritte durch die Unterführung, ratterte der Zug über ihr, spürte sie seinen Atem im Nacken. Aber all das fühlte sich nun nur noch sehr, sehr fern an.

Es fühlte sich an wie etwas, aus dem sie Energie gewinnen konnte. *Wenn es wahr ist, dann hat Agatha Christin getötet und versucht, dir diesen Mord unterzuschieben. Die einzige Freundin, die dir aus alldem herausgeholfen hat. Dafür muss sie bezahlen.*

Sie lächelte den Mann an, der ihr gerade die Freiheit geschenkt hatte. »Da unten gab es überhaupt gar keinen Autounfall, oder? Das haben Sie erfunden.«

Der Arzt nickte. »Beeilen Sie sich.«

KAPITEL 23

Oliver schwebte.

Er blickte an sich herab und sah, wie Blut an seinem Unterarm entlangfloss, in dicken Tropfen fiel es auf den fleckigen roten Boden.

Ein roter Boden, wunderte er sich. Wo in aller Welt war er?

Er bewegte die Beine, die Zehen, versuchte, mit den Füßen festen Boden zu erreichen, aber das gelang ihm nicht. Er schwebte, und sosehr er auch mit den Armen und Beinen ruderte, da war nichts anderes als Luft.

Die Luft roch nach Blut und nach Chemie.

Oliver versuchte, seinen Kopf zu drehen: Es gelang ihm nicht.

Und während er so auf den Boden starrte, begriff er allmählich, dass der gar nicht rot war. Das Rote war sein Blut, das auf weiße Kacheln fiel.

Sie hat uns in ihre Kammer eingesperrt.

Mein Gott. Nein.

»Oli!«, zischte Claire neben ihm. »Oli!«

Mit großer Kraftanstrengung drehte er sich in ihre Richtung. Sein Hals fühlte sich an, als steckten lauter Nägel darin.

»Claire!« Sie hing dicht neben ihm. Blut lief ihr über das Gesicht und tropfte auf den Boden, so wie seins.

»All das Blut«, sagte sie leise. »So viel …«

»Halt durch«, fuhr er sie an. Angst durchströmte ihn. *Du darfst sie nicht verlieren!* »Hörst du! Halt durch!«

Mit aller Kraft zog er an den Fesseln, die ihn an den Ketten hielten, die von der Decke herabhingen. Eine war lockerer als die andere. Er konnte loskommen.

Nur – noch – ein – bisschen! Er fluchte, feuerte sich an, zerrte und ruckelte an der Fessel. *Sie hat uns hier aufgehängt, an den Ketten der Fleischerhaken – wie in einem Schlachthof.* Nun merkte er auch, woher das Blut kam, es stammte von einer pochenden Wunde an seiner Schläfe, aber es fielen nur wenige Tropfen auf die weißen Kacheln.

Und dann war seine rechte Hand plötzlich frei. Er taumelte, tastete in der Luft – dann bekam er die Kette zu fassen, er packte sie, zerrte an der Verschlussschnalle der Handfessel, ohne recht zu wissen, was er tat, während es in seinem Kopf pochte, als würde darin mit einem Presslufthammer gearbeitet. Jäh löste sich auch die zweite Handfessel und Oliver fiel herab, krachte mit voller Wucht auf den gefliesten Boden, in sein eigenes Blut.

Der Aufprall trieb ihm die Luft aus den Lungen.

Der Schmerz war brutal, er schoss bis hinab in seine Zehen- und Fingerspitzen. Dennoch versuchte er, wieder auf die Beine zu kommen. Er holte tief Luft, was ebenso sehr schmerzte – bei alldem konnte er das Bild nicht loswerden: Claire, wie sie da neben ihm hing, hilflos, verzweifelt und ohne eine Chance zu entkommen.

Du bist alles, was sie noch hat.

Sie baumelte über ihm in der Luft, an ihren Handgelenken, und starrte ihm mit weit aufgerissenen Augen entgegen.

»Ganz ruhig«, flüsterte er. »Ich werde dich befreien.«

»Du Idiot!«, zischte sie. »Was ist, wenn sie noch in der Nähe ist?«

Das ist mir egal. Wenn Agatha noch hier ist, haben wir ohnehin keine Chance. Aber irgendwie spürte er, dass sie gerade fortgegangen war – die Spinne hatte ihre Beute eingefangen und für ihre Rückkehr eingelagert.

Er stellte sich auf die Zehenspitzen und packte die Handfesseln, die Claire festhielten, packte die Riemen und öffnete zuerst den einen, dann den anderen. Claire fiel, doch Oli fing sie auf und hielt sie fest.

»Wir kommen hier raus«, flüsterte er. »Wir kommen hier raus.«

Claire sah ihn an. Fixierte ihn mit ihren klaren blauen Augen, als wollte sie in sein Innerstes hineinschauen, ihn röntgen.

»Oli?«, fragte sie leise, als hätte sie vergessen, wer er war. »Du … du bist …«

»Ich hab dich«, sagte er. »Kannst du gehen?«

Claire löste sich von ihm und legte vorsichtig ein paar wackelige Schritte zurück. Dann sah sie ihn an, Angst in ihren Augen.

»Wo ist sie?«

»Ich weiß es nicht. Aber … ich glaub, sie ist fort.«

»Erinnerst du dich …«

Oliver kramte in seinen Erinnerungen – da war die Türklinke, die Haustür, die abgeschlossen war … danach …

»Sie hat uns niedergeschlagen«, sagte Claire leise. »Und uns dann hier runtergeschafft. Ich glaub, ich hab gehört, wo sie hinwill.«

»Ja?« Oli starrte sie an.

»In euer Haus. Zu deinem Vater. Und deiner kleinen Schwester.«

»Bist du dir sicher?«

Claire nickte. »Das hat sie vor sich hin gebrabbelt, als sie mich hier runtergeschleppt hat. Ich bin mir absolut sicher.«

»Dann rufen wir jetzt die Polizei.«

Claire nickte und packte ihn am Arm. »Sieh mal.« Auf dem antiken Schränkchen in der Nähe lagen neben dem Plattenspieler ihre Handys. Claire streckte ihm ihres entgegen. »Rede du mit ihnen«, sagte sie. »Ich … ich kann das nicht.«

Oli drückte sich das Handy ans Ohr. Auf der anderen Seite meldete sich ein Polizist. Er erklärte ihm, was geschehen war. »Sie müssen kommen«, sagte er. »Sofort. Hier unten … hier unten gibt es Beweise für all das, was sie getan hat.«

»Wir sind unterwegs. Ich will, dass ihr da rausgeht und euch so schnell wie möglich in Sicherheit bringt. Hörst du mich, Junge?«

Er hörte ihn, doch einfach hinauszugehen war nicht Teil seines Planes. Nachdem er aufgelegt hatte, flohen Claire und er nach draußen, da die Tür jedoch noch immer verschlossen war, kletterten sie durch das zerschlagene Fenster im Erdgeschoss.

Die Luft vor dem Haus war kühl und roch nach Freiheit. Er hatte nicht geahnt, wie gut sich Freiheit anfühlte – bis jetzt. Jetzt verstand er, wie gut es war, frei zu sein, so herrlich, dass er trotz allem, was er gerade erlebt hatte, am liebsten gejubelt hätte.

»Aber das reicht noch nicht«, sagte er. »Wir müssen zu unserem Haus. Wenn sie dort ist, dann geht dort etwas Furchtbares vor sich. Kate … ich hab riesige Angst um sie … und um Dad auch. Und um Sophie. Ich mach mir unfassbare Sorgen um sie alle.«

»Aber die Polizei …«

»Die wird nicht schnell genug dort sein.« Oli schüttelte den Kopf. »Mit uns rechnet sie nicht. Sie glaubt, wir wären hier, gefangen, hilflos, und sie könnte sich uns in Seelenruhe vornehmen, sobald sie zurückkommt. Aber daraus wird nichts, das kann ich ihr versprechen. Kümmern wir uns um die Verletzungen, hier gibt es sicher Verbandszeug. Und dann suchen wir unsere Räder.«

KAPITEL 24

Als Sophie durch den Korridor des Krankenhauses nach unten humpelte, starrten sie alle an, als wäre sie Trägerin einer hochinfektiösen Krankheit – die Wartenden, die in den Fluren saßen, die Krankenschwestern, die eilig vorüberrannten, und die Ärzte, die ganz besonders. Einer der Typen sah sogar aus, als würde er sie gleich fragen, wieso sie nicht in ihrem Zimmer war. Sophie beschleunigte ihre Schritte.

Die Tablette, die ihr der Arzt gegeben hatte, wirkte. Der Schmerz pochte jetzt nur mehr in einer fernen Kammer ihres Körpers an die Wände.

Wenigstens für einige Zeit. Das war gut, das musste reichen.

Und es wird reichen, dachte Sophie. *Gott sei Dank hat sich dieser Mann eingemischt, und du kennst noch nicht mal seinen Namen.*

Sie gelangte durch eine Nebentür hinaus nach hinten auf den Parkplatz, aber hier hatte der Arzt seinen Wagen nicht geparkt. Als sie auf den Knopf am Funkschlüssel drückte, hörte sie zwar ein Piepen, sah das Auto jedoch nicht.

Stattdessen sah sie den Polizisten, der sie bedroht und bedrängt hatte; er eilte über den Parkplatz etwa dreißig Meter entfernt an ihr vorbei. Geistesgegenwärtig ging sie hinter einem Geländewagen in Deckung.

»Fuck, fuck, fuck«, fluchte sie leise und sah zu, wie der Polizist mit schnellen, weit ausgreifenden Schritten wieder im Krankenhaus verschwand, er rannte beinah schon. Es würde nicht mehr lange dauern, bis er bemerkte, dass sie fort war.

Wieder drückte Sophie auf den Funkschlüssel und folgte dem Geräusch, dann drückte sie noch einmal und sah endlich die Blinklichter aufleuchten. Dort! Sie rannte über den Parkplatz, während Regen einsetzte und sich ein blutroter Fleck auf dem Verband um ihre verletzte Hand bildete.

Der Arzt hatte seinen Porsche-Sportwagen auf einem kleinen Platz auf der Ostseite der Klinik geparkt – ein Parkplatz, den ein Schild nachdrücklich als »Ausschließlich für Angestellte« auswies.

»Na also«, sagte Sophie leise.

Im Handumdrehen saß sie hinter dem Steuer, der Platzregen, der nun niederging, klang unheilvoll wie Gewehrfeuer.

Sie lenkte den Porsche hinaus auf die Straße – als sie Steinberg durchquerte, bemerkte sie den Polizisten. Er saß hinter dem Steuer eines BMW und folgte ihr mit großem Abstand.

»Du denkst, ich bemerke das nicht«, sagte sie in die Leere hinein, »aber du irrst dich. Da oben war ich gefesselt, aber jetzt … jetzt bin ich das nicht mehr. Also stell dich mir besser kein zweites Mal in den Weg.«

Dann beschleunigte sie, dass das Wasser nur so hochspritzte, eine wirbelnde Wasserwolke hinter ihr.

Zehn Minuten bis zum Haus am See.

Vielleicht zehn Minuten zu viel.

KAPITEL 25

Oli hielt den Kopf gebeugt, um dem Wind zu entgehen, der ihnen entgegenblies, als wollte er sie aufhalten, er spürte die Regentropfen wie tausend Nadelstiche gegen seine Stirn peitschen.

Sie rasten die Straße bergab, das Vorderrad wackelte, wollte ausbrechen, er umklammerte den Lenker.

Claire war nah bei ihm, mit roten Wangen im Wind, ihr kupfernes Haar hatte sich gelöst und wehte ihr hinterher.

Er roch den See, bevor er ihn sah. Die Bäume ragten zu beiden Seiten der Straße hoch in den Himmel hinauf, der sich schwarzblau verfinstert hatte.

Mitten auf der Straße im prasselnden Regen hockte ein Schwan. Sein Gefieder war schwarz, fast so schwarz wie die Dunkelheit dieses Tages. Oli stieß einen Schrei aus, stieg auf die Rücktrittbremse und riss den Lenker herum. Im letzten Augenblick wich er dem Tier aus, das den Hals reckte und fauchte. Das Rad schlingerte, der Vorderreifen brach aus und riss ihn zu Boden. Oli schlitterte über den Asphalt, spürte den mit spitzen Steinchen übersäten Boden, der seine Knie aufriss.

In seinem Kopf hämmerte es, die Wunde an seiner Stirn begann erneut zu bluten.

Er hörte, wie Claire den Schwan mit lauten Rufen vertrieb, mit ausgebreiteten Schwingen rannte dieser in den Wald.

Claire kniete sich neben ihn. »Mein Gott, Oli, was …«

Er schüttelte den Kopf. »Mir geht's gut«, sagte er. »Nur ein paar Schürfwunden.« Mit leisem Ächzen setzte er sich auf, rieb sich den nassen Schmutz von den Wangen. Seine Jeans waren an den Knien zerrissen, die Knie bluteten.

Er hörte ein Auto. »Los«, rief er, »wir müssen von der Straße runter!«

Er packte sein Rad, dessen Vorderreifen bedenklich verdreht waren, und schleppte es, so schnell er konnte, zum Straßenrand. Claire folgte dichtauf. Sie duckten sich hinter den Stamm einer Pappel, an deren Laub der Wind zerrte. Ein Porsche raste heran.

»Ist sie das?«, fragte er Claire. »Dorothy?«

»Keine Ahnung. Aber denkst du, die kann sich so einen leisten? Wahrscheinlich eher nicht.«

Oliver dachte an die menschlichen Puppen in ihrem Keller, und er spürte, wie Magensäure seine Kehle hinaufkroch, wie ihn erneut die Übelkeit packte. »All den Kram dort in ihrem Keller zu verheimlichen, all das auszubauen, das war sicher nicht günstig. Sie hat Geld, sie hat sicher die Mittel, um all das geheim zu halten, aber … da muss noch mehr sein.«

Claire blickte ihn mit gerunzelter Stirn an. »Was meinst du damit?«

»Dass sie vielleicht nicht allein gehandelt hat.«

»Wie? Forstner?«

»Nein. Nicht der. Aber vielleicht jemand anders. Jemand, den wir noch nicht kennen. Vielleicht dieser Porschefahrer da.«

»Wie auch immer: Wir müssen noch viel vorsichtiger sein als vorher. Es war ein Riesenglück, dass wir da unten entkommen sind.«

»Glück«, wiederholte Oli langsam. »Ja, Glück könnte man es nennen. Hätte die Alte meine Handfessel fest genug zugezogen, wäre ich da niemals mehr rausgekommen und dann hätte ich dich auch nicht befreien können.«

»Und?«

»Ich weiß nicht«, erwiderte Oliver. »Aber irgendwas stimmt da doch nicht. Das ist nachlässig, und ich verstehe nicht, wieso …«

Claire blickte die Straße hinab, ohne auf seine Gedanken einzugehen. »Es sieht so ruhig aus.«

»Das sieht es doch immer.« Er nahm Claires Hand. »Dahinten gibt es einen Waldweg, der zum Nachbargrundstück führt. Da wohnt Irda Mattner, die Nachbarin, und ich weiß, wie wir von dem Waldweg nach drüben kommen können. Dann bleiben wir ungesehen. Bist du bereit?«

»Nein«, sagte Claire ernst. Er sah, dass ihr trotz der Kühle Schweißtropfen auf der Stirn standen, und er spürte seine schmerzhaft pochende Schläfe. Am liebsten hätte er sich in das bunte Herbstlaub gekuschelt, so müde war er, so alt fühlten sich seine Muskeln und Knochen an. Claire nickte, als hätte sie seine Gedanken gehört. »Aber wir gehen trotzdem.«

KAPITEL 26

Durch den Wald mit seinen Pappeln, Blautannen und Eichen folgten sie dem Waldweg über die toten, feuchten Blätter, bis der Zaun von Mattners Grundstück in Sicht kam. Oli wusste, wo ein Türchen eingelassen war, das nur mit einem Keil von innen blockiert wurde. Mit einem kräftigen Tritt gegen das morsche Holz löste er den Keil. Sie schlüpften hindurch.

Oliver blickte zu ihrem Grundstück, er sah das sanft zum See abfallende Grün des Rasens. Am Ufer konnte er die verbrannten Überreste aus Sophies Atelier ausmachen, dann wandte er den Blick zu ihrem Haus. Dunkel ragte es in den regengrauen Himmel, kein Licht leuchtete hinter den Fenstern. Es war still, bis auf das Prasseln des Regens, den Wind, der Blätter von den Ästen riss, und das ferne Rufen der Schwäne, die auf dem See ihre Kreise zogen.

Claire drückte seine Hand. Er sah sie an. »Bist du sicher, dass sie hier sind?«

»Definitiv. Ich hab sie doch gehört. Sie hat vor sich hin geplappert, während sie mich in den Keller geschleppt hat. Das hab ich mir nicht eingebildet.«

»Also gut. Dann ist sie hier.« Er warf Claire einen Blick zu. Sie sah genauso aus, wie er sich fühlte. »Wie gehen wir es an?«

»Am liebsten gar nicht«, sagte Oli und lachte nervös. »Siehst du die Tür dahinten an dem Schuppen? Unten am See?«

»Ja«, erwiderte Claire.

»Da gibt es Werkzeug. Wir müssen uns bewaffnen, ganz gleich was wir als Nächstes tun.«

»Wie lange braucht die Polizei bis hierher?«

Oliver dachte an den Polizisten, mit dem er telefoniert hatte. Der Mann hatte nicht besonders überzeugt geklungen, wahrscheinlich hatte die Panik in seiner Stimme am Ende die Zweifel überwogen. »Fünfzehn Minuten«, sagte er. »Und die sind jetzt schon rum.«

Sie rannten über den Rasen zum Bootshaus, an den verkohlten Trümmern von Sophies Bildern vorüber. Die Tür des kleinen, rot gestrichenen Bootshauses knarrte, als Oli sie aufstieß. Das Geräusch krallte sich förmlich in seinem Ohr fest. Als er zum Haus hinaufblickte, bemerkte er, wie sich ein Vorhang hinter einem Fenster im Erdgeschoss bewegte; eine blasse Hand hatte ihn beiseite geschoben.

»Fuck«, sagte er. »Irgendwer da drin hat uns gesehen. Wahrscheinlich Mrs Dorothy persönlich.«

»Scheiß drauf. Die Bullen sind gleich hier.«

An der Wand des Bootshauses entdeckte Oliver ein sorgfältig zusammengerolltes Tau, das Seil war gut vier Zentimeter dick, das würde gewiss genügen, selbst um einen kräftigen Menschen zu fesseln.

An der anderen Wand hing eine Heckenschere am Haken, die Schneiden glänzten matt und scharf. Daneben eine Säge mit spitzen Zähnen, aber damit konnte man sich wohl kaum vernünftig verteidigen. Claire riss eine Schublade auf und hielt ein Taschenmesser hoch, das Oli noch nie gesehen hatte.

»Nimm du das«, sagte er. »Ich nehm die Heckenschere.«

»Gut.« Claire strich sich eine kupferfarbene Strähne aus der Stirn. »Und jetzt?«

Oli holte tief Luft. Was immer Kate womöglich in der Zwischenzeit zugestoßen sein mochte, er wollte lieber gar nicht daran denken. »Jetzt statten wir Mrs Dorothy einen Besuch ab.«

KAPITEL 27

Das Knurren des Achtzylindermotors verstummte. Sophie hatte den Wagen so weit vom Haus entfernt geparkt, dass er von dort nicht zu entdecken war. Sie warf einen Blick in den Kofferraum und entdeckte neben dem Erste-Hilfe-Set einen Schraubenschlüssel. Immerhin eine Waffe zur Verteidigung, wenngleich sie instinktiv ahnte, dass sich Agatha Dorothy davon nicht beeindrucken lassen würde.

Mit dem Schraubenschlüssel bewaffnet drückte Sophie die Klinke am Tor herunter – es war nicht verschlossen, doch die Scharniere quietschten so laut, dass jeder im Haus es gehört haben musste.

Sie rannte die Einfahrt hinab. Da stand Colins Wagen, die Fahrertür offen. War das ein Blutfleck auf dem Sitz? Die Angst packte sie, schien ihr Herz mit stählernem Griff zu zerquetschen.

»Ich komme, du Schlampe. Ich mach dich fertig.«

Sie rüttelte an der Haustür, doch die war verschlossen. Als sie schon kurz davor war, ein Fenster mit dem Schraubenschlüssel einzuschlagen und hineinzuklettern, kam ihr wieder in den Sinn, dass bei der Nachbarin, Irda, ein Zweitschlüssel hinterlegt war.

Das waren noch Zeiten, als wir uns verstanden haben. Ich hätte nicht gedacht, dass sie sich nach Forstners Tod so zurückzieht.

Sophie blickte zum Nachbarhaus hinüber, das ebenso dunkel und verlassen wirkte wie ihr eigenes. Wo war Irda Mattner? In den letzten Wochen hatte sich die alte Frau immer weiter isoliert, besonders seit Forstner sich erschossen hatte.

Einen Moment stand Sophie unschlüssig vor der Nachbarstür, dann klingelte sie – weitere zehn Sekunden brauchte sie, um zu begreifen, dass Irda ihr die Tür nicht öffnen würde und das auch gar nicht brauchte.

Die Tür war nur angelehnt, und über den mit einem beigefarbenen Läufer ausgelegten Flur zog sich eine rotweinfarbene Blutspur. Eine Menge Papier lag dort, Dokumente, Fotos, alles durchwühlt. In der kleinen Küche fand sie Irda Mattner, aus ihrem Kopf floss Blut über den Boden.

Ihre Kehle schnürte sich zu, und ihr Magen begann zu schlingern. Als sie keinen Puls bei Mattner spürte, befand er sich in freiem Fall. Was war geschehen? Wer hatte sie getötet? Es konnte jedenfalls noch nicht lange her sein. »Okay«, sagte sie zu sich selbst, »okay, okay, jetzt bloß nicht weiter durchdrehen.«

Ihr Haustürschlüssel lag in der mittleren Schublade der Kommode im Flur gleich links, genau wie Irda es ihr mal gesagt hatte. Auf dem Weg hinaus fiel ihr Blick auf Fotografien am Boden, und obwohl sie in Gedanken bei Colin und den Kindern war und mit sich rang, die Polizei anzurufen, blieb sie stehen.

Die Fotografien lagen inmitten eines Stapels von Zeitungsausschnitten und anderen verblichenen Dokumenten, alles war mit blutigen Fingerabdrücken übersät – als hätte Irda versucht, die Bilder noch einmal anzusehen, während sie starb. Auf vielen Fotos waren Irda und Hans Forstner zu erkennen, beide um Jahre jünger. Sie wirkten sehr vertraut. Der Anblick überraschte Sophie. »Was, ihr zwei, hattet ihr etwa …« Dann fiel ihr Blick auf ein anderes Foto, das wie eine alte, vergilbte Archivaufnahme aussah. Sie erschrak. Auf dem Bild war Mrs Dorothy! Sie hielt ein Baby, nicht mal ein Jahr alt.

»Was in aller …« Sie stutzte. »Du hast mir erzählt, du …«

Sophie starrte auf die Fotografie. Agatha war auf der Aufnahme viel jünger und hatte kupferfarbenes Haar – das Baby auf ihrem Arm ebenfalls. Wie eine Großmutter und ihr Enkelkind …

Was hatte der verrückte Polizist noch gleich über Mrs Dorothys Familie gesagt? *Söhne, Töchter und Enkelkinder …*

Auf der Rückseite hatte Mattner handschriftlich etwas notiert: *Wer ist dieses kleine Mädchen? Wo ist sie?*

Sie steckte die Fotografie ein, dann eilte sie mit dem Schlüssel zurück zu ihrem Haus.

Oliver hörte das laute Quietschen von der anderen Seite des Grundstücks. Er zuckte zusammen. Claire, die neben ihm kniete, geduckt dicht an der Hauswand, warf ihm einen fragenden Blick zu. »Das Tor«, sagte er. »Da kommt noch jemand.«

Claire schüttelte den Kopf. »Wenn die Alte jemanden hat, der ihr hilft, dann haben wir überhaupt keine Chance.«

»Wir sind zu zweit. Die sind auch zu zweit, aber sie ist alt, wir sind jung und schnell … und wir müssen nur meinen Dad finden. Er wird sie fertigmachen, glaub mir.« Oliver holte tief Luft. Dann nickte er Claire zu. »Tun wir es jetzt.«

Er streckte die Hand nach der Ateliertür aus, in der anderen hielt er die Heckenschere. Das Atelier sah noch immer exakt so aus, wie er es aus der vergangenen Nacht in Erinnerung hatte: leer, verlassen, nur noch ein kaltes Relikt.

»War das«, fragte Claire leise, »der Ort, an dem deine Mutter ihre Bilder …«

Oli nickte nur, denn die Angst schnürte ihm die Kehle zu. Dort bei der Tür, die ins Haus führte, hockte eine Puppe auf dem Boden, ein breites Grinsen auf dem starren Gesicht, die dunklen Knopfaugen fixierten ihn und Claire. In der Luft hing der beißende Geruch von Chemikalien.

»Ist das … Ist das Sophie?«, flüsterte Oli.

»Ich will da nicht rein.«

»Ich weiß. Ich auch nicht.« Oli holte tief Luft, dann machte er einen Schritt vorwärts, seine Beine zitterten. Die Heckenschere drohte seiner nassen Hand zu entgleiten, er packte sie mit beiden Händen.

»Du tust mir nichts«, flüsterte er vor sich hin, »du kannst mir gar nichts tun, weil du überhaupt nicht echt bist!«

Da drehte die Puppe ihren Kopf.

Kapitel 28

Das Haus war verwüstet, daran hatte sich nichts geändert. Sophie hielt den Schraubenschlüssel in ihrer Rechten und ließ den Blick durch den Flur schweifen. Dieser Ort würde nie mehr das wärmende, helle Zuhause einer Familie sein.

Wir können die Zeit nicht zurückdrehen. Wenn wir aus dieser Sache lebend rauskommen, dann bedeutet das nicht, dass es unsere Familie intakt überstehen wird. Jeder von uns wird einen Teil der Dunkelheit, die dieses Haus ergriffen hat, für immer mit sich tragen.

»Wo bist du, du Schlange?«, flüsterte sie kaum hörbar und wandte sich dem Wohnzimmer zu. Jemand hatte die Bilder von den Wänden gerissen und den Bildschirm des Fernsehers zertrümmert. Über den Boden lief eine dunkle, ölige Flüssigkeit. An der weiß gestrichenen Zimmerdecke hatte sich ein großer schwarzer Fleck gebildet, von dem es auf den Parkettboden tropfte.

Über ihr lag das große Badezimmer des Hauses – und wenn sie sich nicht irrte, stand oberhalb dieses Fleckes die Badewanne.

Sie hörte ein lautes Rumpeln von oben und etwas, was klang wie ein Schrei. Sie zuckte zusammen und wirbelte herum.

Hatte sie wirklich einen Schrei gehört oder spielte ihr überreizter Verstand ihr einen Streich?

Vielleicht. Vielleicht auch nicht. Und was war das? Kamen da leise Schritte über den Flur näher? Sie spannte sich an, hob den Schraubenschlüssel über ihren Kopf, doch nichts weiter geschah.

Ihr Blick wanderte über den Boden, von den Glasscherben und zerfetzten Couchkissen bis hin zu einem kleinen Kästchen … sie erkannte es sofort. Die letzte Hinterlassenschaft ihres Vaters, dort lag sie, zerstört, der Deckel aufgebrochen und die drei kleinen Einstellrädchen über den Boden verteilt.

Das letzte kleine Rätsel, das er ihr hinterlassen hatte … *Und du hast es nicht gelöst.* Aschefetzen lagen am Boden inmitten der Holztrümmer, so als hätte das Kästchen ein Papier, eine Nachricht enthalten, die nun verbrannt war.

Sie war es, sie hat es getan. Agatha hat dir auch das genommen, hat dir deine letzte Erinnerung an deinen Vater genommen wie auch die Bilder, die sie unten am See verbrannt hat. Zum Schluss will sie dir auch noch deine Familie nehmen. Aber das wirst du nicht zulassen, nicht wahr?

Plötzlich begann das Festnetztelefon zu läuten – das Mobilteil lag auf der Couch –, sie zuckte zusammen, einen Moment setzte ihr Herz aus, dann begann es zu rasen.

Oliver stieß einen leisen Schrei aus, als die Puppe den Kopf bewegte. Dann kippte der Kopf zur Seite und rollte über den Boden. Er seufzte vor Erleichterung. Diese Puppe war nur eine Puppe, aus Stoff, Pappmaschee und Kunststoff, mit Stroh ausgestopft, mehr nicht. Er kicherte irre. Dann streckte er die Hand aus, schob die Tür auf und spähte in den düsteren Flur hinaus.

Es stank bestialisch nach Chemikalien. Er spürte Claires warmen Atem im Nacken. Er war so froh, dass sie in seiner Nähe war. Er schaute sich um. Eine schwarze Brühe lief über die

Treppe, ein zähflüssiges Gemisch, das ihn an Öl oder Teer erinnerte. Irgendwo in der Nähe läutete ein Telefon und er hörte ein Tropfen.

»Wir müssen nach oben«, sagte Claire. »Ich wette, die sind da oben.«

»Und das Telefon?«

»Scheiß auf das Telefon! Denk an Kate!«

Oliver setzte den Fuß auf die unterste Treppenstufe. Die Heckenschere in seiner Hand sah aus wie ein dunkles, eisiges Werkzeug, geschaffen für ganz andere Dinge als Gartenarbeit.

Er spürte Claires Hand auf seinem Rücken und sofort wurde er zuversichtlicher, dann stieg er hinauf.

Es ist gut, nicht allein zu sein. Es ist gut, Freunde zu haben.

Sophie packte das Mobilteil, der Anruf ging vom Gegenstück ein, das für gewöhnlich irgendwo im oberen Stock rumlag. Der Anrufer musste also im Haus sein. Sie nahm den Anruf an.

»Hallo?«, flüsterte sie.

»Sophie, mein Gott.« Colins Stimme drang gepresst aus dem Lautsprecher, er klang, als würde er sich verstecken. »Wo bist du?«

»Ich ...«, setzte sie an, dann biss sie sich auf die Zunge. *Nicht zu schnell. Du weißt nicht, was da oben vor sich geht.* »Das will ich dir nicht sagen. Wo bist du?«

»Oben. Sie hat uns hier oben eingesperrt. Ich war so ein Idiot, sie hat mich überwältigt. Kate ist bei mir. Wir kommen nicht raus, aber ich hab das Mobilteil hier gefunden. Komm hoch. Sie ist gerade nicht da, beeil dich!«

Sophie hielt das Telefon so fest, dass sie überzeugt war, das Plastik unter ihrem Griff knacken hören zu können. Sie wünschte sich so sehr, Colin zu sehen, Kate in die Arme zu schließen, aber etwas hielt sie zurück, etwas warnte sie, eine rot blinkende Leuchte irgendwo am Rand ihres Bewusstseins.

So schrecklich der Gedanke auch war, es bestand die Möglichkeit, dass man Colin dazu zwang, sie nach oben zu locken. Wenn man Kates Leben bedrohte, wenn Agatha Dorothy das tat, dann würde er …

Ja, was würde er dann tun?

Alles. Genauso wie du. Er würde einfach alles tun.

Da er auf dem Festnetztelefon angerufen hatte, musste er sie vor dem Haus gesehen haben. Oder Agatha Dorothy hatte sie beobachtet und ihn zu diesem Anruf gezwungen.

Weil dort oben eine Falle auf mich wartet.

Also würde sie nicht in den ersten Stock steigen – das war nämlich genau das, was ihre Gegnerin erwartete.

Glücklicherweise gab es andere Wege nach oben, und diese Wege kannte Agatha nicht. Sophie ging in die Küche und zog das Kochmesser aus dem Messerblock mit den scharfen japanischen Messern aus gefaltetem Stahl, den Schraubenschlüssel hielt sie in der anderen Hand.

»Hilfe!« Das war doch Oliver, der da schrie. »Hilf mir! Bitte!« Sophie schluckte, sie musste sich beherrschen, um nicht sofort loszustürmen. *Konzentrier dich. Du musst es richtig machen!*

Dann öffnete sie das Küchenfenster, das in Richtung Straße ging, und kletterte hinaus.

Auf der Treppe nach oben in den ersten Stock hörten Oli und Claire, wie sich Schritte über den Flur entfernten. »Da war jemand im Wohnzimmer, glaub ich«, flüsterte Oli in Claires Ohr. Dann knarrte etwas, vielleicht eine weitere Tür, vielleicht ein Fenster.

Olivers Herz schlug irgendwo in der Nähe seines Halses, und seine Hände, mit denen er die Heckenschere umklammerte, trieften vor Schweiß. »Dieser Schrei da oben … das klang nach mir, aber … fuck, sie kann unsere Stimmen nachmachen, oder?«

Als die Schritte im Flur verstummt waren, stiegen sie weiter die Treppe hinauf. Der Flur oben lag in tiefer Dunkelheit, jemand hatte alle Rollläden herabgelassen. Claire und Oliver brauchten einige Minuten, bevor sich ihre Augen an die Schwärze angepasst hatten und sie wieder etwas erkennen konnten.

Die ölige Flüssigkeit hatte sich hier oben in den tiefen Teppich gesogen, bei jedem Schritt weiter in den Flur hinein schmatzte sie leise unter ihren Schuhen. Oliver sah die Türen der Kinderzimmer, seine eigene stand weit offen, die von Kate daneben war angelehnt.

Dahinter hörte er ein Kichern – oder gaukelte ihm das nur sein Verstand vor? Seine Hand zitterte, Claires Hand zuckte in seiner.

Hau ab, riet ihm sein Instinkt, hau ab, solange du das noch kannst!

Langsam wanderte sein Blick zum Badezimmer. Durch einen schmalen Türspalt lief die ölig schwarze Flüssigkeit heraus. Im Inneren plätscherte es.

»Klingt nicht, als wäre die Alte noch hier oben, oder?«, flüsterte Claire.

Oliver antwortete nicht, die Angst hatte seine Zunge gelähmt. Es war ihm, als läge an ihrer Stelle ein pelziger Wurm in seinem ausgetrockneten Mund. Als er schluckte, schmerzte seine Kehle, als hätte er Salzsäure getrunken.

»Oli?«

»Ins Bad«, krächzte er.

Claire war vor ihm, sie stieß die Tür auf.

Dann blickten sie beide in einen Abgrund.

KAPITEL 29

Sophie schlich dicht an der Hauswand entlang, bis sie das Vordach über der Haustür erreichte, dann wandte sie sich nach rechts, wo die Leiter noch immer an der Wand lehnte – Colin hatte ihr versprochen, den Schaden an der Regenrinne auszubessern, doch dazu würde er, wie ihr mit einem Gefühl tiefer Traurigkeit klar wurde, ganz sicher nicht mehr kommen.

Was hat Agatha nur vor? Wie in aller Welt können wir unsere Köpfe nur aus dieser Schlinge ziehen, die sie für uns vorbereitet hat?

Sie schleppte die Leiter zum Vordach, legte sie an und stieg hinauf. Das Vordach war schmierig, sie lief geduckt, dann aber rutschte sie weg, fiel auf die roten Ziegel, zwei Schindeln lösten sich und krachten auf den Boden.

So viel zur Lautlosigkeit.

Sophie erreichte das Fenster, ihre Beine brannten, als wären die Knochen in ihren Unterschenkeln bei dem Sturz zersplittert.

Das Fenster war verschlossen. Sie legte das Kochmesser neben sich auf die Ziegel, zog den Schraubenschlüssel aus der Hosentasche, holte aus und schlug die Scheibe ein. Die Reste stieß sie mit dem Schraubenschlüssel nach innen, dann packte sie den Fensterrahmen.

In dem Augenblick trat sie ihr gegenüber, füllte die dunkle Öffnung aus.

»Du«, krächzte sie.

Mrs Dorothy trug Handschuhe, eine grüne Weste und Jeans, die nichts mit ihren altertümlich wirkenden früheren Kombinationen zu tun hatten – aber sie hatte einen Kampf hinter sich, das war nicht zu übersehen.

»Hilfe, Hilfe«, sagte sie leise mit Olivers Stimme.

»Du verfluchtes Biest.« *Das Messer, du Idiotin, warum hast du das Messer nur auf die Ziegel gelegt?* Sie wagte es nicht, nach unten zu sehen, um Mrs Dorothy nicht auf die Waffe aufmerksam zu machen. Hoffentlich hatte sie es beim Einschlagen der Scheibe nicht versehentlich mit dem Fuß vom Vordach gestoßen.

»Die liebevolle Mutter«, flötete Agatha Dorothy von der anderen Seite des Fensters. »Am Ende ist sie doch zurückgekehrt. Wie hast du es angestellt? Hat mein Enkel dich etwa entwischen lassen?«

»Dein Enkel wird nicht mehr lange unentdeckt seine Spielchen treiben können.« Sophie hielt den Schraubenschlüssel vor sich wie einen Schutzschild. »Eure Machenschaften in Steinberg werden ein für alle Mal enden.«

»Werden sie das?« Agatha lächelte zuckersüß, doch aus ihren Augen strahlten nur Dunkelheit und Boshaftigkeit. »Vielleicht. Vielleicht auch nicht. Wie war das Gespräch mit der Aufzeichnung, zu der ich deinen Mann gezwungen habe?«

»Ich wusste es.«

»Er hat sich gewehrt, der Arme. Und er wollte mich hereinlegen, aber das funktioniert bei mir nicht. Weißt du, Sophie, meine Familie lebt hier schon eine lange, lange Zeit. Und das wird auch nach mir so sein, aber vor allem wird es lange Zeit nach *dir* so sein.«

Irgendwo hinter Agatha erklang ein lauter Schrei. Sophie erkannte ihn sofort – Oli! Er war hier! Mrs Dorothy drehte ihren Kopf zur Seite, nur leicht, aber Sophie nutzte den Augenblick.

Mit dem Schraubenschlüssel schlug sie zu, sie erwischte Agatha am Oberarm. Die Alte schrie, doch dann stürzte sie sich auf Sophie, mit einer schnellen Bewegung, die Sophie ihr nicht zugetraut hatte.

Eine Fassade, ging ihr noch durch den Kopf, als sie die Hände auf sich zuschießen sah, mit den perfekt manikürten Nägeln, die ihre Augen treffen wollten. *Sie hat uns ihre Gebrechlichkeit die ganze Zeit nur vorgespielt.*

Sophie riss den Schraubenschlüssel nach oben und schlug damit ihre Linke zur Seite, die rechte Hand jedoch traf ihre Wange und hätte ihr Auge herausgerissen, hätte sie nicht in allerletzter Sekunde den Kopf gedreht.

Agatha sprang durch das zerstörte Fenster und packte Sophies Hand, die den Schraubenschlüssel hielt. Mit brutaler Kraft schlossen sich ihre Finger um das Handgelenk. Agatha schob sie rückwärts, ihre Schuhe rutschten über die nassen Ziegel. Sie verlor den Halt, klammerte sich an die ältere Frau und versuchte zugleich, dem stählernen Griff zu entkommen.

Ihr linker Schuh stieß gegen etwas, es schlitterte über das Vordach und fiel hinunter. Das Messer!

Agatha Dorothy drückte Sophies Arm nach hinten, bis das Gelenk knackte. Sophie schrie und ließ das Werkzeug fallen. Agatha bleckte die Zähne. »Du bist tot, Schlampe.« Sophie spürte ihren Atem, er roch nach einer scharfen medizinischen Mundspülung.

Hier, auf dem rutschigen Terrain, konnte sie dem blinden, ungebremsten Hass der alten Frau nichts entgegensetzen, begriff sie, wich zurück und wand sich mit einem schnellen Ausfallschritt aus dem Griff.

»Komm her«, sagte sie. »Komm schon!«

Die alte Frau stürzte sich abermals auf sie, Sophie sah ein Messer in der linken Hand aufblitzen, mit dem sie auf ihr Herz zielte.

Sophie trat abermals zwei Schritte zurück, dann prallte Agatha auf sie und plötzlich war da nichts mehr hinter ihr, nur noch Leere, ein Abgrund, sie stürzten. Hart schlug sie auf, sah Agatha dicht neben sich. Der Aufprall trieb ihr alle Luft aus der Lunge. *Das Messer, wo ist das Messer?*

Hektisch sah sich Sophie um, und dann entdeckte sie es. Das Kochmesser steckte nur vier Meter entfernt in der Erde, das trübe Sonnenlicht schimmerte auf der Klinge. Agatha kam auf die Beine – sie hatte es ebenfalls gesehen.

»Das wirst du nicht«, schrie Sophie. Sie packte die Beine der Frau, hielt sie fest. Mrs Dorothy trat nach ihr, ihr rechter Schuh traf Sophie ins Gesicht.

Das Knacken ihres Nasenbeins ging wie ein Pistolenschuss durch die Luft. Sophie schrie auf.

Dann stürzte sich Agatha auf das Messer.

KAPITEL 30

Das Badezimmer war verwüstet: Die Badewanne war bis an den Rand mit der ölig schwarzen Flüssigkeit gefüllt – und darin lag Kate, die Flüssigkeit schwappte über ihre Wangen, lief in ihren Mund und ihre Nase.

Sie atmete nicht mehr.

Aus dem Wasserhahn strömte Wasser in die Wanne, drängte die Flüssigkeit über den Rand, ließ sie über den Boden aus dem Bad laufen, durch die Holzdecke sickern und auf den Teppich im Flur fließen.

Oliver packte Kate, hob ihren Kopf über den Rand der Wanne, aus dem öligen Gemisch heraus, das ihm in der Nase brannte und seine Augen tränen ließ.

»Oh mein Gott«, hörte er Claire sagen, »lebt sie noch?«

Irgendwo von der anderen Seite des Flures hörten sie ein Splittern und die Stimme von Sophie. Als er Kate aus der Wanne hob und sie nach draußen auf den Flur trug, kamen Schreie aus dem Garten.

Sophies Stimme löste Erleichterung aus. Dann hörten sie den Schrei von Mrs Dorothy und dann abermals laute Wortfetzen.

»Sie ist dort«, schrie Claire, »da drüben!«

»Ich kann Kate nicht allein lassen!« Die Panik wollte ihn übermannen. *Am Ende,* schrie eine hämische Stimme irgendwo tief in seinem Kopf, *bist du nur ein fünfzehnjähriger Junge, und du weißt nicht, was du tun sollst.*

»Wir müssen … wir müssen sie wiederbeleben!«

Kate fühlte sich kalt an, leblos lag sie in seinen Armen. Er legte sie in seinem Zimmer auf das Bett.

»Claire! Was machen wir?«

Sie starrte ihn an. »Ich … ich weiß nicht!«

Oliver erinnerte sich an den Notarzt, der in England einmal an seine Schule gekommen war. Er hatte ihnen die wichtigsten Notfallmaßnahmen beigebracht – auch die Wiederbelebung. Er fühlte nach Kates Puls, an ihrem Hals war er schwach zu spüren, ihr Atem streifte seine Wange.

»Sie lebt«, rief Claire in dem Moment und deutete auf Kate, dann sah es auch Oliver. Ihr Brustkorb hob und senkte sich, ihre Augenlider flatterten.

»Gott sei Dank!«

»Ja«, seufzte Claire, »Gott sei Dank.«

Oliver wischte mit einer kleinen Decke Kates Gesicht sauber, wischte ihr die ölige Flüssigkeit aus den Haaren. »Ruf den Krankenwagen«, bat er Claire.

»Sollten wir nicht erst nach der Alten sehen?« Sie blickte sich nervös in Richtung Flur um, von draußen drangen gedämpft Schreie zu ihnen herein.

Oliver schüttelte den Kopf. »Den Krankenwagen, sofort!«

»Okay!« Claire zog ihr Handy aus der Jeans, ihre Finger zitterten so sehr, dass es zu Boden fiel und in die Dunkelheit schlitterte. Sie fluchte.

»Kate«, sagte Oli leise und wartete darauf, dass seine kleine Schwester die Augen öffnete. »Kate, kannst du mich hören?«

Und während Claire sich bückte und ihr Handy aufhob, schlug Kate die Augen auf.

Sie erkannte ihn sofort.

»Oli …«, flüsterte sie, »wo …«

»Kate, wo ist Dad?«

Große Tränen traten in ihre Augen. »Weiß nicht«, hauchte sie. »Aber …«

»Hab es«, sagte Claire in dem Moment. »Ich ruf jetzt den Krankenwagen.«

»Beeil dich.«

»Hier drin gibt es keinen Empfang«, sagte sie. »Augenblick.«

Sie verschwand nach draußen und Oliver wandte sich wieder Kate zu. »Also, was ist los?«

Kate begann stockend zu erzählen.

KAPITEL 31

Agatha wollte gerade das Kochmesser greifen, da stürzte sich Sophie auf den Messergriff. Sie spürte, wie die manikürten Nägel der alten Frau sich in ihren Handrücken bohrten und ihre Haut aufrissen.

Sie schlug Agatha ins Gesicht, die Alte kippte zur Seite und mit einem kräftigen Ruck gelang es Sophie, das Messer aus dem Boden zu ziehen. Doch ehe sie es zur Verteidigung heben konnte, warf sich Agatha auf sie.

»Weißt du«, keuchte sie zwischen zusammengebissenen Zähnen, »was ich mit deinem Mann gemacht habe?«

Die Worte rissen etwas tief in Sophies Innerem auf – sie stieß die alte Frau von sich, urplötzlich war da eine innere Kraft, an die sie nicht mehr geglaubt hatte. Zorn kochte in ihr hoch. *Niemand anders als Mrs Dorothy ist für all dieses Leid verantwortlich.*

Es muss enden.

Mrs Dorothy hatte den Ausdruck in ihren Augen entdeckt. Sie grinste. »Ja, oh ja«, fauchte sie. »Da hast du es – ich weiß, du kannst es spüren. Gib ihr nach, dieser Emotion. Tu es, ich weiß, du kannst es! Töte mich!«

Sophie kam näher, hielt das Messer zur Abwehr vor sich gestreckt. »Wo ist Christin, hm? Was hast du mit ihr angestellt?«

»Nichts, was du nicht auch getan hättest. Ich weiß, wie sehr du sie gehasst hast. Wie sehr du sie verachtest, weil sie dir immer wieder dein Versagen vor Augen gehalten hat.«

»Sie war meine Freundin!«

»Ja, vielleicht. Vielleicht war sie das.« Mit verstellter Stimme, die grausam nach Christin klang, fuhr sie höhnisch fort: »Oh, Sophie, wir müssen uns unbedingt treffen!«

»Du hast sie gezwungen, mich anzurufen?«

»Ich hab sie gezwungen, mich hierherzubegleiten. Sie dachte wirklich, sie könnte am Leben bleiben, und hat mir dafür eine ganze Menge über dich erzählt, ist das zu glauben? Haha! Über dich und die Familie – aber du hast in dieser Familie keinen Platz mehr.« Agatha wich weiter zurück, näherte sich dem See. »Du bist kein Teil mehr von ihr. Dieses Recht hast du verloren.«

»Was redest du da?«

»Sie werden *meine* Familie sein. Dein Mann, deine Kinder. Sie werden meine sein, meine Kleinen, meine *Puppen*!«

Mit einer schnellen Bewegung beugte sich Agatha zum sandigen Boden und schleuderte Sophie eine Handvoll Erde ins Gesicht. Dann prallten sie zusammen, die spitzen Fingernägel der Alten bohrten sich mit solch brutaler Kraft in Sophies Handgelenk, dass sie das Messer fallen ließ.

Sophie machte einen Ausfallschritt nach hinten, verlor jedoch den Halt und stürzte. Agatha baute sich vor ihr auf, das Messer mit der langen Klinge in der Hand.

»In einer Familie ist nur Platz für *eine* Mutter«, sagte sie. Agathas Zähne waren verrutscht. Die Alte spuckte das Gebiss aus, darunter kamen kurze, stummelige Zähne zum Vorschein, die gelb und schief in einem fleckig braunen Zahnfleisch saßen.

»Du hast recht«, keuchte Sophie. In ihrem Kopf dröhnte es, als arbeiteten dort riesige Maschinen. »Aber das wirst nicht *du* sein. Das wirst *niemals* du sein!«

»So?« Agatha grinste. »Aber ich war doch schon so oft Mutter. Schon so oft, mein Schätzchen.«

Oliver starrte auf seine Schwester hinab, die ihm gerade ein furchtbares Geheimnis verraten hatte. Riesige Tränen liefen über ihre blassen Wangen.

»Dad«, schluchzte sie, »er … er war plötzlich … er …«

Oliver tröstete sie, wartete, bis Claire zu ihnen zurückkehrte. Sie nahm ihn beiseite. »Deine Mutter und die Alte kann ich von hier nicht mehr sehen … aber … komm mal mit.«

Oliver folgte ihr mit weichen Beinen, die sich anfühlten, als hätten sich seine Knochen in Knetmasse verwandelt. Claire führte ihn in das große Elternschlafzimmer am Ende des Flures. Sie hatte einen Rollladen hochgezogen, durch das Fenster fiel ein graues Licht, das aussah wie die fleckige Haut eines Leichnams. Es warf ein schattiges Muster auf den Teppich. Auch hier roch es nach Chemikalien, an der Wand lehnten große Plastikgefäße, auf denen chemische Formeln standen.

Sein Vater lag auf dem Bett, die Hände auf der Brust gefaltet. »Dad!«, schrie Oli, doch Claire hielt ihn am Arm fest.

»Nicht, Oli. Nicht. Das musst du nicht sehen.«

Auf der Stirn seines Vaters war ein schwarzes Loch, aus dem offenbar ein dünnes Rinnsal Blut geflossen war, eine trockene rote Linie auf der blassen Haut.

Er rührte sich nicht mehr. *Tot, nennt man das*, sagte eine überdreht klingende Stimme irgendwo am Rand seines Verstands, *das nennt man tot.*

»Sie muss ihn erwischt haben«, sagte Claire. »Es tut mir so leid.«

Oli stieß einen Schrei aus, der von den Wänden widerhallte – ein Schrei voller Zorn und Trauer, und er wusste, dass etwas tief in ihm endgültig zerbrochen war.

Agatha Dorothy kam auf sie zu, das gefährlich scharfe Messer in ihrer Rechten – Sophie starrte ihr entgegen.

»Du hast Puppen aus ihnen gemacht, nicht wahr?«, schrie sie. »Aus all deinen Opfern! Puppen, die deine Familie werden sollten! Aber du bist so wahnsinnig, du siehst nicht, dass sie dann alle nur noch *tot* sind!«

Agatha legte den Kopf schief. Verwunderung hatte sich auf ihr Gesicht geschlichen, die sich mit grausamem Spott mischte.

»Meine Familie? Ja, Sophie, wenn auch nicht *meine eigene*. Das ist uns Frey-Frauen leider nicht immer vergönnt. Weißt du, Forstner hätte es fast herausgefunden, die Sache mit den Nachfahren des Schauermanns. Er hätte herausgefunden, wer ich bin.«

»Ich weiß es.«

Agatha lachte. »Ja?«

»Du bist eine Wahnsinnige. Du hast das Forstner also untergeschoben. Alles.«

Sie nickte. »Und?«

»Und mir den Mord an Christin. Du hast sie nur hergeholt, um sie zu töten.«

»Bingo, Schätzchen. Und Kate … deine kleine Kate, sie kam an meinen Stand auf dem Markt und hätte fast alles verdorben. Eine der Puppen dort, ich habe sie verwechselt. Es war eine von den *anderen*, und sie hat es bemerkt. Aber das spielt keine Rolle mehr. Nein, Sophie, die *anderen*, die *richtigen* Puppen sind für mich allein bestimmt. Sie gehören mir, und zusammen sind wir … wir sind eine *Familie*! Wir lieben uns!«

Sie sprang vorwärts und stürzte sich auf Sophie.

Sophie schrie, als das Messer ihre Haut durchstach, sich wie ein eiskalter Stachel in ihre Muskeln bohrte. Sie sah das Blut, das auf den Boden floss, und spürte die Kälte, die sich in ihr ausbreitete.

Dann wurde alles dunkel vor ihren Augen, als würde sie bei einer Springflut unter den Wassermassen des Sees begraben.

Wenn das der Tod ist, fühlt es sich nicht mal so schlimm an.

Von irgendwo aus der Nähe hörte sie einen Schrei, sie erkannte die Stimme sofort: Oliver.

Du musst durchhalten. Du musst ihm helfen.

Mit letzter Kraft riss sie die Augen auf und sah Agatha Dorothy über sich, das Messer in ihrer Hand war blutig, gerade wollte sie ein drittes Mal zustoßen.

Hektisch tastete sie durch das Gras, bis sie einen nassen, gezackten Stein berührte. Sie packte ihn.

Es war genau wie damals in der Unterführung. Sie wusste, sie könnte es wieder tun, könnte sich abermals verteidigen.

Mrs Dorothy hob das Messer, holte aus, zielte mit der scharfkantigen Klinge direkt auf ihr Herz, dort zwischen die Rippen, wo sie am verletzlichsten war.

»Aaaah!« Mrs Dorothy erstarrte mitten in der Bewegung und keuchte.

Jetzt sah Sophie den großen Schwan, der sich in Mrs Dorothys Bein verbissen hatte: Mit heftigem Flügelschlagen wehrte er sich dagegen, zurückgetrieben zu werden, selbst als Agatha mit dem Messer nach ihm stach. Mit seinem langen Hals wich er ihr blitzschnell aus, dann biss er ihr ins Gesicht, Blut lief über Agathas Wangen und Augen und raubte ihr die Sicht.

Blut bespritzte das Gefieder des Tieres.

Sophie lief das Blut aus einer tiefen Schnittwunde am Oberarm, doch sie ließ den Stein nicht los. Mit letzter Kraft taumelte sie auf Mrs Dorothy zu, der Schwan hatte von ihr abgelassen – das Tier breitete die Schwingen aus und flog auf den See zurück, krächzend und in Schieflage.

Sophie hob den Stein und schlug auf Agathas Kopf ein. Schon der erste Treffer schickte die ältere Frau zu Boden. »Du wirst …«, und wieder schlug sie zu, »nichts mehr tun! Niemandem mehr! Hörst du?«

Mrs Dorothy rührte sich nicht.

KAPITEL 32

Oliver rannte zurück zu Kate und hob sie in seine Arme. Zusammen mit Claire eilten sie nach unten. »Nach draußen«, schrie er.

»Der Rettungswagen ist unterwegs«, rief Claire. »Er sollte gleich da sein.«

Sie erreichten den Garten. Der Regen hatte den Rasen in einen Sumpf verwandelt, darüber wogte der Nebel. Am See flog ein Schwan davon. Oliver kniff die Augen zusammen. Sein Gefieder schien voller Blut zu sein – ganz in der Nähe konnte er zwei Frauen ausmachen.

Sophie und Mrs Dorothy, die miteinander kämpften.

Dann mischte sich das blitzend helle Blaulicht in das trübe Grau des Tages. Jenseits der Hecke kamen Polizeifahrzeuge und zwei Krankenwagen zum Stehen.

Kate in seinen Armen wurde schwerer und schwerer. »Ich muss sie da rüberbringen«, sagte er. »Sie muss …«

»Dann geh«, sagte Claire mit Nachdruck. »Geh.«

Oliver trug Kate auf das Blaulicht zu, auf die Krankenwagen, als er die Sanitäter auf sich zukommen sah, brach er zusammen.

»Meine Mutter … sie …«

»Wir kümmern uns um dich, Junge«, sagte ein Polizist und beugte sich über ihn. »Wir kümmern uns um dich.«

KAPITEL 33

Sophie starrte auf Mrs Dorothy hinab, auf ihren leblosen Körper, dann wanderte ihr Blick zum See. Die Schwäne waren verschwunden, nur das Tier, das Agatha angegriffen hatte, trieb auf dem Wasser. Es war tot.

Die Wunde an ihrem Oberarm war heiß und pochte, zerrte an ihrem ganzen Körper, als wollte ihr ein Widerhaken den Arm vom Körper reißen. Sie blickte an sich herab und erschrak. Agatha hatte sie nicht nur am Arm erwischt. Sie starrte auf die tiefe Wunde an ihrem Bauch und auf die zwischen ihren Rippen. Das Adrenalin in ihrem Körper ließ sie keinen Schmerz spüren, aber lange würde sie sich nicht mehr auf den Beinen halten können.

Sie hörte Schritte dicht hinter sich und blickte sich um.

Es war das Mädchen, mit dem Oli in den vergangenen Wochen so oft unterwegs gewesen war.

Claire.

Und sie hielt eine Pistole in der Hand, richtete die Waffe in ihre Richtung. »Ist sie ...«, flüsterte Claire, »tot?« Ihr Blick fixierte Agatha Dorothy.

»Ich weiß es nicht. Woher ... woher hast du das Ding da?«

»Das hier?« Claire blickte auf die Pistole in ihrer Hand, als sähe sie die Waffe zum ersten Mal. »Die hab ich gefunden. Olis Dad … Colin … er wurde getötet.«

Sophie war es, als zerrisse etwas in ihrem Inneren, kein Adrenalin kam gegen den Schmerz an, den sie nun spürte. »Colin? Nein, das …«

»Doch. Doch, ich … ich hab es gesehen.«

»Kate?«

»Kate lebt«, sagte Claire. »Und Oli auch.«

Sophie starrte das Mädchen an, dann die Waffe in ihrer Hand. »Du … du hast rote Haare …« Sie blickte zu Mrs Dorothy, auf ihr stets perfekt frisiertes, gefärbtes Haar, und erinnerte sich an ihre Worte. *Meine Töchter und Enkelkinder … unsere Familie lebt hier schon lange, lange Zeit …* »Du hast … du bist …«

»Töte sie, Mädchen«, hörte sie plötzlich Mrs Dorothy. »Töte sie. Dafür bist du gemacht. Die anderen hier haben dich nicht verdient. Sie würden dich hassen, würden sie dein Innerstes kennen.«

»Ich …« Claire stockte. Sophie konnte deutlich erkennen, wie das Mädchen mit sich rang.

»Bist du mein kleines Mädchen? Bist du es?« Plötzlich war die alte Frau wieder auf den Beinen – *wie bei Gott ist das nur möglich?* –, wankte auf Claire zu, mit einem storchartigen, stockenden Schritt, den Kopf schief gelegt, die Zähne gebleckt. »Du kannst es nicht abstreiten. Alle Freys tragen es in sich. Deine Mutter, so fern von hier, ich, die sie großgezogen hat – und du auch, Kindchen. Wir sind etwas ganz Besonderes, und wir brauchen dich, auch wenn du fast alles verdorben hättest. Dieser Junge, Peter, er hat herumgeschnüffelt … und natürlich der dumme Nachbar, der es früher liebte, die alte Mattner zu ficken, die gleich da drüben liegt, auch sie hätten fast alles verdorben und mich enttarnen können, wenn ich mich nicht um sie gekümmert hätte. Ja, ich hab Mattner und Forstner getötet, und es war herrlich, die beiden Schnüffler zum Schweigen zu bringen.«

»Claire, hör nicht auf sie!«, schrie Sophie. »Sie lügt!«

Claire starrte sie an, auf ihrem Gesicht eine Kaskade sich widersprechender Gefühle. »Ich … ich bin eine Waise. Meine Mutter kannte ich nicht. Ich … ich weiß nicht …«

»Und meinst du, *ihr* ging es anders? So läuft das nun mal. Komm schon, du hast recherchiert, oder? Kleines Gör war ganz schön schlau, und du hast herausgefunden, wie es die Frey-Frauen tun … die Kinder mit dem Potenzial, es weiterzugeben … die werden freigelassen, ausgesetzt. Wie du. So war es schon immer, so wird es weitergegeben in der Familie und in der Welt. So muss es sein. Wir beherrschen das Schauspiel, die Kunst der Verstellung, wir verdrehen unseren Männern den Kopf, bis wir sie nicht mehr brauchen und wir uns von ihnen befreien.« Sie warf Oliver in der Ferne einen Blick zu. »Ich sehe, du kannst es schon *jetzt*.«

»Was wird weitergegeben?« Claire schluchzte.

»Der Drang, Mädchen. Bei unseren Nachkommen. Du wirst es verstehen, wenn du älter bist.« Agatha Dorothy, deren Schädel blutüberströmt war, sank zurück ins Gras. »Jetzt töte sie. Wir sind etwas Besonderes. Alles hängt von dir ab.«

Sophie hörte einen Schrei, dann sah sie Oliver über den Rasen rennen. Im selben Moment streckte Claire die Waffe aus und schoss – zweimal, beide Male auf Agatha. Sophie spürte das heiße Sirren, mit dem die Projektile an ihr vorbeisausten und Agatha in die Brust trafen. Oliver schrie abermals, er rannte und rannte, bis er nur wenige Meter von ihr entfernt zum Stehen kam.

Sophie wollte den Mund öffnen, um mit ihm zu sprechen, doch wollte ihre Zunge ihr nicht gehorchen, kein Wort kam hervor. Vor ihren Augen wuchs die Dunkelheit, kroch wie

Nebelschwaden über den See. Sie sah noch, wie Oliver auf Claire zuging, ihr die Waffe aus der Hand löste, hörte, wie sie beide schluchzten.

Sie fühlte sich, als würde ihr Körper schweben, sie über das Wasser forttragen, weit hinauf und hinaus über die Berge.

Wer wird auf die Kinder aufpassen? Wer wird sich um sie kümmern?

In der Ferne, so war es ihr, hörte sie die Stimmen ihrer Kinder, und die von Colin. Sie riefen nach ihr.

Dann nichts mehr.

KAPITEL 34

Sophie starb vor seinen Augen. Oliver spürte, wie Tränen über seine Wangen flossen, doch es waren nicht besonders viele, so als hätte etwas in seinem Inneren bereits mit ihrem Tod gerechnet, als wäre er innerlich vollkommen leer, ausgelaugt, als hätte er nicht einmal mehr Tränen in sich.

Sie sind beide tot. Beide, jetzt leben nur noch Kate und du. Und Claire.

»Oli …« Die schwache Stimme von Sophie, ihre zitternden Finger, mit denen sie ihn heranwinkte. Er kniete neben ihr im nassen Gras, hielt ihre Hand in seiner, während der Wind über seine tränennassen Wangen strich. »Es … es tut mir leid …«, flüsterte sie.

»Nein«, erwiderte er mit erstickter Stimme. »Nein. Du …« Er versuchte, den riesigen Klumpen in seiner Kehle herunterzuschlucken. »Du warst immer … auch wenn ich es nicht wahrhaben wollte … wie eine echte Mutter für mich. *Mir* tut es leid. Bitte … geh nicht. *Mum! Bleib bei mir!*«

Doch Sophie sagte nichts mehr. Oli sah, wie ihr Blick stumpf wurde und in die Ferne schweifte. Er schaute sich nach dem Blaulicht um, nach den Krankenwagen. Einer wendete gerade und fuhr davon. *Zumindest Kate ist in Sicherheit. Hoffentlich können ihr die Ärzte helfen.*

»Oliver«, sagte Claire plötzlich mit rauer Stimme. Er blickte zu ihr und erschrak, als sie selbst die Pistole auf ihren Kopf richtete. Über den Rasen hallten laute Rufe, sie würden nicht mehr lange allein sein.

»Was zur … Claire! Was soll das? Wieso tust du das? Leg sie hin! Die Pistole, hörst du, leg sie hin!«

»Ich … ich … weiß nicht …« Ihre Hand zitterte stärker als je zuvor. »Sie sagte …«

»Was sagte wer?«

»Die … meine …« Sie deutete auf den leblosen Körper von Agatha Dorothy. »Ich weiß nicht, wer sie war. Sie sagte … ich würde nicht anders werden als sie.«

Oli machte einen Schritt auf sie zu, doch Claire wich vor ihm zurück und schüttelte den Kopf, ängstlich und warnend zugleich. »Komm nicht näher!«, schrie sie.

»Claire, mit dir ist nichts! Die Alte hat meinen Vater und meine Mutter getötet! Nicht d-du!«

»Weißt du das sicher? Wirklich?«

»Nein«, erwiderte Oli. »Aber … ich weiß, du würdest niemandem etwas Böses tun. Ich …«, er schluckte, »ich glaube, ich liebe dich.«

Nun ließ Claire die Pistole sinken, dann öffnete sich ihre Hand und die Waffe fiel ins Gras. Sie brach zusammen, schlug die Hände vor das Gesicht und schluchzte heftig, ihr ganzer Körper wurde davon erschüttert. Oli umarmte sie, so fest er konnte. »Es wird alles gut«, sagte er. »Alles.«

Dann waren die Sanitäter und Polizisten da, ihre Taschenlampen schienen wie grelle Lichtlanzen durch das Grau. Einer von ihnen, das bemerkte Oliver noch, ehe er in die gnädige, dunkle Tiefe der Bewusstlosigkeit sank, hatte eine seltsame Zahnlücke im Unterkiefer.

Epilog

Colin und Sophie Carter wurden beerdigt, und ihre Kinder, Oliver und Kate, angesichts der Ereignisse als schwer traumatisiert eingeschätzt, wurden in die Obhut von Pflegefamilien übergeben.

Das Haus am See stand leer, und es vergingen Jahre, bevor man es renovierte. Das alte Frey-Haus, das einst Forstner bewohnt hatte, wurde endlich abgerissen, dem Erdboden gleichgemacht, sodass keine Spur zurückblieb.

Kate Carter verließ Steinberg, sobald sie alt genug war – sie und ihr Bruder sprachen nie mehr über jenen Tag im Herbst. Damals, als Oli bei Claires Adoptiveltern untergebracht wurde, wollte Kate kaum mehr etwas mit ihm und Claire zu tun haben. Es war, als würde sie sich erinnern, was sie an jenem Abend auf dem Steinberger Jahrmarkt gesehen hatte, wenngleich sich sowohl bei Kate als auch bei Oliver über viele Ereignisse ein Mantel des Vergessens legte, der all das Schreckliche unscharf wirken ließ, von Nebel verhüllt. Zahlreiche Befragungen und Ermittlungen brachten gleichwohl zutage, was geschehen war. Mehrere Teams der Spurensicherung aus Zürich durchsuchten das abgelegene alte Haus, das Mrs Dorothy bewohnt hatte. Sie gruben den gesamten Garten hinter dem Haus um, öffneten die betonierte Fläche im Keller und fanden dort sechsundzwanzig Leichen – allesamt Opfer aus Familien, in denen Agatha als Nanny angestellt gewesen war. Auch der Tod von Irda Mattners Mann wurde auf das Drängen ihres Sohnes hin neu untersucht, schließlich hatte Agatha Dorothy auch bei ihr gearbeitet – mehrere anerkannte Rechtsmediziner stellten später fest, dass die teuflische Nanny Mattners Mann über mehrere Monate hinweg langsam unbemerkt vergiftet hatte.

Ein Journalist schrieb: *Nimm dir Freys Wahnsinn und Hass, gib ihn weiter an jemanden, der sich mitten in die Herzen von Familien schleichen kann, und lass ihn dort losbrechen. Das Ergebnis wurde an einem Septembertag in Agatha Dorothys Keller gefunden. Wir sollten uns die Frage stellen: Ist das Böse vererbbar?*

Oliver wuchs zu einem jungen Mann heran. Die Ereignisse an jenem Tag im September hatte er tief in einer Kammer seines Herzens verschlossen, um zu verhindern, dass Düsternis sein ganzes Wesen prägte. Claires Adoptiveltern umsorgten ihn wie ihren eigenen Sohn, dennoch ahnte er, dass die Dunkelheit, die Steinberg ergriffen hatte, nicht vollends vertrieben worden war. Oder war sie das doch, und sie steckte nur noch in den Menschen, die mit ihr in Berührung gekommen waren?

Selbst der Hochzeit von Claire und Oliver Jahre später in der Kirche von Steinberg blieb Kate fern. Oliver wusste vage, dass seine Schwester die Vererbbarkeit des Bösen, des Wahnsinns erforschte, ihm war klar, dass sie nicht zurückkehren wollte, und dennoch vermisste er sie und machte sich Sorgen um sie.

Claire und Oliver waren beliebt, die Kollegen im Institut in den Bergen schätzten Olivers Sachverstand, und er hatte dort enge Freunde gefunden, Familien, mit denen sie sich an vielen Abenden zu gemeinsamen Partys trafen, miteinander lachten und tranken. »*Meine Familie lebt hier schon lange, lange Zeit, hat sie damals gesagt*«, erzählte er Claire eines Abends. »Und dann diese Sache mit den Familienmitgliedern, die angeblich überall verstreut leben. Sie hat vielleicht einfach im Wahnsinn gesprochen, aber …«

»Aber?«

»Ich weiß es nicht«, sagte Oli. »Ich werde das Gefühl nicht los, dass wir damals etwas übersehen haben. Andere Familienmitglieder, die noch hier leben, im Verborgenen … und all die anderen, die den Ort verlassen haben.«

»Vielleicht«, erwiderte Claire. »Vielleicht. Du solltest dir nicht so viele Gedanken machen. Es ist vorbei. Du bist Wissenschaftler geworden wie dein Dad, und ich … ich verkaufe Häuser. Ist das nicht, wie wir es uns immer vorgestellt haben?«

»Fast«, erwiderte er. »Kinder … wir haben immer noch keine Kinder. Dabei wünschst du sie dir doch so sehr.«

Claire strahlte. »Eine Tochter. Ja, das wäre wunderbar.«

Und so stand das Haus am See leer, bis eines Tages eine Familie nach Steinberg zog, der das Objekt gefiel, das ihnen die hübsche, junge Maklerin mit dem roten Haar präsentierte, die sich ihnen als Claire Carter vorstellte. Und auch diese Familie hatte wieder einen Hund und zwei Kinder.

Oliver las manchmal noch die letzte Nachricht, die ihm Stefan damals auf sein Smartphone geschickt hatte, kurz bevor er starb und sie ihn in Mrs Dorothys Haus in dem Tank voller Chemikalien entdeckt hatten – er hatte sie erst gesehen, als er im Krankenhaus wieder aufgewacht war, und noch viel später begriff er, was Stefan damit hatte sagen wollen, was die Nachricht wirklich bedeutete.

… von Zeit zu Zeit tritt im weiblichen Abstammungsteil der Frey-Nachfahren jenes Gen in den Vordergrund, das rotes Haar vererbt. Es ist ein eindeutiger Indikator für den Wahnsinn.

Rotes Haar.

Oliver sah sich nach Claire um, die an ihren Makler-
prospekten arbeitete. Ihr Bauch – im sechsten Monat schwan-
ger war sie nun – wölbte sich unter ihrer Bluse. Mit einem
Kopfschütteln löschte er Stefans Nachricht.

Irgendwer musste Agatha Dorothy verraten haben, wo sie
Stefan finden konnte. Und Charles, der tot bei Stefan gelegen
hatte – ein Bild, an das sich Oliver nur noch unscharf erinnern
konnte –, was war noch mal mit ihm gewesen? Es war Charles,
den Claire so sehr gehasst hatte, und er hatte sie an jenem
Abend auf dem Jahrmarkt bedrängt. Aber Claire hatte ihn nicht
umgebracht, das hätte sie nie getan, sie hätte ihrer Großmutter
nie etwas über Charles gesagt ... und dennoch, ein nagender,
winziger Zweifel blieb.

*Wie gut sie sich doch in Agathas düsterem Haus ausgekannt
hat.*

Und dennoch liebte er Claire so sehr, und er wusste, dass
er es anders machen würde als Sophie und Colin damals – er
würde nicht zulassen, dass etwas sie trennte. Er würde sie immer
lieben, für immer.

Familien sind wichtig.

*Sie sind etwas Wunderbares. Wir müssen alles tun, damit sie
zusammenhalten.*

Claire drehte den Kopf und warf ihm einen Blick zu.
»Weißt du, an was ich gerade dachte?«

»An was denn, Liebling?«

»Wenn wir eine Tochter haben, dann wird sie natürlich mit
Puppen spielen wollen. Wir sollten darüber nachdenken, ihr
eine zu schenken.«

Oliver warf ihr einen langen Blick zu. Er musste auch später immer wieder an diesen Satz denken, als eine Meldung in
den Lokalnachrichten verbreitet wurde, es wäre abermals ein
Kind in Steinberg verschwunden.

FSC
www.fsc.org

MIX

Papier | Fördert
gute Waldnutzung

FSC® C083411

Zeitfracht Medien GmbH
Ferdinand-Jühlke-Straße 7
99095 Erfurt, Deutschland
produktsicherheit@kolibri360.de

Druck:
CPI Druckdienstleistungen GmbH
im Auftrag der
Zeitfracht Medien GmbH
Ein Unternehmen der Zeitfracht - Gruppe
Ferdinand-Jühlke-Str. 7
99095 Erfurt